大下宇陀児探偵小説選 I

論創ミステリ叢書

52

論創社

大下宇陀児探偵小説選Ⅰ

目次

創作篇

随筆篇

凡例

一、「仮名づかい」は、「現代仮名遣い」（昭和六一年七月一日内閣告示第一号）にあらためた。
一、漢字の表記については、原則として「常用漢字表」に従って底本の表記をあらため、表外漢字は、底本の表記を尊重した。ただし人名漢字については適宜慣例に従った。
一、難読漢字については、現代仮名遣いでルビを付した。
一、極端な当て字と思われるもの及び指示語、副詞、接続詞等は適宜仮名に改めた。
一、あきらかな誤植は訂正した。
一、今日の人権意識に照らして不当・不適切と思われる語句や表現がみられる箇所もあるが、時代的背景と作品の価値に鑑み、修正・削除はおこなわなかった。
一、作品標題は、底本の仮名づかいを尊重した。漢字については、常用漢字表にある漢字は同表に従って字体をあらためたが、それ以外の漢字は底本の字体のままとした。

創作篇

蛭川博士

第一章　都会の病気

不良少年

大阪にしろ東京にしろ、都会の守備を以て任ぜられてある警察官達は、常に二種類の病気を診療し予防するところの御医者さんでなければならぬ。

伝染病と犯罪と、この二つの病気を都会が慢性的に病《わずら》っているからである。

伝染病には、スペイン風を筆頭にして、チフス、コレラ、ペストまでの恐ろしい奴があるように、犯罪にはまた、ヘアピンの万引から始まるおよそ四百四種類以上の類型と手口とが存在している。そのなかで、かの不良少年と称せらるるものは、あたかも猩紅熱《しょうこうねつ》、もしくはヂフテリヤにも似たものであろうか。

ある日のこと――。

それは都会の学生達が暑中休暇ではるばると国元へ帰って行ったり、あるいは金持の子供達が幸福なキャンプ旅行をしに、海抜何千尺の高原へ出かけたり、そのため都市人口がふいに何％か減ってしまった七月末のある木曜日、東京山の手の活動写真館シネマ・パレードの地下室では、二人の浮浪児が至極呑気らしい恰好に寝そべっていた。

一人は某大学を中途退学したという井波了吉。

他の一人は、もと某国領事と日本婦人との間に生れたという混血児の桐山ジュアン。

浮浪児とはいえ、どちらも実は二十歳の上で、しかしどこかにまだ子供らしい無邪気っぽいところがないでもなかった。ついでにいうとこのシネマ・パレードは柊町《ひいらぎ》と呼ばれるある坂町の中途にあって、余り大きくないけれど、山の手ではちょっと名の知れた館だった。近ごろ伴奏オーケストラをレコード音楽のエレクトロオラに変えてしまって、そのため従来の伴奏楽士達が払い箱になり、彼等の控室とされていた地下の一室が空部屋になった。そこへ、桐山ジュアンを首領格とする彼等の一団が、いち早く巣をくったわけなのである。どこから持ち込んだか小型な首振り煽風機をチェス台に載せ、それを頂点に三つずつ並べた二列の椅子をへの字型に、二人はその椅子へ腹んばいになり、水の落口へ集まる金魚のように、頭を煽風機のところへ寄せていたのであった。

「どうだい了ちゃん、チェスでもやろうか」

セイラパンツに絹麻のワイシャツ、それに黒いネクタイを蝶型に結んだ桐山ジュアンがふと思付いたようにこういった時、彼等の頭上からは、どっという笑声が響いてきた。今、上では昼の部第一回のプログラムが最後の喜活劇に入って、弁士の東海林《しょうじ》厚平というのが骨を折って観客を笑わせたのである。二人はちょっとの間その笑声の方へ耳を傾けたが、やがて井波了吉が妙に真面目な顔でいった。

「ねえおいジュアンさん――」

「何だい了ちゃん――」

「己《おれ》アね、へんなことをいうようだが、近ごろあんまり面白くねえぜ」

「何がさ――」

「だってね、己ア最初っから厚平が嫌いなんだ。彼奴《あいつ》ってば、女を追いかけるのと喋るより他には能がねえんだ。それアね、弁士としちゃあいいかも知れねえ。今やっている下らねえ写真で、あれだけにお客さんを笑わせられりゃあ、その方はまあ慥《たし》かなもんだ。が、己アやはり気に喰わねえ、第一あの次席弁士面《つら》が面白くねえ」

桐山ジュアンはチェス台の隅に載せてあった喫いかけの葉巻を手にとって、それからポカリポカリと喫《ふ》かし始めた。

「己アね――」

井波了吉も同じようにゴールデンバットに火を点けながらいった。

「己ア何も、胡麻を磨る心算《つもり》じゃあねえ、それあ分ってるだろうねえジュアンさん――」

「分ってるよ」

「そうかい、それが分ってくれればいいんだけど、実をいうと己ア近ごろへんなことを聞いたんだ。厚平がね、己やお前さんのいない時にゃあ、まるで己達《おれたち》のことを小僧っ子のようにいってるそうだ。つまり、団長面をしているんだよ」

「いいじゃないか――」

「え?」

「それでいいだろうっていってるのさ。だってね了ちゃん、了ちゃんや僕がいないとすれば、やはり厚ちゃんが団長格だよ」

「うん、それアまあ、そういってしまえばそうなるけえど――」了吉は少しく狼狽《あわて》たようにジュアンの顔を覗き込んだ。「しかしナンだよ、おれアその他にだって厭なことを知ってんだ。彼奴はおれ達にここの地下室を貸してることを、ひどく恩に着せやがってね、それア、おれはそれでも我慢するさ。けえども、彼奴はお前さんが挙げられずにいるのは、奴のお蔭だなんていってるそうだ。もっとも、奴のそういうのにも一理はある。デカに追いつめられたお前さんがここの地下室へ眼をつけて、その渡りをつけたのが厚平なんだ、だから、奴にもそれだけの働きはあったとして、しかし己ア面白くねえ。いってみれア、党員の一人としてその位の働きは当然なんだ。己達ア、下っ派の仲間だって、そいつが危《やば》くなりゃあ隠匿《かくま》ってやるんだ。ましてお前さんを隠匿うのに、何も恩に着せるこたアねえ。むしろ、奴としての光栄だと考えてしかるべきだ。桐山ジュアンがいるってえだけで、奴ア肩で風を切って歩けるじゃねえか――」

井波了吉はなおもぺらぺらと喋り続けそうな風であったが、その時桐山ジュアンは葉巻をポイッと床へ投げ捨てた。

「分ったよ了ちゃん。その話はね、しかしもうよしにしようヨ」

切れ長な美しい眼で了吉を見やった混血児ジュアンは、それから無関心に新聞を読み始めたのである。

宝石

「暑いだろ? 今ね、クリームソーダをそういっといたから――」

こんな風にいいながら、シネマ・パレードの弁士東海林厚平がその地下室へやって来たのは、それから間も無くのことだった。この男は、名前だけを聞くと、いかにも堂々たる偉丈夫のような気もするが、実は割合に小柄な、そして美男子型の男である。

「や、ありがたいな」

井波了吉はむっくりと身を起して、自分の椅子を少しずらせ、煽風機の傍へ厚平の席を設けた。

「大分もてたようじゃアねえか」

「何がね？」

「今の写真さ。見物席の笑い声がここまでよく聞えてきたよ。主任よりあお前さんの方が遥にうめえ」

ジュアンは、最初厚平が這入ってきた時、チラリと目を上げてそちらを見たが、それっきりまた新聞に読み耽っている。厚平は椅子へ腰を下ろしながら、ホッと深い息をついた。

「了ちゃん、ちょっと困ったことがあるんだがね、君、今少うしばかり金が無いか？」

「ねえね、金なんか一文もねえ」

「そうかい、そいつはどうも困っちゃったなあ」

二人共一緒に、チラとジュアンの方を偸《ぬす》み視したがジュアンは恰度新しい葉巻を取出して、それに火を点けたところだった。

「困ったなあ」

と厚平がもう一度いって了吉の顔を見た。

「何か起ったのかい？」

「うん、起ったというほどのこともないが、館の方からね、この部屋の間代を貰いたいっていってるんだ。始めにはそんな約束じゃあなかったのだが――」

「いくらほしいってんだね？」

「いくらでもいいんだ、しかし、ジュアンさんの顔があるから、あんまりケチなことはしたくない。僕の月給は前借り続きでどうにもならないし、ねえ了ちゃん君が一つ骨を折ってみないか」

「さアね、無論骨を折らねえこたあねえが、己《お》れにうまく出来るかしら。何しろ近ごろはすっかり蔓が切れてるんだよ」

「二、三日うちに出来ないかしら」

「とても駄目だなあ――」

そこでポツンと言葉が切れると、煽風機の唸りだけが、妙に際立ってぶんぶんと聞えた。ジュアンは相変らず新聞の記事に心を奪われ、細く波を打った髪に片手を突っ込み、片肘をくの字なりに前へ伸ばし、時々葉巻の灰をチェス台の角のところで払っていた。

「何か品物でもあるといいんだが――」

暫らくして厚平が、ひょいと呟くようにこういった。

そうしてその時、この館の下足番らしい男がクリームソーダの入った岡持を提げて、部屋の入口になっている不恰好な階段をゴトゴトいわせて下りてきた。

「東海林さん、あんたに会いたいっていう女が来てましてね、一緒にお連れしてありますよ」

「ここへか?」

「ええ、何か大急ぎの用事だっていうもんですから」

「困るなあ、そいつは――」

その間にもう、下足番が案内したという女は、同じ階段を二三段ばかり下りかけていた。

了吉はそちらを向いてニヤリと笑った。淡青色の短いスカアートと、その下にスンナリした二本の脚とが見えたからである。

「あ、欣子さんじゃあないか!」

「ええ、あたしよ」

女は案外蓮っ葉に答えて、見る間に階段を下り切ってしまった。やや丸顔に受唇の可愛らしい容貌《かおだち》である。厚平は妙にどぎまぎして、女の顔と了吉の方とを見較べている。

「あたしね、急に話したいことがあってやって来たのよ」

「そう、じゃア、じゃア、外へ行こう――」

「短い話よ、でも――」

「うん、しかし外の方が工合がいいんだ――」

厚平が女を引立てるようにしてそこを出て行こうとすると、その時、始めてジュアンがむっくりと身を起した。

「厚ちゃん、僕、ちょっと出て行ってくる。了ちゃんも一緒に出て行こうや」

未練らしく愚図ついている了吉の肩をポンと叩いてジュアンは壁に掛けてあった上衣を外し、ストストと階段を上って行く。了吉が仕方なしにその後へ続き、ボンヤリしていた下足番が、これも狼狽てその後を追った。

「チョッ!」

厚平は舌打ちをして、三人の跫音《あしおと》が消えるのを待っていた。

「困っちゃうじゃないか、欣子さん!」彼は手巾《ハンケチ》で額の汗を拭きながらいった。「こんなところへ突然に来て――」

「でもあたし、他の人がいるなんて思わなかったのよ」

「それアそうだろうけれどさア、直接にはもう来ない方がいいって僕がくれぐれも念を押しといたはずだ、それに、今出て行った半毛唐はね、ありゃあ有名な不良なんだ。彼奴に睨まれたら、あんたなんかどんなことになるか分りゃあしないよ」

「まあ、不良なの？」

「そうだよ、とてもすげえ不良なんだよ」

厚平は煽風機を女の方へ向け直し、それから置かれたままのクリームソーダを勧めてやった。そうして、自分でもそれを二口三口啜っているうちに、だんだん気が落着いてきたらしい。ふと、彼はスプーンを動かす手を止めて、好ましそうに、女の横顔を眺めた。男刈りにした青々しい頸筋から、小さい耳環をぶら下げた耳朶へかけ、仄かに汗ばんだ白粉が霞のように浮び上がって、その下に続く滑かな肌が、寛《くつ》ろげられた胸と肩の方へ流れている。そして一旦肩のところで薄手な縮緬《クレエプ》に隠された腕は、危うく腋下へニュッと突き出てその折り曲げられた肘が、クリームソーダのコップを持ったまま、胸への膨らみへかすかに触れているのであった。

「欣子さん！」

「なアに？」

厚平はふいに唾を嚥《の》み込んで立上った。そして片手をそっと女の肩へ置いた。

「いや、暑いわよ」

思い懸けなく、女はこういってその手を振り払った。

「いけないの？」

「ええ、いけないわ。あたし、そんなどころじゃアないんですもの」

「どうして――」

「だって、あたし、ほんとに急な用があって来たのだわ、ほら、こないだ貸してあげた指環を返して頂戴。あれはね、あたしが他所《よそ》から借りていたんですもの、その人から台を取っ変えるから返してくれっていわれたのよ。あたし、困っちゃった」

「ふーん、じゃアそれで今日は来たんだね」

「そうなのよ。何しろあれはね、ダイヤだけでも一万円近くするんですって。ねえ、早く持って行かなけりゃあいけないんだから――」

女はこういって手を出した。厚平はギクリとした顔である。ちょっとの間黙って女の掌を視詰《みつ》めていた。

「あら、どうしたの？」

「うん、どうもしやあしないんだが――」

「じゃア返して頂戴」

こういっても厚平はじっと女の掌を視詰めている。忽ち、女の顔が不安そうに曇った。

「困るわ、それじゃあ、あたし困ってしまうわ。あんた、指環を返さない心算？」

「いや、そ、そんなことはない。返すよ、きっと返してやるけれど、しかし僕だってそれア困っちゃうよ」

「何故さ？」

「何故かって、それアね、今、僕の手許にないんだもの。うん、そういったからって、別にどうした訳じゃあないんだよ、ただね、ただ手許に持っていないんだ」

女はハッと泣き出しそうな顔になった。

「東海林さん、そんなことをいって、それじゃあほんとにいけないわ。だってあたし、あんたのところへ手紙を書いたら、ひょいっとその人に見られてしまって、だから何となく疑われてもいる時なんだし、それに指環を失くしちまったなんてことになれば、その人どんなに怒るか知れないのよ。とても嫉妬深い人なのだし――」

「なに、嫉妬深い人だって――？」

「え、いいえ、嘘よ、いい損《そこ》ないよ。その人、そのあたしのお父さんみたいな人なんだから、嫉妬なんかしやあしないわ。そんなことほんとにないんだけれど、でも困るわ、困るわ、ほんとに困るわ！」

「フン、何とかかんとか胡麻化しやがって、オイ、その指環のことは別として、嫉妬深いっていう人のことを訊こうじゃないか、え、欣子さん、君ア僕に嘘を吐《つ》いたね」

女はやや狼狽したが、激しく相手の言葉を否定した。

「何よ、何をあたしが嘘吐いて？」

「君アあの指環が何とかいう医学博士の持っていた指環だっていっていたね。フン、若くって美しい博士だろうねえ」

「違うわよ、全然見当違いをあんたいってるわよ。その人はほんとにもうよぼよぼの老人なんだから――。ただね。どういうものかあたしを大変に可愛がってくれるんだわ。そして、それよりかあたし、指環を返さないと困るんですもの。ねえ、お願いだからよオ」

「エンゲイジリングにでもなるのかね？」

「違うってば！　ねえ、そんなことは全くないんだから――」

女が真実泣き声になってこういっている間にも、厚平は、女のいい損なった「嫉妬深い人」という言葉に、どこまでも深く拘泥《こだわ》って行った。そして逆に女を責め始めた。ほかにも男がいるのだナ、とこういって厭味を並べ立てた、女はそれを一々否定する。だんだん言葉が荒くなって行って、女の方は到頭そこへ泣き伏した。と、その時ニヤニヤ笑いながらそこへ這入ってきたのが、先刻《さっき》出て行った了吉である。厚平の出て行けという手真似を身振りで制して、彼は女の傍へ行って何かボソボソと小声にいった。

　女は二度三度激しく頭を振った。

　了吉がなおも根気よく宥めすかす。

　すると女が、それでもだんだんと静かになって行った。

「ね、そういう訳なんだから、これは実は僕が悪い。だからね、少し手間は取れるけれど、遅くも四五日のうちには僕がここへ持ってきておきます。電話をかけますからね、そうしたらすぐ取りに来て下さい」

　どう説きつけたか、やがて了吉がこういうと、女は漸くにして顔を上げた。

「ほんと?」

「ええ、ほんとですとも!　東海林君は自分がそれを落っことしたのを知らずにいて、それで困っているんですよ。そいつをまた僕が、黙って拾って、友人のところへ鑑定してもらうために置いてきたんです。なアに、その友人だって、今はちょっと旅行してますがね、堅い男だし、間違いなんかあるもんですか」

「そんな訳ならいいけれど――」

「大丈夫ですよ。だからあなたはひとまずここを帰って行って、その指環を貸してくれたっていう人には、何とかうまくいい繕っておくんですね」

「きっとだわね」

「そうですとも!」

　女は幾度も繰返して念を押した。

　だが、そのうちに、先刻までの泣きじゃくりを忘れたように、いかにも安心した晴れ晴れしい顔になっていった。

「じゃアあたし、そうして戴くわ」

　やがて女は、泣き濡れた顔をコンパクトで直し、ニッと笑顔をさえ見せて立上ったのである。

　元来がここは地下室で、ずっと前から電燈が点いていたが、この時はもうすっかり夜になっていて、室の隅々には暗い影がどんよりと重く澱んでいた。女は、漸く厚平にも何か一言二言口を利いて、靴音軽くそこを立去って行く。後姿が見えなくなるや否や、厚平が照れ臭そうに頭を掻いた。

「どうもひどい目に遭っちゃった。お蔭様で追っ払うことが出来たんだが了ちゃん、お前聞いてたのかえ」

「聞いていたような聞かないような、まアとにかく、己ア階段を上った扉の所にいたんだよ」

「そうかい、しかし、うまいことをいってくれたんで助かったよ。あれアね、筑戸《つくど》欣子といって、偶然なきっかけで捕まえた女なんだ。案外初心《うぶ》なもんだからね、まだ二度ばかりしか会わないんだが――」

了吉はしかし、むずと椅子に腰を下ろして、甚だ不機嫌な調子でいった。

「フン、向うが初心だか、それともまた、お前さんの方が凄えのだか分らねえが、しかしナンだよ、こいつをあのジュアンが聞いたら怒るだろうぜ」

「どうしてだい?」

「きまってるじゃねえか。お前さん、先刻は金の工面に困るようなことをいっていたが、一万円もするダイヤをあの娘から奪《と》り上げておいて、それでよくあんなことがいえたものだよ」

「そ、それアしかし――」

「何がしかしだい? 己ア、ジュアンに告げてやろうか。彼奴が怒ったら大抵どんなことになるか位は知ってるだろう?」

厚平は、狼狽てズボンのポケットから蟇口を取出し、中からチカリと光るものを摘み出した。

プラチナ台に、精巧な二匹の蛇が彫ってあって、その蛇はやや青味を帯《お》んだダイヤを奪い合っている、見事な一個の指環だった。

「了ちゃん、怒っちゃっちゃ駄目なんだよ。何しろこいつは大したもんだ。口先一つで奪り上げてきたが君にだっていずれ何とかするよ。ジュアンにア、なるべくは知らせないでいてくれんか。先刻はついこのことを忘れていたもんだからね、今更どうもいい憎いしね、その方がお互いによかあないか」

「うん、それアね」と了吉が答えた。「お前さんが困るってえなら、何も己ア事を荒立てることも要らねえと思う」

「じゃアいいんだね」

「いいだろうまあ、失くさないように蔵《しま》っておくさ」

この時、入口の扉をガラッと開ける音がして、桐山ジュアンが元気よく階段を下りてきた。

「あ、二人ともいたんだね」

ジュアンはこういいながら、ズボンの尻から無造作に幾枚かの紙幣を摑み出した。

「足りないだろうか。僕、これだけ拵えてきたけれど――」

そのままジュアンは先刻の椅子へごろりと寝て、葉巻を甘美《うま》そうにポカポカとやり出したのだった。

砂中美人

それから三日経った日曜日、正確にいって八月一日のことである。

この日は東京中どの家の寒暖計も皆んな赤いアルコオルが素頂辺《すてっぺん》まで昇ってしまって、老人達にいわせると、七十何年来の暑さだとかいうことであったが、従ってこの日東京附近の海水浴へは素晴らしい群集が繰出して行った。

月島を始めとして大森羽田新子安、少し遠くでは本牧稲毛鎌倉江の島、折からの日曜日でもあるのだし、それらの海水浴場は文字通り人の波で埋められていた。そうしてその夥しい群集に混じって、浮浪児井波了吉も何喰わぬ顔に海水着を纏い、江の島を眼の前にした片瀬の海岸で、ポチャポチャと水を跳ねかしていたのである。

夏の避暑地と不良少年とは、切っても切れない縁があるといわれている位で、井波了吉がこうして江の島まで出かけたのに、何も不思議なことはない。彼は、額が無暗《むやみ》に大きく唇が薄く、それに鼠のように狡猾な眼をしていたので、容貌は妙に下司《げす》ばって見苦しく、不良少年としては女との縁が薄かったが、それでも海水浴場などへ出かけると、時に思設けぬ役得があったし、それに、若い女達が大胆な海水着一枚になってしまって、蛇のように、あるいはまた海豚《いるか》のように浪と戯れているのを見ると、それだけでも大きな娯《たの》しみであった。自分自身は一向に泳ぎが出来ないのだが、度々海へ出掛けるので、脊中や腕だけは一かどの泳手らしく陽に灼けている。彼は岸に近い浅い所で、いかにも泳げそうな恰好をして見せては、それから砂地へ上って、悠々と若い女達の姿態をあれこれと物色していたのだった。

彼がその海岸へ着いたのは、時間にして、午前十一時ごろのことである。江の島へ渡る桟橋近くのある海水旅館で仕度をすると、すぐに浜へ下りて行き、それから一時間ばかり、今述べた骨《こつ》であちらこちら物色して歩いた。が、片瀬はいったいが家族連れの団体が多い。そのため、彼はだんだん桟橋附近を遠のいて、腰越寄りに進んで行った。さすがにそちらは次第に人数がまばらになって、その代りには、人目につくことを恐れるらしい、若い男女が組々になって泳いでいる。若く逞しい青年の身体と、それに絡みつくようにして、キャッキャッと騒いでいる派手なしなやかな女達の身体が、了吉の胸をひどく苛立たせた。

が、そのようにして進んで行くと、了吉はいつしか、余りにも四辺《あたり》が淋れてきたのに気が付いた。ふと立停って見ると、そこから先きは、もう一人も泳いでいるものがないのである。彼はくるりと桟橋の方を向いて、波打際から七八間上ったところへ腰を下ろした。そこから見ると、桟橋の方が蒼い海の見えない位に、真黒な群衆の頭だった。そして左手の遥の沖には、キラキラと輝く白い雲と、薄い煙を吐く大島とが見えた。

「チェッ！　だらしのねえってありあしねえ」

何ということなしに呟いて、ヂリヂリ陽の照っている砂地へ寝長まろうとすると、この時彼は、耳の後ろでふっと次のような言葉を聞いた。

「あら、いけないわよオ――」

振向くと、かなり離れたところに、赤白だんだら染めの大きな海岸用日傘があった。背をこちらに向けていたが、今の声は明かにその蔭から聞えてきたのであった。

「忌ま忌ましいナ――」

了吉は口のうちで呟くと、ちょっと躊躇した後、じりじりと砂の上を這い始めた。立ったままで行っては影が映る。それで用心しいしい、近づいたのだった。

と、もう四五間というところで、二度目の言葉が聞えてきた。

「ねえ、よしなさいよオ、人が近くにいるんですもの――」

「いいじゃないか、え、人がいたって――」

「駄目よ、駄目よ、離してよオ」

「離すものか。お前、この僕を嫌ってるね」

「そうじゃないわ。嫌いじゃないんだけれど、ねえ、そんなことをしてはいけないってば！」

甘えたような女の声は、そこでぷつッと切れてしまった、男の声で何かまだボソボソといった。二人共に、了吉のそこにいることを気付いたらしい。了吉はニタニタ笑いをして、しかし、さすがにそれ以上近づいては行かなかった。やがて、ぶらぶらと浪打際へ引返し、ザブンと水の中へ飛び込んだ。そうして、じっとその日傘の方を見戍《みまも》っていた。一旦引返したのは、向うに油断をさせるためなのだった。

了吉は頭の中へ日傘に隠れた男女の不思議に縺れ合う放恣な形を描き出したり、それに続いて甘酸っぱいいろいろな妄想が浮かぶので、到底長くじっとしてはいられなかった。咽喉《のど》の奥が乾き切って、息詰まるような感じでもあった。そしてその後は、いい加減な時間を隔《お》いては浜へ上り、そっと日傘のところへ近づいて行った。といって、やはり最初より近づくことも出来ず、また日傘の向う側へ無下に廻って行くのも惜いように思った。一度は日傘の端から、若々しい女の素足がストンと二本共投げ出されているのを見たし、また一度はユラユラと煙草の煙が立昇るのを見た。が、その度にきまって自分の近づいたのを気取られた。女の素足を見た時も、

「あらッ！」

こういう女の声がして、スッとその足が日傘の中へ引込められた。了吉はその度に波打際まで引返さねばならなかったのである。

「そうだ、今度はあの船のある所を廻って行って、遠いには遠いが、横の方から見てやろう」

彼は到頭こう思付いたのが、そんなことを四五回も繰返した後だった。そこの波打際からは大分離れて、一艘の漁船が浜へ引上げられたままになっている。彼は、その蔭を廻って行こうとしたのであるが、すると恰度この時のことだった。了吉は、ふと眺めやった日傘の蔭から、黒い海水着を着た男が、つと現われたのに気付いたのである。

読者諸君のために、ここの場面は甚だ重要なところなのだから、もう一度詳しく説明しておくと、前いったように、四辺に人影は殆どなかった。例の日傘と船と、それから井波了吉とがいただけである。しかも了吉と日傘との間には、相当の距離があって、その間の砂地が熾烈な日光を受けて、ギラギラと輝いていたわけである。

今、ふいにその日傘の向うから現われた男は、顔形は分らないながらも、痩せ形のやや脊の低い男らしく見えた。頭に巻いた白い手拭らしいものと、頭から下の真黒な海水着とで、全体がかっきりと四段の色彩に断ち切られていた。そしてその男は、ポツンと砂地に立ったまま、五六秒間四辺を見廻していた風であったが、忽ちパッと砂を蹴って走り出した。了吉には遂にその顔を確めることが出来ない。了吉とその日傘とを絡ぐ線に対して斜《はす》っかいに、男は驀地《まっしぐら》に海へ向けて走って行った。そして波打際からヒラリと身を躍らしざま、スッスと抜手を切り始めた。了吉のいた場所からは多分、二三十間以上離れていたであろう。非常に見事な泳ぎぶりで、ぐんぐんと沖の方へ出て行ったのである。

暫らくその方を見送った後、了吉がふと日傘の方へ目をやると、そこには何も変ったところが見えなかった。相変らずのだんだら日傘が、カッと太陽を照り返している。

「惜いことをしたぞ畜生め！」

了吉は未練がましい瞳で、ものの五、六分間というもの、じっとその日傘を眺めやっていたが、やがてぐんぐんとその方へ歩き出した。もう船の蔭を廻ろうともしなかった。ただその女の顔を、しげしげと覗き込んでやりたいように思った。そうして行って見ると、日傘の向うには誰もいないような静けさだった。

「眠ったのかナ――」

彼はそっと傘の横へ自分の首を持っていった。最初眼についたのは、太い青い縦縞の水泳《ビーチ》パジャマ。それから続いて、砂の中からむっちりと太った白い股《もも》の突き出ているのが眼に入った。が、その女には顔が無い。砂に埋込まれているのである。

「オヤ――？」

了吉はおずおずと這い寄って、瞬間物もいわずに見詰めていたが、ひょいと腰を屈めるや否や、犬のように砂を掻き退け始めた。

だんだんに、薄緑色の海水着が現われ、それから胸に突き刺った短刀が見えた。短刀は、殆ど柄の根元まで刺し込まれ、傷口と切羽《せっぱ》との間から、じくじくと血が滲み出し、それが砂をべっとりと湿らしていた。

何か上ずった声で叫びながら、了吉はその女をぐいと抱き起したのであるが、すると、女の顔に被せてあった砂がザラザラと零《こぼ》れた。途端に了吉は、

「アア」

と、大きく息を内へ引いた。

そこに倒れていたのは、あの筑戸欣子という女であったのである。

第二章　博士夫人

検証

何か恐ろしいものにでも憑かれたような、不安な慌しい気配が、片瀬の海岸一帯へじわじわと拡がって行った

のは、かれこれもう午後の二時になろうという時刻でもあったろうか。

海につかっていた者も、砂地に寝そべっていた者も、一様に蒼ざめた顔をして、ひそひそと囁き合っていた。

「人殺しだってじゃないか――」

「胸のところを短刀でやられているんだそうだ――」

「海水着が血でべとべとになっているんだ――」

「いやアねえ――」

「あたし怖いわ――」

口々にこんな風にいっては、恐怖にみちた眼を遥か彼方の砂浜へ向けていた。一日の楽しい海水浴が急に底知れず不気味なものに変ってしまって、人々は三々伍々あちらこちらに集まり合い、しーんとして同じ方角を見やっている。無論それは、井波了吉がそのことを知らせたからであった。彼は、日傘の蔭にいた女が、しかも惨殺されていた女が、三日前に見た筑戸欣子であったことに気が付くと、最初のけ反るほどに驚かされた。が、間もなく一散に栈橋目懸けて走り出し、それから大声に
人殺しだ、人殺しだ！

と叫んだ。

ここで一つ断っておかねばならぬことがある。というのは、了吉がそうやって自分の発見した殺人事件を報告する前に、少しく妙な挙動を示したことである。彼は日傘のあった位置からものの二十間ばかり走った時、キョロキョロと四辺を見廻して、それから脚下の砂地を素早く掘り散らし、そこへ何か重たいものをポトリと落した。そして、すぐに砂を足と手で掻き集め、掘った穴を元々通りに埋めてしまった、再び四辺を見廻すと、そこで安心したように走り始め、忽ち、海水浴者が嬉々として遊び戯れている真只中に飛び込んだ。そうしていきなり大声をあげて「人殺しだ、人殺しだ！」と叫んだのである。

広い海を前にして、僅かに起伏した砂浜が午後二時の陽の下に、眩しい位輝いている。そこを了吉が先頭に立って、一団の群衆がバラバラと日傘の方へ駆けて行く姿は、妙に狂気染《きちがいじ》みた光景だった。が、日傘を幾重にも取囲んだ人々を押し分け押し分け、所轄鎌倉署の警察官達がやって来たのは、それから一時間ばかりの後である。続いてまた、検事や判事の一行も到着した。制服の警官は汗を拭き拭き、近づく群衆を追っ払い、同時に附近の海水旅館へ人を馳らせて、天幕《テント》や葦簾《よしず》などを取寄せた。死体には急拵えの日覆いをしてやり、それから現場の検証に着手したのだった。

この際、警察官にとって最も重要な人物は無論井波了吉である。彼は、騒ぎが次第に大きくなって行くにつれ、さすがに不安そうな眼をキョトキョトさせたが、それでも所轄署の一行が駆け付けたころには、もう大分落着きを取戻していた。

「ああ、あなたが最初の発見者だとかいうことでしたね――」

蘆谷《あしや》警部と名乗る案外年若な署長が、こういって了吉を訊問しかけた時、彼はへんに固くなって答えた。

「そうです。何の気なしにこの日傘の前を通りかかると、砂の中から脚だけが突き出ていたので、吃驚《びっくり》してしまいました」

「あなたはこの附近で泳いでいたのですか」

「いえ、それはその――」と了吉はちょっと狼狽した。「僕は泳ぐことが出来ないのです」

「すると、ただ、ぶらついていた訳ですね。近所にはあなた以外ほかの人はいませんでしたか」

「どうも、それが、気が付きません。しかし――」

「しかし――?」

「そうでした、この日傘の蔭から一人の男が飛び出すのは見ました。僕がここへ来る少し前です」

「見覚えがありますかその男に?」蘆谷警部はキラリと眼鏡を光らせた。「その男はどんな風采の男でした?」

「え、それがその、その時は大分離れていたのでよくは分らなかったのですけれど、何だかこう、脊の高い毛唐のような男でした。黒い海水着を着ていましたが、骨骼《こっかく》の工合やなんかが、どうも日本人のようには見えませんでした」

了吉はこういって、急に不安らしく警部の顔を偸視した。が、警部は側の刑事巡査にチラと眼配せをしただけである。

「それでその男はどうしました?」

「海の方へ走って行って飛び込みました、それっきりあとは分りません」

警部は再び刑事の方を向いて、何か小声に囁いた。刑事は緊張した顔付きでその横に二三人集まっている同僚らしい男達と、口早に何事か相談した。

「じゃア行ってまいります」

四人の刑事は急ぎ足にその場を立去って行く。多分、了吉のいった「脊の高い毛唐のような男」を探すために、浜から海水旅館へかけての捜査を行うためであろう。それを見送って警部は語を継いだ。

「で、あなたがその男を見た前後に、何かこう、叫び声のようなものでも聞えなかったのですか」

「ええ、一向に聞えません。何しろ、大分離れていましたから――」

「どの位の距離です?」

「一町位、いや、そ、そんなには離れてはおりません。二十間か三十間――」

「男の骨骼などが分ったというのだから、もっと近いはずですがね?」

「そ、そうです、そう仰有れば、もっと近かったかも知れません」了吉は顔を少し赧《あか》らめたが、それを胡麻化すように持っていた手拭でぐいと顔の汗を拭った。

「色の白いことや、脊の高いことが分ったんですから、案外近かったかも知れません。しかし、どうも叫び声の方は聞きませんでしたよ」

警部がちょっとの間答えなかったので、了吉は一層不安そうな顔になった。そしてもじもじとして言葉を添えた。

「あの、ナンじゃアないでしょうか。死体が何しろ砂の中に埋めてあった位なんですから、男が日傘の外へ出てきたのは、殺してからよほど時間の経った後ではないでしょうか」

「そうですね、私もそのことを考えていたところですよ。多分、あなたのいわれる通りでしょう。が――それはそれとしておいて、何か他に気付いたようなことはありませんでしたか」

「さア、別にどうも――」

「そうですか。それではまた思出したことでもあれば後に知らせて戴くとして、御名前を一つ伺っておきたいのですが」

「僕のですか?」

「そうです、御迷惑でもありましょうけれど」

了吉は丁寧な警部の言葉に対して、やや躊躇した後思い切って答えた。

「名前は井波了吉です」

「御住居は――?」

「東京です。シネマ・パレードという活動写真館にいます。そこの弁士が僕の友人なので、その世話になっています」

こうした訊問は、検事が少し遅れて出張してきた時にも、大体同じ順序で繰返された。そして、その二度目の時には、了吉も場馴れがしたとでもいうものか、少しも狼狽てた風は見せなかった。が、そのあとで了吉が警察官達のいる場所から少し離れた所に佇んでいると、その肩を軽く叩くものがあった。

振向くと、それは鼻下に短かい髯を生やした四十年配の男で、了吉と同じように海水着を着ていた。

「オイオイ、妙な事件に係り合っているんだね」

こう云われて、了吉はギクリとした。

「あッ！　あなたは——？」

「吃驚することはないよ。今日は僕も非番でね、家のものを連れて泳ぎに来ていたのだ。たまにゃ刑事だって暇があるよ」

その男は、それからツカツカと先刻の警部へ近づいて行った。

「僕、こんな恰好をしていて失礼ですが、実は警視庁にいる沖島貞作です。不良少年の方をやっていますが——」

「あ、そうですか」蘆谷警部はちょっと疑わしそうにその顔を覗き込んだ。「で、何か君に——」

「いえ、今まで遠慮していたのでございますが一つだけ気の付いたことがありまして——」沖島刑事は了吉の方を指差していった。「あの男ですが、あれは不良少年なんです。一応署の方へお連れになって、委《くわ》しく御調べになった方がいいかと思います。尤も、大したことの出来る男ではありませんけれど、案外奸智には長《た》けているようですし——」

蘆谷警部はヂロリと了吉を睨んで、それから沖島刑事の方へぐっと握手の手を差出した。

「や、どうも有難う」

思わず了吉は、「畜生！」と小声に呟いたのだった。

この事件について、神奈川県警察部と警視庁とが一致協力して捜査に当ったのは、実に今述べたような機縁からである。当局の捜査がどういう風に進んで行ったか、それは追々に分るとして、井波了吉が遂に警察へ連れて行かれることになった一方において、その証言に本づく「外国人らしき脊の高き男」については、速刻江の島から鎌倉藤沢に至るまでの手配りがあり、同時に、死体検視を始めとして、現場検証は頗る綿密に行われた、時機遅れであったものか、それらしい犯人は遂に捕まえることが出来ず、今、叙述を簡単にするために、その時係官の手によって作製された実況見分書を掲げて見ると、それは大体次の如きものであった。

昭和×年八月一日午後三時、神奈川県鎌倉郡川口村大字片瀬海岸海水浴場における殺人事件に関し現場に臨みて実況を見分すること左の如し。

一、現場の模様

（前略）――現場は海に向いて江の島桟橋より左方海水浴場の端れにして、死体は半ば砂中に埋め込まれ附近には長柄の海水浴日傘を始めとして種々の物品存在するも、格闘その他被害者の抵抗したる模様に乏しく、但し本官等出張前に当日海水浴に来り合せたる多数の人々現場に殺到したるため、砂地に印せられたる足跡は甚だ乱雑を極め、被害者もしくは犯人の足跡らしきものを識別し難し。その他現場の状況は別紙見取図の如し（見取図省略）

二、当時の状況

死体発見者井波了吉の言によれば同人がこれを発見せるは同日午後二時近くのことにして――（以下省略）

三、死体の状態

死体は南を頭に仰臥し左胸心臓部に殆ど垂直に突き刺されたる短刀のため半身血塗れとなり全く絶命しおれり。下肢やや不自然に踏み拡げられ上肢両手共に固く握りしめられたるも、両眼を見開き唇を僅かに歪めたる以外、表情には大なる苦悶を認められず

四、証拠品

現場に遺留されたる物品左の如し

折畳み式携帯に便なる白、赤二色染め海岸用日傘一本

赤鼻緒の安草履一足及びズック製海岸用婦人靴一足

リボンシトロンの空壜一本

トマト三個、他に食い散らせるトマトの皮若干

キルク口巻莨《たばこ》オリエントの吸殻四個及びなお二本を残存せる紙製の箱一個

赤地のレッテルにカフェー・アザミなる白文字を抜き出したるマッチ一個

特徴なきタオル一本

籐製の婦人用小型バスケット一個（内部にはキレー紙若干を残すのみ）

タオル地海岸用婦人マント一着

象牙柄長さ四寸刃渡り五寸の短刀一本

（以下省略）

この見分書以外に、警察医の鑑定書があるのであるが、その重要な点は、致命傷が心臓部の一撃にあったこと、及び被害者に少しく〇〇昂奮の痕が認められたとい

う、その二点ぐらいなものである。

とにかく、遺留品は非常に沢山あるし、事件の解決はそう困難らしくも見えなかった。その点、係官達はすっかり見込違いをしてしまったのである。

伊達巻の女客

いかなる殺人事件においても、まず最初に知られなくてはならぬことが、被害者が何者かということである。それについて、井波了吉は自分がその女を知っていることを、噫《おくび》にさえ出さなかった。それで係官達は自分の手でそれを探知しなければならなかったのであるが、案外このことは簡単であった。

蘆谷警部配下の、猪股《いのまた》刑事というのが、じきにそれを探り出したのである。現場にあった赤鼻緒の草履を手懸りにして、彼はまだ現場検証が行われている最中頻りに海水旅館の方を捜査して歩いた。ズック製の婦人靴は別として、赤鼻緒の草履は、その附近の海水旅館が客用として出しているものであった。だから彼は被害者が（あるいはその被害者の同伴者であって、しかも犯人であるべき男が）必ず一度海水旅館へ立寄って、それから日傘やバスケットなどを現場まで持ち運んだものと見込みをつけたのだった。

が、そこで猪股刑事が桟橋の袂から始めて一軒一軒の旅館を調べて行くと、恰度五軒目に這入った菊本館というのが、その草履を出したことが分った。草履には、不確かな焼印が押してあって、刑事にはそれが読めなかったけれど、菊本館の女中はさすがにすぐとそれを認めたのだった。

「そうでございます。うちの草履でございますが――」

刑事は踊る胸を押えながら、少し声を低めて訊いた。

「じゃアね、正直に答えてもらわないと困るのだが、あんたのところに、二人連れで来て、日傘だのバスケットだのを海岸の方へ持ち出して行った客はないだろうか。一人は若い女で、他の一人は多分色の白い脊の高い男なんだ。ひょっとすると、男の方は外国人かも知れないが――」

こういっている間に女中は何かいいたくて堪まらないのを、じっと怺《こら》えている風であった。そして刑事の言葉が切れるや否や、すぐにいった。

「いいえね、私共の方でも実は皆んなで噂をしているのでございますけれど、お客様の一人が先刻から大変に御心配なんでございます。女の方なんですけれどね――」

「何、女だって?」

「え、立派な奥さん風の方なんです。日傘とバスケットを持っていらっしったといえば、確かにもうその方でございますよ。いいえ、外国人なんかじゃアありません。うちへは大変に朝早く来られたのですが、若い美しいお嬢さんとご一緒で、お嬢さんにはタオル地の海水浴マントを着せ、御自分は薄緑色の海水着になって浜の方へ下りて行かれました。そして先刻、そうでした、あの騒ぎが起る少し前です、奥さん御一人で海から上がって来られたのです」

「なるほど、で、今その婦人がここにいるんだね?」

「いらっしゃいます。御呼びしましょうか」

「いや、そこへ連れて行ってもらおう」

猪股刑事が女中を先きにして土間続きになっている奥座敷の方へ行くと、そこは相客の少ない小ぢんまりした部屋で、その窓際に凭れかかって涼しそうな明石の単衣に、碁盤目盛りの伊達巻を締めた女が坐っていた。

年ごろは三十ぐらいでもあろうか、だがその年と和服にも似合わず断髪で、痩せ型の濃く白粉を塗った女である。刑事が靴を脱いで上って行くと、女の顔にはハッとした色が現われた。

「あの、もしやあなたは――」と女はいって、唾を嚥み込み嚥み込みするようだった。「あの、警察の方じゃあないのでしょうか」

「そうです」刑事は押えつけるように答えた。

「ああ、それじゃあやはり、ああ、どうしたら私いいのでしょう」

女が続いて泣き喋りに何かいおうとするのを、刑事はちょっと押えて、そこにいた他の客二人と女中とを別室に去らせた。

「失礼ですが奥さん何か御心当りがあるようですね」

刑事は、対手《あいて》を落着かせるために、わざと煙草などを取り出して悠々と訊いた。

「は、実は浜の方で恐ろしい事件があったと聞いたものですから――」

「ありましたよ。そのことで伺ったわけなんです」

「それであの、私、一緒に連れて来た者がありましてそれが若い娘なんですけれど、待っても待っても帰ってきません。先刻から気になっているのですが、それについてあなたのお訊ねになろうというのは——?」

「御気の毒です。大体、御推察の通りではないかと思います。尤も、行って御覧にならないと分りませんがそうですナ、今女中から訊いたところによると、あなたはその娘さんと一緒に日傘とバスケットとを持って御出掛けになったそうで——」

「は、はい、そうでございます。私、その娘と一緒にずっと向うの端れの方へ日傘を立てて、遊んでいたのでございますが、そうするとそこへ、妙な男がまいりまして——」

「妙な男?」

「はい、私の一向見知らない男でございました。が、その娘に慣れ慣れしく話しかけましたので、実は私、気を利かして一人っきりこちらへじかに帰ってきました。別に、どう思ったというのでもありませんけれど若い女のことですし、その男の方と何か特別な話があるようにも見えましたので、遠慮してしまったのです。一度日傘のところへ帰って、草履を穿いてこようかと思いましたが、湿った浜伝いに、そのまま帰って参りました」

残された赤鼻緒の草履は、この婦人が穿いたものだったのである。猪股刑事は頻りに頷いた。

「奥さん、よく分りました。もう行って見るまでもありません。殺されたのはその娘さんです」

「ど、どうしたらよいのでしょう」

「どうも別に仕方のないことですが、しかし犯人を早く挙げるために、なるべく何事もお隠しなく話して戴きたいと思うのです。その娘さんというのは、年配からって、あなたの妹さんというような方なのですか」

「いいえ、違います。妹ではございません。そして、でも妹と同様に親しくしておりました。筑戸欣子と申しまして、ある家の令嬢なのです」

「そうですか、何しろ大変なことになって御気の毒です。が、向うにまだ係官達がおりますし、一応向うへ行ってそれからの話を伺わせて戴きたいです」

「でも——」

「いけませんか?」

「は、なるべくなら——、私、何だか怖くて、見るのが厭なのでございます」

だんだん話しているうちに、刑事はその婦人がひどい恐怖にうたれているのを知った。口のあたりの筋肉を硬ばらせて、無理矢理喋っている風なのである。刑事はこうした女を強いて現場へ連れて行っても、反って効果の上らぬことに気が付いた。

彼はその場の気持を幾分なりとも和らげるために、ポケットから扇子を出してハタハタと胸の辺を打ち煽ぎ、それから何気ない視線を窓の方へ外らした。その窓の敷居には、総体薄緑色の裾だけが太い格子縞になった海水着が乾しかけてあって、その艶かしい色合がまだ十分に乾いてはいないことを示していたが、海からの風に煽られたため、危うく窓の向うへ落ちそうになっている。刑事はそれを指し示してとってつけたようにいった。

「あ、海水着が落ちかかっています。奥さんのじゃないんですか」

女はひょいとそちらを振向くと、少し気まり悪そうにしてそれを敷居から外し、小さく畳んで脱衣籠の中へ入れた。が、その僅かな気分の転換のために、女は前よりか多少落着いたらしい顔になった。（記憶せられよ読者諸君、このあたりから刑事と女との間に取交された会話こそ、この奇怪にして錯雑を極めた事件の解決のためには、本来最も大切なヒントを与うべきものであったのである。読者諸君のうちには、ひょっとしてそれを看破する方がいようも知れぬ）

「有難うございます。海から上って乾しておいたのを忘れていまして――」女はつつましやかにいった。「ですが、あの先刻のお話、私がどうしても行かなくてはなりませんのですか」

「そうですね」猪股刑事は少し思案した。「いや、すぐという訳でもありません。要するにいろいろお訊ねしたいことがあるからですが、大体のところはここでお話し致してもいいのです」

「はア、では、何でもお答え致しますから」

「そう願いましょう。で、第一に大切なことは、その娘さんに話しかけたという妙な男のことですね、それはどんな男だったのでしょうか」

「割合に脊の低い男です」

「え、脊が低いんですって？」

「ええ。よく見たわけでもありませんが、どちらかといえば小柄な男です。生憎、顔を向うへ向けていましたので、顔は分らなかったのでございますが、頭に手拭をくるくる巻いて黒い海水着を着ておりました」

猪股刑事は、了吉の証言とこの女の言葉とに、明かな食い違いがあるのに気が付いた。が肚の中で、了吉がその男を見たのは非常に離れたところからであったというので、多少了吉の方が見違えたのであろうと解釈した。

「その他に特徴はありませんでしたか」刑事は何食わぬ顔で訊いた。

「別に覚えていることはございません。ですけれどもその男が欣子さんに向って次のようにいったのを、たった一言だけ聞きました。『話したいことがあるんだからさ！』とかいうちょっと怒ったような言葉です。私それを小耳に挟んだものですから、わざと遠慮して一人っきりで宿の方へ帰ったのです」

「その時娘さんの方では何か答えましたか」

「いえ、何も答えたようには思いません。ただ困ったような顔をして、チラとその男の肩越しに私の方を眺めました」

「なるほど、してみると、被害者とその男とは前々から知合った仲ではあったんですね」

「どうでございますか、多分そうだろうとは思いますが、私には一向心当りがございません。欣子さんは、打開けて申しますと、お父様が海軍の退役士官でございまして、家庭は大変に厳格なようですし、私の所へはこの一年ばかり前から、ちょっとした機会で遊びに来るようになられましたが、いくらか御転婆ではあっても男の人との問題などは少しもないように見受けました」

「つまり、あなたには気付かなかったのでしょうね。――しかし、そのお父さんという人の所へ行けば案外心当りがあるかも知れません。御存じでしたら、教えて下さい」

女の答えによると、欣子の父親は麻布に住んでいるとのことであった。刑事は手帳へその所番地を写してしまうと、鉛筆を舐め舐め女の顔を見上げた。

「ところで、ついでにあなたのお名前も――？」

「はい、私は――」女は逡巡《ためら》い勝ちに答えた。

「蛭川鞠尾《まりお》と申します。牛込南五軒町三〇番地に住んでおります」

「御主人がおありでしょうね？」

「はい、主人はあの、今病気で寝《ふ》せっておりますけれど、元医者でございまして、医学博士の、いいえ、本当は外国《あちら》で苦学をして学位をとってきましたので、ドクトル・オブ・メヂチーネでございますけれど、近所からは医学博士として通っております。それで標札なども医学博士として二年位前まで門へ掛けておいたのですが、もう老人でもございますし、医者の方はすっかり止めてしまいました。いつも大変に気難かしくて困りますが、不思議にあの欣子さんだけには優しくて、今日も二人で一緒に海水浴へでも行ってこいなどと申して、それで私達が出掛けて参ったのです」

「お名前は?」

「あ、そうでございましたね、名前は蛭川龍造というのです」

「医学博士蛭川龍造と仰有るんですね」

「ええまアそんな風に世間でも呼んでいらっしゃるようでございます。が、大変に変った気性で、近所との御交際も全く致しませず、それにもう齢が齢ですから、一年のうち半分はベッドに暮していて、滅多に他人《ひと》様ともお会いしません」

　何故か知らぬが猪股刑事は、かくして蛭川博士夫人の談《はなし》を大体聞き終えたと思った時、ふと、脊筋をズルズルと這い上るような恐怖を感じた。そうしてそれは全く訳の分らない不気味さであった。見れば、夫人はじっと目を伏せて何か頻りに考えている。その姿がまた、妙に暗っぽく、唇にヒヤリとくる感じなのだった。

「面妖《おか》しいぞ、へんだぞ」

　刑事などには、犯罪捜査中ひょっとして、説明のつかぬ第六感が働くという、彼はその奇怪な感じの真因を見極めようとして、頻りに頭を悩ました。そしてそのうちに頭の中へ、「蛭川博士」という四つの文字が、ボーッと白く浮み上ってくるように思った。だが、ああ彼はこの事件の怪奇さを、ほんの片鱗だけ感じ得たに過ぎなかったのである。

　猪股刑事はそれから後暫らくして博士夫人と連立《つれだ》ち浜伝いに惨劇の行われた現場へ帰った。その刑事の報告によって、係官一同に被害者筑戸欣子の身元も知られ、その他大体の事情が分った。が、そのうちにこの日はもう、加害者逮捕の見込みが覚束《おぼつか》なくなってきた。やがて事件に対する捜査本部は鎌倉警察署へ移され、そこの楼上で県警察部から出張してきた役人や例の蘆谷警部を始めとする刑事連が、数時間に渡る密議を凝らすことになった。

　身も心もゲッソリと疲れ果てた顔の博士夫人は、その夜九時少し前、淋しい影を引いて警察署の門を出たのであった。

第三章　呪の邸宅

巨大な怪人

東京牛込区南五軒町というのは、物語の性質上無論これは仮名であるが、牛込と小石川とを接している江戸川縁《べり》から矢来町へ抜ける途中にあった。

この附近は一帯に火事などの非常に少いところと見えて、江戸川の電車通りから一歩南に踏み込めば、ひどく古めかしい、煤けた家ばかりが並んでいる。武者窓の附いた足軽《あしがる》長屋のような家もあれば、低く押し潰されたような門構えに、昔の御家人でも住んでいたらしい住宅もあり、また、今に至る店頭には緋毛氈を敷き詰め、奥には古風な桐の簞笥を並べ込んだ、さながら江戸時代の俤《おもかげ》をそのままに遺す呉服商もあった。が、そうして時代に置き忘れられたような町々を通り抜けて、次第に爪先が坂道にかかると、この辺からはボツボツ洋館などがあるようになり、そうして遂に矢来へ抜ける。――八月二日、即ち筑戸欣子惨殺事件のあった翌日の午後、今述べた坂道をスタスタと登って行く男があった。

白いズボンに鼠色の上衣、手には籐のステッキを携えて、ちょっと見るとどこかの会社員とでもいった風采だが、これは鎌倉警察署の猪股刑事。彼はその日の昼近く東京へ出て来て、最初は麻布に筑戸欣子の父親を訪ねた。蛭川博士夫人の話では、海軍の退役士官で非常に厳格な家庭だということであったが、そこでは何も格別なことを聞き出せなかった。

「いや、儂《わし》の方でも全然心当りがありません。いったいがその蛭川という博士の家へ出入しているということも、最近知ったばかりでして、本来なら自分勝手に他家を訪問するなどということは許さなかったのですが、先方が博士ということでもあり、まあ黙認していたようなものです。その博士が欣子《あれ》を大変に可愛がっているということも聞いていました。今度の片瀬行についても、海水着だの何だの、博士のところで全部仕度を揃えてくれたらしいです。欣子は儂に、ただ、今日も博士のお宅へ行くからといって出て行っただけですよ」

さすがに軍人だけあって、欣子の父親は悲しみの色を顔にも見せずこう答えた。母親を初め、女中などにも種々と訊いてみたが、それ以上のことは分らない。異性との間の関係なども、一人として知っているものがなかった。そこで猪股刑事は、今麻布から牛込へ廻って、蛭川博士邸を訪れようとしているのだった。

麻布で案外時間を費したため、もうそれは、暑い夏の一日が、やや涼しくなりかけたころであった。刑事はとある坂を中途まで登って右手に折れ、へんに曲りくねった小路を三四十間余り突き進んで、通称牛の脊天神と呼ばれる神社の境内へ出た。博士邸はこの神社に沿って、江戸川縁一帯の低地を瞰下《みおろ》す崖縁にあったのである。

社の境内では子供が四五人、キャッチボールをして遊んでいた。そして蟬が喧しく鳴いていた。さすがに涼しい空気が流れている。刑事はまずそこに佇んで一応四辺の様子を見廻した。博士邸は割合に小さいけれども頑丈な石塀を廻らした洋館で、その入口の門が社の境内と柵一重で仕切られている。洋館とはいえ、もう明治時代の遺物ともいうべき古ぼけた家で、二階の屋根には、半ば崩れかかった煉瓦の煙突が見えた。しーんとして人の住んでいる気配もない。表門にぴったり鎖され、その横の小さな潜戸が一寸ばかり開きかかっている。やがて刑事はその潜戸へ近づいて行った。

が、刑事がその潜戸をガラッと開けた時であった。そこは這入るとすぐに石炭殻を敷き詰めてあって、その向うに凸字形に突き出した玄関と、その玄関の真上に当る二階の小さな窓とが見えたのであるが、その時刑事の眼の前へは、ヌッとばかり立塞がった者があった。

六尺豊かの巨大な男である。

赤銅色に陽に焼けた顔は、頭がつるつるに禿げ上って、しかし眉毛だけは無暗に濃い。奥の方でギロッと凄じく光る双の眼や、大きく胡坐《あぐら》をかいた鼻や、厚いだだっ広い唇や、凡てが醜怪な顔立ちで、それがボロボロのズボンに上半身を素裸にして、片手にショベルをぶら下げながら現われたのだった。

刑事はギョッとしながら身を引いて、だがよく見るとどこか賤しげな下男らしいところがあった。

「君、奥さんは今おられるのかね？」

刑事は男の顔を見上げた。が、男はむずと黙り込んだまま口を利かない。

「え、君、僕は奥さんに御目にかかりたいがね――」

もう一度刑事がこういった時、男の顔には奇妙な表情が現われた。唇をぐいと歪めて、眉毛を片一方ピクピクさせ、同時に右半面の顔に深い皺を幾筋も刻んだ。が、そのまま何もいわずに脊後《うしろ》を振向き、玄関の真上の見当をギロリと見上げる。刑事も同じように視線をそちらへ向けると、その時男の骨太な手が刑事の肩へぐいと置かれて、刑事はよろよろと二三歩後退りした。

「な、なにをするんだ！　いきなり人を小突くなんてなにを君は乱暴するのだ！」

が、男はやはり無言である。まばらに生えた太い歯を剝きじり出して、片手にはぐっとショベルの柄を掴み、今にも躍りかかりそうな気色を示した。

「君はナニか、僕に抵抗する心算なのか！」

刑事には甚だ意外だった。が、こうなってきてはやむを得ない。そこにあった棕梠《しゅろ》の幹を小楯にとると、左足をトンと踏んばって身構えた。それを見て、巨人の顔には火のような憤りが燃え上る。ショベルがぶーんと唸って高くその頭上に振り上げられた。

「オイ、コラ、下らんことをするとためにならんぞ、コラ、コラ！」

それでも刑事はこういいながら、棕梠の葉蔭をじりじりと廻った。巨人はショベルを翳したまま迫って来る。

「ウヌ！」

刑事は隙を窺って、巨人の胸へ激しく頭突きを喰わせようとした。が、するとこの途端だった。

刑事は玄関の方に当って、ガタリと窓の開けられる音を聞いた。続いてまた、何かがヒュッと耳を掠めて飛んで来るのを見た。ピシリッと激しい音を立てて、その飛んで来たものは石塀の根元へ中《あた》った。そこの地べたへ落ちたのが、キラリと眩しい光を放つ。

「畜生！」

刑事はパッと右手へ跳び退いた。何が飛んで来たのかを見極めるだけの暇はない。巨人のショベルがサッと空を切って振り下ろされたからである。巨人は最初の一撃を見事に躱《かわ》されて、ぐるんと大きく空身を振った。咄嗟に刑事がその腰を突く。石塀へドタンと身体を打ちつけた巨人は、だがすぐに起き直ってショベルを投げ捨て、何か奇妙な叫び声を発しながら、遮二無二刑事へ肉薄して来た。

石炭殻を跳ね飛ばし、植木を倒し芝生を荒し、ほんの一二分間ではあったけれど、そこには凄じい格闘が続いた。刑事も腕は相当にあるが、巨人の腕力は鋼鉄製のアームのように強かった。刑事のために、二三度ズデンドウと倒されながら、刑事にはそれを押え込むことが出来ない。刑事は、だんだん疲れて、玄関の前まで追い詰められた。彼は、ハッハッと息を切らして玄関の扉に凭りかかろうとする。と、この時巨人は、ふいにそこへ立竦んだ。

「いけない、およし！　与四郎、お前いったい何をするのだ！」

玄関からこうした声が聞えて、ヒラリと華やかな色が翻った。

博士夫人鞠尾が飛び出して来て、猪股刑事をサッと背後に庇ったのである。巨人はウウッと唸って立ちはだかったが、その顔には見る見る困惑し切った表情が浮んだ。

「お前、あっへ行っておしまい。いけない、近づいてはいけない！」

やがて巨人は、悲しそうに首を項垂《うなだ》れた。そしてヂリヂリと後退りをし始めた。

「ま、とんでもない不調法をさせまして、あれはあた、訳の分らない唖《おし》でございます。お怪我をなすったのではないでしょうか」

博士夫人は、つと猪股刑事の方を振向いて、おろおろ声にこういったのだった。

悲しみの夫人

突然に襲いかかった巨大な男が、物のいえない片輪者であろうとは！

臂や向う脛を五六ケ所擦り剝き、そうして服を大分汚された以外、幸にして怪我はなかったものの、刑事は茫然として棒立になった。

「ほんとにま、何とも申訳がございません。私、ついうっかりしてとろとろと寝《やす》んでいたものですから――あの男は少し低能なのでございますし、それに、どうかして自分の気に入らないお客さんなどが見えますといつも無暗に怒り出してしまいますので、ほとほと私も手を焼いているのでございます。ま、何しろこちらへお這入り遊ばして、お召物などお脱ぎ下さいまし。ね、どうぞ御勘弁遊ばして――」

夫人は消えも入りたそうな風情でこういって詫びる。

「そうですか、いやどうも――」

猪股刑事も仕方がない。苦笑しいしいこうでも答えるより他なかった。まだ息切れのする胸を押えて、彼も呆れて巨人の後姿を見送ったのである。

強《た》ってという夫人の言葉に逆らいかねて、ざっと一風呂浴びさせてもらい、その間に大体泥を払い落してくれた服を着直し、彼が漸く博士邸の応接室へ通されたのは、それから暫らくの後だった。この時気のついたことではあるが、博士邸には書生も女中も置いてなく雇人とては先刻の唖がただ一人きりであるらしかった。彼を奥へ案内するのも、またその部屋へ冷たい飲物などを運ぶのも、一切夫人が一人でした。そうして、漸く主客の席が定まると、夫人はまた改めて思い設けぬ非礼を詫びた。夫人の言葉によると、唖男は主人蛭川博士の縁続きに当るものであったが、どこにも彼の身を世話してやるものがなく、それで仕方なしに博士が引取り、下男同様に使っているとのことだった。

「時々ほんとうに困ってしまうのですが、それでも可愛想な身の上でもございますし――」

夫人はこういって目を伏せたのだった。

応接室は八畳ほどの広さだったが、調度や装飾などに十分金をかけてあるのにも拘わらず、刑事は何がなし、そこに一抹陰気なものの漂っているのを感じた。唖の下男の話が一通り終ると、夫人が立って電燈を点けたが、それでも陰気さに変りはない。

やかて夫人は、ホッと溜息を洩らしながらいった。

「で、あの、御訪ねの御用件は――? 多分、昨日の恐ろしい出来事に関してでございましょうけれど――」

実は刑事も、早くその話に入りたくて、だが何となく逡巡っていた折なのである。彼は心持身を乗り出すようにして答えた。

「ええ、実はそのことで上ったのです。が、御迷惑ではありませんか」

「いえ、迷惑などと申してはおられません。ではあのまだ犯人の方の目星がついたのではございませんでしょうか」

「ボツボツやってはいるんですが、しかし、実のところ今日は、奥さんからもう少し詳しく事情を伺ったりそれから、先生にも御目にかかりたいのです。無論、博士は御在宅でしょうな?」

刑事の主な目的は、博士に面会することにあった、が、するとこの時、夫人はハッと眉を顰めてしまった。

「御留守なのですか」

「いえ、そ、そうではございません。いるにはいるのでございます。でも、あの、主人の方はなるべくなら遠慮させて戴きたいのでございますが」

「御面会が出来ない？」

「は、はい、我儘なようですけれど、なるべくは、いえ、本当を申せば、絶対にそれが出来ませんので」

「ど、どうしてです」

「…………」

夫人はすぐに答えなかった。チラと刑事の眼のうちを覗いたようだが、忽ち顔を伏せてじっと黙り込む。刑事の胸に、むらむらと不審の念が湧いて来た時、思い懸けなく、夫人は手巾を出して顔に押し当てた。痩ぎすな肩をぐっとすぼめて、細かく身体を顫わしている。

夫人は、こみ上げてくる悲しさを押え付けるように、声を忍ばせて泲《な》き出したのである。刑事は、途方に暮れて同じように暫らく黙っていた。

「奥さん、奥さん、何かいったいあったのですか、え、奥さん？」

二度三度刑事はいった。そうして漸く夫人は顔を上げた。

「はい、主人が実は――？」

「御主人がどうかなすったのですか」

「いえ、いえ、どうしたというのではございません。実はただ、はい他人様には御目にかかれない、見苦しい病気にかかっておりますので、それで、それで、先刻もあんなことをしたのでございました。あなたは御気が付かれなかったのです。何方《どなた》でも、宅を御訪ねになる方がありますと、あの与四郎が、門のところまで参りまして、それから、玄関の真上に当る二階の窓を見上げるのでございます。あの窓に、あなたは少しも御注意をなさらなかったのでしょう。あそこには、主人がいつもじっと門の方を眺めているのでございます。お恥かしい、もうもう、誰にも秘密にしている病気なのでございます」

刑事には、何か薄ぼんやりと分りかけてきた。啞の与四郎が、自分を押し戻す前に二階の窓を見上げたことも思い出された。

「奥さん、すると御主人は――？」

「お分りでございましょう。忌まわしい病気に罹《かか》っているのでございます。そしてそのために、何もかもいけなくなってしまったのです。せっかく、学位をとって帰国致しましても、開業医となることも、また世間へ出ることも出来ませんでした。主人は、だんだん他人様に会うことを嫌い始めて、今では、終日、暗い部屋の中に閉じ籠っています。そうして、何方かがお訪ねになりますと、与四郎に向って、何か合図を致しまして、門内へ這入ることをお許ししたり、または激しく追い返したりなどするのです。甚だしい時には、二階の窓から、いきなり品物を摑み取って、お客様に抛げつけます、インキ壺であろうが灰皿であろうが、どんな高価な置物でも、手当り次第にそのお客様目懸けて抛げるのです。与四郎がまた、啞でありながら、不思議に主人の気心を汲み取って、それにお手伝い致します。私が、いつも注意してはいますけれど、時としては先刻のようなことになってしまって、なんという、忌まわしいお恥かしいことでしょうか。あ、あなた、私はもう、私はもう――」

夫人はいいかけた言葉を途中で途切らし、そのまま激しく咽び入ってしまった。

やや長いこと刑事も言葉が無い。

彼はじっと夫人の痛ましく窶れた頸筋のへんを見戍っていたが、やがておずおずした調子でいった。

「お気の毒です。ほんとうに御同情致します。事情を知らないものですから、簡単に面会させて戴けると思って伺ったのですが、しかし、それでは奥さんが第一大変でしょう。失礼ですが、もう長いことそんな事情なのでございますか」

「はい、もう二年前から、足掛けではぼつぼつ四年目になっております」

「御療治は無論なすったのでしょうなア」

「自分が医者なものですから、それはもう、早くから気付いていたようでございます。私がそれを知ったのは割合に遅かったのでございますが、主人は外国にいましたころから、始終昇汞水《しょうこう》の注射をして、病気の外へ出るのを防いでいたにはいたのでした。が、到頭それが二年前に、もう注射では利かなくなり、それ以来、殆ど半身不随でいるのです。あの二階の一室からも滅多に外へは出て来ません。二目と見られない顔容になりまして、いいえ、無論もうお隠ししても仕方がありませんけれど、癩病のためなのでございます」

「恢復の見込みはないのですか」

「絶対にもうございません。主人は勿論、私もいろいろに苦心を致しました、でも、やはり諦めるより他はなく、ですから主人も、気持の静かな時には、自分の暗い運命をじっと黙って見詰めているようでございますが、時々発作的に暴れ出し、そうなるともう手が付けられません。ただまア、幸にして近ごろは、あの欣子さんがお見えになるようになり、私、あの方には済まない済まないと思いながら、実は主人の病気を隠していたのでございます。そうして、その欣子さんがこちらへ来られて、下の部屋で私と一緒にピアノを弾いたり、唱歌を唱ったりしていますと、主人が大変に機嫌がよかったのです」

博士が筑戸欣子を可愛がっていたというのは、意外にもそうした意味であったらしい。

「なるほど、じゃア奥さん、昨日奥さんから伺ったところとは――」

刑事が口を挟むと、夫人はすぐに引取った。

「そうなのでございます。宅の主人は、実を申しますと、欣子さんの顔さえ間近には見たことがございません、いつも、欣子さんが門から這入って来るのを、例の二階の窓から見るだけでございました」

「すると、最初はやはり、奥さんが親しくなられたのですか」

「ええ、その通りです。私、音楽会へ時々まいりますので、そこであの方と知合になりました。そして一度だけ宅へお連れ致しました。するとそれ以来、時折お見えになったのです。主人の申しますには、あの欣子さんのピアノを訊いていますと、何ともいえない、安らかな気持になるのだそうでございまして、それで欣子さんの姿があの門のところへ見えますと、それはそれはすっかり喜んでしまったものです」

話しているうちに、とっぷり夜になってしまった。そしてその時、室の扉をギイッと押し開けて、啞の与四郎が入って来た。先刻の感情がまだそのままに残っているのか、この男の刑事を眺める眼附きには、こうした片輪者に特有な、執念深い憤怒が燃えていた。が、夫人に対しては驚くべきほど従順である。彼は夫人に向って、顔をへんに歪めながら、何か怪しげな手振りをした。

「あ、そう、そうなの、分りましたよ」

夫人は頻りに頷いて与四郎を去らせた後、自分もちょっと失礼させて戴くといって出て行った、そうして間もなくそこへ帰ってきた。

「御主人がお呼びになったのですか」

「ええ、そうなのです。本が読みたいのだそうでございまして、幾分か気持は鎮まったようですけれど――」

夫人の顔には、何か心に思いながら、それをいい出しかねている風が見えた。刑事は夫人の迷惑を思って、間もなく暇《いとま》を告げたのである。

玄関を出ると、そこの薄暗がりに、与四郎のじっと立っている姿が見えた。刑事は思わずキッと身を固めたが、一緒に送ってきてくれた夫人が、素早く二人の間に入って、二言三言それを叱ると、与四郎はスゴスゴと植込の中へ潜り込んで行った。そして夫人は先きに立って潜戸のところへ案内したが、その時何かふと眼に止めたらしく、横手の石塀の根元へ身を蹲《かが》めた。

刑事もふと思出したのであったが、それは先刻与四郎と格闘の始まろうとした瞬間、どこからとも知れず飛んで来たもののことであった。刑事が二三歩近づいて見ると、そこにはやや旧式ではあるが、金側の男持時計が落ちていた。鎖の付いたまま、そして竜頭《りゅうず》のところが石塀に当った時の疵と見えて、クチャリと潰れてしまっている。

「オヤオヤ、これアどうして大したものを。――台なしにしてしまいましたね」

刑事がそれを拾って差出すと、夫人はじっと二階の窓を見上げた。

「いつでものことでございます。どんな時に、どんなものがあの窓から降って来るのか分りません」

思いなしかその言葉に、かすかな溜息が混じっていたのであった。

鎌倉警察署へ帰った猪股刑事が、蘆谷警部に逐一その日の捜査結果を報告したのは、もう大分遅い時刻だった。

警部は厚くその労を犒《ねぎら》ったが、同時にまた、それにしてもどうにかして博士の容態なりとも見てきた方がよくはなかったろうかと、少しばかり疑わしそうな、また残念そうな口吻だった。そのため、翌三日の夜には、再び猪股刑事が東京へ出て、今度はかの牛の脊天神の境内にあった公孫樹《いちょうのき》に登り、携えた双眼鏡を用いて、こっそりと博士邸の様子を窺って見るようなことにもなった。が、その時刑事は、例の二階の一室に、ひどく不気味な生物を見た、窓硝子《ガラス》は全体として乳色の曇り硝子であったのが、病人の門を覗く時の用にあてるためか、一部分だけ普通の透明硝子になっている。そこを透かして見ると、窓に沿って置かれた寝台の半部と、枕元に置かれた電気スタンドと、そうしてその電気スタンドに照らされた、テラテラと光る皮膚を有ち、しかもこの世のものとも思えず醜く腐れ膨らんだ生物の、モクモクと蠢《うごめ》いているのを見たのだった。双眼鏡を階下の一室に向けると、そこにはまた夫人がボンヤリと何か考え込んでいて、傍には唖の与四郎が従順な獣のようにして蹲《うずく》まっているのである。

「とにかく、あの家へはもう二度と行く勇気はありませんね。覗いていると、身内がゾクゾクと冷たくなってくるんですよ」

　復命をしたあとで猪股刑事がこういうと、警部はほんとうに何気なく、

「しかし、場合によっては、まだまだ二度も三度も行かなくちゃなるまい。余り有難くない商売だね」

　といってカラカラ笑った。あたかも、それが非常に上手な、そして滑稽な冗談ででもあるかのように――。

　後になってこの博士邸に、筑戸欣子殺害事件よりも更に奇怪な、そうして戦慄すべき事件が突発しようとは、彼等も全然予想することが出来なかったのである。

第四章　二匹の鼬《いたち》

探り合い

「帰って来ましたぜ東海林さん!」

　八月八日第二日曜日の午前十一時、活動写真館シネマ・パレードの楽屋では、折から素晴らしい豪雨の降っている外面《そとも》を見やりながら、二三人の館員が何か頻りに話し込んでいると、そこへ下足場の男が這入って来て、東海林厚平の耳元へそっとこう囁いた。

「え、誰がさ?」

「井波さんがですよ」

　厚平はちょっと吃驚したような顔だったが、そのまま立って地下室へ行った。見るとそこには、猿股一つになった了吉が、案外呑気な顔で煽風機をかけている。桐山ジュアンだけは、どこへ行ったのか姿がなかった。

「やあ、帰って来たね」

「うん、ひでえ目に会っちゃった」

「心配をしていたんだぜ」

「何をよ?」

「極まってるじゃないか。君が鎌倉署へ引張られたことは、新聞にだって出ていたし、ここへも幾度か警察の人が来たんだ」

「何といっていたんだい、警察の奴等ア?」

「殺されたあの女と君との間に何か関係はないかなんていっていた。無論、知らぬ存ぜぬの一点張りで通してやったが――。うん、そうだった、帰ってきたら早速訊きたいことがあったんだ。君アまさか、あの女と僕とのことを打明けるようなことはしなかったろうね」

筑戸欣子事件については、勿論、都下各新聞が大々的に報道していた。割合に淋れた腰越寄りの海岸で行われたとはいえ、とにかくそれは沢山の群衆がいる中でしかも白昼に行われた惨劇だった。一見、いかにも無造作な殺人のようでいて、その実非常に巧妙な遣方らしくも見えた。何か異状なものがあった。事件が次第に迷宮入りの観を呈してくるにつれ、そうした感じは誰の頭にも深く深く染み込んでいった。東海林厚平は毎日沢山の新聞を買って来て、人目を忍んでは貪り読み一人ビクビクしていたのである。

了吉は、ドカリと椅子に腰をかけ、やや冷笑を含んで厚平の顔を見上げた。

「厚ちゃん、お前さんはナニかい、己が友達の迷惑になるようなことを、べらべら喋り立てる男だと思ってるのかい?」

「うん、だからさ、まさかいいはしないと思ってるのだ。何しろ、あの女との間には、例の指環の一件があるからね」

「フン、自分からいい出しゃあ世話アねえや」

了吉は小声に呟いていい直した。「まアま、今日がところまでお前さんが呼び出されずにいるってえのは結局己が黙っていたからと思えばいいんだ、ねえオイ厚ちゃん、お前さんだって、腹ん中じゃア知ってるだろう。己アね、すぐにそのことに気がついたんだ。指環をお前さんがあの女からまき揚げて、それから三日経ってあの女が殺されたとなりゃあ、こいつは誰だって考えるね」

了吉のいい方がちょっと廻りくどかったので、厚平は怪訝な顔をした。

「了ちゃん、へんないい方をするじゃあないか。何だい何を誰が考えるのだい」

「分らねえっていうのかね?」

「分らないね」

「フン、分らねえっていうならそれもいいさ。が、とにかく、お前さん指環はまだ持ってるのかい」

「ああ、あるよ。ちゃんと隠して蔵ってあるよ」

「そうだろう、隠してあると思ったんだ。迂闊にそいつを持っているところを見付かるとね、へっへへへへ何しろ大した問題になる。お前さんに都合のいいことには、まだ誰もあの指環のことをいい出すものがねえ。それでまあどうやらお前さんも安心して、弁士でございで通ってるんだ。それに較べて、己アこれで沖島の奴に捕まったばかりで、一週間というもの、手を替え品を替えて責められてきた。実はね、己がその時に日傘の蔭から飛出したのを見た男は、割合に脊の低い小柄な男だったよ。うん、そいつをね、己ア考えることがあって、脊の高い毛唐のような男だったと証言したのだ。すると生憎、ほうら、新聞にだって出ていたろう、蛭川博士の妻君というのが出て来てよ、こいつが正直に脊の低い小柄な男だったといったんだ。己の証言たア違うんでね、そのために己アギューギューいわされた。結局、己の感違いだろうってことになって漸く昨日首ッ玉を放されたんだが、どうだい厚ちゃん、俺が何故そんな嘘っ八の証言をしたのか分るだろう」

「さアね、分るような分らないような――」

「曖昧なことをいわずに、はっきり答えてもらいてえね」

「しかし――」

「しかし、どうしたっていうんだね」

了吉は突然図太い声でこういって、ぐいと顎を突き出した。

「な、なんだい了ちゃん、へんにまた意味ありげなことをいうじゃあないか。そ、それあね、無論よく分ってるよ。分ってるけれど、実をいうと、もしあの指環のことが知れてもね、まあま、大丈夫だとは思ってたんだ。死人に口なしってこともある、ただ、預かったとばかりいえばいいのだ。そして、返してしまやアいいだろう」

「きっとそれでいいのかね?」

「いいさ、それで大体片附くさ」

「ヘン」

了吉は鼻をフンと持ち上げて、さもさも面白いことのようにいった。

「面白えね、実際全く面白えね。みすみす分ってることを、いい気持で白ばっくれているのを見てると、とても面白え気持がするよ」

「白ばっくれる——?」

「白ばっくれちゃあいねえのかね」

「いないよ、ほんとのことをいってるんだ」

「よしゃあがれ!」

了吉は大きな声で我鳴り上げた。そしてまた、わざと優しい言葉附きになった。

「ハッハハハハ、厚ちゃん、どうもはや気の毒だね、地声だから時々大きな声を出すんだよ。しかし、それでも鎌倉の警察にいた時にゃあ、滅多に大きな声はしなかったんだから、そいつはお前さんも安心するがいいや。ハイ、指環をこの殺された女から騙して捲き揚げた男があります。その男は指環を返したくないといっていました。女が頻りに催促しました。そしてその男は、中々美男子ですけれど、脊は小さくてちょっと女のような男です、なんてね、こんなこたあ噯《おくび》にも出さねえ。そればかりか、己ア、その死体を発見した時に、ある品物をちゃんと隠してしまったんだ。どうしたって逃れっこのねえ、立派な証拠品というやつなんだ。砂の中へ埋めといてね、後でそっと持って来る心算だったんだ。フン、こいつはもっとも、己が警察へ連れてかれたお蔭で、誰かが、その間にちゃんと探し出して持ってっちまったが、昨日己ア放免されてそこで早速隠した場所へ行って見ると、不思議になくなっているんだよ。うん、もし警察の奴等があの証拠品を探し出したとすれアア、当然もう事件は解決しているんだ。それが未だに迷宮入りとなっている、してみれあ、持って行った奴は、いずれ警察の奴とは違う誰かなんだ」

厚平は最初のうち、了吉の厭味混じりの言葉を、顔を蒼くして聞いていた。怒りを押えかねるように、額の青筋をピクピクさせていた。が、了吉が漸くそこまで喋ってきて口を噤むと、その時彼は、わざとのように小柄な身体を後ろへ反らし、ハッハハハハと高声に笑った。

「オヤ、笑ったね?」

「笑うともさ。ハッハハハハ、大いに笑わなくってはいられないのさ、君はね、君はね——」

「僕が——?」

「と、とんでもない感違いをしているんだ。君は僕があの女を殺《や》ったと思ってるね。ハッハハハハ、そいつがとても可笑しいよ。その証拠品というのが、実はどんなものだか知らないが、例えそれが何にしても、僕はちょっとも心配しない。証拠品の百や二百は持ってこいだ」

「無いからね?」

「え?」

「つまりさ、証拠品が今ではどこかへ消えているからというんだよ。ちゃあんと元へ戻っていれあ、いくらでも強いことがいえるはずだ。フン、しかし、あんまり甘く見てもらうまいぜ。己ア、まだもう一つ知っていることもあるんだ」

「へええ、そいつは面白い。聞かしてもらいたいものだねえ」

厚平は対手を眼下に見下すようにこういった。が、すると了吉がふふんとせせら嗤《わら》いながらいった次の言葉で、忽ち、ギクッとしたように顔色を変えた。

「聞きたければ話してやろう、お前さんはね、八月一日にどこへ行ったんだ。己アここへ帰って来ると、すぐに訊いてみたんだが、あの日の昼間、お前さんは館にはいなかったというじゃアないか。受持の説明を、暗がりで顔の分らないのをいいことにして、誰か代理を頼んだってね」

了吉はこういったのである。見る見る狼狽し出した厚平が、それでも何か次の言葉をいおうとすると、それを了吉が遮った。

「ハッハハハハ、厚ちゃん、ひどく泡を食った形だがいいよいいよ何も己アそれを四の五のというんじゃアねえ。するだけのことをしてもらえばそれでいいのだ。それに実のところが、他に相談したいこともあるのさ」

奸悪の輩

東海林厚平がギクリとしたのは、無論何か痛いところへ触れられたからである。了吉がそれを素早く看て取って、続いて何かいいかけたが、その言葉は途中でプツリと断ち切られた。

地下室への扉がガラガラと鳴って、そこへ桐山ジュアンが、楽しそうな歩調《あしどり》で降りてきたからである。

「ああ、ジュアンさんか。雨の降るのにどこへ行っていたんだね。——了ちゃんがやっと帰って来たよ」

厚平は何がなしホッとしたようにこういった。ジュアンは片頬に和やかな微笑を浮かべて、了吉の姿を見上げ見下ろした。

「了ちゃん、よく無事で帰ってきたね。僕は、どうなることかと思って心配していたよ」

それから暫らく、三人の間には、了吉が鎌倉署でいろいろと訊問された様子などを中心として、この一週間離れていた間の世間話が取交された。ジュアンは余り喋らないが、厚平と了吉とは甚だ上機嫌である。そうしてその雑談の種があらあら尽きそうになった時、ジュアンはポイッと席を立上り、

「あ、いつもの時間が来た。ちょっと出て行ってくるからね」

といって部屋を出て行く。

あとは再び了吉と厚平との二人になったが、すると了吉が、狡猾そうな眼玉を動かしていった。

「ねえオイ、ジュアンの奴、この土砂降の中をどこへ行ったんだい？」

「どこへって、君アあれを知らないのかい？」

「知らないね。いや、そうだ、そういえば己も思出したよ。奴は日曜日になると、午後一時ごろにきまってここを出て行くね」

「そうだよ、それで今日も行ったんだ。ね、今日だってやはり日曜だぜ」

「ふーん、慥かに日曜日に違いない。だがね、行先はいったいどこなんだ」

「そいつがさ、ジュアンの奴、いくら訊いても明かさない。それだけは訊かないでくれっていってるのだ。だからさ、日曜日の午後になると、奴はいつもソワソワしているよ」

「何か秘密があるんじゃねえか。友達の己達にさえいえないような――？」

「まずそんなところだろうね」

了吉はふと黙りこくって考えたが、そのうちに声を潜めて次のようにいった。

「ねえオイ、日曜日なんだね！」

「そうだよ、日曜日だよ」

「そうして、あの女の殺されたのも日曜日だったね」

「だが――」

「だが――？」

「だが、奴がそんなことをする男でないことだけは慥かなんだ」

するそこで、了吉がまたしても「だが」といった。

「だが、その日曜日に、奴は誰にも行先を告げずに出掛けて行く。そいつは誰にもいえない秘密なんだ」

「そうだ、秘密なんだ。訊かれるとひどく困ったよう

な顔をするんだ」

了吉が椅子をぐいと厚平の方へ近づけた。

「で、己がいない間に、警察からここへ己のことを調べに来たっていうね、その時どうだった？　ジュアンの奴、よく挙げられずに済んだじゃねえか。奴は沖島刑事に追い廻されているはずなんだ」

断っておく暇がなかったけれど、桐山ジュアンがシネマ・パレードに身を隠していたのには、簡単にいって次のような理由があった。即ち、ジュアンはあるカフェーで某大学の学生と喧嘩をして、その学生を少々手痛く傷つけた。対手が某富豪の令息であったために事が六《む》つかしくなっていたのである。

了吉にそのことをいい出されて、厚平はちょっと顔を赧らめた。

「うん、それがね、出来るだけ庇ってやった訳なんだ。皆んなにも口止めをしてあるし――」

「嘘を吐け！」皆までいわせず了吉が叫んだ。「お前さんの嘘ぐらいは己アよく知っているぞ。己アね、鎌倉署に引っ張られた時、沖島刑事にそれとなく訊いてみたんだが、実をいうと、ジュアンは今、別に身を隠す必要はねえんだ」

「ど、どうして――？」

「お定《き》まりの白ばっくれが始まったね。が、まあいいや、おれの方からいってやるよ。いいかい、沖島刑事の話によると、あれは向うの学生から告訴を取下げて、それで示談になっているんだそうだ。親の方が世間体か何かを考えて、それで警察からもそのことを知らせてきた。が、その知らせを聞いたのが、ジュアンの親友だというお前さんだけで、お前さんは、そのことをジュアンにも誰にも知らせていねえ。オイ、そいつはいったい何故なんだ？」

「……………」

「いえなきゃあ俺がいうとしよう。ジュアンが大手を振って歩けるようになると、お前さんの縄張りが少々ばかり狭くなる。それで可哀相にあんなことをしたんだろう。ジュアンの奴、何も知らずに、小さくなって隠れている。稀に外へ出ても、気が気じゃァあるまい。どうだろう、俺からジュアンにちょっとこのことを話してやろうか」

了吉は例の手である。

厚平はたじたじと受身になって、ただ、頬の筋肉をぶるぶると顫わせて聞いていたが、やがてしかし、何か一つの隙を見出したらしく、急に図太い微笑を浮かべた。

「フン、分ったよ了ちゃん、何もその上くどくいわなくってもいいんだよ。が、それなら僕からも訊くことはある。君はそれを知っていながら、先刻ジュアンと僕等と三人で、君の話を聞いていた時、これを何故ジュアンに知らせてやらなかったんだ！」

了吉はしかし、格別困りもせずにニヤリとした。

「うん、己アそのことをいったようにも思うんだが――」

「いやあしないよ。君だって、わざとそれを黙っていたんだ。――ハッハハハハ、してみると君は、やはり僕と同じだね？」

「同じなもんか、大違いだ！」了吉は口だけそういいながら、相変らずニヤニヤした。「己の考えていることは、要するに、事を荒立てたくねえということなんだ。指環の一件を黙っているのだってそれなんだし、何もかも、平和主義の己なんだ。先刻ね、相談したいことがあるといったのも同じことだ。どうしたらこれを円く収めてしまえるか、そいつを相談しようというのさ」

「よかろう」厚平は了吉の顔色を見い見い答えた。

「だんだん僕にも分ってきたよ。つまり、飽までも平和を保つためには、ジュアンには気の毒だが、そのことを知らせるのをなるべく遅くしようというんだね」

「ハッハハハハ、手っ取り早くいえばそうさ。そうして、それについては都合のいいことがあるじゃアねえか。つまりね、日曜日に奴がどこかへこっそりと行って、誰にも行先を告げねえということなんだ。八月一日が恰度その日曜日だったというのが都合がいいぜ」

「実際《まったく》だ、迷宮入りという奴にゃア、是が非でも有力な嫌疑者というものが出て来るんだ。俄然最も有力なる嫌疑者逮捕する――ってね、新聞に大きな活字が並ぶものだよ」

「フフフフ、うまいね、その通りだ。そうして己は、今から考えると中々うまい証言をして来てあるぜ。ほら、己の嘘っ八の証言だ。日傘から飛び出した男が、脊の高い毛唐のような野郎だとね――」

「そうだったね、ジュアンはあの通りの男だし、うん、そいつは益々素敵だぞ！」

そこで厚平が一度楽屋へ取って返すと、レターペーパーと青い封筒とを持って来たのである。

「了ちゃん、お前書きなよ」

「己ア書くことなんかとてもいけねえ。こいつは厚ちゃん、お前さんに任せる」

「そうかい、じゃア僕が書いてもいいが、しかし筆蹟の知れるのは有難くないね」

「構やしねえよ。少し手間はとれるがギザギザの線で書くといいや。ほうら、こういう風に震わせてさ！」

了吉は不器用な人差指で、チェス台の上へくねくねと折れ曲がった線で一の字を書いて見せた。

「うん、それならいいだろう」

二人はそこで、殆ど一時間半もかかって手紙を書いた。小さな声で二度ばかりそれを読み返し、それから封筒に入れると宛名をやはり同じような筆蹟で書いた。

「ハッハハハハ、気の毒な人だねえジュアンさんは――」

「だが、これが案外中っていたなんてことになるんじゃアあるめえなア――」

「まさか、ジュアンがそんな男ではないはずだ」

「ハッハハハハ」

「ハッハハハハ」

二人は一緒に哄笑した。

そして了吉が浴衣を乱暴に着て、その手紙を持って地下室を出て行った。が、やがて彼は楽屋口から土砂降の午後の街へ出て行こうとして、古ぼけた洋傘をパッと拡げた途端に、ふと次のように呟いた。

「まずこれでよし！　文句を吐《ぬ》かせば、この次には彼奴《やつ》を遣付けてやるんだ」

一方において厚平は、もうじきに自分の受持映画の時間が来ると見えて、気になるように腕時計を見ながら、何か不審そうに小頸を傾けて一人残された地下室を、頻りにあちらへ行ったりこちらへ来たりしていたのだが、そのうちにブツブツと呟き始めたのである。

「まてよ、先刻は了吉の奴、へんに絡んで来やがった。己があの日の午後どこへ行っていたのかといやがった。己はまた、どうも度胸が足りなくていけないナ。――そういわれただけですっかりまいってしまったんだが、しかし考えてみるとちょっとへんだぞ。うん、奴は何も、あのことをいったのではなかったのかも知れない。あれから後の口吻といい、そうだ、多分それに違いない。奴はただ、己があの女を殺したとばかり思ってるんだ。フフ、フフ、そうかそうか、己がかえって感違いしてしまったんだ。奴はその実、あのことを少しも知ってはいない。そいつに少しも気付かないなんて、己も案外ドヂな男だ。うん、何しろ度胸の足りないのが何よりいけない。

しっかりしろよ畜生め！」

かふぇー・あざみ

井波了吉と東海林厚平とが、こうして妙な相談やら妥協やらをしている間に、彼等の首領桐山ジュアンはこれまた、甚だ奇妙な場所へ姿を現していた。

といって、それは何も最初から奇妙なというほどのことはなく、彼はシネマ・パレードを出るとすぐにタクシーを呼び止め、車を上野広小路附近まで急がせたが、とある横町の角で車を降りると、そこからは恰度この時ますます激しく降って来た雨の中を、洋傘に深く顔を隠して、湯島の方へ曲り込んで行った。あそこは先きに述べた蛭川博士邸宅附近と同様に、片一方が高台になっているのであるが、ジュアンは大体その高台に沿ってものの四五丁も進んで行き、それから一軒の薄汚いカフェーの前で立停ったのである。

そのカフェーは、間口二間に硝子戸を締切り、それでも屋根にかけたペンキ塗りの看板へ、頗る下手《まず》い薊の花が描いてある。読者諸君は御記憶でもあろうか、筑戸欣子惨殺の現場には、「かふぇー・あざみ」と書かれたマッチが遺留してあった。いうまでもなく、これがその「かふぇー・あざみ」なのだった。

いかに大通りから奥深く入り込んだ場所とはいえ、そこにこのようなカフェーのあることを、注意深い人ならば必ず不審に思うはずである。ペンキ塗りの看板を掲げるさえあるに、表の硝子戸は手入もろくろくしないと見え、塵と垢とでみじめに汚れ、それへ今日は雨の飛沫《しぶき》が跳ねかかって、しかも御丁寧に下手糞な字で〝CAFE AZAMI〟という赤い文字が書かれてあった。ひどく場末染みたカフェーなのである。――が、それはとにかく、桐山ジュアンはそこまで来ると、ホッとしたように洋傘を畳み、ゴトゴトと入口の硝子戸を押し開けたのだった。

外が今述べたような有様なのだから、内部も無論気持のよさそうなカフェーではなかった。入口には薄汚れた青絹の衝立があり、壁に沿って小さなテーブルが七つ八つ、その一つには錆の出たラッパ附蓄音機が載せてある。が、ジュアンは物慣れた態度でその狭い店内を横切り、カウンターのところへ近づいた。

拳闘選手のように獰猛な顔をした男が、そこにぬっと立っている。頭を角刈りにして白い前掛をかけているところを見れば、いわゆるバアテンダーというのであろう。

「あ、ひどい降りなのに、よくいらっしゃいましたな」

バアテンダーはジュアンを見ると、顔にも似合わず優しい調子でこういった。

「ああ」

ジュアンは鷹揚に頷いてレインコートを脱ぎ、それから右の手でちょいとバアテンダーの脊後を指差した。

「どう? やってる?」

「はい。もう大分お盛んのようでございますよ」バアテンダーはますます愛嬌を出して答えた。

「今日は、中々荒れが激しいそうで――」

「行ってもいいだろうね」

「よろしゅうございますとも。どうぞ」

ジュアンはちょっと思案したが、そのままカウンターの横を通って奥へ行こうとする。その時、バアテンダーは思出したように呼び止めた。

「あ、もしもし、ちょっと申上げておきたいのですが――」

「何か用?」

「はい、実は、万々大丈夫だとは思いますが、近ごろ少々危ないことがございましたので、なるべくは御用心なすって戴きたいと存じます」

「何かあったの?」

「別に、それが大したことでもございませんけれど、先日から二度ばかり、ここへ刑事の奴がやって来ました。御存じでしょうが、この一週間ばかり前に、江の島で若い女が殺されましてね――」

「知ってるよ。新聞に出ているあれだろう」

「左様でございます。あの事件でございますが、刑事の話によると、その現場にここのカフェーから出した広告マッチが落ちていたのだそうです。いったいが、私共のところで広告マッチなんか作ったのが間違いなのですが、それを見た警察の方では、あの事件に関係のある者が最近にここへ来たろうというので、それを調べにまいったのです」

「実際ここへ来たのかね?」

「いいえ、それがどうも、私共にだって分りません。あなた様方の他に、これで酒も料理も法外に安くしているので、中々お客さんもありますし、そのうちのどの方が事件に関係しているのか、全然分ってはおりません。尤も、そのお客さんというのが大抵はこの附近にいる人達で、家でやる夕飯をここで手軽に済まそうというような人ばかりです。だから知っていることだけは正直に答えておきましたが、何しろ、私共の一番心配しているのは例の方の一件なんです」

「刑事に嗅ぎ付けられないようにというんだね？」

「その通りでございます。また、万一して手入れなどがありましても、その時は狼狽せずに例の手でお願いします」

「そう、じゃアその心算でいればいいのだね」

ジュアンは軽く答えて、そのまま姿を奥へ消したのだった。

第五章　地下の歓楽境

薊クラブ

「かふぇー・あざみ」は、カウンターの脊後が通例の如くコック場になっていた。

コック場からは、いろいろの肉汁を煮くたらかしたあくどい匂いと、キャベツとジャガ芋と、玉葱と、そしてジージー音を立てる脂肪の匂いと、それらがごちゃ混ぜになった悪臭を発散していた。

が、そこでこのコック場の横手を通り抜けると、そこがすぐに裏口だった。その裏口の鼻先きに、庇間四五尺を離れて湯島の高台が辷り落ち、崖崩れを防いだ人造石の石崖が、ぐいとのしかかるようにして聳えている。そして、だがその石崖の裾を抉って、幅三尺高さ五尺位の小さな凹《へこ》みが出来ていた。凹みには灰色に塗られたガサツな開き戸がついているし、見たところこれは崖の下っ端を削り取って、そこへちょっとしたむろを作ったように見える。土地が思切って狭いのだから、崖の一部をそうして利用するのに不思議はない。が、実のところ、それはほんの見せかけだけのものに過ぎなかったのである。

読者諸君は既に十分御推察でもあろうか。なるほどそこは、開き戸から四、五尺ばかり踏み込んで見ると、形だけの冷蔵庫や漬物桶が並べてあった。いかさま、むろのような恰好にはしつらえてある。が、そのゴタゴタした狭いむろの奥に、またしても一つの扉があった。そして、扉からは、薄暗い廊下がずっと奥の方へ突き進んでいて、その行詰りが、むろというよりは地下の広間とでもいった方が早解りする、そうした構造になっていた。その広間《ホール》こそ、もろもろの娯楽を心ゆくまで娯しませる、不思議な悦楽境であったのである。

近代人の有つ特色の一つは、物事に飽きっぽいということである。一面から見て、テンポの速さを愛するということになるかも知れない、近代人にとっては、僅か二、三年前のあらゆる破天荒な事柄が、忽ちのうちに、凡百のありふれた些末事に化してしまう。だから、誰も彼もが退屈になり、何もかもが冗漫になる。その退屈と冗漫とを逃れるためには、勢い、あたう限りの強烈な刺戟を、例えどんな危険を冒してでも求めたくなる。恐らくはこの悦楽境が、そうした慾求を充すべくして生れたものではなかっただろうか。

それはとにかく、ここは薊クラブという名称だった。クラブ内は、大体五つの部屋に区分され、その第一が賭博場、第二が純支那風な阿片室、第三と第四とが、ある種の催し物をする舞台と観客席と、それに続く酒場とに当てられ、第五が壮麗な浴室になっていた。いうまでもなく会員組織で、会員は入会保証金の多寡によって、あるいはそのうちの一室だけに出入する資格を得、あるいはどこへでも自由に出向く権利を得た。娯楽機関のそれぞれについては、余り詳しく説明することを避けるとして、だがそこは、金と暇とさえ持合せていれば、人間が考え得る限りの、あらゆる歓楽と刺戟とを娯しめるようになっていた。第三の室で催される裸形の女の大胆な舞踊と、それを見ながら、口移しに飲まされる芳醇な酒と、そして甘く香ばしい阿片の煙と、人々は、頭を悪夢のように酔い痺らせ、見栄も外聞もない、ただもう渾沌たる幾時間を過ごすことが出来るのだった。

——今、雨を冒して「かふぇー・あざみ」を訪れた桐山ジュアンは、いうまでもなく、この薊クラブへ来たのである。

彼は、ふとした機会から、そこの準会員としての資格を得ていたのであった。準会員というのは、先きに述べた入会保証金の額が最も低い部類の会員のことで、彼は第一室の賭博場へだけ時々顔を見せていた。そこでは、彼について某外交官の子息であるということだけが知られている。そして名前も通称とは少しく違って、桐山壽安《としやす》と名乗られていた。実は、この壽安の方が本名で、ジュアンというのは仲間うちの呼名でもあったのである。一介の浮浪児ではあったけれど、挙措も容姿も立派だったし、それにこうしたクラブの特質として、彼ら会員達はクラブ外で殆ど何らの交際をもしていない、そのため会員達は誰一人として、ジュアンを不良少年の頭目だなどと思うものはなかった。ただ、混血児だという一事からして、少しくロマンチックな身の上を想像しているに過ぎなかった。彼はいかさま良家の子弟らしく、クラブ内を堂々として振舞っていたのであった。

そのジュアンが、ここへ来ることを何故に仲間の了吉や厚平に隠していたか。それにはそれで、無論理由のないことはない。が、それはここで特に説明せずとも、読者諸君にはじきとお分りになるはずである。——彼はカウンターのところでバアテンからちょっとした警告を与えられた後、間もなく例の裏口へ姿を現わし、そこではほんの暫らく、軒外れに空を見上げて、サッと白い飛沫を上げて降りしきる雨脚を眺めていたが、やがてヒラリとばかりそこの庇間を躍り超え、石崖の裾のむろへ這入った。先刻のバアテンに似た強そうな男が、そこにも一人番をしている。番人に奥の扉を開けてもらって、彼はツカツカと廊下を進んで行ったのだった。

「コマを呉れたまえ」

「おいくらです」

「さあ、これだけしきゃあないんだけれど——」

賭博場の入口には、停車場の切符売場のような窓口が出来ていて、そこでジュアンは、ポケットから出した二、三枚の紙幣を、セルロイド製の駒に替えてもらった。

室内では今、あちこちの卓子《テーブル》に一固まりずつ、数名の男女がホッとした顔で坐っていたが、それは恰度中休みの時間であるらしかった。室のやや左手よりに、幅五尺長さ二間あまりの大きな卓子が据えてあった。卓子の中央には、縁に三十六個の数字を盛り込んだ廻転盤があり、その両端に伸びた青羅紗張りの部分が、これまた各々三十六個の碁盤目に切られて、それが黒と赤とに塗り分けてあった。賭博場とはいっても、ここは骰子《さいころ》賭博や花骨牌《かるた》などはあまりやらない。仕組みが簡単で短時間に大きな勝負のつく、ルーレット台を使うのである。ジュアンは、ルーレット台が今休んでいるのを見て、ちょっと物足らなそうな風だったが、それと一緒に、視線をくるくると室内に配って、

「ああ、まだなのか——」

と呟いた。そして、つまらなそうに片隅の空いた椅子に腰を下ろし、低い口笛で、何か流行歌《はやり》を口吟《くちずさ》み始めた。

盲目の教授

「五か、五か、五に賭けさえすればよかったんだ――」

「惜かったね――」

「惜かった。最初から五じゃあないかと思っていたんだ。そいつを、ひょいと二乗して二十五に賭けた――」

「迷いだね。そいつが何しろ一番いけない――」

ある卓子では、真蒼に昂奮した男が頻りにこんなことを喋っていた。

「素晴らしいね――」

「うん――」

「いくらとった――」

「二点賭けの十八倍だ――」

ある卓子では、こんな風に喋ってもいた。

負けたのを正直に口惜しがっているものもあれば、わざとらしい負け惜みをいっているものもあった。

それが、一人ポツ然としているジュアンの耳へも入る。だが、彼は相変らず流行歌を口吟みながら、目を上げて、時々入口の扉を眺めていた。


二分か三分――。

するとその時、ジュアンの顔には、漸くハッとした色が現われた。扉がスッと押し開けられて、そこへ十八、九歳の若い女と、それに手を引かれるようにして、痩せこけた一人の老紳士とが這入って来たからである。

女は、頭をつつましやかな束髪に結って、黒い矢絣《やがすり》の明石を着ていた。その明石が、キチンと身嗜《みだしな》みよくはしてあるけれど、もう幾度か水を通して、長く着古したもののように見えた。締めている帯も、夏物らしく白地の絽に青く草花模様を染め出したものであったが、それもどことなく古びていた、そして、だがその質素な身装《みなり》のうちに、上品な、香りの高い花のような若さと美しさともあったのだった。扉を開けた時、そこへスッと突き出されたその足頸にさえ、そのスンナリとした白足袋と、軽く穿かれたスリッパとに、こぼれるほどの美しさが見えたのだった。

それに較べて、一緒に這入って来た老紳士は、またなんという陰惨な老人であったろう。黒いモーニングと白いチョッキと縞のズボンと、身装は少しも賤しくなかった。だが、総体病みほうけた人のように痩細って、腰も少し曲がっていた。顔の皮膚はどんよりとした黄色にたるんで、白く長く垂らした髯だけが、僅かに威厳を保っている。そしてしかも眼には青い色の眼鏡を掛けて、女に手を引かれながら、よろよろと蹌踉《よろめ》いて来たのである。老紳士は、可哀相に盲目《めくら》なのだった。

ジュアンは、二人の姿を見かけると、すぐに席を立って近づいて行った。同時に女もジュアンの来ているのに気付いたらしい。

「ああ、いらっしゃいましたね」

「ええ、父がどうしても諾《き》かないものですから――」

女は答えて劬《いたわ》るように老人の手の甲にかかった雨粒を拭ってやった。「外は、随分ひどい降りでございますの」

「そうでしたね僕も来る時にぐしょ濡れになってしまったんですが――」ジュアンはちょっと微笑していった。

「しかしきっとあなた方がいらっしゃると思ったんです」

「どうしてですの？」

「どうしてもです」

「まあ――」

女は心持顔を赧らめたが、その拍子にチラリとジュアンの視線を外して、室内の様子を見廻した。

「あ、今、お休みなんでしょうか」

「そうです。まだちょっとの間始まりますまい。あちらの卓子が空いていますよ」

「そうですか、じゃア――」

ジュアンは、二人を導いてルーレット台の右手にある、小さい卓子のところへ行った。そして給仕にいって、冷たい飲物を取り寄せた。少時《しばらく》の間、三人共に黙り込んでいる。女が、手巾を出して、老人の額に滲み出した汗を拭いてやった。

老人は、うるさそうに、女のその手を振り払った。

「美奈子、どうしたのじゃ、まだ始まらないのか」

「え、ええまだのようです」

「そうか、じゃあ仕方がない。お前、その間に早く駒を買っておいておくれ」

老人は見えない眼を伸び上がるようにして駒売場の方へ向け、それからワナワナ震える手をモーニングの内ポケットに突込んで、そこから古い鰐皮の財布を取出した。

「あの、いくら買ってまいりましょう？」

「有りったけじゃ。その中には俺《わし》の全財産が入っておる。千円じゃ。それだけがもう俺の全財産じゃ」

「でも――」

「構わない。買って来い。今日は根こそぎ賭けて勝負をやるんじゃ。負けたら負けたでどうにかなるわ」

老人はかすれた声でカラカラと笑った。

女――美奈子は、ハラハラした顔でジュアンを見やった。そして宥めるように老人の肩へ手を掛けた。

「お父様、そんな短気なことを仰有らずに、ね、ね、お父様――」

「いや、いかん、買うんだ。千円だけ買ってしまえ。お前がいつもそんなことをいうから、それで勝負運が落目になるのじゃ。買って来い。有りったけの財産でやってみるのじゃ。いつものように、五十や百の駒では絶対にいかん」

「でも、今日は今日で、どんな運があるかも分りませんし――」

「だからじゃ、その運の有りそうなところで大きくやるのじゃ。葉村が、この葉村が、やるといったらどうでもやるんじゃ、勝つ、きっと勝つ。そして俺は、きっともうここへは来ない。お前にも苦労をかけた。忘れやしない、約束だ、今日限り、もうここへ来ることは止めてしまう。だから、だから、今日だけは俺のいう通りにしておくれ。千円、丸ごと駒にしてくれ。やってみたい、どうでも今日は勝てるのだ！」

老人は威嚇するように、また嘆願するようにこういった。

美奈子はオドオドと困惑して、それでも一生懸命に老人の無謀な吩咐《いいつけ》を思い止まらせようとした。

「駄目じゃ、いい出したからにはその通りにやるのじゃ。美奈子、お願いだから買って来てくれ、買って来さえすれば、それで今までのが、幾分かでも取戻せる。頼む、お願いじゃ、な、早く行って駒を買って来てくれ」

老人は、手探りで美奈子の細《ほ》っそりした手に財布を押し付け、それをガクガクと揺すぶりながら、どうでも駒を買うのだといって強請《せが》んだ。

ホッと溜息をして、美奈子は財布を持って駒売場へ立って行く。ジュアンも、すぐとそれに喰付くようにして立ったけれど、どうすることも出来なかったらしい。

間もなく、美奈子が買って来た、青や赤や黄色の駒を老人に渡すと、老人はそれを一枚一枚念入りに撫でてみて、ポケットの中へ蔵い込んだ。

「ありがとう。これでいい。お前、俺をルーレットのところへ連れて行っておくれ。始まるまで、俺はそこで待ってるとしよう」

駒を握ると一緒に、老人はもう一刻も早く勝負にかかりたくなったらしい。美奈子は顔を伏せたまま老人をそこへ導いて行ったが、ルーレット台の廻転盤に近く、こちらへ脊を見せて老人の席を取ってやると、それでも、ホッと重荷を下ろしたような顔になった。

「お父さんは、随分お好きのようですね」

ジュアンは痛ましそうに老人の姿を見やって、卓子へ戻って来た美奈子に向い、小声でそんな風に囁いた。

「好きなんですし、そして意地になってもいるんです。日曜以外には私がここへ来られないので、それで仕方なし我慢しているようですけれど、一週間中、それはいつでもルーレットのことばかりいっています。今日など、朝からもうじれじれしていて、私が雨が歇《や》んでからにしようと申しましたら、ひどく叱られてしまいました」

「いい出されたら諾かないのですね」

「ええ、そうですの。そして、でも考えてみると、父もああして他に何も楽しみはないし、私、こんなところへ来るのは随分辛いのですけれど、そう思ってやはり一緒に来てしまいます」

美奈子の口調は淋しかった。

ジュアンは、遠慮しいしいその顔を覗き込んだ。

「お困りでしょう。何でしたか、この前の日曜日に来られた時にも、お父さんはやはり同じようなことをいっておいでしたね。これがもう有りったけの財産だとか、これでもう今度っきりの勝負だとか、今日負けたら絶対に足踏みはしないからとか、僕はもう三度ばかりも聞きましたよ」

「いつでもなんです、そしてその度に、家の中の品物を売り飛ばしていって、今にもうほんとうに財産なんか何もかも無くなってしまいますわ」

少し愚痴っぽくなったのを、美奈子は紛らかすようにホホホホと笑った。そして、ふと気付いたように、そこへ置き忘れてあった老人の扇子を取って、それをルーレット台のところへ持って行って来た。

ジュアンは、何かいい出そうとして、ちょっと躊躇している。

だが、やがておずおずとしていった。

「あ、僕、実は謝らなくっちゃあならないんですが、あなたのお父さんのお宅をね、こないだ突きとめてしまいましたよ」

「ま、いつ？」

「この前の時です。いけなかったでしょうか。ほらあの時僕は、あなた方をお宅まで送って行こうとした、それをあなたが諾いてくれないもんですから、つい、あとを跟《つ》けて行ってしまったんです」

「あとを跟けて――?」

「ええ、悪いかとは思ったんですけれど――」

「宅までですか」

「そうです。お宅の前のところまでです。ちっとも気が付かれなかったのですか」

「存じません」

「そうですか。ひょっとして知っておられたんじゃあないかとも思ったんですが、しかし、何も悪気じゃありません」

美奈子はちょっと不安そうな面持になった。

「で、何かあの――?」

「いいえ、別にどうっていうんじゃあないのです。しかし、謝らないと悪いかと思って――。僕ね、近所でちょっと訊いてみたりなんかしたのですし――」

「宅のことをですか」

「え、そうです」

「じゃアあの、父のことや私のことも――」

「え、いいえ、詳しいことを知ったわけではないんです。ただ、あなたのお父さんが、もと医科大学の教授だったということと、今ではお二人っきりで暮しておられることと、そうでした、やっとそれくらいのことしか知ってはいません」

美奈子の顔は、益々不安そうになった。

が、その途端に、室の隅にあったベルが涼しい音を立てて鳴り出した。

休憩時間が終って、再びルーレットが始まるのである。

室内が急に騒然としてきて、その中に、二人の姿が忽ち捲き込まれてころびそうになった。

「ですがね、心配しないで下さい、誰にも僕はいいません。実は、あんたのことも、も少し調べてはありますけれど、ここへあなた方が来られることなど、決して口外しませんから」

ジュアンは美奈子の耳に口を寄せて、早口に、幾度も繰返していったのだった。

暗号通信

ルーレットの勝負法は、恐らくあらゆる賭博のうちで、最も簡単なものでもあろうか。

上手下手の区別は殆どない。ただもう、運に任せるの一つである。廻転盤の左右両翼に伸びた数字盤のうち、これと思う数字へ許されるだけの金を賭ける。一字だけに賭けたのが一点賭けで、これは当ると三十六倍になって来る。二字へ馬乗りで跨がって賭けたのが二点賭けで、当ると十八倍になって来る。三十六個の数字があるので、そのうち半分だけへ賭けるやり方もあるが、これは当り率の多い代りに、割戻金は二倍にしかならない。いずれにもせよ、極めて簡単な賭け方で、ただ、マネイジャーだけが少し骨が折れるだけだった。マネイジャーというのは、骰子賭博の中盆に当る。つまり、客の賭けた金を、当らないのは素早く手元へ引き寄せ、当ったのに対しては、分秒の猶予も与えずキチンと割戻金を計算し出す役目なのである。当りを定めるのはいうまでもなく廻転盤で、これも骰子賭博の例を藉りれば、壺振りに当る役の男が、廻転盤の心棒を摑んで力強く廻し、同時に小さな象牙の玉を盤の中へ投げ込む。廻転盤がやがてその廻転を止めた時に、玉は自然にどこかの区劃へコトリと落ちて、その区劃に書き込んであった数字が当りとなる——

薊クラブのルーレットも、全くその通りにやっていた。賭博の最少額は五円で、最高額は二百円になっている。

始まると同時に、室内にはぐっと緊張の気分が漲ってきた。

「さあ、賭けましたか？」

一回ごとに係の男はこう叫んだ。廻転盤がクルクルと廻って玉が走って、やがてコトリとかすかな音がする。すると、その時に限って「アア」という低い呻きが台を取囲んだ人々の間から、押し出されるように聞えてきた。二回三回と進むに従って、人々はますます昂奮して行った。眼を光らして、じっと玉を睨んでいるもの、残り少なになった駒を、汗の出るほどに握りしめて、唇をキッと結んでいるもの。男もいたし女もいた。そして、老人もジュアンも無論その中に加わっていたのである。

ジュアンは、最初の三回までを黙って見ていて、四回目に、持っていただけの全部の駒を、35と36との間へひょいと置いて、そして、幸運にも玉は35へ落ちた。見るまに、沢山の駒がジュアンの前へ押しやられて、しかし、それっきりジュアンは賭けなかった。ついとルーレット台を離れてしまって、一人心配そうに離れて見ている美奈子の傍へ行った。さすがに嬉しそうではあったけれど、美奈子の顔が蒼ざめていたので、黙ってその傍の椅子へ腰を下ろした。

老人は、しかし運がなかった。一回目に三百円賭け、三回目にまた二百円賭けた。そして苦もなくそれを攫《さら》われた。四回目に奇数賭けを百円張ると、それは当って二倍になったが、そのすぐあとの二回が、続けて二百円ずつ攫われてしまった。

「いかん、ど、どうもいかん」

老人は脂汗をタラタラと流して、幾度もこんな風に呟いた。台へ獅噛《しが》みつくようにして手を顫わせながら、残っている駒を数え始めた。

——と、恰度その時のことなのである。

この賭博場へは意外な擾乱が捲き起った。

最初からいうと、それはこうしてルーレットの勝負が始められた少し前のこと、表の「かふぇー・あざみ」へは二人の刑事がやって来ていた。

「や、こないだは失敬したね」

バアテンがジュアンに告げた、前に一度広告マッチのことを調べに来たという刑事であろう。二人のうち脊のずんぐりとしたのが、こう慣れ慣れしくいって這入って来た。

「あ、いらっしゃいまし」バアテンはギクリとしながらもこう答えた。「何かあの、御用でしょうか」

「いや、実はあの広告マッチのことでまた来たんだ。その後何か心当りのことはなかったろうか」

「心当りと申しまして、別にどうも——」

「ないかね。こう、例えば、いつもここへ来ている客で、それが近ごろバッタリと姿を見せなくなったというような、そんな客はないだろうか」

「さア、どうでございますか、はっきり覚えてもおりませんけれど、何しろうちのお客様方は、皆んな御近所の方ばかりでございますし、それがまた、毎日いらっしゃるというわけでもございません。今日など御覧の通り、まだ一人もお客様が見えません位で——」

「そうかい、なるほどひどくがらんとしたものだね」

バアテンは、実はそこまでうまくやってきたのである。が、その時、黙っていた脊の高い方の刑事が、何心なく、そこの片隅にあった洋傘を手にとった。

桐山ジュアンが置いて行ったのが、そのままになっていたのである。

「君、これはなにかね、誰の翳《さ》して来た洋傘だね?」

刑事はこういってバアテンの顔を見た。

「あ、そ、それは——なんです、あの、手前のうちの洋傘なのです!」

素早く答えたようではあったが、そのドキリとした様子を、刑事は注意深く眺めていた。

「あ、そうか。このうちの洋傘なんだね」刑事は再び洋傘へ目をやって、頻りにあちこちをひねくり始めた。

「いつからここに置いてあるね?」

「はい、その、もう少し前からです」

「どこかへ使いにでも出掛けたのかね?」

「そ、そうです」

「どこへ行ったのだね?」

「つい近所です。あの、慥か広小路まででした」

「広小路へね、ふん——」

刑事はちょっと駄目を押すようにしておいて、それから脊の低い方の刑事に何ごとか囁いた。脊の低いのが内ポケットから手帳を出して忙しそうに頁をくった。

「なるほどね」脊の高い刑事はその手帳を覗き込んで、それから、また洋傘をチラリと見た。「君、その広小路へ行ったというのは誰なのかね」

「はい」バアテンは不安そうにして答えた。

「私が実は——」

「君が行ったというのかね」

「え、いいえ、実は私がちょっと頼みたいことがありまして他の者に頼んだのでございますが——」

「だから、それが誰だといっているのだ」

「今はあの、ちょっと出ていまして——」

「外へかね」

「え、え、そうです」

「傘を翳さずに行ったのだね」

「え?」

「今でも外は土砂降りなんだ。それに、傘はやはりここにあるじゃあないか!」

落着いていれば、まだどうにか言抜けられそうなところだった。が、バアテンは到頭そこでぐっとばかりに行詰って、ただ、ピクピクと頬の筋肉を顫わしただけであった。

刑事はそれを見てニヤリとした。

「が、まあよかろう。その男の名前はちゃんと分っている。お前のところは、この前に来た時、全部で五人家内だといっておったね?」

「そうです、五人です」

「その五人の名前は、この前いった通りだろうね」

刑事は手帳をチラとバアテンに見せるようにしていった。

「え、え、そうです。でも——」

「でも、どうしたというんかね。急に一人、桐山という男が増えたとでもいうのか」

「え、桐山――?」

「桐山だよ、ほら、この洋傘の柄に、ちゃんとそう彫り込んである。この降りに傘を忘れて行くはずはないし、とにかく、その男にちょっと会わせてもらおう」

ぐいぐいと追い詰めて行った刑事が、ここでふいに見当を狂わしてしまったことを、読者諸君は無論お気付きになるであろう。

だが、それがこのカフェーにとっては、思いもよらぬ急所であった。

既に十分な疑いを有っているらしい刑事に向って、バアテンは頻りに何かいい繕った。

そして、それを物蔭で立聞いていたコックの一人はヒラリと壁に飛び付いて、そこにあった押釦《おしぼたん》を押した。
ヂ、ヂヂ、ヂ、ヂーヂ、ヂ、ヂ………
押釦は断続して押された。

それが地下の広間へ続く、暗号通信となっていたのである。

発狂

美奈子の父親、盲目の老教授が残り少なになった駒を、手探りでガツガツと数え始めた時というのが、恰度この時であったのだった。

コックの押した壁の釦が、リリ、リリリリ、リリ、リリリリリ……、とすぐに地下の広間へ伝わって、第一から第五に至る各室の天井で、一斉に消魂《けたた》ましく響き渡った。

歓楽境が出来て以来、まだ一度も鳴ったことのない非常報知機だった。

どの部屋でも、そこにいた誰彼となく、ギョッと顔を振上げて、鳴り続けるベルを見た。

阿片室では、トロトロと夢魔の国へ這入りかけて、その重たい瞼をかすかに開き、ドンヨリした瞳に物憂く天井を見上げるものもあった。屍のようにぐったりとなった麻酔者だけが、見続けた淫らな夢に包まれて、ニタリと不思議な笑を口許に刻んだ。そしてその姿がチロチロと揺らぐ豆ランプの焔で、阿片盆の銀で裏打した陰陽鏡に、妖しい舞踊を続けていた。

第三第四の広間では、高足の硝子杯をガチャリと床へ落す音がした。暗い青と赤との交錯した光の中で、唇を寄せ合せていた一組の男女が、項《うなじ》と腕とを絡んだまま、ふと、怪しい影像のように固まってしまった。舞台の映写幕に、カタカタと音を立てて映し出されていた二人の裸女が、ふいに大写しになった厚顔な瞳を、クワッと瞠ったままになった。——恰度それが、隣の壮麗な浴室の、扉の隙間をひょいと覗いた不可思議な感じでもあったのだった。

賭博場に当てられている第一室で、それは他の室でもやはり同様だったが、かくして突然に齎《もたら》された不気味な沈黙は、ただ一つ鳴り響いていたベルが歇むと、瞬間を隔《お》いて、地の底の呻きのような、奇態な喧噪に変っていった。

会員達は迂闊にも暗号通信の意味を殆ど解することが出来なかった。

ただ、危険だけを感じた。

「狼狽てちゃアいけない。狼狽てないで下さい。皆さん、皆さん！」

ルーレットの廻転盤を廻しかけていた男が、心棒を摑んでいた手を離すと同時に、いきなり台の上へ跳び上がってこう叫んだ。そして、

「大丈夫です、逃路《にげみち》はあります。そして、むろのところできっと喰い止めます。だから、だから、落着いて逃げて下さい！」

といって怒鳴り立てた。

が、するとその言葉が一層強く会員達の頭へ響いた。続けてまたベルが鳴り出して、それを取次いで聞かせる声がしたが、しかしもう、誰もゆっくりとそれを聞いているものがなかった。各室の天井の片隅からは、スルスルと縄梯子が垂れ下がって来て、人々は我勝ちにそれへ武者振りついた。——その間に表では、かのバアテンが自分のドヂから生んだ危機を取戻そうとして、まだ一生懸命何か言訳をしていた。それがしかし、ますます刑事の怪しむところとなって、危険はだんだんに大きくなった。一人の刑事は、バアテンを押し退けて、ツカツカと奥へ踏み込んで行った。

それで、第三第四の警報が、引続いて広間の天井に響き渡り、人々はますます狼狽してしまったのである。

「美奈子さん、大丈夫です、僕がいます！」

ジュアンは割合に落着いていた。洋傘を置き忘れて来

たこと、それがもとでこうした騒動になったこと、それを知っていようはずはなかった。彼は片手はしっかりと美奈子の手を握り、片腕に老人の身体をぐっと抱きかかえるようにして、少時《しばらく》の間、立騒ぐ会員達の圏外に逃れ、じっと様子を眺めていた。老人の方は、最初のうち何が何やら解らぬと見えて、うろうろと首を振り廻していたが、やがて事情が分ってくると、突然、カラカラと笑い始めた。

その笑い声がひどく不気味なものだった。

「お父様、ね、お父様、しっかりしていて下さいまし！」

美奈子はハッと脅えたようにこういった。

「いいとも、しっかりしているとも！　ハハ、ハハ、ハハハハハ」

「お父様、お父様！」

「なんだ美奈子、ハハ、ハハ、ハハハハハ」

老人は止め度もなく笑い続ける。ジュアンの方を見て、ひょいと振り仰いだ美奈子の顔は、すっかり血の気が失せていた。

「ど、どうしたんですかお父さんは――」

「どうしましょう、私、どうしましょう――」

美奈子はジュアンの手を振り剝《も》ぎるようにして、老人の胸に縋り付いた。が、老人はやはりカラカラと笑っている。

気が狂ったのか、それとも一時の発作なのか。ジュアンは瞬間茫然として、この老人の訝しい態度を見やっていたが、やがて愕然として我に返ったように、力強く老人の肩を抱きすくめた。

「美奈子さん、愚図々々してはいられないんだ。お父さんのことは僕が引受けます、さ、あなたの身についている紐を出来るだけそこへ出して下さい！」

忙わしく美奈子の解いて出した紐を結び合せて、ジュアンは老人を肩に脊負った。そして縄梯子の下へ駆け寄った。そこには、まだ登り切れない会員達が、ガヤガヤと犇《ひし》めき合っている。彼は凄じい勢いでそれらの人々を掻き退けた。そしてガッキリ摑んだ縄梯子へ先きに美奈子を登らせてやった。続いて自分も老人を背負ったまま、スルスルと身軽に登って行った。登り切ると、そこからは爪先上りになった地下道が、殆ど一直線に続いていて、その先きが宏壮な洋館の裏手へポカリと出た。そこにはギッチリ建て混んだ家と家との蔭に隠れて、うまく人眼に付かぬようになっている。右手へ行ってみると、露地のようなところを幾つか折れ曲って、ふいに広い通りへ出た。ジュアンはすぐに手を挙げて、通りかかりのタクシーを呼び止めた。

——そのタクシーへ乗ったころ、老人の態度は益々物狂わしくなって行ったのだった。

第六章　陥込んだ罠

警視庁の一室

譚《はなし》は少し後戻りする。

同じ八月八日の午後のこと、警視庁刑事部の一室では、猪股刑事と沖島刑事との二人が、何か一心に話し込んでいた。先に述べた通り、筑戸欣子惨殺事件に関しては、神奈川県警察部と警視庁とが協力してその捜査に当っていた。当日猪股刑事は打合せのために上京して来て、今、公の用務は大体果し、そのあとでふと立話のようにして始めたのが、だんだん長話になってしまったのである。沖島刑事はあの時偶然のことから現場にいた。そして井波了吉の不良少年であることを指摘してやった。が、その後了吉が何の関係もなさそうだとして放免されてしまってからは、この事件に関して、あまり深く立入らずにいた。それで、その後の経過について、何くれとなく猪股刑事に訊ねかけたのだった。

「——すると、目下のところでは有望な手懸りが一向にない、そういうことになるんだねえ」

一通りの話を聞いたあとで、もうすっかり隔てのとれた言葉でこういったのは沖島刑事。猪股刑事は新しい莨に火を点けながら、これも同じように親しげな口調で答えた。

「まあそうだ。最初の思惑とはちょっと違って、これあなかなか容易ならぬ事件らしい」

「何かこう、見込みらしいものもないのかね?」

「そう、まあ、今のところはないといった方がいいだろう。——尤も、僕一人の頭の中では、最初はちょっと怪しいように思った人物もないではないが、それがねえ、実はがっかりしてしまったんだ。先刻も話した蛭川博士だ——」

「蛭川博士? ほう、博士が怪しいっていうわけかい」

「ま、まあそうだ。少くとも最初僕の頭へピンと来たのがそれなんだ。今となっては大分きまりの悪い話なんだが――」猪股刑事はいかにもきまり悪そうにして、額の髪を撫で上げながら「ナニね、お互いに覚えのないことでもないかと思う、何といって説明したらいいか、とにかくあの事件のあった日のことなんだ。――あの時は、僕が第一に被害者の同伴者たる蛭川博士夫人を発見したのだったが――」

「そうそう、そうだったけね。うまいことを君はやったよ」

「いや、ハッハハハハ、何もあんなことは大した手柄にもなるまい。が、そこでだ、僕はあの時夫人に始めて会って、いろいろ訊問してみたんだ。そしてその時に、ひょいとこう、妙に不気味な気持がしてきて、それをじっと考えていた。――すると、それが今いった通り、どうしてだかは分らない、が、ふと蛭川博士が怪しいんじゃないのかと、いや、そこまではっきり思ったのではないかも知れん。しかし、何となく、蛭川博士がナンしたんじゃないかとね、そんな風に思ったのだ」

「第六感というやつだね――」

「そう、そうかも知れない。――が、すると先刻も話した通りの始末でね、その博士が癩病に罹っていたのではどうにもならない。井波了吉の証言と蛭川夫人との証言とでは、その犯人というのが、脊の高い男のようにも、また小柄な男のようにもとれる。つまり、そこにちょっとした異論もあるにはあるが、とにかく、犯人は黒い海水着を着ていたということ、それから頭に手拭を巻いていたということ、この二点だけは二人の証言が一致している。結局、犯人はやはりあそこへ泳ぎに来ていた男なんだから、蛭川博士なんかじゃあありっこないのだ。いや、実をいうとね、僕は素晴らしく早く犯人を挙げてしまって、大手柄をしてやろうなどと考えたもんだが、そいつが一ぺんにペシャンコになって、ハッハハハハ、いやどうもがっかりしたよ」

猪股刑事は快活に笑った。

「や、しかし、第六感というのが案外当ることもないじゃあないが」と沖島刑事も釣込まれたように笑って、

「ナンだね、これで博士が、同じ癩病でも外出位は出来る程度の、軽いやつだとよかったね。そうすれあ、まだだいくらか脈はある――」

「ハッハハハハ、それあまあそうだが何しろ駄目だ、実は、今日、あっちで捜査課長の話を聞いてきたんだが、

警視庁《こちら》じゃあ、医者をやって調べさせたそうだねえ」

「そうだって、そんなことを僕も聞いた。その時のことを詳しく聞いたかね？」

「あ、いや、他の話の方へ紛れてしまって、余り詳しくは聞けなかったが、医者が診《み》てもやはり大分重態だとか——」

「そうなんだ、どうも大分悪いそうだ。市内に置いてはいけないというので、近いうちに郊外へ移ることになるんだそうだ」

「うむ、そのこともあちらでいっていたようだ。夫人も一緒に郊外へ行って住むことになるそうだが、——しかし、ナンだねえ。医者が向うへ行った時、夫人がよく博士に会わせたねえ。僕が行った時には、到頭直接には会わせてもらえなかった」

猪股刑事は、その時のことをちょっと思出したように口を噤んで、それから少し膝を乗出して訊いた。

「そうだ、僕はまだ、その医者が行った時の様子を殆ど聞いていなかった。——どんな風だったかしら」

「いや、それがさ——」沖島刑事も同じように乗気で話した。「ナンでも大変だったとかいうんでね、最初はその一行が無論夫人と会って話したそうだが、中々会えそうもなかったのだ」

「そうだろう。僕もよく覚えているが、で、結局はしかし会えたんだね」

「そうだ、ほかならぬ警視庁だというので、夫人も、それではとにかく博士にそれを告げてみようということになったのだ。ところが、博士も容易なことでは承知しない。ヘッポコ医者なんかに診てもらったって仕方がない、すぐに追い返してしまえってね、そんな風に頑張ったそうだ。博士自身が医者なんだから、それはまあ無理のないところもあるが、それで夫人もすっかり当惑してまって、二階の病室と応接室にいる一行との間を、何度となく往復して気を揉んだそうだ。一行も少し気の毒になってしまって、いっそ諦めて帰ろうかなどと言出したものもあったというが、しかしね、夫人がうまく博士を納得させたそうだ」

「ほう、どんな風にしてね？」

「聞いたところでは、夫人はその時眼を泣き腫らして二階から下りて来たとのことだった。どうしたのかと訊いてみると、夫人は博士に向ってこういったそうだ。

『そんなことをいっていたのでは、いつまでたっても欣子を殺した犯人が見付からない。警察の捜査を助ける積《つも》りになって会ってはどうか。殊に、そうして警察の人にまで会わないでいたら、ひょっとして博士自身に疑いがかからないものでもない。だから、是非会うだけは会ってやってくれ』とね、まあこんな風にいって説き勧めたものらしいのだ」

「そしたら――?」

思わず声に力を籠めて訊ね返した猪股刑事は、その時ふと、またしても博士が怪しいように思ったのだった。後に彼が苦笑しながら語ったところでは、最初の第六感がやはり頭の隅にコビリ付いていたのだという。そして、だからやむを得なかったのだという。だが、沖島刑事は何気なく答えたのだった。

「そしたらね、漸く承知してしまったそうだ」

「ふん、で、やはり会うには会ったのだね」

「まあ、仕方なしということになったのだろう。夫人は皆んなを導く前にいったそうだ。『私がそう申しましたら、主人はプッツリと黙り込んでしまいました。もう何をいっても返事をしません。が承知したには承知したらしいのでございます。どうぞなるべく病人の気に逆らわないようにして見てやって下さい。そうしないと、私があとでどんな目に遭わされるか分りませんし』とこういったそうだ」

「夫人が博士に説き勧めた言葉のうち、そのどっちの方が利いたんだろう。捜査の手助けをするというのかそれともまた、自分自身に疑いがかかるというのを恐れたのか――」

「さア、そいつはどっちだか分らないが、しかし――」

といって沖島刑事は、ふと猪股刑事の顔を見上げた。

「君、君はまたナンだね、博士が怪しいんじゃないかと思い始めたね――」

「あ、いや、ハッハハハ」と猪股刑事は照れ隠しのように笑った。「ついね、またそんな気がしてきたんだけれど、しかし、そこで診察の結果はどうだったろう」

「それがだ、先刻いった通りひどく悪くなっていたんだそうだ。尤も、博士はひどく不機嫌で、ドンヨリした眼で警察医の一行を眺めたまま、最後まで一言も口を利かなかったそうだ。――が、失礼だけれど、何しろそれだけの病人なんだからね、君の第六感だけはここのところ捨てにゃあなるまい」

沖島刑事の言葉が当っていたか、それとも猪股刑事の第六感が当っていたか、読者諸君のために、ここでほんの少しだけをいうとすれば、それは、どちらも当っていなかったというのが本当であろう。ということは、同時に、蛭川博士が徹頭徹尾、怪しいような怪しくないような、極めて不可解な人物であったということにもなる。しかも事件は、その後博士を中心として、ますます紛糾していったのだった。

それはしかし後のこと。猪股刑事は対手の率直な言葉に怒ることも出来ず、苦笑しいしい頭を掻いた。

「ハッハハハハ。いや、大きにそうだ。どうもこうしたことというものは、理由なしに頭の中へ浮んだだけに、また却ってサッパリと忘れてしまうことが出来なくて困るんだ。ところでしかし、あの家には、ほら、獰猛な唖の奴がいるはずなんだ。その警察医の一行が行った時、唖の奴はどうしていたろう」

「それだそれだ、そいつについて、また面白い話があるんだが――」と沖島刑事はここでまた急に乗気になっていった。「あれはね、幸い君の方からの報告もあったし、それで警視庁ではあらかじめ夫人にそのことを注意しておいて出掛けたんだ。だから夫人がよくいい含めておいたのだろう、彼奴は一行が行った時、案外穏和《おとな》しくしていたそうだ。尤も、二階の病室で診察をしていた時には、夫人が博士よりもむしろ唖の方を心配していたと見えて、夫人は始終唖の手をぐっと握りしめていたとのことだ。それで、何も邪魔をしたり乱暴をしたりなどはしなかったというのだが、――うん、そこでね、帰って来てから妙なことをいっている者があるんだ」

「妙なこと――？」

「つまりさ、あの唖は、夫人に対して特別な感情を有っている、はっきりいうと、夫人に惚れているんじゃあないかというんだ。ね、君が前に行った時に、そんな点は見えなかったのかね？」

「あ、いや――」

といいかけて、猪股刑事がハタと思い出したのは、その時はそのまま帰ってしまって、次に牛の脊天神の境内からそっと博士邸を覗いて見た時のことだった。その時唖は階下の一室で夫人の傍に番犬のようにして蹲っていたのであったが――。

「なるほどね、そういわれてみるとそうかも知れない」猪股刑事は感心したようにそういった。「うん、そうだ、たしかにそんなところだろう」

「やはり心当りがあるんだね、警視庁の人達もそういっているよ。低能な奴には違いないが、あれで、そうした方面はまた別なんだから、唖の奴め、きっと夫人に惚れているんだと、こういう風に推測してるんだ。考えてみると、ますますあの家の中が陰惨にもなってくるが、啞の奴、いつも執念《しゅうね》くあの夫人に付き纏っているに違いないのだ。そして、だからこそ、ああして夫人の吩咐だけは、吃驚する位よく守る。ねえ君、奴は、まるで夫人の前では猫のように柔順だっていうじゃあないか」

沖島刑事のいった言葉で、猪股刑事はますますはっきりと、当日のことを思い出した。あれだけ哮《たけ》り立っていた啞の与四郎が、夫人の一睨みで忽ち悄気《しょげ》返ってしまったではないか。

「うむ――」

猪股刑事は、夫人の顔と与四郎の顔と、それを交互に眼の先に思い浮かべて、思わずゾクリとしてしまったのだった。

意外な手紙

二人はそれからまた二三十分の余も話し込んでいた。

蛭川博士邸が、思うにも増して陰気で暗っぽくてジメジメしていて、やはり何かありそうな気もするなどと、幾度も同じことを繰返し、それからまた話は元へ戻って、殺人現場で発見された遺留品のことなどを、それからそれへと話していった。

ここでついでに説明すると、遺留品については、鎌倉署でも警視庁でも、無論念入りな調査をやっていた。短刀がまず第一の証拠品であるが、それには指紋が少しもなかった。そしてその他の物品は、あの「かふぇー・あざみ」から出たマッチとオリエントの巻莨とを除いて、全部が夫人と筑戸欣子との持物だった。バスケットは勿論のこと、リボンシトロンもトマトの皮も、凡て夫人には覚えがあった。だからこそ当局の方針としては、「かふぇー・あざみ」へ特に注目したのでもある。夫人の詳しい証言によると、欣子がその犯人と何か話していることに気がついたのは、いったいが日傘のところへその男がやって来るより前、即ち、夫人と欣子とが海へ入って、腰のあたりまで水につかり、熱心に波と戯れていた時であったという。その時、ふと気がつくと、欣子は夫人の見知らない男と、何か二言三言喋ったというのであった。そして、それから後暫らく経って、夫人達が日傘のところへ帰ると、そこへ犯人がやって来たのである。

――多分、犯人はすぐ近所の脱衣場に自分の着物を脱いで置いて、一度欣子に会った後、その脱衣場から莨とマッチとを持ち出して、いや、あるいはその時一緒に短刀をも携えて、そして日傘のところへ行ったのだろう――。

大体はこうした推測だった。が、ここで一つ、疑問とされていることがないでもない。それは、現場に短刀の鞘が発見出来ないことであった。それについて蛭川夫人に訊ねてみると、夫人は、犯人が短刀らしいものを携えていたのかどうか、少しも覚えがないと答えた。してみればそれ以上夫人に訊ねても仕方がないし、では犯人は、短刀を脱衣場から抜き身のままで持って行ったのだろうか。手拭か何かで巻いて行けば、それも強ち《あながち》不可能なことではないのである。が、それにしてもなんとなくそこには不自然なところがあって、この点だけが、ちょっと諒解され難い点でもあったのである。

とにかく、遺留品は割合に豊富だったし、それに、犯人を目撃したというものが二人までもあった。それでいて手懸りが容易につかなかったのだから、かなり珍らしい事件だといってもよい。それについては、語り合っていた猪股刑事と沖島刑事とが、大体次のような意見に一致した。

「要するに、ああして現場で発見された物品が、殺人事件としては、案外特色のないものばかりだということに帰するのだ。それだけにまた、巧妙な殺人方法だといえるかも知れない。短刀があるからには、多分、突発的な殺人ではないだろうし、少くとも、犯人が短刀を携えて行った時には、多少とも、場合によったら殺してしまおう、という位の考えがあったのに違いないんだ。恐らく、犯人は、夫人と被害者とが当日片瀬へ行ったことを、偶然に知ったものではあるまい。最初からその積りで、二人を跟けて行ったのだ」

二人の意見が一致すると、そこで猪股刑事は思《おもい》の外長話をしてしまったのに驚いて、そそくさと暇を告げて帰って行く。

それから後四五時間は、ここにも格別のことがない。沖島刑事は、何やかやと事務に紛れて、忘れるともなくそのことを忘れていた。

と、その日の夜になって、一日中降り続いていた雨が、漸く歇んでしまったころ、彼は捜査課長の部屋へ呼ばれた。

「あ、君――」

捜査課長は、こうした職にいる人とは見えない位に、ゆったりとした温顔の好紳士である。沖島刑事の顔を見ると、すぐにこういって、掛けていた眼鏡の縁を揺すぶり直した。

「君に来てもらったのはね、実は、今、ひょっと思い付いたことがあるんだが、君のやっている不良少年の方に、桐山ジュアンという男がいたようだねえ」

「おります。通称ジュアン、本名壽安、最近ちょっとした事件があって、それが示談になったばかりの男です」

「そうそう、そうだっけ。それで僕も覚えているのだ。何か学生と喧嘩をやったとかいう――」

「そうです。何しろ力の強い男で、怒ると中々やりおるんです。が、その事件は学生の親元の方から謝まって出て、もう済んでしまっておりますが、何かまたあったのですか」

「いや、あったともいえぬし、ないともいえぬ」捜査課長は謎のようなことをいった。「実はね、今日、君も知っているだろうが、あのアザミというカフェーの方を、ちょっと調べさせてみたのだよ」

「というと、例の、片瀬の事件ですね」

「そうなんだ。が、そこで行ってみると、向うのカフェーの態度が大分怪しかった。それでいろいろにして調べたそうだが、結局、洋傘を一本見付けて来たのだ」

課長の言葉によると、「かふぇー・あざみ」では、薊クラブの方だけ、辛くも発見されずに済んだらしい。が、沖島刑事には、まだ何のことだか分らなかった。

「洋傘をですか?」

「うん、ただ一本の洋傘なんだが、その洋傘について、先方の答弁が甚だ曖昧だったので、それでまあいろいろに突込んだそうだ、結局、今いった通り、他にはどうということもないが、その洋傘の柄に桐山という名が彫ってある」

「あ、なるほど!」

「そしてね、とにかく、その洋傘と一緒にカフェーの男を一人ここまで連れて来て、それから今まで大分洗ってみたんだが、カフェーでは、どうしてもその桐山という男を知らないという。どこかで洋傘を取違えたんだろうなどといって、それも強ち無いということでもないし、どうももう仕方がない。置き張りの意味で、先刻カフェーの男は引取らしてしまったんだがね、そこで、今、僕がふっと桐山ジュアンのことを思い出したのだ。どうだろう、君はこれをどう思う」

「ジュアンがそのカフェーへ出入しているんじゃないかと、こういうんですね？」

「そうだ。そして、そうとすればジュアンが自然有力な容疑者になる。ただ、洋傘の柄にあったのが桐山という姓だけで、その点ちょっと心細いが――」

さすがに眼の付けどころは俊敏である。課長はこういって、じっと沖島刑事の返事を待った。

「さア――」と刑事はいった。「そうなると中々面白いんですが、しかしどうも――」

「いけないかね？」

「いえ、全然そうでないともいい切れません。が、桐山という姓は勿論ジュアンばかりではないのですし、それにあの男は、どうも、そんなことをやる男とも思えません」

「人殺しなどやりそうもないか」

「はア、元来は、不良少年として珍らしく気持のいい奴なんです。サッパリしていて上品で、親の無いためと、それから腕っ節が強いためにああして不良の仲間に入ったような男です。怒り出すと、そのはずみでどんなことをやるかも知れませんけれど、今度のような、殊に女を殺すなんていうことは――？」

「しそうもないかね？」

「まず、ないといった方が確かです。いつも私に会うと、しみじみ今の身持を後悔しているようにいっていまして、それがまあ、不良少年という奴はいったいがそうですけれど、仲間を脱けることが中々出来ずにいるらしいのです」

「つまり、人間は極くいい方だというんかね」

「ま、まあ、そうです。もし、あの男がそのカフェーへ出入りしていたとすれば、あのマッチのこともありますし、無論、私の考えも変えなくってはならないのですが――」

考えながら、沖島刑事が恰度こういった時である。そこへ一人の制服の警官が這入って来た。

「お話中のようですが、今、妙な手紙が届けられました」

警官がそういってそこへ差出したのは、青い色の封書だった。そしてそれには、表にギザギザの線で「警視庁捜査課御中……至急密告」と書かれてあったのだった。

張込み

その青い封書がどんな内容を有っていたか、これはもう説明するにも当るまい。

「うむ、妙な筆蹟の手紙だねえ。――どこから来たのだ?」

捜査課長は、それを注意深く開きながら訊いた。

「牛込郵便局からです。その手紙が局の窓口に長いこと置いてあったそうです。局員は早くから気付いていたんだそうですけれど、宛名を見なかったので、誰かが置き忘れて行ったのだと思って放ったらかしておいたんです。そうして宛名を見ると、何か容易ならぬ手紙らしいので、それですぐにこちらへ届けてくれたんです」

「じゃア、誰がその局の窓口へ持って来て置いたのか分らないのだね」

「覚えがないといっていました。昼間のうちから置いてあったにはあったそうですが――」

捜査課長はそれっきり黙ってしまって、熱心に手紙を読み始めた。二度ばかり繰返して見て、それから沖島刑事の方へそれを差出した。

「君、読んで見給え」

刑事は読んで行くうちに深く眉を曇らしてしまった。

「どうだね君?」と課長がいった。

「さア――」と刑事は口籠った。

「実に妙な手紙だねえ。今の今、噂をしていたばかりのところへ、こうした手紙が来るなんて――」

「真個《まったく》です」

「どう思うかね君」

沖島刑事はじっと考えに沈んだ。そしていった。

「行きましょう。三人ばかり一緒に行ってもらうとして、私を是非遣って下さい」

「居所が分っておるかね」

「はっきりしたところは分りません。しかし、彼の仲間を洗えばすぐに分ります」

「大丈夫かね」

「大丈夫です。よしんばどんなに抵抗しようとも、先刻の私の言葉もあります。私一人の立場からでも、きっと挙げずにはおきません」

「うむ、よかろう。すぐに仕度をし給え」

五分の後、警視庁からは沖島刑事外三人の刑事の乗った自動車がすべるように走り出した。豪雨のあとの空は美しく霽《は》れて、月光がさんさんとして降りそそいでいる。

　自動車はやがて、柊町の坂下で停まった。降り立った四人は、ちょっと囁き合って二人ずつ組になり、坂の両側をシネマ・パレードの方へ登って行った。沖島刑事はわざと顔を見せず、パレードの少し手前にあるポストの蔭で待つことにし、まず、一人の刑事が東海林厚平を連出しに行った。

　恰度この時が、パレードでは夜のプログラムが二つ終って、レビュウが始まったところである。厚平は自分の受持の説明を終って楽屋にいたが、普通ならばさすが不良少年だけのことはあって、未知の人の呼出しなどには容易に応じないのを、刑事が行くと案外素直にそこへ出て来た。

「あ、沖島さんじゃアありませんか」厚平はポストのところまで来て、漸く気付いたようにこういった。

「うむ、こないだは失敬した。どうだねその後は?」

　沖島刑事は、迂闊に当り出しては、厚平がジュアンを庇うだろうと思った。そこで、ボンヤリとこんな風にいったのだった。

「ええ、別に変ったこともありませんが」と厚平は答えた。「そうそう、そういえば、こないだのお言伝《ことづて》、桐山君に確かに伝えておきましたよ」

「ああ、あの示談になった傷害事件のことだね。うん、ジュアンは喜んでいたろうね」

「喜んでいました。だから今日はもう、大手を振って出て行きました」

「出て行った――?」

「ええ、実はね、つい最近僕んところへ来ているんです。それで、あれがもう告訴は取下げになっているといってやると、奴さん、大喜びで外出しましたよ」

「ふーん、そうか。いつから君の所へ来たのかね」

「えーと、先月の下旬からだったと思います。僕があんたからあの示談になったことを聞いた、それから間もなくのことなんです。ぶらりと僕んところへやって来ました。パレードの地下室が空いているので、そこへ寝泊りしています」

「先月の下旬――だね?」

「そうです」

「すると、そうだ、今も無論いるのだろう?」

「え、え、います。が、今日はどこへともいわずに出掛けて行って、まだ帰って来ておりません」

「帰るだろうか」

「そりゃあもう帰りますとも！」

沖島刑事はちょっと何か思案して、それから何気なくいった。

「今日始めて外出したのかね？」

「いいえ――」と厚平は頭を振った。「滅多には出ませんが、そうそう、そうでした、確か一週間ばかり前、あの日は、暑い日でしたがね、えーと、いつだったかなア――、館の方に僕がいて、それから地下室へ行って見るとジュアンがどこかへ出掛けてしまっていて、それから帰って来た時に、いくら訊いても、どこへ行ったかいわなかったんですが――」

沖島刑事はじっと待っていた。すると厚平が、やっと思い出したようにしていった。

「あ、そうだ、あれはこの八月一日のことでした。あれは日曜日でしたかねえ、あの日も奴さん、暑い中をどこかへテクテクと出掛けて行って、夕方になって帰りましたよ。帰って来てから、妙に何か考え込んでいたので覚えています」

「八月一日に間違いないね」

「ええ、間違いありません」

「そうか――」

刑事はいって、傍に二人の対話を聞いていた同僚と意味ありげな視線を交した。

無論、例の青い色の手紙にあった文句が、一々ピッタリと胸へ来たのである。

「しかし沖島さん、何かあの、桐山君のことについてまた問題でも起ったんですか」

「問題？　うむ、そうなんだ。しかし、それは君にもいずれ分る。それまでは黙っていてもらわねばならん。今、ジュアンの外出しているというのは嘘じゃアないだろうね」

「ほんとうです、今にもう帰って来ますよ」

「ふん、じゃアそれはそれでいいとして――」

なお二三問い糺《ただ》した後、沖島刑事は場合を計って厚平との対話を打切った。

そして厚平をそこへ引留めておいて、今度は井波了吉を呼出してきた。了吉との対話も大体は同じようなものである。ただこの時は沖島刑事が、厚平にいろいろ訊ねた時よりもっと用心深くしていた。了吉は一旦釈放された男ではあったけれど、とにもかくにも、当日現場にいて死体を発見した人物である。してみれば、これを刑事の眼から見て、了吉とジュアンとが共謀していたのではないかという疑念もある、それで刑事は十分に注意したのであった。

了吉は、八月一日のジュアンの行動については、何も知らないと答えた。そしてジュアンの今外出していることを、これは厚平と同様に申立てた。

「じゃアよろしい。二人共にこっちへ来て待っていてもらおう」

やがて沖島刑事はいった。

そして厚平と了吉との二人を、一人の刑事に附添わせてその場を去らせ、自分は他の二刑事と共に、附近の物蔭へ身を潜めた。

対手に気取られぬよう、じっとジュアンの帰りを待伏せようというのである。

――が、そうして待伏せをされている桐山ジュアンは、その時いったいどうしていたのか。

鼬の本領

これは恰度、こうして沖島刑事がシネマ・パレードへやって来る小一時間ばかり前のことである。

折から東海林厚平は受持映画の説明をしていて、あの地下室には井波了吉が一人っきりでポカリポカリバットの煙を吐き出していたのであったが、彼はやがて、ふと何か思い付いた様子で、こっそりと地下室を出て行った。そして楽屋口から姿を現わし、そこの狭い露地を、夕涼みといった恰好で、頻りにぶらぶらとし始めた。

少し間があった。が、するとそこへ帰って来たのがジュアンである。

了吉は、すぐにジュアンの傍へ行って、小さな声でいった。

「ああ、ジュアンさん、己アね、お前さんをここで待っていたぜ」

「え、何かあるのかい」

「大有りなんだ。が、ここじゃアちょっと工合が悪い。何ね、あんまり人に聞かれたくねえことなんだよ」

了吉はジュアンを引張るようにして、パレードの横手から薄暗い横町へ曲り込んだ。そして歩きながら囁いた。

「ねえ、ジュアンさん、お前さん今日どこへ行っていたんだい。昼間っから出掛けて、やっと今ごろ帰って来るなんて、ずいぶんゆっくりしていたじゃアねえか」

「うん、何ね、ちょっとしたところへ行っていたんだが――」と答えてジュアンは、急にぐっと睨むようにして了吉を見た。「何か了ちゃん、僕の行っていたところが、何か君に気になるのかい」

「なに、そ、そんなんじゃあないよジュアンさん！」了吉は狼狽てていった。「何も己ア、お前さんの行った先きなんかを気にしているんじゃねえ。うん、実はね、厚平が頻りにそいつを気にしているんだ。いつかもお前さんにいったことがあるが、あいつどうも面白くねえ奴だ」

「厚ちゃんがどうしたっていうんだね」

「厚ちゃんがね――」了吉はキョロキョロと四辺を見廻していった。「実は、とんでもないことをいっているんだ。ほら、あの筑戸欣子の事件だよ」

「あの、片瀬で殺された――？」

「そうだよ、あの事件についてなんだ。おれアね、実をいうと、あれも厚平がやったのじゃアないかとも思っているが――」

「何故？」

「何故って、そうさ、別にそれア、証拠のあることじゃアないんだけれど、あの女が厚平と関係していたってことは、そいつはお前さんだって知ってるだろう」

「知っているよ。しかし僕は、厚ちゃんがそんなことをしたのではないということも知っている」

ジュアンははっきりそういって、ちょっとの間了吉の顔をまじまじと眺めていたが、そのうちに軽く了吉の脊中を叩いた。

「了ちゃん、君ア、ナンだね、へんな風に誤解してるんだね。――その、厚ちゃんがあの女を殺したというのは、あの八月一日の日に、厚ちゃんがちょっとの間館にいなかった。受持の説明を人に頼んでおいて外へ出た。それで君はそんなことをいってるのだろう」

「……」了吉は図星をいわれて、ちょっと吃驚した顔だった。

「ハッハハハハ、やはりそうだったんだね」

ジュアンは面白そうに笑った。「了ちゃん、だけどそれア全く違うよ。厚ちゃんが館を出て行ったのは、せいぜい二時間位のものなんだ、その間に片瀬まで行って、あんな人殺しなんかが出来るものじゃアない。だから僕は、厚ちゃんがしたことでないと知っているのだ。厚ちゃんはね、なんでもその時、館へ帰って来るとひどく機嫌がよかったと思う。館の誰だったかに、今日は大金儲けをしてきたなんて、そんなことをいったそうだ」

「大金儲けって、ふーん、そんなことをいったのかね」

「ああそうだよ。何かうまいことがあったのに違いないんだ」

その時了吉は、ハッと妙な顔をした。

いうまでもなく、彼は厚平が欣子殺しの犯人だと思っていた。これをジュアンに否定されて、少なからずがっかりもした。が、その他にもう一つ、ジュアンの言葉から、ふと気の付いたこともあったのである。

「でしかし、了ちゃん、その厚ちゃんがとんでもないことをいっているというのは、いったいそれはどんなことだね」

ジュアンは何も知らずにこういった。

了吉はしかし、何か一生懸命に考え始めて、それから漸く顔を上げた。

「そう、そうだったっけ」

「何だい、何がそうだったっけなのだい」

「うん、いや――」了吉は言葉を濁らして、それから漸くいった。「何ね、ちょっと気になることがあったんだ。ねえジュアンさん、今いったこと、つまり、厚平があの女を殺したということ、これはまあお前さんのいう通り、あいつが怪しいのじゃアないとして、だがね、あいつ、実はお前さんが怪しいといっていたぜ」

「ど、どうして?」

「どうしてって、それア無論、あいつ、詳しいことはいわないんだ。しかしあいつは、お前さんがやはり八月一日の日曜日に、どこへともいわずに外出したっていっていたぜ」

「そうだよ、僕もその日は外出したよ。なんでも厚ちゃんが外出してきて、すぐそのあとだったかと思うんだが――」

「どこへ行っていたんだい?」

「さア、それは――」

急に口籠ったジュアンを見て、了吉はかすかにニヤリと笑った。

「ジュアンさん、己アね、何もそれをお前さんから訊こうっていう訳じゃアねえんだ。ただね、厚平がそれをいっているので、それをまあ、友達甲斐に知らせとくだけなんだ。ついでにもう一ついうと、厚平は、何か今日、妙な手紙を書いていたよ。己アチラリとその上書きだけを見たんだが、警視庁という字と、至急密告という字だけが見えたと思う。ひょっとしてね、あれがお前さんに関係したことだったら――」

途中までいわれて、ジュアンはハッとしたように口を挟んだ。

「了ちゃん、ちょっと、ちょっと待ってくれ給え。その手紙を書いたというのはほんとかい？」

「ああ、ほんとだとも。己ア、何も嘘をいったところで仕方がないんだ。それアね、これが果してお前さんに関係していたとしたところが、無論、ジュアンさんとしてはその日曜日に、どこへ行っていたかさえはっきり申立てればいいんだが――」

「いや。それが――」とジュアンは少し躊躇していった。「それがどうも、ちょっと、はっきりとはいいたくないのだ。他に迷惑のかかる人もあるし――」

「そうかい。それじゃあ猶更のことなんだ。とにかく、厚平が、何か密告したことだけは確かだし、ジュアンさん、いっそ逃げた方がよかあねえか」

「あ、ありがとう了ちゃん」

「なに、そんな礼をいうこたアねえ。己アね、その密告のことが後になって知れた時、厚平の奴、己がそれをしたようにいやあしねえかと思って、それでお前さんにも告げておくのだ」

実のところが、了吉のこうしてジュアンを待ち構えていたのは、この最後の一句を断っておくためでもあったのである。

が、それはとにかく、ジュアンは了吉の言葉を聞いて少時黙って何か考え込み、それからきっと決心したようにいった。

「そうか了ちゃん、よく分った。僕、とにかくこうしてはいられなくなった」

「逃げるのかい」

「ああ、逃げよう。僕一人だけの弁明をするのは造作ないが、それにはそれで困ることがあるのだ。厚ちゃんには何もいわずにおいてくれ給え」

「いいよ、黙っているよ」

「じゃアね、あとのところはよろしく頼む」

二人は手を握り合って別れた。

ジュアンは、横町を暗い方へ暗い方へと行き、了吉はそれを見送ってからパレードへ帰った。

そして了吉は、パレードの楽屋へ入るなり、そこにいた厚平を地下室の方へ連れて行った。

「厚ちゃん、己アね、今、ジュアンに会って来たんだよ。そしてジュアンをひとまず逃がしてやったよ。何故かって、何も己ア、ジュアンを捕まえさせなくってもいいだろうと思ったんだ。あいつが逃げているうちは、まず、あいつに疑いがかかっているというものだ。――うん、それでね、その方はそれでいいとして、どうだい厚ちゃん、あの指環で大金儲けをしたっていう話はどうしたい。己ア、何も厭味をいっている積りじゃねえよ、ただ、器用に頒《わ》け前さえ貰えりゃあそれでいいんだ。厭なら厭で、こいつはまた、ジュアンに話しても悪かあねえが――」

厚平はビックリ狼狽てた。

了吉は、ポケットから細身のメスを取出して、それで優々と指の爪を削り始めた。

――と、そこへ沖島刑事の一行がやって来たのである。厚平が第一に呼び出され、続いて了吉が呼び出されたことは前に述べた通りだった。

そして、だが、ジュアンはいつまで待っても、パレードへは再び姿を見せなかったのである。

第七章　二度目の殺人

海岸の黒影

――そのまま幾日か経った。

たった一足違いのところで、沖島刑事は桐山ジュアンを取逃がした。張込みに出掛ける前、捜査課長にあれだけの強い言葉でジュアンの逮捕を誓った刑事として、これはどんなに口惜しいことであったろうか。

といって、それは仕方のないことでもある。彼はそれ以来別人のように無口になり、来る日も来る日も、ジュアンの行方を探すことに没頭していた。最初は彼も、ジュアンがそうした殺人などを犯しそうもない人間だと思った。が、こうして逃げられてみると、無理もないことではあるが、勢いジュアンを犯人だと決めてしまうより他はなかった。刑事ばかりではない、当時警視庁では、一途にジュアンを主犯と目してしまったのである。

ジュアンの行方が分らないままに、警視庁では再び井波了吉を引張って来た。同時にまた、例の「かふぇー・あざみ」のバアテンには、常に監視の眼を怠らなかった。が、そのバアテンは、表面一向変ったところを見せない。

そうして了吉は、あの狡猾な性格だけに、何一つ尻尾を摑まれるようなことはいわない。

彼は、密告状については何事も知らぬ存ぜぬで押通したし、また、彼が死体を発見した当時、日傘の蔭から飛び出したのを目撃した犯人についても、最初の証言以外のことは、何もいわなかった。相変らず、それが「脊の高い毛唐のような男」だといった。

その証言については、当局では今ジュアンが有力な嫌疑者となっていた際でもあるので、蛭川博士夫人のいった「脊の低い小柄な男」というのを、殆ど問題にしなくなってもいた。実際は、了吉の見たのもやはり「脊の低い小柄」な男であったのを、読者諸君はよく御記憶のはずである。が、当局としては無理もない、混血児ジュアンについて、あまりに多くの証拠が集まっていたからである。――そうしてしかも、この了吉の申立てた嘘の証言は、彼のために甚だ好都合なことにもなった。というのは、始め沖島刑事はジュアンと了吉とが共犯ではないかと思った。が、そうとすれば、了吉がその犯人を「脊の高い毛唐のような男」などというはずがなかった。殊更にでも、もっと変った人相風体を申立てるはずであった。考えてみると、結局は共犯と思えない。やがて彼は、またしても釈放されてしまったのである。

で、こうして荏苒《じんぜん》と日を過ごす間に、では当局では何も獲るところがなかったかというに、それは必ずしもそうではなかった。

当時はそれほど重大なこととは思われず、ただ、何かしら意味有り気に見えただけではあるが、少くとも一つだけ、事件に関係のある事柄がひょっと沖島刑事の耳へ入った。

それは、彼がそうして懸命にジュアンの行方を探していた時のこと、彼は偶然にも、あの事件当日、片瀬の海岸へ行っていたというある会社員の話を聞いた。

即ち、その会社員は当時知人の別荘を借りて、片瀬附近に住んでいたのであるが、海岸に恐ろしい殺人のあった夜のこと、一人きりでぶらりと浜辺へ行ってみた。時間にして、夜の十時か十一時であったという。彼は、昼間の事件を実は人伝《ひとづて》に聞いただけだったので、格別恐ろしいとも思わず、全身に海からの風を涼しく受けて、だんだん、腰越寄りに進んで行った。と、恰度それがあの日傘のあった場所の附近らしい。彼はそこで、ふと一つの黒影に気がついた。

月がなかったので、詳しいことは判らなかった。が、それは余り大きな影ではなかった。子供というほどでもないが、大人にしては少し小柄過ぎるように見えた。そしてその疑問の人物は、何か頻りに探すらしく、懐中電燈で砂浜をチカリチカリと照らしていた。何か知らず、彼はギクリとして立停った。と、同時にその黒影もこちらに気付いたと見えて、スッと向うへ遠のいた。そしてバタバタと走り出した。間もなく、闇の中へ姿を見失ってしまった――。

という話なのである。

沖島刑事にとって、これだけでは何も分らなかった。が、そこに一つ、聞き逃せない点があるにはあった。割合に小柄な脊恰好だったという一事である。

すぐに鎌倉警察署へも問合せた。当夜、警察から誰かが海岸へ出掛けて行きはしなかったか、といって訊いてみた。が、先方では少しも覚えがないとのことであった。してみれば、その黒影というものは何者であろう？

犯人が、遺留品を探しに来たのではないだろうか。遺留品といえば、すぐに短刀の鞘のことを思い出すが、その鞘を見付けに来たとして、では、それが果して犯人であろうか。「脊の低い小柄な男」といえば、少くとも夫人の証言ではそれが犯人であるらしい。が、犯人はやはり桐山ジュアンである。共犯者があるとして、例の井波了吉にしたところが、これはジュアンより脊が低いには低いけれど、しかし、それと気付くほど小柄な男ではない。殊に彼は、当日鎌倉警察署へ連れて行かれて、徹宵取調べを受けたはずでもある。してみれば、それが了吉でないことは、何よりも確かなことでもある――。

結局沖島刑事には、何もはっきりした見込がつかなかった。耳寄りな聞き込みだとは思ったけれど、さてどうすることも出来なかったのである。

彼は、その聞込みをそっと頭の隅に蔵い込んでおいて、相変らずジュアン検挙の方針で進んで行った。

――と、その目的がまだ達せられぬうちに、事件はここで第二段の展開をしたのだった。

筑戸欣子が殺されてからは殆ど四週間を経た八月二十七日金曜日の朝、かの牛込の高台、牛の脊天神のすぐ前の交番に詰めていた巡査は、恰度八時になったばかりであったというが、ふと社の境内を眺めた途端に、忽ち何かの事件が突発したのを直感した。

境内を抜けて殆ど一直線に交番目懸けて走って来る者があった。

巡査がハッと緊張している間に、忽ちそれは近づいて来た。

家庭者らしいワンピースの夏服を無雑作に着て、サッと髪を後ろに靡かせた、蛭川博士夫人鞠尾だった。

夫人は、巡査の手前まで来た時、何かに躓ずいてバッタリ倒れた。が、巡査が手を貸してやるまでもなく、すぐに起き直って、その代り、ハッハッと息を切らしていた。

そして、壁のように蒼い顔をしていた。

「大変です、大変です、人殺しです！　主人が寝室で殺されました！」

夫人は唇を歪めながら叫んだのだった。

現場の概略

ひょいとその交番の前を通りかかったものの話によれば、その時鞠尾夫人は、そう一息に叫ぶなり、ヘタヘタとそこへ崩折れかかって、若い巡査が辛くもそれを支えたという。

夫人はそうして巡査の胸に凭りかかりながら、続けて声も絶え絶えに「人殺しです、来て下さい、来て下さい！」と叫んだ。そして右手で牛の脊天神の境内の奥を、ワナワナ震える手で指差して見せた。

やがて巡査は、その夫人の手を引くようにして、片手には佩剣《はいけん》の柄をカチャリと摑み、早朝のヒーヤリと湿った境内を走り抜け、社の裏手へ出て柵を躍り越し、蛭川博士邸の門内へ駆け込んだ。

その門の内側に、唖の与四郎がポカンと口を開けて立っているのを、巡査は危く突当りそうにして見た。

が、与四郎は、制服姿の巡査を見ると、サッとばかりに尻込みして、それから、物に脅えたような悲鳴を挙げた。

「あッ！　何です、あれは！」

巡査はいった。が、与四郎はバラバラと植込の中を邸の裏手へ逃げ去ってしまい、夫人は何も答えなかった。そして、右手を挙げてそこから見える玄関の真上に当る一室を指差した。

「あそこです！　主人があの部屋に殺されています！」

巡査は躊躇なく玄関から二階へ上がった。そして素早く二階の廊下を見廻すと、先刻夫人の指差した部屋が、半分扉を開け放しになったままなのを見た、彼は、ツカツカと近づいて、その扉からぬっと首を差込んだ。それから二三歩中へ這入って行った。そして、すぐとそこを出て来た。

「すぐに来ます、何も手を付けないように。いいですか！」

巡査は口早にハッキリとこういって、博士邸から急いで交番へ取って返した。

電話のベルが消魂しく鳴って、その報知は第一に所轄警察署に達し、署からは署長以下数名の刑事巡査がスワとばかりに急行して来た。続いてその旨が警視庁刑事部と裁判所検事局とへ通じられ、警視庁からは、刑事部長捜査課長ほか数名、裁判所からは予審判事と検事との一行が出張して来た。その中に、沖島刑事の顔も見えた。

蛭川博士邸は忽ちのうちに内外とも制私服の警察官によってとりかこまれ詳細に現場の臨検が始まったのである。判検事の一行が来て少時すると、そこへはもうたくさんの新聞記者なども駆け付けて来ていた。被害者は蛭川博士、殺人現場は二階の病室、そして惨劇の最初の発見者は鞠尾夫人、そうしたことがじきと外部へも知れ渡ったのだった。

邸内に入って行った警察官達が、まず第一に異様に感じたことは、その邸内が非常にがらんどうになっていて、玄関にも廊下にも応接室にも、家具や調度類が殆ど無く、まるで空家同然に見えたことだった。これは尤も、後になってすぐと事情が分った。が、例えば階下の応接室にしても、そこには椅子と卓子以外に何もなかった。床のカーペットは引きめくられて、ザラザラとした木肌が現われていたし、壁には最近まで掛けてあったらしい何かの額を取外した痕があった。カーテンも取去ってあった。ただ一つ、首のとれた石膏像だけが隅の方に、捨てられたようにコロリと転がっていたが、装飾品らしいものとては、それが唯一のものだった。元来が陰気な感じの博士邸でもあったので、これは誰の頭にも妙な不気味さを感じさせたのだった。

が、そこで鞠尾夫人の、最初交番へ急を告げた時のあの取乱した態度は、それから時間が経つにつれ、少しずつ平静になっていったとはいえ、それは殆ど、極度の恐怖のあとの失神状態に近いものであった。

それで、物慣れた係官達は始め夫人には何も訊ねないことにした。与四郎は、先刻交番の巡査を見て奥へ逃げ込んだまま、探してみると物置の中へ隠れてしまって、いくら手招きをして見せても出て来ない。夫人には医師を一人附添わせ、与四郎は三人の巡査に監視させ、係官はまず二階の病室へ行った。病室はもと書斎にでも使ったらしく、壁に沿って本棚などが置いてあったがその中味は階下同様すっかり空になっていた。ただ、その本棚の端の、すぐと正面玄関の真上に当る、窓際だけに、そこを改造した薬品戸棚のような部分が附いていて、その中に、薬壜だの水差しだの二三の食器などが入っていた。

その薬品戸棚を頭にして、十分大きな寝台があり、寝台には、蛭川博士の死体が頭部を斧でぶち割られたまま、醜怪な恰好をして横たわっていたのである。

「ああひどい!」

一目見ただけでさすがの検事でさえが呟いた。

斧は二度打下ろされたものと見え、仰向きになった額の真中と、顔を少し外れかかって、右の眉毛から耳へかけた顳顬部《せつじゅぶ》と、その二箇所に惨《む》ごたらしい傷があったのだった。額の傷はアングリと口を開き、顳顬部は肉を削り取ったようになっていた。顔面には血がいっぱいにこびりつき、そして枕もシーツもベトベトに血で汚されていた。その凄惨な姿を、写真技師はすぐとカメラに収めてしまった。

前の筑戸欣子殺しの場合にも、現場にはいろいろの遺留品が発見された。そして、そのために事件は一見簡単に解決されそうでいて、しかも容易に解決されなかった。不思議なことに、それが今度もやはりそうだった。

現場を見ると、斧があり手袋があり細引があった。細引は、寝台の脚にしっかり結びつけられて、その端が窓から外へ垂れ下がっていた。玄関を見下ろしになった窓が開いていて、そこから外へ出ているのだった。

「犯人はここから逃げたのだな――」

とすぐにそれが誰の頭へも来た。傷口の工合で、犯人が寝台の裾の方へ乗り、寝ている博士の胸の辺に踏み跨り、力一杯斧を振り下ろしたことが分った。最初の一撃が、手元の狂いで顳顬部の方へ外れたので、すぐとまた第二撃を加えたらしい。手袋は、無論斧の柄へ指紋を遺すことを懼れたのに違いなかった。何故それを現場に遺して行ったのかは分らない。が、左手の分は窓框の下、恰度寝台と窓との間に出来た僅かな隙間に落ちていたし、右手の分は細引の垂れ下がった庭の方に落ちていた。手袋は茶色のまだ大変に新らしい、薄手のカシミヤ製のものであったが、その三四箇処に血痕が附着していたし、これは多分、犯人がその血を嫌って脱ぎ捨てて行ったものだろうということになった。

無論、現場を見ただけで凡てのことがはっきりと分るものではない。が、とにかくそうして、大体のところ犯行の手口や犯人の逃げ路などが一応分ったように見えたのである。

検事を初め一行中の首脳者達は、やがてこの血みどろな室を出て階下へ行った。そして一応の打合せをしたあとで、夫人に附添わせておいた医師を呼び、夫人の様子を聞いてみた。夫人は今別室に休ませてあるけれど、もう大分落着きを取戻したという返事。

そこでいよいよ夫人を訊問する段取りになったのだった。

疑問の遺留品

「じゃアあなたは、全然何の予感もなく扉を開けたというのですね——」

「ええ、そうです。あんな恐ろしいことになっていようとは、夢にも思っていませんでした」

「寝台の枕元まで行ってその時始めて気が付いたのですか?」

「いいえ、二三歩這入って見ただけで、ハッと思ってしまいました。そして怖々《こわごわ》近よってまいりますと、あの床に落ちていた斧がすぐと眼について、それから、続いて主人の顔が見えました。どんな風に私が叫んだのかは覚えていません。ただもう、一生懸命で外へ駆け出しました」

訊問には、椅子と卓子とが残されていたのを幸いに階下の応接室を利用した。

最初、医師に連れられてそこへ這入ってきた鞠尾夫人は、唇をキッと嚙みしめて、眼瞼《まぶた》を重く垂れていた。人前へ出るというので、先刻着ていたワンピースの夏服を、地味な模様の和服に着更えていたが、その肩のところや腰のあたり、むしろとげとげしく見える位に痩せ細っていて、女らしい優しさや丸味などがすっかりどこかへ消《き》失《う》せていた。見たばかりでもそれは痛ましかった。夫人に向って直接訊問を進めたのは主として立会の検事である。初めは博士の経歴や日常などを訊ねたが、その答えは大体において、前に猪股刑事などに語ったところと同様だった。検事は、「なるほど、なるほど」といって頻りに頷きながら物優しく夫人の談を聴いていたが、そのうちに、訊問はだんだん進んで、いよいよ惨劇発見当時のことへ入ったのである。

そこまで来ると、夫人は突然また深い恐怖に襲われたと見え、手を固く握りしめて、肩をキュッとすぼめてしまった。

「そうですか、いや、よく分りました」検事はそれを見て、対手を落着かせるようにしていった。「随分吃驚なすったことでしょう。何も予感がなかったとすれば無理もないです。が、そこでいかがです、あれだけの乱暴な犯行なのですし、御主人はその時に多分、何か叫び声でも発せられたのではないかと思っています。昨夜のうちにそうした叫び声などを聞いたようには思いませんか」

「いえ――」

「聞いたのですか、それとも聞かないのですか」

「は、はい、聞かないのです。実は私、昨夜はこの家にいませんでした」

「いなかった――?」

「はい、他へ行って泊りました」

夫人はこの言葉をひどくいい憎そうにして、低い、殆ど聞きとれぬほどの声でいった。検事を始めそこにいた人々にもちょっと意外な感じでもある。だが検事はさすがに物慣れた調子で格別驚いた風も見せなかった。

「ははア、そうでしたか。ここにおられなかったとすれば何も聞かれなかったはずですね。――どこか、御親戚の方へでもお泊りになったのですか」

「いえ、親戚などは一軒もございません」夫人は割合にはっきりと答えた。「昨夜は私、目黒の方へ泊ったのです。実は、前々から郊外へ移転しようと考えていたところへ、最近目黒へ手ごろな家が見付かったので、昨日からその方へ移転することにかかったのでした。そして、何しろ、人手は御承知の通り少いし、といって、病気が病気ですから、人を雇うというのもあまり気が進みませず、与四郎と二人きりで、昨日から家具や調度などをボツボツ運び始めました。何も急ぐことはないと思って、昨日のうちに大体半分だけ向うへ移し、そして今日は、私の身の廻りのものと、最後に主人をあちらへ運ぶ積りだったのです」

「すると、昨夜はその半分だけ移転しかけた目黒の家へ泊ったというわけですね」

「え、そうです。あとにすればよかったのを、大切なものだけ先きに向うへ運んだので、不用心だと思ってそちらへ泊りました」

ちょっと辻褄の合わないような談だった。が、そうかといって、別にひどく不合理なということもなかった。

「それで——」検事はちょっと思案していった。「あなたがそちらへ泊ったとすると、こちらには御主人と、それからあの、啞の下男と二人きりが残っていたわけですね」

「いいえ、それが、しかし——」夫人はここでまた余計いい憎そうにした。「実は結局主人一人きりになってしまったのです」

「下男がこちらへ残らなかったのですか」

「はい、こちらへ残そうかと思いましたけれど、そのことを主人に話しますと、主人がそんな必要はないから一緒に連れて行けと申しました。新しい家へ行ったら、反ってお前の方が不用心だからというのでした。私がそれではいけないからといって、幾度もそのことをいいましたけれど、主人は一向に諾いてくれませんでした。病人の気に逆らうのもどうかと思って、それで到頭、与四郎も一緒に連れて行ってしまったのです」

「何時頃に向うへ行かれたのです」

「さア、多分十一時近くだったと思います。与四郎と一緒にここを出て、あそこの天神の前でタクシーに乗ってまいりました。そして今朝になってこちらへ来てそれから主人の部屋へ行って見ますと、あのようなことになっていたのです」

邸内ががらんどうになっていたわけはそれで分った。夫人が病人をここへ一人きり残しておいたというのも、だんだん聞いてみれば強ち非難するほどのことでもない。

検事はその時、ふと後ろを振向いて誰にともなく訊ねた。

「あ、そうそう、すっかり忘れていたが、あの与四郎という男はどうなっているかしら?」

「ええ、あれは今、漸く物置から連れ出してきて監視させてあります」警視庁から来ていた警部の一人がすぐに答えた。

「逃げ出すようなことはないだろうね」

「大丈夫です」

「そう」と検事は簡単に頷いて、それからまた夫人の方へ向いた。「や、失礼しました。実はちょっとあの男のことが気になったのです。あなたと一緒にあの男が昨夜ここを出掛けたという、その時いかがでした、何か変ったことでもなかったでしょうか」

「あの与四郎のことについてですね？」

「そうです、何かこう、例えばあなただけが先きにここを出て、門の前だとか、あるいはまた社の境内だとかでじっと待っておられたが、与四郎の出て来るのが案外遅れてそれをあなたが待ち草臥《くたび》れた、というようなことですね、そんなにことは何もなかったのですか」

「いいえ、どうも一向そんなことは――」夫人は考え考え答えた。「少しもなかったように思います。私が二階の部屋から出てきた時、そこの戸口に与四郎がもう待っていまして、すぐに一緒に出掛けました。布団の包を一つ肩へ脊負わせて、そのまま大通りまで行ったのです」

「向うへ行ってからはどうでした」

「さア、向うへ行ってからといっても、やはり変ったことはございません。何しろ始めての家のことですし私は一晩中まんじりともしませんでしたが、与四郎は私の室のすぐと隣へ蚊帳《かや》を吊って寝させますと、そのままぐっすりと朝まで眠り通しました」

「与四郎の夜中にどこへも出なかったということが、はっきりと断言できますか」

「出来ます。与四郎の鼾《いびき》がうるさくって、これでは一向番人の役に立たないし、いっそ私一人きりの方がよかったなどと思ったものです」

検事は少し失望したような顔だった。それを救うようにして、黙って見ていた捜査課長が、小声でそっと囁いた。

「どうです、夫人に犯人の遺留品を見てもらっては――」

検事は深く頷いた。捜査課長が入口近くに立っていた制服の巡査に眼配せをすると、その巡査は心得てすぐに出て行ったが、やがて巡査が先頭に立ち、刑事が二人がかりで、大切そうに斧と手袋と細引とを持ってきた。

この間、室内では誰も喋るものがない。検事は頻りに考えに耽っていたし、夫人もじっと顔を伏せていた。刑事の持ってきた遺留品が、卓子の上へそっと置かれると、漸く夫人は顔を上げた。

「これですがね、どうです?」検事はいって、そのうちの手袋を先きに指差した。「これに見覚えはないでしょうか」

夫人はしかし、手袋よりも斧の方へ先きに眼をやったらしかった。その斧には血がまだベットリと附いている。夫人は恐ろしそうに顔をそむけて、だが、それから始めて手袋の方へ眼をやると、忽ち呀《あ》ッと小さく叫んだ。

検事を始め、一同がぐっとばかりに緊張してくる。

「見覚えがありますか」検事は思わず鋭くいった。

「ございます」夫人も少し声を高くして答えた。「それはあの、つい十日ばかり前に私が買って来たものなのです。寝ていた主人が、何と思ってか、急に手袋が欲しいといい出しました。どうするのかと訊きますと、手が汚いから嵌《は》めるのだと答えました。それで私、街へ出たついでに買って参ったのでございますが、それがまあ、どうしてか買って来た晩のうちに、どこかへ見えなくなってしまったのです」

「御主人が失くされたのですか」

「いいえ、それがその、今になってみますと随分妙だとは思いますが、なんでもその翌日のことなのです、主人がまたしても手袋を買って来いと申したのです。昨日のはいけなかったのですかと訊くと、いや、いけないことはないけれど、どこかへ行ってしまって見えなくなった。だからもう一つ買って来いというのでした」

「無論その辺を探してはみたのでしょうね」

「はい十分にもう探しました。が、やはり見付からなくて、仕方なし今度は白い色のを買って参りました」

「白いのは今でもあるのですか」

「は、いえ、それはもうありません。血膿汁《ちうみ》で汚れましたので、この五日ばかり前に捨てました」

「どこへですか」

「塵芥箱《ごみばこ》です。多分もう掃除屋さんが持って行ったことでしょう」

考えてみると、これがひどく意味のありそうな、また大して重要なことでもなさそうな、妙にこだわりのある事柄であった。それが犯人の遺留品である以上、夫人の言葉から推測して、その犯人は少くとも十日位前に、一度博士邸へ来たことになる。

正面から堂々と訪ねて来たか、それともこっそりと忍んで来たか。それについて夫人に訊ねてみると、夫人の答えでは、この十日ばかり誰も博士邸を訪れたものはないというのであった。

「ふーん」

検事も捜査課長も、そこでちょっと考え込んでしまった。

やがて細引の方を出して見せると、夫人にはこれも見覚えがあるという。今日の荷造りをする積りで、昨日のうちに二階の部屋の片隅へ置いたのだという答えだった。ただ、斧だけが夫人には見覚えがない。そしてあるいは与四郎が知っているかも知れないという。

そこで与四郎はすぐにそこへ連れられて来た。巨大な身体を三人の巡査に押えられて、尻込みしながら這入って来たのであるが、鞠尾夫人がそこにいるのを見ると、彼も幾分か安心したらしい。オズオズと卓子の傍へ近づいた。

「お前、これを知っているの」

夫人は優しくいって斧を指《ゆびさ》して見せた。

「ア、アー、アー」

与四郎は答えた。そして奇妙な手附きを二、三度繰返した後、部屋の隅を顎と手とでしゃくって見せた。

見ていた検事にも捜査課長にも到底この意味は分らない。夫人が早速それを通釈した。

「あの、私にもはっきりとは分りませんけれど、与四郎には覚えがあると見えます。与四郎の指示《さししめ》しているこの室の隅の方角は、恰度裏の物置小屋に当っていますし、多分、斧はあそこに蔵ってあったのでしょう」

係官達は互に顔を見合せた。

三つの品物が、犯人の遺留品であることは慥かである。だが、それが三つとも揃いも揃って、もとから博士邸にあった品物ばかりではないか！

夫人の驚愕

訊問が進むにつれて、鞠尾夫人は疲れが甚だしくなっていくように見えた。事件からの刺戟が神経だけを極度に昂奮させて、それが身体の疲労に辛くも打勝っているように見えた。

調べるものの側からいえば、まだ訊ねたいことが沢山にある。が、それから後はなるべく要所だけを括《くく》るようにして、三つ四つの質問に止めた。

その一つは、夫人が今朝最初に博士の病室へ這入って行った時、そこの扉に鍵がかかっていたかどうかということである。それに対して夫人は、病室へは錠を下ろさなかったけれど、家全体としては戸締りがしてあったと答えた。与四郎と目黒へ出掛ける時に、玄関へ錠を下ろしたというのである。その鍵は夫人だけが所持しているものであって、今朝もここへ来た時に、慥に昨夜かけたままになっていたとのことであった。

刑事が調べてみると、なるほどそれはその通りである。玄関をはじめ勝手口も湯殿も十分に戸締りがしてあって、また便所の汲み取り口などにも異状がなかった。

犯人があの開け放った窓から逃げたことはわかっている。が、こうして他の戸締りが厳重にしてあるところを見ると、忍び込んだのもやはりあの窓であったろうか。細引は、犯人が最初忍び込んだ時、まだ病室の隅に置いてあったはずである。してみれば這入る時にはこれを利用することが出来なかったに違いない。しかも、その細引の端が寝台の脚に結びつけてある点から見て、これはもう明らかに逃げ出した際の仕事でもある。

犯人は、どうしてあの窓から這入ったのか、いや、どうしてあの窓口まで攀《よ》じ登ることが出来たのか。

それについて、誰も満足な解釈を下したものはない。結局のところが、犯人は雨樋と窓框《かまち》とを足場にして窓まで登ったのだろうということになった。刑事の一人が試してみると、それが強ち不可能なことでもなかったのである。それにはただ、普通以上に身が軽くて、そして指先きに力が要るというのであった。

夫人に対して発せられた第二の重大な質問は、博士が生前誰かの怨恨を被っていはしなかったかということである。が、それについて夫人は少しも心当りがなさそうだった。そしてたった一言、筑戸欣子殺しと関係があるのではないかといった。それはもう夫人に注意されるまでもなく、誰の頭にもあったことである。やがて、夫人の訊問はひとまず打切られることとなったのだった。

で、一方にこうして訊問が進んでいた時、他方では無論なおも現場の検証が続行されていたことであるが、恰度夫人が検事と相対していた椅子を離れ、自分の部屋へ帰って行こうとした時である。

そこへは巡査が一人這入って来て、謹厳な挙手の礼を行った後、今表へ死体運搬車が到着した旨を告げた。これから博士の死体を帝大へ送って、解剖にかかろうというのである。

鞠尾夫人は、検事がそれについて何かいうよりも先きに、素早くそのことを察したらしい。ハッと顔色を緊張させて、係官一同の方を振向いた。

「ああ、あの、解剖するのでございますか」

その声にはかすかな震えがあった。検事は気の毒そうにして答えた。

「そうです。一通り剖検をさせて戴こうと思うのです」

「は、それであの、いえ、それはもうやむを得ないことでございましょうけれど、では、すぐに解剖してしまうのでしょうか」

「はア、なるべくなら早い方がいいのです」

夫人の顔にはちょっとした動揺の色が現れた。力なく首を垂れてしまったが、やがて静かに顔を振上げると、ホッと深い溜息を漏らした。

「仕方がございません。ではあの、寝巻だけでも着更えさせてやりとうございますから、ちょっとお待ちなすって下さいまし」

検事達が先きに二階の方へ上がって行った。そして一旦奥へ引込んだ鞠尾夫人は、やがて片手に博士のパジャマらしいものを抱くようにして、惨劇の行われた部屋へやって来た。考えてみれば、夫人は最初にこの部屋へ何心なく這入って、意外な惨劇に仰天して飛び出したまま、そこへはやっと二度目に姿を見せただけでもある。

一同は、夫人が博士の死体に別れを告げる間、なるべく邪魔をしまいとの心遣いから、室の片隅で寝台へ背を見せるようにして佇んでいたのであったが、恰度この時、沖島刑事ともう一人の刑事との二人だけは、夫人の手助けをするために、寝台の傍に待ってもいた。

室内は、瞬間異様な静寂に鎖《とざ》されてしまい、そのなかを夫人が静かに死体の枕元へ近づいて行く。

死体には、刑事の気転で白い布を一枚被せてあって、そのために額の傷はよく見えない。夫人は、さすがにその白い布を取り除ける時、ハッと泣き出しそうな顔になった。そして半ば恐ろしそうに手を伸ばし、その布の端をつかんで引上げたのだが、するとその時、沖島刑事は、思わず胸をドキリとさせた。

夫人の顔に、困惑と狼狽と驚愕と、凡ての表情がパッと現われてきたからである。

「どうしました！」

口へ出してそう訊くだけの暇もなく、夫人は「アア」と叫んで、ヨロヨロと後ろへ倒れかかった。

刑事はすぐにそれを抱き止めてやる。

が、夫人は狂気のようにその刑事の手を振り離し、再び寝台の枕元へ駈けよった。

「違います、違います、これは主人ではありません！」

夫人は咽び泣くようにしながら、頻りとそう叫び続けるのだった。

第八章　新しい捜査方針

再検証

鞠尾夫人の悲嘆を見まいとして、そちらへは背を向けていた人々も、一度に揃ってその顔を寝台の方へ振向けた。

もう一度夫人を抱き止めようとして、肘を伸ばしかけていた二人の刑事も、そのまま啞然として棒立ちになった。

「違います、主人ではありません、良人《たく》ではありません」

という夫人の言葉が、はっきりとは耳に入りながらすぐにはその意味が呑み込めなかった。あまりにも意外なことであったのである。

斧で殺された無残な死体が、主人公蛭川博士のそれとは違うという。だが、何故だ、何故そんなことがあり得るのだ！

夫人がそういっているのだから慥かではあった。少くとも慥かであると思ってもよかった。が、それにしても当の夫人自身が、今の今まで、何故そのことに気付かなかったか？

「な、なんですって？」

幾分か咎めるような口調で、真先きに反問したのは沖島刑事。彼はツカツカと寝台に近づくなり、鞠尾夫人の身体をやや手荒く傍へ押し除けた。そして、寝台上の死体の顔を、じっと疑わしそうに覗き込んだ。

夫人は、押し除けられたはずみに、二三歩後へよろめき下がって、ガックリとそこの椅子へ腰をかけた。その顔が、態度が、朝からの打撃と緊張とのあとへ来た、極端な放心状態に陥っている。

「フム」

頷いた沖島刑事は、二度三度、死体と夫人の顔とを見比べた。

「……ですが奥さん、これはいったいどうしたことです」

夫人は、当惑したように沖島刑事の視線を避けて、ぐったりと顔を項垂れた。

「分りません、私には訳が分りません」

「これが博士ではないなんて、あんたは見間違えているのではないですか。奥さん、もう一度こちらへ来て見て下さい」

だが夫人は、かすかに首を振っただけであった。

「では、やはり博士ではないんですか」

「はい。そうです。似てはおります、そして、主人と同じ病気に罹っているようではございます。けれども私、今まですっかり早呑み込みをしていたのでございます。主人だとばかり思ってしまって――」

「しかし、何故です、何故今までそのことに気付かなかったのです」

「それが、ただもう、一目見ただけでそう思い込んでしまったのです。チラと見ただけで、主人が殺されたのだとばかり――」

「顔をよく検めなかったというのですか」

「そ、そうです、最初この部屋へ這入ってきた時、斧や血や、そんなものがチラリと見えましたので、それで私、すっかりと気が顚倒して室を飛出しました」

懸命に気を張って、漸くこう答えているらしい夫人の言葉に、沖島刑事はウムとばかり考え込んでしまった。

今まで、博士が殺されたのだとばかり思い込んで、凡てはその事実を基として行われてきた検索だった。もし誰かの頭に、幾分かでも推理らしいものが組立てられていたとすれば、それもまた、同じ事実に基いたものであった。

それが今、突然に根本から覆えされてしまったのである。

警察官の本能としては、事件が怪奇であれば怪奇であるだけ、その探偵心理は活潑になる。そして勇気が百倍してくる。が、この場合に限って沖島刑事は、不思議にも一種の腹立たしさを感じた。押して行った土壇場で、物も見事にストンと引っくり返された気持である。

「どうしますか？」

やがて沖島刑事は、申訳なさそうに顔を伏せている夫人の方はそのままにして、室の片隅に佇んでいた捜査課長の前へ近づいて行った。

「そうさねえ――」

捜査課長にもこれは意外だったらしい。彼はこう返事をしながら検事の顔を振向いた。

「これじゃどうも、最初からまた調べ直さなくてはなりますまいナ」

「仕方がない」検事は答えた。「こうなって来ては、死体をすぐに解剖してしまうのも考えものだし――」

「まあそうです。ともかく、夫人を階下《した》へやっといて、もう一度調べてみるとしましょう」

室の入口を見張っていた正服の巡査が、すぐ、その旨を心得て夫人の傍へ近づいて来た。夫人はその腕に身を支えるようにして立ち上った。

ゴトリ、ゴトリ、その巡査の跫音が重たく階段の下へ消えたころ、再び室内の検証が始まったのである。

博士失踪

再検証とはいっても、今度はもう何も新しい事実の発見はなかった。それ以前に見付けておいた斧や手袋や細引について、それを別な角度から観察してみるというだけのことであった。


やがて一同はその室を出て、階下の応接室へ額を集めた。そしてめいめいの意見を述べることになった。

その劈頭《へきとう》において捜査課長は、ふと思い付いたようにして、そこに居合せた尾形という若い医師を呼びかけたのである。読者諸君にはまだ直接に紹介する暇がなかったけれど、それはかつて沖島、猪股二刑事の会話中にも噂された、即ち、前の欣子殺しのあとで、一度警視庁から派遣されて蛭川博士を診察に来たという医師である。

「あ、尾形君――」と、その捜査課長の言葉には、どこか不機嫌らしい調子があった。「ねえ君、御覧の通りの事態になってしまったんだ。君はナニかい、あの死体を無論よく調べてくれたことだろうね。――博士ではないってことが、どうして今まで分らなかったね？」

尾形医師は眉をビクリとさせた。彼はそれ以前から何かいい出そういい出そうとしながら、それを遠慮していたところなのだった。

「え、君、君は気が付かなかったのかい？」

「いや、そのことならです――」と彼は答えた。「僕も妙に思ってはいたんです」

「じゃア、薄々気付いていていたのだね」

「いえ、そういう意味ではないのです。その反対に、僕は博士だとばかり思っていました」

「何故だい」と捜査課長は露骨に不機嫌な眉を寄せた。

「君がそう思っていたのでは困るじゃないか。君は前に博士の顔を見ているはずだ。死体が博士ではないことぐらい分りそうなものだ」

「え、しかし――」と尾形医師も顔を少し蒼くしていった。「似ていたんです。僕が博士を診察したのは三週間ばかりも前のことで、だから、はっきりした記憶もありませんでした。けれども、あの死体は確かに博士に似ています」

「フン、それア似ていたかも知れないさ。しかし、いくら似ていたからって、まさか、全然同じだという訳ではなかろう」

「ええ、それは無論、同じだというのではありません。けれどもあの夫人だって見間違えていた位ですしそれに病気が病気なんです」

「病気がどうかしたというのかね」

「つまりです、多少前に見たところとは違ったにしても、それはあの病気として当然有り得ることだと思ったんです。三週間前に診察した時には、もう大分皮膚が崩れていました。それが暫らく見ない間に、あっちが尨《むく》んだりこちらが凹んだりして、これだけの変化があったのだろうと、そう思ってしまったのです」

「してみると、やはり前に見たところとは、大分変ったところもあったのだね」

「ま、まあそうです」

「そうですなら、何故その変っている点に気付いた時これは博士ではないかも知れんとそう疑ってはみないのだね」

「しかし、それはあなたの方が無理ですよ」

「何故？」

「何故かって、似ていることは、やはり似ているのです。現に、あの夫人でさえが、たった一回見たばかりだとはいえ、すっかり見間違ってしまったじゃありませんか。――第一僕は、あなた方のように、何もかもを疑いの眼でもって見るということは嫌いなんです！」

この問答は、どちらも少しく昂奮しすぎた形であった。そうして妙に曖昧なところのある、一つところをぐるぐると廻っているような問答だった。（この問答のうちに、読者諸君は何か一つの重大なヒント、即ちこの二人がどこかに間違った考え方をしているということに気付かれはしまいか）後に聞いてみると捜査課長は、この問答をしている間に、何かモヤクヤしたものが頭の中へ一杯に塡《っ》まってきて、それは恰度どうしても割り切れない数字に出会したような奇妙な腹立たしさを感じたというし、尾形医師はまた尾形医師で課長があまり無理をいうので、思わずカッとなったというのだった。

　そこに居合せた一同は、ハラハラとして二人の問答を聞いている。するとその時、部屋の入口へひょいと猪股刑事の顔が現われた。

　最初事件の知らせが警視庁へ達した時、これは同時に関係の深い鎌倉署へも通じてあった。その報に接して猪股刑事が、大急ぎでそこへ駆け付けたのである。

　他署の刑事が来たのを見て、さすがに今までの問答は中止された。

「やあ、よく来たね」

　猪股刑事がそこにいた誰彼に挨拶の終るのを待って、それを快活に迎えたのは沖島刑事。

「あ、君もいたんか」猪股刑事はすぐに沖島刑事の傍へ近づいて行った。「うん、やっと間に合って来たんだが、どうしたい、博士が殺られたっていうじゃないか」

「いや、それがね、へんなことになってしまったんだ。殺されたのは博士じゃない。まるっきり別の人間らしいのだ」

「な、なに、博士が殺されたのではないって――?」

　愕然とした猪股刑事は、忙わしく視線を室内に配って、それからまたぎゅっと沖島刑事の腕を摑んだ。

「それで君、いったいどうしたというわけなんだ」

　沖島刑事は、対手の意気込みに釣込まれて、今朝警視庁へ報告が来てからのことを、熱心な口調で話し始めた。

「ふーん」猪股刑事は途中でいった。「すると君、昨夜はこの家に博士が一人っきりでいたということになるんだね」

「そうだ、今いった通り、目黒へ昨日から移転しかけていたそうで、夫人も与四郎も二人ともにそちらへ行って泊っていたんだ」

「なるほど、それで一人っきりになったというわけか」

　猪股刑事の顔には、何となく納得の出来ない色が現われた。

「へんだねえ、あれだけの病人をここへ一人きりで残すというのは」

「そう――」

　と答えて沖島刑事は、この時、ふと黙りこくって考えに沈んだ。突然彼は、先刻訊問に答えた夫人の言葉を思い出したのである。彼はひょいと捜査課長を振向いた。

「どうでしょう、夫人と与四郎とが昨夜目黒へ行って泊ったのは、夫人の言葉によると、博士の方からそうしろと説き勧めたのではなかったですか」

捜査課長は瞬間怪訝らしい顔になった。意味がよく分らなかったのである。が、すると忽ちハッと気の付いた風であった。

「ウム、そうだ！　博士がそういって、無理矢理に夫人と与四郎とを目黒へやって泊らせたんだ」

「つまり、博士自身、一人きりで邸内へ残るようにしたんですね」

沖島刑事を始め、そこにいた誰も彼も、見る見る顔を輝かした。

斧や手袋や細引や、凡ての証拠品はもとから博士邸にあったものばかりだった。そして室外から犯人の這入った形跡には乏しく、反対に、寝台の脚から窓を越して外へ垂れていた細引が、明かに犯人のそこから逃げ出したことを示している。

今更、誰もそのことを口へ出していうほどのことはない。

ただ一人沖島刑事が、つと猪股刑事の方へ振向いて、低いながらも力を籠めた声でいったのだった。

「君――、君の第六感が中ったぞ。博士だ、蛭川博士のやったことだ。自分が殺されたように見せかけておいて、姿を晦《くらま》してしまったんだ！」

変身術

それまで桐山ジュアンを最も有力な容疑者と睨み、一意その逮捕にのみ力を注いできた当局の方針がふいにがらりと変ったのが、正にこの事件からであったのだった。

その日臨検に赴いた一同が、蛭川博士邸をとにかく引揚げて来たのは夕方近く、その時からして当局の手配りは、専ら蛭川博士の行方を突止めることと、博士の身代りとして残された死体が、いったい何者であるかを探ることと、その二方面へ向って伸ばされていった。さすがにジュアンを全然度外視してしまったわけではない。が、それよりもこの二方面を追求することの方が、遥に緊急だと思われたのだった。

無論そこに、まだ呑み込めぬ点も沢山にあった。

例えば、博士が果して癩病に罹っていたかどうかということ、それがこの際、急に大きな疑問にもなった。

尾形医師の証言では、それを疑ってみるだけの余地はなかった。また、当日再三鞠尾夫人にも訊いてみたのであったが、博士はやはり癩病であって、事件前夜も、殆ど自分一人では身動きも出来ないような状態であったということだった。それだけの病人が、どうしてあんな狂暴な殺人を犯すことが出来たのであろうか。

それについては、しかし、強ち説明のつかぬことはなかった。博士が、それほど重体でもない病気を、殊更身動きの出来ないように見せかけていたとすればよかった。博士は、それを夫人には隠していた。いつもいつも、自分一人では何も出来ない風を装っていた。そして当夜夫人と与四郎とが博士を邸内に残して立去った後、彼は突然むっくりと身を起した。それには、かねて眼を付けておいた癩病人がどこかにあったのであろう。彼はその癩病人を、多分いかなるか甘言を用いて邸内に連れ込み、やがて斧でもって惨殺した。そうして自分は身代りの死体を残したまま、何喰わぬ顔で逃亡した――と、そう考えることが出来るのである。

が、そこでなおよく考えてみると（そのことをここで述べるのは、話が急に理窟ばってくる懼《おそ》れがないでもない。けれども、事件全体として見てそれは甚だ重大なことでもある。作者は暫らくの間読者諸君の御辛抱を願いたいのであるが）当局では、まだどうしても満足の出来ぬものがあった。博士の癩病を、根本から仮病だと考えたいものがあった。

何故か――。

その第一が、当局では、博士邸の殺人事件と、かの筑戸欣子殺しとを、必然的に連絡して考えずにはいられなかったのである。

それは、無論漫然とそう考えられたのではなかった。

「突発的な殺人ではない。犯人は、夫人と被害者とが当日片瀬へ行ったことを、偶然に知ったものではなくて、最初からその積りで二人を片瀬まで跟けて行ったのだ」

と、これはかつて沖島、猪股の二刑事が、警視庁の一室で欣子殺しについて語り合った時、二人で一致しての意見であった。また、かつて猪股刑事が片瀬の菊本館という海水旅館で、始めて鞠尾夫人と顔を合せた時、夫人は、博士と欣子との関係について、

「……いつも大変に気難かしくて困りますが、不思議にあの欣子さんだけには優しくて、今日も二人で一緒に海水浴へでも行って来いなどと申して、それで私達が出

掛けてまいったのです」

　ということを述べているのだった。その時博士は、夫人と欣子とを海水浴へやって、あとからこっそりと跟けて行ったと見ることが出来る。欣子が博士から預かったらしい指環を東海林厚平に捲上げられて、それをシネマ・パレードへ取戻しに行った時、厚平との関係を同じくその博士に気取られたらしい口吻を漏らしたこと。及び井波了吉が片瀬海岸の日傘の蔭で、欣子があの犯人に「離すものか、お前この僕を嫌っているね」とそう詰《なじ》るようにいわれていたのを聞いたこと、この二つだけは当局も知らない。井波了吉がまんまと口を噤み終せてしまったからだが、それにしても猪股刑事が八月二日、始めて博士邸を訪れた時、博士の病室から刑事目懸けて投げつけられた金時計のこともある。してみれば、博士を欣子殺しの犯人として見ることは大体において筋道が立っていた。そうしてしかも、博士はその欣子殺しの嫌疑がいつ自分の身にかかってくるかということを懼れて、自分というものをこの世の中から抹殺すべく、今度の殺人を敢行したとも見られるのだった。

　従って、それには博士の病気が全く仮病で、欣子殺しの時などは、抜手を切って沖へ沖へと泳ぐことさえ出来たものと見ねばならぬ。背の低い小柄な男だったという鞠尾夫人の証言と、背の高い毛唐のような男だったという井波了吉の（実は嘘の）証言と、それがここでも問題になる。そしてまた、夫人が海岸でその男の顔を見た時、それが博士であったとすれば、どうして夫人にはそのことが気付かなかったか、その点もよくは分らなかった。が、極めて不気味な、現実には到底有りそうもないことながら、蛭川博士は変身術をでも行うのではなかろうか。

　そこまで考えた時、誰しも眼の先に思い浮かべるのは、異形に腐れ膨らんだ、醜い大きな顔であった。眼を瞑じると、それがドンヨリとした灰色の空間に、雲の集まったような大入道となって、ニタニタと嗤うような気持さえする。変身術が実際に行われるなどと、誰も本気になって考えたくはなかった。が、その中でも猪股刑事は、何がなし不気味に思えて仕方がなかった。最初に感じたあの不可解な恐怖が、今となっては一層強く憶い出された。まぼろしの空間に浮かぶ博士の顔が、その蔭に秘密喇嘛教の奇怪な獣人の姿を蠢めかせたり、あるいはまた剝げ落ちた曼陀羅の絵のようにいろいろと変って、急に大きくなったり縮んだりした。

「とにかく、一日も早く彼奴を捕まえることだ。そうしない限り、何もかも一向に分らん――」

　考えれば考えるほど博士の行動は不可解になって、猪股刑事ばかりではない、警視庁の首脳部も、沖島刑事も、遮二無二そうした方針へ傾いていったのである。

　――なお、ここでもう一ついっておくと、当局の一部の意見として、唖の与四郎が、実は蛭川博士その人ではないかという、突飛なことをいい出したものもあった。

　最初から、強くそれに反対したのは、鞠尾夫人と猪股刑事と尾形医師である。

「そんなことは絶対にありません。あれはもう、主人が病気になる前から宅にいた男なのです」と夫人はいった。

「馬鹿な！　血迷ったことをいってはいかん。あれは全くの白痴だよ。白痴でもなくて、誰が突然訪ねて行った僕にあんな乱暴なことをするものか」と猪股刑事。

「そいつは全然出鱈目ですね、僕が博士を診に行った時、彼奴はあの病室でじっと博士と僕との方を見ていましたよ。いくらなんだって、一人の人間が、一度に二人になって現われるもんですか！」と尾形医師。

　だが、それにも拘わらず、与四郎については専門家が集まって、その能力の試験が行われた。そして、結局は正真正銘の白痴の唖ということが証明された。

　与四郎が夫人に対して常にどんな態度を執っているか、それを露骨に訊いてみたものもある。

「あれが私をどう思っているのか、そんなことは考えてみたこともございません。ただ、私に対しては、犬か猫のように懐いているだけです」

　さすがに夫人も、やや腹立たしげに答えたのだった。

馬鹿由《よし》

　この第二の殺人事件が、都下の各新聞で一斉に報道されたのは、八月二十七日の夕刊からかけて、前後約一週間ほどの間である。それには事件の経過が大体洩れなく知らされてあったが、事件があまり怪奇なため、当局では次第にその内容を外部へは洩らさなくなった。その秘められた事実のうちに、更に一つ奇怪なことがある。それは、蛭川博士の出生地が、全然不明になってしまったことだった。

　博士の名が蛭川龍造というのであること、学位は実は通称であって、ドクトル・オブ・メヂチーネの肩書を外国の学校から獲て来ていたこと、それは夫人がかつて語ったところである。が、そこで博士の出生地について訊ねてみると、夫人の答えが、まずそれからして奇妙なものであった。

「よく存じません」と夫人はいうのであった。

「こんなことを申上げると、実は非常に妙な風に思われるでしょうけれど、主人はいつも曖昧なことばかり申して、一度も郷里のことを話したことがありませんでした。信州で生れたんだなどと、たった一度口を滑らしたこともございますが、その信州の何郡であるか何村であるか、それっきり口を噤んでしまいました。多分もう御推察ではありましょうけれど、私達の結婚は決して正式な手続きを履《ふ》んだものではございませんし、それで私の名もほんとうは蛭川鞠尾というのではなく三浦鞠尾と申さなくてはならないのですが、――そのことは、あまり詳しく聞かないで下さいまし。とにかく私は、主人がどこで生れたのか、そして私と一緒になるまでに、どんな過去を有っていたのか、殆ど何も知らないのでございます」

この言葉は、裏にまだ何か隠していることが明かだった。そして夫人は、その時ひどくドギマギした態度であった。それで内々、一方には夫人の過去を探ってもみたのであるが、すると夫人は千葉のある漁師町の生れであって、しかし今は近しい肉身のものが一人もなく、夫人自身は幼いころ、その両親と一緒に故郷を出たままだということが分った。噂によると、両親は間もなく歿したらしいという説もあるが、それから後はどうしたのか、一切知っている者がない。仕方なしに、それだけの調査の結果を齎して夫人を訪うと、夫人も今度は博士との結婚の経緯《いきさつ》だけを打ち明けた。

「はい、それではもうお隠ししても仕方がございません、実は、私の恥かしい過去なのでお話を差控えておったのでございますが、私はその幼いころ、両親の手から外国人のサーカス団に売り渡されたのでございます。そして、長い間、外国を巡り歩いておったのを、ふとしたことから、当時外国に行っておった主人の蛭川に救われました。蛭川と結婚したのは、そんなわけであちらにいる時のことでしたが、それでやはり主人の過去のことは存じません」

二度目の時は、夫人の態度がもうすっかり冷静である。というだけのことを何もかもいってしまって、ホッと重荷を下したようにも見える。

当局では、夫人の口からこれ以上何も引出すことは出来ないと観て取った。そして、だが博士の出生地はこの際是非とも調べてみる必要がある。その時ふと名案を思付いたのが猪股刑事であった。

刑事は、夫人から聞いていた、唖の与四郎が博士との縁続きであるという事実から、その手蔓を手繰ろうと思ったのである。

与四郎の顔が写真にとられて、全国の警察へ配布されたのが九月初旬。それでも最初は容易に手応えがなかったけれど、九月の末になって、長野県の伊那町警察署というのから、少しく心当りがあるとの通知があった。

「しめた！」

猪股刑事は勇躍して長野県へ赴いた。博士が一度だけ信州で生れたと口を滑らしている。それをハッと思出したのだった。

この時、高原の秋は既に深い。伊那町というのは、赤石山脈と木曾山脈との間に挟まれた細長い谷の、中央線辰野駅からは天竜川に沿って四里ばかり下ったところにある、田舎ながら相当繁華な町である。猪股刑事がそこの警察署へ不眠不休の昂奮した顔を現わしたのが、恰度十月一日の朝まだきだった。

「唖の与四郎という男のことについて上ったのですが――」

刑事は署長室へ通されるや否や、すぐと用件にとりかかった。

「や、お待ちしていました。すぐ御案内を致しましょう。実は、耳寄りなことをいっている老人があるのです」

署長も歯切れよくこう答えた。そして二人はすぐと署を出て、十分ばかりすると、町外れにある鍛冶屋へ行った。

「いるかね親父さんは？」

署長が馴れ馴れしくいってそこへ呼び出したのは、年頃はもう七十に近い、だが元気一杯の老人だった。

「やあじいさん、馬鹿由のことについて来たんだがね、あのことをこの人に話してくれんか」

「へえ、あのことと申しますと――」老人はちょっと呑込めない顔である。

「あれだよ、俺が写真を見せたことがあるだろう、お前さんはどうも馬鹿由に似ているといったじゃないか。あれだよ、あの話をもう一度してもらいたいのだ」

老人はパチパチと目を瞬《しばた》いて、だが漸くそれを思い出した。

「あ、あのことでござんしたかい。へえへえ、そりゃもう、馬鹿由に違《ちげ》えねえと思っていますだ。あいつは恐ろしい力のある奴で、馬鹿は馬鹿なりに、わしらのところでも中々役に立っていましただが、わしのところから出て行ってから、もう長いことになります——で」

「慥か、唖だということだったね」

「そうでござんす。空っきしの聾《つんぼ》で唖でござんす。そいつがまあ、どえらい力があるというので、見世物師の奴が無理矢理連れて行ってしまったんでございますが、えーと、それからなんでも四五年経ってからでがす、あいつは外国まで連れて行かれたっちゅうことでござんしたよ」

「ふーん、そいつは俺も初耳だったナ。外国へ行ったということはどうして知れたのだ?」

「へえ、それア新田の喬太郎《きょうたろう》さからいってよこしましただ。喬太郎さが外国へ行っていた時に、馬鹿由が見世物へ出ているのを見付けたということでね。——署長さん、喬太郎さのことは知ってるずらね」

「ウム、知ってはいる。今はもうこっちの家はなくなっているようだが、医学博士になった人だったナ?」

耳を聳《そばだ》てていた猪股刑事は、この時ドキリと胸を躍らした。

「ちょっと待って下さい。その喬太郎という人物です、それはいったいどういう人です?」

「へい、その喬太郎さのことですかい?」老人は始めて刑事の方へ顔を向けた。「わしもこれで長いこと消息《たより》をしねえでいるだが、わしの家とは遠い親戚に当るでナ、今はなんでも東京の牛込とかに住んでるそうだ」

「牛込ですか。その牛込のどこなんです!」

「それはわしもよくは知らねえ。こっちの家はすっかりもう人手に渡っているし、今じゃあ、丸っきり音信不通だ。が、ナンでも噂に聞いたところでは、今は娘と二人っきりで住んでいるということだて」

「娘ですか」

「そうだよ、娘だよ。その娘の名は、そうだった、小さい時の顔がえらく可愛かったでよく覚えているが、確か、ミネ子とか、ミナ子とかいいましただ」

「苗字は?」

「苗字は葉村じゃ。葉村喬太郎といいますだ。可哀相に盲になってしまったとか聞いたし、娘がナンでも、小学校の先生をしていて、それでまあ、ひどく淋しい暮らしだともいいますだ」

葉村、葉村、葉村というのか！

躍り出したい胸を押えて、猪股刑事は口のうちで幾度となく新しく聞いたこの名前を繰返した。

――だが、ああ桐山ジュアンはそのことを、夢にも知らずにいたのである。

第九章　ある夜の事件

青年会館

九月も末に近づいた、ある非常に天気のいい日の晩方である。

柊町の活動写真館シネマ・パレードの観客席で恰度その日封切りになった映画を観ていた井波了吉は、その途中で自分宛てに来た一通の速達便を受取った。

その速達便には差出人の名が書いてなかった。けれども、封を切ると、中からは大変短い手紙と、一枚の黄色い切符とが出てきた。

――待っているから、この切符を持ってやって来給え――

手紙にはそう書いてある。

了吉はちょっと首を傾げるようにして切符の表を眺めていたが、やがて封筒と手紙とをクシャクシャに揉んで、ポイッとそこの廊下へ投げ出した。そして一旦観客席から地下室へ下りると、顔を石鹸で洗ったあとへクリームを塗りつけ、髪を直しネクタイを直し、ブラッシで服を撫でつけて外へ出た。

柊町の坂を下ると、じきに省線電車の停車場がある。了吉はそこから省線へ乗って、間もなく信濃町で下車した、そして駅前から市内電車の軌道を突切り、明治神宮の外苑に入った。

彼は、外苑の野球場近くにある、青年会館へ来たのである。その時、中ではS－交響楽団の第五十四回演奏会が開かれていたのであった。会館の入口で、彼はその夜のプログラムを印刷した大きな紙や、その他各種音楽会の広告ビラを沢山貰って、右手の階段から二階へ上った。恰度演奏曲目の第一が始まったところだったので、五分ばかり扉の外で待たされたが、すぐにちょっとした休みがあって、その間に中へ這入って席を占めた。

そして、キョロキョロと場内を見廻して、人を探したらしかったが、ステイヂではじきと演奏が始まってしまった。

プログラムを見ると、曲目の一にチャイコフスキイ作何調何交響楽というようなことが書いてあった。また、それを演奏している楽団は日本でも第一流として許された楽団だった。が、了吉には音楽はちっとも面白くなかった。探す人が容易に見付からないので、彼も仕方なしに耳を澄まして、さもさも一かどの音楽通であるかのよう、じっとステイヂを眺めていたが、実はその眼が、ひそかに左へ流れたり右へ寄ったり、近所に席を占めた美しい令嬢や、四肢の発達した外国婦人ばかりを見ていたのだった。

やがてパチパチという拍手が起って、第一曲目は終りになった。指揮者を始め楽士連がドヤドヤと立上ると一緒に、聴衆は座席から廊下へと流れ出る。了吉もそれに混じって廊下へ出た。そこは、活動写真館や劇場などとはまた違って、いかにも上流の人達ばかりが集ったらしい、一種特別な雰囲気を醸し出している。外人と日本人とが半々位――。了吉は少し臆したようだったけれど、じきにまた図々しくなって、あちらこちらで娯しそうに立話をしている女の顔を、ヂロリ、ヂロリ、と眺め始めた。

その時。

「やあ――」

といって了吉の肩を叩いたものがある。

振向くと、それは桐山ジュアンであった。

「なんだい、ジュアンさんか。己ア随分探したんだぜ」

「失敬した、遅くなってしまったんだ」

「ひでえね、今来たとこかい？」

「そうだよ、待っているだろうと思ったんだが――。でも、今の交響楽はよかったろう？」

「う、うん、ちょっとよかったね。エレクトロオラの缶詰音楽たアまた違わア」

「そうだろ。僕も、そいつを聞き損《そく》なって残念した――。が、どうする了ちゃん、あとの演奏も聞いて行くかい？」

「さアね、聞きてえことも聞きてえんだが、ジュアンさん、お前何か用があるんじゃねえかね。己をこんなところへ呼び出して――」

ジュアンは、手にしたプログラムにちょっと目を通した。

「いや、別に用があるというほどのこともない。ただね、一緒に来る人があったので切符を二枚買ったのが急にその人が来られなくなってしまったんだ」

「へええ、そうかい。己アその人の身代りになったっていうわけなんだね。一向有難くねえことになっちまったが、誰だい、その一緒に来るはずだったという人は？」

「ハッハ、なにね、ハッハ――」とジュアンは笑った。「君の知らない人なんだ。別に気にすることはないよ。――ハッハハハハ、なにね、君にだって話したいこともあるさ。ちょっとその後のことも聞きたいんだし、何しろ、逃げ廻っている僕なんだから滅多には会えない。どうだね、あとのはあまりいいものは無いようだし、外へ出て話そうか」

　渡りに舟という顔で、了吉は座席へ帽子やコオトなどを取りに行った。

　やがて二人は、正面大階段から外へ出たのである。そこには主人の帰りを待つ数台の自動車が並んでいたが、ジュアンはその間を抜けながら、途中でふと足を停めて、自動車と自動車とで出来た薄暗い間隔をちょっと覗いた。

「どうしたんだねジュアンさん？」

「なんでもないよ」ジュアンは答えた。「あそこに交番があるね、こっちを廻って行くとしようか」ジュアンは交番に背を向けてマッチを擦り、ポケットから出した葉巻へ火を点けた。甘美そうに、スーッと大きくそれを喫って、スト、スト、と大股に歩き出したのだった。

夜の外苑

澄み渡った空気と広い芝生と、それは大変に綺麗な夜であった。放胆に伸びている大道路に沿って、二人は少時の間黙々として歩いて行ったが、その頭上には、キチンとしたペガソス方形《スクエア》とW字形のカシオペアとが輝いていた。大都会の夜の喧噪も、ここへは殆ど響いて来ない。

二人はじきに、壮麗な大理石造りの絵画館の前へ出た。そしてそこから横の小径へ曲り込んだ。

「で、どうだね了ちゃん、その後何かなかったかい」

ジュアンはいって、そこのベンチへ腰を下ろした。

「了ちゃんにも迷惑をかけちゃったが、警察からは相変らず僕のことを訊きに来るかい」

了吉は、ベンチの上をフッフッと息で吹き払って、ジュアンと並んで腰をかけた。

「ああ、あのことかい。あれはね、そうさ、近ごろはまあそんなにも八ケ間敷《やかまし》くないようだ」

「そうだろうね、僕もそうは思っていたよ。新聞で見ると、大分、博士が怪しいように書いてあったね。警察じゃア、きっと博士を捕まえようとしているんだ」

「そうかも知れない。何しろ、あいつについちゃあ己も心配したぜ。女が殺されてからはもう二月にもなるし、それにあの博士の家の事件からだってもう大分になる。己アね、それでやっと気が楽になったにゃあなったが、あの当座ってえものはねえ、女がパレードへ前に一度来たことがあるってえのを、警察のデカにでも嗅ぎつけられりゃあしねえかと思って、とても心配したもんさ」

「そうかい、僕もね、あの女を見たことは見ているし、それにあの時は君のお庇《かげ》でうまく逃げることが出来たけれど、密告のこともあるしねえ、捕まると面倒臭いと思って心配したよ」

ジュアンは葉巻の火が消えたので、またマッチを擦って火を点けた。

「だが了ちゃん、あの密告のことだがねえ、何故厚ちゃんはあんなことをしたのだろう」

「そ、そいつはね――」

了吉は急に声を低くして、ジュアンの方へ身を寄せた。

「それだよ。それをね、実はもっと早く知らせたいと思ったんだが、ジュアンさんの居所が分らねえので困っていたんだ。あれはね、厚平がお前さんに対して後暗いところがあったので、それで飛んだ密告をしやがったのだ」

「ふーん、それはまたどういうことだね」

「ほら、ずっと前に沖島さんがやっていた事件だよ。欣子殺しの前だったが、学生をやっつけたことがあったじゃねえか」

了吉は、始めてこの時、それが示談になっていたこと、厚平がそのことを承知しながら、わざとジュアンには告げずにいたこと、それを自分のことだけは棚へ上げて、いい加減に説明したのであった。

「なあーんだ!」とジュアンはいった。「そんなこと位で、僕を怖がっていたのかい。僕はまた、そうとは知らないので、いろいろと考えているうちに、これはひょっとして、厚ちゃんがあの女を殺したのじゃないかなんて思ってみたよ。今はまあ、あの博士らしいことになってきたが、しかしどうだね、厚ちゃんはあれからどうしている?」

「うん、相変らずだよ。時々ね、あの殺人事件の話が出ると、早く犯人が捕まらないかなアなんて、白ばっくれたことをいっているぜ」

「そうかい。それはまア大笑いだが、僕だって、実はその犯人が一日でも早く捕まればいいと思っているんだ。そうしないと、いつまでも僕は疑われていて、とても窮屈で堪まらない。いい按配に博士が怪しいことは分ったけれど、博士がこういつまでも捕まらないと、また僕の方へ手が伸びて来るからね」

「いっそ、己達の手であの犯人を見付け出してやるか。警察の奴等の鼻をポカンと明かしてやるのも小気味がいいぜ」

「ハッハハハハ、そいつはいい、が、まあまあ僕は手出しはしまい、沖島さんなんかも、今は到頭あの事件に係り合ってしまったようだし、あの人なんかなら、いずれ犯人は挙がってしまうよ。手出しをしてへんに怪しまれると困ることがあるんだ。じっと待っていた方が安全さ」

「かも知れんね、何しろ、犯人さえ挙げられりゃあ、お前さんだって自由になるよ」

二人は、それから二三とりとめもないことを話し合っている。

やがてジュアンはベンチを離れ、腕時計を星明りに透かして見た。

「ああ、もうこんな時間になっている。またいつか会おうね」

そのままジュアンが去ろうとするのを、了吉は少しマゴつきながら呼び止めた。

「あ、ジュアンさん、ま、待ってくれ。——これからはどこへ行って泊るんだい?」

「僕——?」とジュアンは振向いた。「僕はね、ある場所に隠れているんだ」

「そ、それはどこだい?」

「どこだっていいじゃないか」

「よかあねえよ。己アね、またどんなことでジュアンさんを警察から訊きに来ねえものかとも思う。その時に場所が分っていねえと——」

「構わないさ。当分はまだ大丈夫だろうし、そんな時には、反ってほんとうに知らずにいた方が工合がいいよ」

「でも――」

「でもじゃあないよ。いずれまた、いいころ加減な時に、今日のようにして僕の方から手紙を出す。じゃ、左様なら――」

ジュアンはサッサと歩き出した。

残された了吉は、思わずチェッと舌打をしてその後姿を見送った。

「そうだ、尾行してやれ！」

やがて彼は、むっくと身を起して呟いたのである。

外苑の夜は、所々に設けられた青白い電燈と星明りとで、ぼーっと美しく浮いて見える。ジュアンは、アスファルトの路を信濃町口とは反対に、青山の方へ進んで行ったが、了吉は芝生の上をコソコソと走って、見え隠れにそれを跟け始めた。

そして、恰度その路が曲り目になって、ジュアンの姿が向うのこんもりした何かの立木の蔭へ、ついと消えた時である。了吉は小急ぎにその角を曲ろうとしたのであったが、すると反対の側の芝生から、一人の男がツツッとそこへ寄って来た。

「オイ、ちょっと待て！」

その男は了吉の前へ立ち塞がった。見ると、了吉の胸元近く、キラリと光ったものが差出されていて、それは不良少年がしばしばメスと称して携帯している、薄刃の先きの曲がった凶器であった。

「あッ！」

了吉はサッと身を引こうとして、だが忽ちまた低く叫んだ。

「あ、厚ちゃん、――厚ちゃんじゃないか！」

「そうだよ、僕だよ、厚平だよ！」

「………」

「………」

二人はじっと眼と眼を見合せた。

美男子型の厚平の顔が、その時は必死になって怒りに燃えている。

了吉は、さすがに度胆を抜かれて当惑し切った顔だった。が、それでも漸く口を開いた。

「分った、厚ちゃん、おめえ、おれのあとを跟けて来たんだね」

「そうだ、君のところへ、妙な手紙が来たのを見たんだ。――が、そんなことはどうでもいい。君は、実に酷い奴だナ、さ、この出したメスをどうしてくれる」

「聞いたのかい」

「聞いたとも。貴様は、僕から指環の頒け前をあれだけ取って、それでまたジュアンに胡麻を擂ってるんだ。怪《け》しからん、怪しからん、き、君は実に怪しからん奴だ！」

厚平は顔色を蒼くして、ブルブルと頬を顫わせていた。が、この時了吉は、反対にぐっと落着きを取戻していたのである。

「悪かったよ、勘弁しとくれよ」彼はわざとらしく頭を下げた。「己アね、何もそれほど悪気があった訳じゃあねえ。が、悪いところは謝まるよ。さ、突くなり斬るなりしておくれ」

「…………」

「どうしたい、斬らねえのかい？」

「…………」

「オイ頼むからこの己を斬ってくれよ。己ア、慥かに悪いと思っているんだ」

折から、一台の自動車がヘッドライトを輝かしながら進んで来たので、二人はじりじりと横へ寄って、芝生の中へ二間ばかり踏み込んだが、その時厚平は、すっかり困惑してしまって、泣き出す前の子供のような顔をしていた。

「え、オイ、斬れよ、斬らねえかよ。己がいかにも悪いんだからさ」

了吉がふてぶてしくいった。

「自分で、ほんとうに悪いと思っているか」

「いるね。慥かに申訳がねえと思っているよ」

「そ、そうか！」厚平は、安心したように頷いた。「それでは、僕は、何ももういうことはない。悪いと思ってくれればそれでいいんだ。しかし、これから気を付けてもらおう」

「斬らねえのかい、ふん、そうかい」了吉は厚平がメスをワイシャツの後ろへ蔵い込むのを見て、軽蔑したようにニヤリとした。「ああ、己アほんとに、どうなるかと思ってヒヤヒヤしたぜ、己も悪いことは慥かに悪いが、お前さんに斬られてみると、やはり黙っちゃあいられねえと思って、ハッハハハハ、いやしかしよく勘弁をしてくれたよ」

「しかし、これからは君——」

「ああ、心得てるよ」了吉はなおもニヤニヤしていった。「せいぜい気を付ける心算だよ。——が、どうだね、妥協をほんとうにするというなら、己だってまた考えはある。知っての通りだ、己ア今、ジュアンの居所を突止めてやろうと思ってるんだが――」

厚平はちょっと思案した。

「突止めてどうする心算だ?」

「なに、別にどうするってことはねえさ。だが、案外また、ああして妙に隠し立てをしているところを見ると甘《うめ》えことがあるかも知れねえ」

厚平はあまり気の進まぬ風だった。が、考え考え返事をした。

「そうさ、それもまたいいだろう。奴は今、青山の方へ行ったようだね。これから追いかけて行ってみようか」

「うん、行こう。追付きさえすればこっちのもんだ」

二人は芝生を下りた。そして、そこの緩やかにカーブしたアスファルト路を、一散に青山方面へ走って行った。

だが、そうして二人の姿がカーブの彼方へ消えた時、そこに生えていた立木の蔭から、ヌッと姿を現わしたのが、いつ間にそこへ立戻っていたのか、その片手には相変らず喫いかけの葉巻をつまんでいる、明るい顔のジュアンであった。

「どうも怪しい奴がいると思ったんだ――」

彼は、先刻出て来た青年会館の方をちょっと振向き、それから二人の走り去った方をじっと見ていた。

やがて彼は、気持よさそうに葉巻の煙をふかしながら、悠々と信濃町駅へ向ったのである。

狂える教授

それから一時間ばかり経って――。

桐山ジュアンは手に果物の籠をぶら下げて、牛込の仮名市ケ谷土井町の奥にある、ひどく古ぼけた家の門を潜った。それは、二階建てではあったけれど、妙に暗っぽくて古臭くって、それに背後が嶺頭院《れいとういん》という寺の墓地に当っていたため、昼間見たらなお更陰気臭く見えそうな家である。

ジュアンはしかし、軽い口笛を吹きながら、そこの玄関に取付けてあったベルを押した。

途端に、それを待ち構えてでもいたかのよう、明るい光がパッと差して、硝子の格子戸がガラリと開いた。

「只今――」

「お帰りなさいませ――」

殆ど一緒にそういった。ニコリとしてそこへ佇んだのが、セルに銘仙の羽織をひっかけた美奈子である。

「どうしました、お父さんは?」

「ええ! 今、眠ってますわ」

「何か困るようなことはなかったのですか」

「いいえ、ちっとも。——大変静かで、私、やはり連れてって戴けばよかったと思って。チャイコフスキイの間に合って?」

「いいえ、間に合いませんでしたよ。それに厭な奴に出会しちまって——」

「そうでしたの。そいじゃあつまんなかったですわねえ」

ジュアンは靴を脱いで上って、果物の籠を渡しながらいった。

「あなたが一緒に行ってくれれば、きっとよかったと思いますよ。——これをねそこで買って来たんです」

家の中は外見に較べて、明るく暖かくキチンとしていた。家具や調度は少なかったけれど、どこかに上品な家庭の名残りがあった。ジュアンは一度二階へ行って、それからセルに着更えて降りてきた。そして茶の間の畳へ寝そべって、そこにあった新聞を読み始めた。

美奈子は、台所の方で何かコトコトとやっていたがやがて拵えた果物の鉢とナイフとをそこへ持ってきて置いた。

「お父さんに上げないのですか」

「眠ってますもの。先きに私戴こうと思って」

ジュアンはすぐに林檎をムシャムシャとやり始めた。美奈子も葡萄の粒を口に入れながら、何気なくジュアンの読んでいた新聞を覗き込んだ。

「あら、あの事件がまた出てますね」

「あの事件て、ああ、これですか。蛭川博士の行方について、近いうちに何か手懸かりがありそうだというだけですよ」ジュアンは新聞を傍へやっていった。

「ナンですか、美奈子さんもこんな不気味な事件に興味を有っているんですか」

「ええ」美奈子は案外ハキハキいった。「恐ろしいだけに、余計興味を惹かれますの。でも、ほんとうにその博士がやったことなんでしょうか」

「さア、警察でそういう見込みだっていうんですから、多分まアそうでしょう。何しろもういい加減に犯人の挙がっていい頃です。最初からではもう随分長くなりますよ」

「そうですわね、いつだったか薊クラブのことがあって、恰度あの頃のことでしたわね」

「大体そうです。あれより一週間ばかり前に、最初の事件が起ったんです。僕があの薊クラブ事件以来こちらへ厄介になってから、もうこれで二月近くなりますからね、あの事件もたっぷり二月にはなっていますよ」

ジュアンは感慨深そうにいって葡萄の方へ手を伸ばす。途端に、襖の向うから嗄れた大きな声がした。

「美奈子、美奈子はおらんか！」

美奈子はすぐに膝を立てた。

「あ、父が眼を覚ましたようです」

間の襖が開けられると、そこは小さな洋室になっている。床はそれでもリノリウム張りになっていたが、天井には雨漏りの痕がついていたり、壁紙の削げ落ちたのを手細工で繕ったところなどが見えた。そして、その一方の壁沿いに置かれた寝台には、かの盲目の葉村老人がじっと寝長まっていたのであった。

「お父様、御眼覚めでございますか」美奈子は寝台の枕元へ腰を跼めていった。

「ウム、もう夜が明けたようだなア」

「いいえまだ夜でございます」

「そうか、儂はまたもう朝になっとると思ったのじゃ。夜だとすると、暗いのは無理もないナ」

「はい、真暗でございます。もう少しお寝みなさいますか」

「寝てもいいな。しかし、明日の講義の材料を少し集めとかにゃならんと思った。学長と相談したいこともあるし」

「そうでございますか。じゃア、私お仕度をじきに致します。あの、それ前に、桐山さんが果物を買って来て下さいましたの。お食《あが》りになりますか」

老人は頷いた。それで美奈子が果物を枕元へ持って行くと、少時は餓えたようにそれをガツガツと食べている。

「美奈子、この林檎はなかなかうまいナ。誰が買って来てくれたのじゃ」

「桐山さんでございます」

「ふーん、それはいったいどういう人だ」

「大変親切な方でございます。もうずっと前から宅にいて下さいますので、お父様もお覚えになっていらっしゃいましょう?」

「うん、そういえば覚えているようにも思うナ。親切な人なら結構じゃ、お前、その人に一つ頼んでくれぬか」

「はい、何をでございます？」

「眼玉じゃ。ほら、この間お前がドイツへ注文してくれたツァイスの眼玉じゃ。あれはお前、一向こちらへ来ないじゃないか」

「ええ、まだ横浜へも着かないと申しております」

「そうか、それではきっと、向うの奴が儂の名前を忘れおったに違いないのじゃ。だからナ、桐山さんにすぐとドイツへ行ってもらって、向うから送ってもらうようにせい。カイゼルに会って頼むのじゃ。儂の名前さえいえば、カイゼルはきっと恐れ入ってしまうからナ」

美奈子は、ちょっと悲しそうな眼附をしてジュアンの方を振向いたが、言葉だけは元気よく答えた。

「よろしゅうございますわお父様、桐山さんに私からよオくお頼みしておきましょうね」

老人は満足そうに頷いた。

「頼んでナ、大急ぎで儂の手へ届けてくれ。あの眼玉さえ来れば、儂も大丈夫鬼に金棒というものだ、お前を連れて早速モナコへ出掛けて行くぞ。お前モナコのカシノへ行ったことがあるまい」

「ええええ、ございませんとも。だからねお父様、早くその眼玉を入れて一緒に連れて行って下さいましね」

「よかろう。カシノというのはナ、モナコ国の国立大賭博場のことなのじゃ。そこのルーレットでナ、儂はカイゼルやビスマルクとで勝負をやった。カイゼルにはまだ貸しが大分残っとるんじゃ。――ま、儂はもう一眠りするとしよう」

老人は、ぐいと毛布を引被って、そのまま喋らなくなってしまった。

美奈子は、そっと跫音を忍ばせて茶の間へ戻った。

「大分いいようですねお父さんは――」ジュアンが少し笑みを見せていった。「あんなに静かなら、どうです、ちょっと外へ連れて行ってみましょうか。寝てばかしいては毒ですよ」

「ええ、でも、中々いうことを諾きますまいし、それにもし途中でどんなことがあるか知れませんもの」

「そうですかしら。僕はあの分なら大抵大丈夫だと思いますがね、何しろ食べるだけはあんなに沢山食べて、そうして日がな一日寝てばかりおられる人だからきっと身体によくないと思いますよ。――この二月ばかりの間に、見違えるほど肥ってしまったじゃァありませんか」

葉村老人は、この時実際にデブデブと肥って、かの薊クラブで見た時とは、すっかり様子が変っていたのである。美奈子はしかし、淋しい顔を静かに振った。

「いいえ駄目ですわ。外へ連れ出したら、きっともう大騒ぎになりますわ」

「でも、大学の講義に行かなくちゃならんて、始終そういっているではありませんか。大学へ行くのだからって、嘘をいったらどうでしょう。そうすれば穏和しくしておりますよ」

「そうですわね、そうしたらいいかも知れませんけれど、でも、いつだって、外へ出ることをあんなに嫌っているのですし――」

美奈子はホッと深い吐息をした。

ジュアンも、何かいおうとして、そのまま言葉を噤んでしまった。

二人共、少時黙っている。

するとこの時、奥からは鋭い悲鳴のようなものが聞えた。そして同時に、ガバと老人の床を蹴って立上る気配がした。

ジュアンも美奈子も、ハッとしたように奥へ駆け込む。

「ウム、来たか、よし、さア来い。今度はもう眼玉なんか奪られるものか！」

老人はヒラリと寝台を跳び下りて、我武者羅《がむしゃら》に両手を振り廻した。そして寝台の脚や壁の腰板などを、力の限り蹴飛ばした。

ジュアンが素早く背後へ廻って、老人の肩をぎゅっと抱く。

「な、なにをする！　こら、放せ、放せ、放してくれえッ！」

呻くような叫び声と共に、老人はジュアンの両腕を掻き毟ろうとして焦るのであった。

第十章　謎の密雲

緑色の日記

今まで平静であったかと思えば、突然発作的に暴れ出す葉村老人――。

こうしてその家は、まことに暗い淋しいものであった。

老人が暴れ出すと、いつも美奈子だけでは始末がつかない。ジュアンがやむを得ず老人の手や足を縛り上げてしまって、そのあとを美奈子が根気よく宥め賺《す》かすのである。すると老人は、やがて疲れ果てたように眠り込んでしまい、その眠りが覚めたあと、どうかして半日位はケロリと正気になっていることがある。口を滅多には利かないが、別に変ったところも見せない。

「や、お父さんはすっかり癒《なお》ってしまわれたですよ」

そんな時ジュアンは、ふとこういってみるのである。

「ええ、ほんとうに今日はいいようですわ。私、あんなにしていてくれる父を見ると、何だか気狂いだというのを、信じられない気持にもなりますの」

美奈子も嬉しそうにしてこういった。そしてそんな時に限って老人は、自分がどんな狂態を示したか忘れた風で、それに、自分自身決して狂人《きちがい》ではないなどといい出した。

慾目でもあろうか、美奈子にはすぐとその父の言葉が幾分か本当なのだと思われたりして、だが、それから長くて一日とは経たぬうちに、またがっかりとしてしまった。老人が、眼玉だのカイゼルだのルーレットだの、ひょこりとへんなことをいい出すのである。

「ああ、やはりお父様は駄目なのだわ」

美奈子は溜息を吐いた。ジュアンも何と慰める言葉もない。

「お父さんは、前にもあんな風に気の変になったことがありますか」ある日ジュアンはそんな風に訊いた。

「いいえ、こんなことは始めてですの」美奈子は答えた。「私の幼いころのことでしたけれど、そのころは母もまだ生きておりましたし、父はほんとうによい父でございました。今でもよく覚えておりますけれど、そのころ父はまだ大学の教授をしていたので、帰るころになると、母と一緒に玄関へ出てお迎えをするのが娯しみでした。お母様とも仲がよくって、そして私に始終お土産を買って来てくれて――」

「それがあんな風に変ってしまわれたのですね。――賭博が好きになられたりしたのは、いつごろのことなのですか」

「外国から帰ってからでございます。父は、母が亡くなってからすぐに外国へ行って、それから帰朝して来ると、もうすっかり人柄が変ってしまったのです」

「何か、外国へ行っている間に、お父さんを苦しめるようなことがあったのじゃあないでしょうか」

「ええ、それは私も思いましたの。でも、父は、外国にいたころのことを何一つ話してはくれません。ただ、あんなにして盲目になってしまったのは、お酒の上でどこかの水夫か何かと間違いを起したためだと申しました。そして、その間違いのあとで、外国からすぐに大学の方へは辞表を送って寄こしたそうです。帰朝の時それでも私、喜んで父を迎えに行きましたけれど、その時からもう妙な性格になったことは気付きました。目が見えなくなったのだから道理《もっとも》だとは思いますけれど、もう世間のことは見るのも聞くのも厭だなどといい出して、ただあの賭博だけに身を入れてしまい、夜も昼もルーレットのことばかりいっていました」

「そうでしたね、僕も薊クラブで始めてあなた方にお目にかかった時、すぐ、これは変った人だなアと思いましたよ。――目が見えなくて、他に気が紛れないからいけなかったのでしょう」

「そうですわ。だから私、始めのうちは父に新聞や小説などを毎日読んで聞かせたり、ラヂオも出来るとすぐに取付けたりしたのですけれど、気が狂う少し前から、もうそれも止してくれといい出しました。どんなに珍らしい事件があっても、世間話が非常に厭になってしまったのです。気の狂わないうちでしたけれど、ラヂオを叩き壊したりなんかしてしまうし――」

「とにかく、今度のことはあの薊クラブへ手入れされそうになったので、それでひょいと逆上してしまわれたのです。きっとお父さんは、あなたには済まない済まないと思っておられて、それであんなことになったのでしょう。なアに、じきに癒ってしまいますよ」

その日ばかりでなく、二人の間には繰返しそんな会話が取り交された。そしてジュアンは、いろいろにして美奈子の気を引立ててやった。それで美奈子も、近ごろは時々明るい笑い声を立てるようになった。この陰気な淋しい家にも、そんな時だけ、ふと何か幸福な予感が仄見える。

――そうした日が幾日か続いて。

十月三日、それはかの筑戸欣子が殺されてから恰度十週間目に当る日曜日であった。

葉村老人はこの日珍らしく上機嫌だった。午前中に一度暴れ出したけれど、それが鎮まるとぐっすり眠って、それから夜になるまで殆ど正気に帰ったように見えた。美奈子は大変にそれを喜んでいたし、ジュアンもそれで幸福だった。夜の八時ごろのことである。

その時二人は老人の病室に隣った美奈子の居間にいたのであったが、始め、一冊の日記帳を奪い合っていた。

日記帳にはポプリンの緑色のカバーがかけてあって、美奈子がそれに細かい字で何か書いていたところへ、突然ジュアンが這入って来た。すると美奈子が狼狽してそれを隠そうとした。それでジュアンが、何を隠したのか？といったのである。

「あら、駄目ですわ！」美奈子が日記帳を両手で押えていった。「これ、私の大切な日記ですもの、秘密が沢山書いてあるのよ」

「ああ、日記ですか」ジュアンはいって、しかし手を伸ばしてそれを奪りそうにした。「僕が見るといけないのですか」

「ええ、いけませんわ。何もかも、私、皆んなこれに書いてあるんですもの」

「秘密ですか」

「大秘密ですわ。だから、だから、早くあちらへ行って下さい」

しかしジュアンは行かなかった。

「じゃ、あなたは僕に隠していることがあるんですね。失敬だなア美奈子さんは――」

「え、ええ」美奈子は笑いながらいった。「うんと沢山ありますの。だからあなたには見せられませんわ」

「そうですか」ジュアンは答えた。「それではいいです。僕もあなたには僕の日記を見せません。僕はね、これでちゃんと日記をつけていますよ」

「嘘でしょう、そんなこと？」

「いいえ、ほんとうです。あなたが見せてくれさえすれば、僕のも見せてあげますけれど――」

「でも私、それはきっと嘘だと思います」

「何故そんな風に思うのです。もし、日記をつけていなかったりしたところで、僕は、少くともあのころからのことを、何一つ忘れてはおりません」

「これまであなたから話して戴いたこと以外に？」

「そうです。僕が不良少年であったことだとか、今は見付かると都合の悪いことだとか、それ以外に、たった一つだけあるのです」

美奈子は熱心に、しかし漸く聞き取れる位の声でいった。

「それは、いったい、どんなことですの？」

ジュアンは急に躊躇してすぐには喋れなかった。そして、

「美奈子さん！」

とそういって、美奈子の肩へ手をかけようとした。

が、恰度その途端に、玄関から「御免下さい」という声がしたのである。

二人はハッとして離れた、そして美奈子はすっかり狼狽して居間を飛び出して玄関へ行った。

その玄関には、身装の立派な一人の紳士が、脱いだソフトを、手袋を嵌めた片手に持ち、ステッキを小脇に抱えて立っている。

美奈子にはそれが誰だか分らなかった。

だが、この家としては珍らしい夜の訪問客を誰であるか見ようとして、そっと襖の蔭へ這い寄った桐山ジュアンは、サッと顔色を変えてしまった。そして、瞬間躊躇していたが、やがて跫音を忍ばせて茶の間を横切り、静かに、静かに、二階への梯子段を登って行ったのであった。

拘引

ジュアンがそうした不思議な挙動を示したのを美奈子は知らない。

彼女は、今の先の、うっとりした幸福な夢から急に呼び醒まされて、まだ肩や項や頰のあたりに、近づいたジュアンの熱い息吹を感じていた。そして顔が火照り、胸がドキドキしていた。

「いらっしゃいませ」

やっとこういって、玄関に待っていたその紳士を迎えたのである。

紳士は、叮嚀に頭を下げた。

「や、夜分に上って失礼します。実は、前を通りかかって、葉村という標札を拝見したのですが、もしやお宅は葉村喬太郎先生のお住居《すまい》ではございませんか」

「はい、それは、そうでございますが、あのあなた様は？」

「私ですか。私は先生をよく存じておるものです。お目にかかれさえすれば分ります。御在宅でございましょうか」

「は、おりますにはおります。しかし――」

「久しぶりでございますから、お目にかかりたいと思います。ちょっと上らせて戴けませんか」

美奈子は当惑して答えた。

「それは、はい、父も多分常なら大変に喜ぶのでございましょうけれど、実は只今病気で臥せっておりますので――」

「お目にかかれないのでしょうか」

「失礼でございますけれど、何分、病気が病気なのですし――」

「どんな御病気なのでしょうか。いえ、決して長いお話をするのではありません。御差支えでしたら、御病室でちょっとお顔を拝見するだけでも結構です」

そこで少時《しばし》の間押問答をした。そして美奈子はすっかり困ってしまった。紳士の顔には異常な熱心さが現われていて、一目でもいいから会わせてくれというのであった。――そうだ、この方は、お父様が大学へ出ていられたころのお弟子なのではあるまいか。そして通りがかりに門の標札をひょっと見かけて、それで懐しくなって寄って下すったのではあるまいか。あんなに会いたがっておられるのに、せめて寝ているお父様のお顔だけでも見せてあげたら。

「あの、ほんとうに何もお話をして下すっては困ります。実は病気が悪いので、何を仕出来《しでか》すか分りませんし、離れたところから、そっと会ってやって下さるなら――」

遂に美奈子がそういうと、紳士は満足したように頷いた。

「結構です。どうぞそんなことにでもお願いします」

「では、御名刺を――」といいかけて美奈子は思案した。「あ、でもちょっとお待ち下さいませ。父が眠っているかどうか見て参りますから」

美奈子は立上って、一旦玄関から茶の間へ這入り、そして老人の病室へ行こうとした。が、その時茶の間の片隅には、桐山ジュアンがすっかり身仕度をして立っていたのである。

彼は、ふと怪訝そうな顔をした美奈子を手招き、耳に口を寄せて早口にいった。

「美奈子さん、いけません。あれは警視庁の沖島という刑事です。僕を捕えに来たのです。あなた方に迷惑がかかってはいけません。僕はこれから逃げて行きます。どんなに訊ねられても、お父さんと二人きりだといった方がいいでしょう。が、それは場合によるとしてとにかくあとを頼みます。そして、もし僕に用事が出来たら、浅草局の留置郵便で手紙を下さい。表の宛名は村田芳雄とでもしておきましょう。僕の方からは、旭新聞の広告欄へ暗号文を出しておきます。暗号は、そうです、今日の朝刊の論説欄の、標題を除いて、何行の何字目という数字を並べましょう。ね、どうか忘れないで下さい。そして広告欄を毎日見て下さい——じゃ、僕、二階から裏の墓地へ逃げて行きますから、いいですか、落着いて、大胆に、ね、ね，美奈子さん！」

別れしなに美奈子の手をぎゅっと握って、そして、こちらから何をいわせる暇もなく、ジュアンはスルスルと二階へ駆け上って行った。

残された美奈子は、ものもいえずに突立っていた。ジュアンのあとを追おうとして踏み止まり、また、玄関へ取って返そうとして躊躇した。

その間が、恐らくほんの短い時間であったのだろうが、美奈子は石のように身が固まってしまって、どう身動きすることも出来なかった。——気を鎮めなければいけない。そうしないと、ああ、あの桐山さんが捕まってしまう！

その時玄関からは、焦立った客の声がした。

「どうしました大分お手間が取れるようですが——」

「いいえ、いいえ、すぐです、お待ち下さいまし」

美奈子はやっと気を取り直して玄関へ出た。

「は、はい、お待たせしました。ですがあの、お名刺を一枚頂戴いたします」

「名刺ですか。よろしゅうございます。——しかし、上っても差支えはないのですね」

「え、ちっとも、か、構いません。お名刺さえ見せて戴ければ——」

唾を嚥み込み嚥み込み、怪しい風を見せまいとして、大胆にそういい切った美奈子の目の前へ、つと差出されたのが、肩書のない沖島貞作という名刺だった。

ぐいと胸を押された形で、しかし美奈子はともかく、刑事を老人の部屋へ連れて行こうと考えた。そして刑事は、素直に、油断なく、美奈子のあとに附き随った。この時既に、葉村邸附近は十分に手配されていたのである。沖島刑事はこの時、ジュアンがここに身を潜めていたのだとは知らない。ただ、葉村博士に首尾よく同行を求めることが出来さえすればいいと思った。そしてまた美奈子は、刑事がジュアンの逮捕のためにばかり向ったと思っていた。そこに存在する大きな食い違いを二人共に実は気付かなかった。

美奈子は茶の間を避けて、暗い廊下から病室へ近づいた。そして扉を開けると、一生懸命で刑事の注意を父の寝ている方へ向けようとした。

「あれが父でございます、どうぞ、こちらへお這入り下さいまして――」

「そうですか、あれが博士ですか！」刑事の声には思わず力が入った。「では、改めて申します。実は私は警視庁のものです。博士に伺いたいことがありますので、一緒に行って戴こうと思います」

葉村博士に眼をきっと付けながらこういった刑事は美奈子にとってひどく意外なものだった。

「え、なんですって？」

「警視庁から参ったと申しているのです。博士をどうぞ起して下さい」

「父をですか」

「そうです。あなたのお父さんをです」

「でも、何故です父にどんな御用がお有りなのです！」

「ここでは詳しく申せません。とにかく、伺いたいことがあるのです」

美奈子には訳が分らない。彼女はまだ眠っているらしい父親と、油断なく突立っている刑事とを、幾度も幾度も見較べた。

その時美奈子がギョッとしたことには、病室の片側が硝子窓になっていて、そこへ一つの顔がニコリと中を覗き込んだのであった。


「あっ！」

叫んだ時、沖島刑事は既にそこへツカツカと近づき一方では博士の方へ眼を放さず、硝子窓をぐいと開けた。

「どうしたね、こっちは？」とその顔がいった。「博士はいたか！」

「大丈夫だ、あそこにいるのが博士だ」

「そうか、それではいいが、実はね、今墓地の方で怪しい奴を見付けたのだ。二三人で追跡中だが、まさかあそこにいるのが替玉の博士ではあるまいナ？」

「大丈夫だろう、しかし――」

沖島刑事は、ふと不安になった風であった。

「お嬢さん、慥かにそれはあなたのお父さん、葉村喬太郎博士ですね」

美奈子が何か答えるより先に、眠っていたとしか見えない葉村老人が、突然むっくりと身を起し、潰れた二つの瞳を刑事に向けた。

「ウム、やっと来てくれたのか、いい眼玉じゃ。その眼玉なら確かなものじゃ。や、有難い儂は厚く礼をいうぞ」

「あ、お父様、いけません、いけません！」

「なんだ、何がお前いけないのだ！」

「それは、お父様、違います、ね、ね——」

老人を喋べらせまいとして、美奈子がその肩へ手をかけた。それで反っていけなかった。

「黙れ、黙れ、何を邪魔立てしおるのだ！」

老人は傷ついた獅子のように、猛然として沖島刑事の方へ襲いかかった。

「眼玉だ、眼玉だ、その眼玉を寄こしてしまえ」

だが、その言葉が、刑事には少しも訳が分らなかった。窓から覗いていた顔がヌッと上へ伸び上がると、ドタリ、靴音を立ててそこのリノリウムの床へ飛び下りた。一緒にまた沖島刑事も、キッとなって身構えした。

「あ、皆様！　どうぞどうぞ乱暴をなさらないで——。狂人でございます。父は気が変になっているのでございます。——私が宥めて御一緒に皆様とまいりますから、お願いでございます、手荒なことをなさらないで——」

美奈子は、ハラハラとしてこう叫ぶのであった。

個人鑑別

沖島刑事が、いかにして突然葉村老博士の家へやって来たのか？

それは無論、猪股刑事の行った信州での調査と、かつて鞠尾夫人のいった言葉、即ち夫人が昔外国で蛭川博士に救われたという言葉と、この二つの事実から、蛭川葉村両博士が同一人ではないかという疑いを起したのだった。牛込区内で葉村老人の住居を探すと同時に老人の過去を調べてみると、もと大学の教授であったこと、娘の美奈子が土井町小学校の教師をしていること、及び老人自身は今盲人《めくら》であること、そんなことが大体判った。これらは伊那町の鍛冶屋で聞いてきたこととよく一致するのである。も早一刻も猶予はならない。それ以上葉村邸の様子を詳しく内偵するほどの暇もなく、即刻博士の出頭を求めることになったのだった。（かの賭博場薊クラブでは、美奈子がジュアンにすら、自分達父娘《おやこ》の身許を隠したがっていた。そのわけは、彼女が小学校の教師をしていて、そうした身分で賭博場へ出入しているのを、

他人には知られたくなかったのである）

とにかく、その夜、葉村老人は間もなく警視庁へ連れて行かれた。美奈子も自分から進んで附添って行った。そして老人はすぐに調室《しらべしつ》へ入れられたのであったが、恰度その時、捜査課長の許へは、今鞠尾夫人が出頭したという報告があった。

葉村老人が果して蛭川博士であるか否か、その鑑別をさせるために、予め夫人を呼んでおいたのである。

「よし、じゃア、夫人をちょっと待たせておいてくれ」

課長はいった。そして自分は調室へ這入って行った。直接課長が訊問を始めたのである。その訊問の様子をここに詳しく述べることは略しておくが、その間調室からは、老人の怒号やら罵声やら、時にはカラカラと笑う不気味な声まで、廊下へ洩れて聞えたのだった。

二十分ほどして課長が一旦その室を出て来ると、そこに沖島刑事が待っていた。

「どうでした工合は？」

「ウム、どうも全く手がつけられん。が眼の潰れていることだけは嘘じゃあないね」

「そうです、あの眼の工合から見ると、案外蛭川博士とは別人だということになります。――気の違っているところはどうでしょう？」

「その点だ、もし偽狂人ということになると、それは話がまた別になる」

「まったくです、何しろ、あれだけの癩病人を装っていた奴のことですから、またどんな細工をしていないものでもありますまい。――ま、とにかく、鞠尾夫人に会わせてみますか」

「よかろう、連れて来てくれ給え。夫人が正直にいうかどうかは分らないがね」

沖島刑事が傍へ附いて、鞠尾夫人を調室へ連れて来た時、夫人は不安気な顔で扉口のところへ彳《たたず》んだ。

彼女は、まだ何事も話されてはいなかったのである。

葉村老人はその時、夫人にはわざと背を見せるような位置に据えられて、相変らず、眼玉だのルーレットだのと喚いている。

「あれは、どういう人ですの？」夫人は小声で沖島刑事に訊いた。

「あなたに会って戴きたいと思うのです。そちらへ一つ廻って下さい」

「あの人に私が会うのですか」

「そうです、見て下さりさえすればよいのです」

夫人は怖そうにして、老人の左側を抜け、捜査課長のいる側へ廻った。

その態度なり顔色なり、課長と刑事とは一つも見逃すまいとして固唾を嚥む。

恰度夫人の視線が、老人の横顔に注がれた時である。夫人の顔色はかすかに動いた。

課長と刑事とは、気取られぬように眼配せをする。と、夫人は忽ち顔色を元へ戻した。そして今度は真正面に老人と向き合った。

この時老人は、傍に誰か新しい人物の来たことを感じたものか、むっくり身を起して一層大声に何か訳の分らないことを喚き立てる。課長と刑事とは狼狽してそれを抱き止めた。

「狂人なんです」

刑事がいうと、課長がチェッといって舌打ちをした。そして老人を指差した。

「どうです、見覚えがありますか」

「はい――」夫人はおずおずと老人の顔を覗き込んだ。

「この人はあの、盲人なんでございますね」

「そうです、御覧の通りです。眼が潰れていて気が違っているというわけです。が、いかがでしょう、見覚えが多分お有りでしょうな」

夫人はキッと口を結んで、少時老人の顔を眺めていたが、やがて課長の方を振向いた。

「ありません、見覚えなどはございません」

「慥かにないといわれるのですか」

「慥かに、少しも見覚えがございません」

「間違いはありませんね」

「ありません」

課長はちょっと思案していった。

「そうですか。そう仰有るなら仕方がないのですが、あなたはまさか、嘘を仰有っているのではありますまいナ」

「決してそんなことはありません。ですが、何故です。何故私がこの人を見覚えていなくてはならないのですか」

「何故かといえば――」課長はぐっと声に力を入れた。「あなたは御主人の顔をよく見覚えているはずだと思うのです。夫人これは蛭川龍造氏とは違いますか」

その問がどんなに夫人を驚かしたことか、彼女は咽喉の奥から、呀ッという叫びを挙げて、危くそこの床に倒れそうにした。

「ま、なんですっていったい——。もう一度、もう一度仰有って下さい！」

「蛭川龍造氏ではないかというのです」

夫人は大きく眼を瞠って、穴の明くほど捜査課長の顔を見た。

「いかがです、夫人？」課長は三度繰返した。「蛭川龍造氏とは違いますか。はっきりとそれを抑有って下さい」

夫人は、その途端にヒョロリと蹣跚《よろ》けてそこの椅子に腰を下ろした。そして、蚊の鳴くほど小さな声でいった。

「違います。別人です。私、この人を見たこともございません」

鞠尾夫人が警視庁を立去ったのは、それから少時の後である。

そのあとで、課長と沖島刑事とは次のように話し合った。

「どうだ、夫人の態度には十分怪しいところがあるじゃあないか」

「大いにあります。全然見覚えがないなどといって、あれこそ見え透いた嘘でしょう。夫人は庇っている積りでしょうね。例えあれが蛭川博士だと見極めたところで夫人の立場としては、決して正直にいうはずがありませんよ。それをいってしまうと、亭主を死刑台へ送ることになりますからね。——第一あの蛭川博士とは違うかと訊いた時、夫人の驚き方が少し大き過ぎたとは思いませんか」

「ウム、そう思わない訳でもないね。わざと吃驚したように見せかけたのかも知れない。少くとも、夫人が葉村博士を知っているということだけは慥かだろう。両博士が同人物だということは、これはちょっとすぐにいうことは出来ないけれど——」

「そうですナ。一方は癲病で一方は狂人で盲人だというわけですから——。この次にはどうしますか」

「とにかく、偽狂人かどうか、精神鑑定をやってもらってそれからだんだんやって行くさ」

その精神鑑定の行われたのが翌日である。結果ではそれが正真正銘の狂人だということになった。

ここにおいて、事件は一層訳が分らなくなった。今は明かに両博士が別人のようでもあるし、といって、では両博士の間に全然関係がないともいえない。少くとも馬鹿由と葉村博士との関係、及び鞠尾夫人の奇怪な態度、そこに何かがあることは慥かである。

その結果当局では、美奈子の承諾を得た上で、葉村博士の過去を探るため、あの市ケ谷土井町の古い家を調べてみることになった。すると、当の目的に対しては何も発見することが出来ず、その代り、当局としては実に意外なことに気が付いた。その日、警視庁へ引揚げて来た沖島刑事は、捜査課長に向って、昂奮し切っていったのだった。

「課長、実に大きな手抜かりをやってしまいました。あの家には桐山ジュアンがいたのです」

「なに?」課長も吃驚して訊き返した。「それはほんとか?」

「ほんとです。向うへ行って調べているうちに、一冊の日記帳を発見しました。それはあそこの娘のものなんですが、緑色のカバーが掛けてあって、最初は何かの本だと思ったのです。恰度娘がそこにいなかったし、何気なく手に取って開いて見ますと、何しろすぐに娘がそこへ来る気配でしたので、ゆっくり見ることは出来なかったのですが、九月幾日という日附です。そこに、チラリと桐山ジュアンの名が見えました。『桐山さまがお帰りになった』というような文句です。あとを読むだけの時間はありませんでした。が、桐山があそこにいたことは慥かですよ」

二人はじっと顔を見合せた。

「そういえば、あの夜妙なことがあったっけナ。墓場の方で怪しい男を見付けて追跡したとかいうじゃあないか」

「あッ、そうでした。じゃ、あれがあの――」

「そうだろう、到頭逃がしてしまったということだったが、あれが桐山ジュアンだったのだ。博士が無事にこっちへ来たので安心していた。それがつまり悪かったのだ――」

第一の嫌疑者たる桐山ジュアンが、第二の嫌疑者たる葉村老人の家にいたというのである。当局としては無理がない。老人が偽狂人ではないと判明しながら、かつは蛭川博士とは全く違って、盲目の身であるとはいいながら、またしても老人を疑わずにはおられない。

「よし!」捜査課長は遂にいった。「ジュアンをまた捕えよう」

「とすると、あの美奈子という娘の口を割らせますか。今までにも、いろいろ訊いてはみましたが、あれも案外強情で、老人の過去については何も知らないとばかりいっていますよ。ジュアンのこともどうですかナ?」

「いや、無論、強いて訊くのはよくあるまい。見たところ正直そうな娘だが、むしろ、娘はそっと放しておいて、それにジュアンの喰いつくのを待っているのだ。ジュアンにはきっといい餌だよ」

第十一章　蹶起《けっき》せる混血児

情報

浅草局留置郵便による、美奈子からジュアンへの手紙

――

「ああ、やっとやっと思いが叶って、このお手紙の書ける時が参りました、一日も早くお知らせしたいと思いながら、どうしてもそれが出来ませんでした。あの十月三日の夜以来、もう大分日が経ってしまいましたけれど、その間私の家には、いつもいつも誰か恐ろしい人の眼が覗いているような気持がして、その中では何も書く気になれなかったのです。幸いにして四、五日前から学校へ出るようになり（そのことはあとで書きます）これで漸くお便りを差上げることが出来るのです。ああどうぞどうぞこの手紙が無事に貴郎《あなた》様の御手へ届きますように。

さて、何から書いて行ったらいいのでしょうか。事件の片鱗だけは新聞にも載っておりましたし、多分御承知とは思いますけれど、何にしてもあの夜からは、一から十まで驚くようなことばかりでした。刑事があの夜宅へ来たのを、一途に貴郎様の御身に関したことだと思い込んでしまって、それが父を連れに来たのだと知った時には、のけぞるほどにも驚きました。そしてしかも、父が蛭川博士と同人物だなどと、思いもよらぬ嫌疑を被ったではありませんか。

蛭川博士の事件といえば、いつかも二人でその噂話をしたことがありましたわね。あの時は、まさかそれが私達の身にも関係があろうなどと、夢にも思ったことではなかったのですに。最初は私、何が何やら判りませんでした。ただもう、凶《わる》い夢の中へいきなり引張りこまれたような気持でした。そんなことはない、そんなことはない、そんなことはない、そういって叫び続けるより他はありませんでした。

当局の人々の考えにも、一応は無理のないところがあ

ります。父が外国で与四郎に会ったということ、その与四郎が今は蛭川博士邸の下男をしていて、しかもその蛭川博士が父と同じく外国にいたことがあり、そしてその当時蛭川博士夫人を救ったということ、これから考えて、父と蛭川博士とを混同してしまうのは、そう無理なことではないようです。私でさえ、そのことを一通り向うから説明されて、もしやと思った位なのですが、しかし、父が盲目であり狂人であるということは、これはもう動かすべからざる事実ではありませんか。父が何か医学上の不思議な手段によって、ある時は癩病になって蛭川博士邸に寝ていたり、ある時は盲目の老人になって私の家に寝ていたり、そうしたことをやっていたのではないかという説もあるそうです。でも、でも、そんな非科学的なことをどうして人は信ずるのでしょう。世の中には、無さそうでいて案外なことが沢山あります。けれども、現に私はこの二つの眼で、父が紛れもない盲目だということを見ているのです。蛭川博士が盲目だったということは聞いていません。蛭川博士が義眼《いれめ》でもしていて、それで人を瞞着していたとでもいうのでしょうか。あゝ、でも父の眼は、その義眼をすることも出来ない位に、痛々しく瞼が傷つき、そうして死んだ貝のように閉じられたきりではありませんか。

厭です、父があの恐ろしい蛭川博士と同じ人間だなどと考えることは、思ったばかりでも厭なことです。気味が悪くて堪まりません。私はどこまでも父を信じ他から実際の蛭川博士が現われるのを、今か今かと思って待っております。当局では容易なことでは父を帰してくれそうにありません。そのことについて、私が幾度か申出てみましたが、何しろ今は狂人なのだから、それを保護する意味で当分こちらに置くのだと申します。保護してもらえるのは嬉しいのです。けれども、それがひょっとしてあちらの口実なのではないでしょうか。今、そんなことがあろうとは思えません。が、万一にでも父が拷問されているようなことがあったとしたら——私、考えるといても立ってもいられません。あの、気の狂った哀れな父を、無理にでも白状させようとして、酷い調べ方をしているのではないでしょうか。

私には、父の蛭川博士ではないことが、判り過ぎる位に判っていて、それでどうすることも出来ないのです。ただ一つ幸なことには、学校の校長が大変私に同情して下さいました、生徒もせっかく懐いているし、何も世間を心配することはない、引続き学校へ出ていろと申します。それで前申上げた通り、学校へ出ることになりましたけれど、それでも教室以外では、顔をヂロヂロ覗かれるような気持がして、妙に恐ろしかったり悲しかったりします。当局では、私までも疑っていて、そっと監視しているのかも知れないのです。

教室で、無邪気な子供達を相手にする時だけ、そうです、その時だけが天国です。そして今は、その子供達を前にして、この手紙を書いているのです。まだ書きたいことが沢山あるように思いますけれども、授業時間がもう終りそうです。手紙は子供に頼んでポストへ入れるつもりです。もしかして、影のように私を見張っている人でもあっては困りますから――。

ああ、しかし貴郎様は、何故また、このようにしてまで逃げ廻っていなければならないのでしょう。その理由までは、私はまだ伺わずにいましたわね。幸にも、当局へは貴郎様が私の家におられたことを、少しも気付かれてはおりません。けれども、一日も早く明るい御身になって、そして帰って来て下すったなら、私、どんなに嬉しいことでしょう。

旭新聞十月三日の朝刊論説欄は、ちゃんと蔵っておいてございます。私は、どんなにしてお便りを待っていることでしょうか。

では、さようなら――」

旭新聞論説欄を利用せる暗号広告、ジュアンより美奈子へ――。

「御手紙見ました。私も行きたい。が、私があなたの家にいることが知れると、凡てはもっと凶くなります。その後の様子を知らせて下さい」

美奈子よりジュアンへ――

「今朝、学校へ出る前に、あの暗号広告を見付けた時の私の喜び。ああ、やっと一つの力に縋り付くことが出来たのだと思いました。

貴郎様が私達と一緒にいると、もっと凶いことになるというのは、それはどういう意味なのでしょうか。その文句が、私、大変気にはなりましたけれど、でもそれは、あとで説明して下さいますわね。

その後のことといっても、父自身については格別変ったこともありませんけれど、前のお手紙を出した日のことです、私のところへは、本当に意外な人が訪ねて見えました。

誰だかお分りになりますか。

蛭川博士の奥様です。

――私は蛭川の家内の鞠尾ですが。

とこういってお見えになった時、私、どんなに吃驚したことでしょう。早速奥へお通しして、いろいろと御話を伺ったのですが、今度の事件ではあの方も大変お困りになっていらっしゃいます。そして、父のことについて、私からも知っているだけのことを話し、向うからも蛭川博士について何もかも話して下さいました。といって、その結果では、父も蛭川博士も共に外国にいたことがあり、そしてその間のことは何もはっきりしていないということがわかっただけですけれど、それにしてもあの方は、父と蛭川博士とが全く別人だといって言明されました。そして、そのことを当局へもハッキリ申出してあるのだから、いずれ近いうちには、父が帰って来るだろうと申されました。

夫人は、お年にも似合わず、頭を男刈りなどになすって、それに物いいの大変ハキハキした方です。蒼い顔をなすって、肩のあたりが痛々しいまで痩せておられるのは、今度の事件ですっかり御心配なすったためでしょう。今は目黒に住まっておられるそうですが、またいつか訪ねて来るなどと申して帰られました。そのお帰りの時、玄関まで送って行きますと、そこにあの与四郎という男が夫人を待っていて、私、何だかハッとしてしまったものです。始めて見たのですけれど、随分、怖い顔をした男ですわね。その与四郎を連てお帰りになって行く夫人の後姿を見ているうちに、私、妙に気味が悪くさえなったものです。あの男と父との間にいったいどんな関係があったのでしょう。

そういえば私、警視庁で馬鹿由という名に何か記憶がないかと訊かれましたけれど、ちっとも心当りがありませんでした。幼いころ毎年夏になると、父母に連れられて信州へ行ったことだけはほんの少し覚えています。信州の鍛冶屋が私を覚えているとかいったそうですが、多分、その時に私を可愛がってくれたのでしょう。鍛冶屋のことだけは、そういわれるとかすかに憶出します。暗い土間の隅で、鞴《ふいご》の火が真赤になって燃え上るのを、じっと見ていた記憶があります。

――学校から帰ると一人きりです。早く帰って来て下さいましね」

ジュアンより美奈子へ――

「蛭川博士夫人を訪ねて、気のついたことがあったら知らせて下さい。何かの役に立つことがあるかも知れません」

美奈子よりジュアンへ――

「取急ぎお知らせ致します。今日私、偶然に妙なものを発見しました。

最初からお話しすると、今朝学校へ来る途中のことです。六年級の男の生徒が、二人で何かいい争っているのがふと耳に入りました。

――君、呉れよ僕にそれを。僕、切出をうまく研いでそいつに合せるようにするんだからさア。

――駄目だよ君、僕だってそうしたいと思ってんだよ。そうすりゃ、とても素晴らしい短剣になるんだもの。

――だって君、君はそれを片瀬の海岸で拾って来て今まで放ったらかしておいたんじゃないか。短剣を作れるってのは、僕が君より先きに思付いたんだからさア。

切出を研ぐだの短剣を作るだのと、随分物騒なことをいうと思いましたので、私、近づいて訳を訊ねてみますと、一人の子が、手に外国の水夫でも使いそうな、革紐の附いた堅い木の短刀の鞘を持っているのです。そんな危ないものを作ってはいけないと窘《たしな》めながら、それを私ちょっと手にとって見ましたが、鞘には東海林という字が彫ってございます。そうして、でも私、その時までは何も気が附かなかったのです。子供の言葉でハッと思いました。その子供は、この短刀の鞘を、もうずっと前の八月一日、片瀬の海岸へ家の者と一緒に行って、そこで拾ったと申しました。

――その時はね先生、そこんところに人殺しがあったんですよ。僕、そいつはちっとも見なかったけれど、少し離れたところで、砂の中に埋めてあったのを見付けたんです。

私、体よくいって、その短刀の鞘は取上げてしまったんですけれど、警察へ届けようか、それとも貴郎様の方へお知らせしようか、いろいろと思案した揚句、結局お知らせすることに致しました。何となく、私警察へ手頼《たよ》る気になれません。

その他には、別に変ったことはございません。蛭川の奥様はその後また一度お越しになり、私の方からも恰度昨日お伺い致しました。が、これといって気のつくことはありません。父がまだ帰されて来ないので、そのことを二人していろいろ心配しております。聞いたところでは、父はあの後ますます妙なことばかり口走って、係の人々を煩わせているそうです。それならばそれで、早く帰してくれればよいのに――。蛭川の奥様は、その点私よりむしろ躍起になって、警視庁へももう一度そのことを申出て下さるとのことでした。

短い、短い、あまりにも短い二度目のお便り。

でも、不自由な暗号文だから、仕方がありませんわね。今の御住居を知らせて戴くことは出来ないでしょうか。そしたら私、どうにかしてお訪ねしようと思いますが。

短刀の鞘のこと、警察へ知らせずにおいてもいいでしょうか」

ジュアンより美奈子へ――

「短刀のこと、僕に心当りがあります。他へ知らせる必要はありません。いよいよ、僕の出なくてはならない時が参ったようです」

以上数通の書簡は、この二人が葉村老人拘引後、約三週間に亘って取交したものである。

桐山ジュアンは、始めて真剣になって事件の渦中に跳び込んだのだった。

闘争の前

浅草の活動写真館街に間近く、「龍の巣」というバアがある。バアとはいってもそこは場所柄酒と料理との両方をやっているのであったが、十月下旬のある晩、このバアへ井波了吉がひょこりと這入って来た。

前に明治神宮の外苑でジュアンとの会見があって以来、彼は相変らずシネマ・パレードの地下室に巣くっていたが、今夜彼は沖島刑事と会うことになっていた。当時刑事は百方ジュアン検挙に勉めていて、自然パレードの了吉へも、何かとその消息を求めに来ていたのであったが、この日は了吉のところへ、沖島刑事から「龍の巣」でちょっと会いたいからという手紙が来たのである。

「オイ、こんな手紙が来たんだがね」と彼はそれを受取った時厚平にいった。「ひょっとして、こいつ、ジュアンの居所が分ったのかも知れねえぜ」

「なるほどね、大きにそうかも知れない。了ちゃんを釣出しの道具にしようっていうんだ」

「有難くねえね、どうも。己ア、ジュアンだけはちょっと苦手だ。仕方がない、行くとするかナ」

が、彼はやがてそのバアへやって来た。そして這入るとすぐに、いつもの狡猾そうな眼附きで場内をぐるりと見廻し、それから右手の壁に沿った席を顎で数えて、入口の柱から五番目のテーブルに席を占めた。手紙の中に指定してあった席である。

「いらっしゃいまし」

赤い唇の女給が、すぐにそこへ近づいて来た。「あの、あなた、井波さんと仰有る方?」

「そうだよ、約束の人があって来たんだが」

「そうですって、先刻ね、お連れの方がちょっと見えたのよ」

女給の談によると、沖島刑事は一度ここへ来て、それから急な用事で遅くなるから、その間待っていてくれとの言伝であった。

「そうかい、待たせるなんて失敬だナ。——あの男はね、警視庁の刑事なんだが、僕はちょっとしたことから、あの男の相談相手になってやっているんだ」

必要もないことを、釘を刺すようにちょっといって、それから鷹揚にそこらを見廻した。

「が、まあいいや。今日は君のところへ別にどうしようっていうわけで来たのじゃない。——ここのうちの一番うまいカクテルとね、それから何か見繕って持って来てくれ」

了吉は、どんな場合にでも役得を摑まずにはいられない男である。待っているうちにカクテルが来た。彼はすぐに口へ持って行って一口飲んだ。が、忽ちへんな顔をしてしまった。

「オイ君、これア日本酒じゃないか。それに、うん、中に入っているのは梅干らしいぞ」

女給が楊子で盃の中から取出して見ると、なるほど梅干に違いない。

「ま、済みません、どうしてこんな間違いをしたんでしょう」

女給は平謝りに謝った。が、そこでカクテルの盃がひっこめられると、今度は出るもの出るもの碌《ろく》なものは一つもなかった。色の変ったチーズだの、黒い焦げたオムレツだの、どうしても噛み切れないビフテキだの。

「な、なんだこいつは！　人を、人を馬鹿にしてやがる！」

了吉は到頭怒り出した。するとその時、彼の傍へニョッキリと突立ったのが、コック服を着た桐山ジュアンである。

「や！」

了吉はビクリとして跳び上った。

「どうしたね、ひどく機嫌が悪いじゃないか。僕の拵えた大料理が気に入らなかったのかい。何ね、新米のコックなんだから、口に合わなかったら勘弁してくれよ」

ジュアンは、コック服をくるくると脱ぎ捨て、それから半分逃げ腰になっている了吉の腕をぐいと摑んだ。

「ねえ君、行かなくったって何もいいじゃないか、沖島さんは今夜とても来やアしまい。君んところへ手紙を出したことなんか忘れているのだ、沖島さんの代りに、この僕じゃアいけないのかい」

「じゃア、ジュアンさんあの手紙は——？」

「つまりね、僕は久しぶりで君に会いたかったのさ、誰かを連れてでも来ると煩いからね、特に今夜は君一人だけに来てもらったのだ。うん、とにかく君は、僕の一番信用している、そして大切なお友達だよ。ね、一緒に外へ出ようじゃないか」

了吉は隙を窺ってジュアンの手を振り離そうとしたけれど、思わず「痛えッ！」と叫んで顔を顰めた。

「痛かったかい、ごめんよ」

ジュアンはいった。そして了吉とさも仲のいい友達のように腕を組んで外へ出た。

「ど、どうするんだい」

「どうもしやしない。これからタクシーで一緒に行くんだ」

「だが、己ア、己ア、何かお前さんに誤解されているようだが——」

「どうしてだい」ジュアンはタクシーを呼止めて、了吉をぐいとそれへ引張り込んだ。「どうして僕が君を誤解するんだね。何か、誤解されるようなことでもしたのかい」

「だけど、何だか遣方がへんだから——」

「へんなことはちっともないよ。君は僕の一番大切な友達だって、先刻もあんなにいったじゃないか。誤解しようにも、誤解するところなんか一つもない。それどころか僕は、君も知りたがっていたようだし、これから僕の家へ君を案内しようというのだよ」

自動車はいつか走り出していた。了吉はこういっている間もその窓から外を覗いて、どこを走っているのか見ようとする。がジュアンは了吉の冠っているハンチングを、スポンと鼻の上まで引下ろしてしまった。

「見ないほうがいいよ。フルスピードだからね。君の眼が廻るかも知れない」

実際自動車は猛烈な速度で走った。そしてやがて了吉が連れ込まれたのは、どこか、しんとした屋敷町らしい一廓だった。自動車から降りて暫らく歩き、それから狭い潜りのようなところを抜けて、サクリサクリと石炭殻でも敷いたらしい小径を通り、妙に黴臭い家の中へ這入った。

「さア来た。ここが僕の家なんだ」

こういってジュアンが、漸く了吉のハンチングを引上げてやる。見廻すとそこは、ひどく荒れ果てた洋館の中で、部屋には蠟燭がたった一本、ぼんやりした光を放っている。

「ジュアンさん、己ア、何か誤解されているんだね」

了吉は再び未練らしくいってみた。が、ジュアンは例の葉巻を口に咥《くわ》えて、面白そうに了吉の顔を覗き込んだ。

「決して誤解なんかしてやしないよ。ただね、案外何もかも知っているだけなんだ。そういえば、いつか音楽会へ行った時、厚ちゃんと君との妥協はよかったね君達はあれから青山の方へ走って行ったが、僕は用事があったから失敬した」

了吉はドキリとして顔を上げた。

「じゃア、ジュアンさん、そのことで今日は――?」

「いや」とジュアンは首を振った。「僕はね、そのことで君をどうしようなんていうのじゃない。実をいうと訊きたいことがいろいろあるのだ。多分君は、正直に答えてくれるだろうね。僕がどんな男だか君はよく知っているはずだ。そして、嘘が暴《ば》れたらどうなるかも分ってるはずだ。今日のところは、ほんの小手調べみたいなものだからね」

ジュアンの口調は非常に静かだった。が、それだけにまた、了吉としては怖かったらしい。彼はすっかり観念して答えた。

「ジュアンさん、訊いてみてくれ。何のことだか知らねえが、己の知っているだけはいう積りだ」

「そうかい、それでは一つ訊くとしよう。実は、あの筑戸欣子という女が殺された、あの事件についてなのだ。君は慥か、あの女の死体を第一に発見した男だったね、それに間違いはないのだろう」

「そ、そうだよ。そのことはこれまでにも度々話したんだが――」

「そう、僕も幾度となく聞いている。が、そこでだ、君はかつて、警視庁で僕をその犯人として疑っていることを知らせてくれた時、実は東海林君が欣子殺しの犯人らしいと、そんなような口吻を洩らしたね。あれはナニかい。東海林君が八月一日にパレードから外出した、あのことだけでそんな風に思ったのかい」

了吉はそのころのことを憶出そうとして頭を捻った。

「うん、そうだったねえジュアンさん、己ア、慥かにそういった覚えがあるよ。だが、そいつは無論他にもそう考える理由があったんだ」

「それをまず訊こうじゃないか。話しても差支はないだろう。厭なら厭で構わないが」

ジュアンに睨まれて、了吉はゾクリと首を縮かめた。

「話すよ、話すよ。――己ア、正直に何もかも打明けるっていったじゃアねえか」

それでも了吉は、最初、自分としてはあまり弱腰のない、指環のことだけを打明けた。あのダイヤ入指環が、初め、蛭川博士から筑戸欣子に与えられたものらしいこと、それを東海林厚平が欣子から捲き揚げたこと、厚平はそれを麹町の贓物買《けいずかい》に売り渡したということ。

「その贓物買の名は何というのだ」

「倉知《くらち》ってんだ」

「倉知だナ」

念を押しておいてジュアンは暫らく考えた。そしてヂロリと了吉の顔を見た。

「よし、それはそれでよく分った。が、次は欣子殺しの犯人のことだ。実は僕は、君をその犯人だとして突き出してやろうかと思っている、そいつはどうだね、君には異存があるまいね！」

「じょ、じょうだん！」と了吉はいった。「異存があるもねえも、そいつはジュアンさん、べらぼうな間違いというものだ！」

「間違いということもあるまいさ」ジュアンは真顔でいった。「僕はね、君がそれほどのことの出来る人間だとは思っていない。だからね、本心から君を犯人だなどとは思やアしないが、ここでよく考えてみ給え。君が死体を発見した時には、誰も傍にいるものがなかった。つまり、今誰かが、君をその犯人だといって指摘しても、君はすぐに弁明することが出来ないのだ。よくある奴で、自分で殺しておきながら、他人が殺したのを発見したように騒ぎ立てる、そういわれても仕方がないのだ」

「だって、己ア何も――」

「まあいい、待ち給え。君にはその覚えがないといいっても、証拠だってちゃんとあるのだ。考え方によっては、十分君をその罪に陥すことが出来る。――最近のことだが、片瀬の海岸では奇妙な短刀の鞘が発見された。この鞘がつまり証拠なんだが――」

了吉は顔色を変えた。

「ふん、やはり君には覚えがあるね」ジュアンはニコリとした。「で、この鞘には、東海林という名前が彫ってある。君もそれを知っているだろう」

「少し――少しだけ知っている」

「少しではあるまい。もっと詳しく知っているのだろう。僕はね、一時君を本気になって疑った位だ。東海林という名前が彫ってあるところから見て、誰でもちょっと考えそうなのは、あの東海林君が犯人ではないかということだ。が、僕にいわせるとこれは全く違う。彼が犯人だとすれば、彼は自分の名前のある鞘なんかをどうして現場へ遺してなど来るものか。反ってその鞘があったということは、東海林君が犯人ではないということを証明している。そうして同時に、これは誰かが東海林君に罪を被せようとして、企らんだ犯罪だという証明にもなる。――前後の事情から推察して、その企らんだ人間を、君自身だと考えたところで、少しも不合理なことはあるまい」

立派な推理である。了吉は呆れてジュアンの顔を見た。

「あ、なるほど――。己ア、いわれてみると今までちっとも気付かなかった。うん、そうだよ、慥かにそれに違いないよ。そいつは己ア困るなア」

「困るだろう。だから、そのことをもっと詳しく話してみ給え」

「話すとも！　己アね、そいつを実はあの女の殺された傍で見付けたんだ。そしてね、嘘はいわないが、その時はてっきり厚平の奴がやったことだと思ったんだ。それでそいつを砂の中へ隠しておいて、あとでこっそり東京へ持って帰って、厚平に返してやる積りだったよ」

「返すというよりは、強請《ゆす》る積りじゃアなかったのかね」

「ま、まあそうだ。実は、小遣が少し欲しかったんだが――」

了吉は到頭本音を吐いてしまった。そして、ふーんと鼻を鳴らして、今更感心したように考え込んだ。

――その夜、了吉が連れて来られた時と同じようにして、ジュアンの隠家を立去ったのは、殆ど十二時近くのことである。

「よし！」そのあとでジュアンは、さも愉快そうに呟いた。「これでまず準備は出来た。いよいよ怪物と闘ってやるぞ！」

第十二章　太陽ホテル事件

骨董商

思ってもみるに、この蛭川博士事件が、最初の筑戸欣子殺しから始まって、次第に怪奇錯雑を極めて来たのは、その一面に、井波了吉、東海林厚平等の、実に出鱈目な策動のあったためだということが出来る。

蓋《けだ》し、彼等はかつてその勢力争いから、そしてそれもひどく浅墓《あさはか》な考えから、首領桐山ジュアンを欣子殺しの犯人だとして密告してしまった。せめてあのような密告さえなかったなら、少くとも当局としては、ジュアン検挙のためになぞ無駄骨を折らず、その間にもっと役に立つ方面へ手を伸ばすことも出来たのである。厚平にしろ了吉にしろ、真実彼等がどの程度までの悪党であるかということは、読者諸君にも既に十分御承知のところであろう。いってみれば彼等はただ、欣子から捲き揚げた指環に関してだけ、当局へいろいろと嘘の証言をする必要があった。それは無理もないとして、しかし、どこにジュアンを密告する必要があったのであろうか。とにかく当局では、こうした策動のことを殆ど知らない。そのことが、結局事件をより以上紛糾させてしまったのである。

今や、桐山ジュアンは漸くにして彼等の無定見な策動のうち、密告のこと、短刀の鞘のこと、及び指環に関することなどを知り得た。彼は果して、いかなる方面から、怪物蛭川博士との戦いを挑むのであろうか。

ここで一つ、前章には述べる暇のなかった点を説明しておくと、その夜彼が井波了吉を連れ込んだ所は、実はかの牛込高台にある、旧蛭川博士の邸宅なのだった。

当時鞠尾夫人が与四郎と共に目黒へ移り住んでいたことは、既に美奈子からジュアンへの手紙にもあった通りで、そこはかつての日の奇怪極まる事件以来、今は誰一人住まおうという者もなく、凄じく荒れて行くのに任せてあった。一方桐山ジュアンは、龍の巣バアのコックに化け込んでいたのであったが、美奈子からの手紙を見て奮い起つと同時に、ふとこの廃屋に眼を付けて当分の間そこを根城にしようと考えたのである。

——翌日、それは正確にいって、十月二十九日の金曜日のこと。

彼はこの根城の中の一室で未明に跳起き、こっそりと裏門から脱け出した。自分自身にも嫌疑の懸っている身の上なのだから、無論そこに寝泊りすることをウカと他人には知られたくなかった。知られると、場所が場所だけに一層凶い結果になると思った。それでそこを脱け出す時には、留守中に例え誰が這入って来ようとも、それを気付かれぬだけの用心はして（そのことがまた、やがてどんな結果を招いたことか？）それから暫らくすると公衆食堂へ立寄って簡単な朝食を済ました。次に、まず訪れたのが、上野公園の図書館である。

後に考えると、この、彼が図書館へ行っていた間こそ、一方では怪物の魔手が、じりじりと第三の犠牲者に襲いかかっていた時でもあるが、ジュアンとして、そこまでは気の配れなかったのも無理はない、彼は、片瀬で起った欣子殺し以来、最近葉村老人拘引に至るまでの経過を、一通り調査しておこうと思ったのである。それは案外大変な仕事ではあった。殆ど三ケ月にわたる怪奇な事件で、しかも一種類の新聞を読むだけでは、到底十分とはいえなかった。同一事件に関する報道を、一々照らし合せて行く必要があった。漸くにして調べ終ったのが午後の三時。ホッとして図書館を出るや否や、そこで麴町へ向って行った。厚平が指環を売渡したという、あの贓物買を訪ねたのである。

その贓物買は、名前を倉知為二郎といって、市ケ谷駅の近くに住んでいる男だった。表向きは小さな骨董店を開いている。ジュアンはさすがに不良の仲間にいただけあって、了吉からちょっと名前を聞いただけで、すぐと大体の心当りをつけることが出来た。秋空のカラリと晴れた気持のよい天気である。ジュアンが案外容易にそこを探し当て、何気なく店の前へ立って見ると土間へは、午後の陽がカッと明るく射し込んでいた。

「ごめんよ」

冠った帽子の山をちょいと抓《つま》んで、首を傾げて、ジュアンはツカツカと店へ這入って行った。妙にこまっちゃくれた顔の小僧がただ一人、ひょいと顔を上げてそれを見る。

「へ、いらっしゃいまし」

「いい天気だね」

「へ、左様で――」

いかにも骨董商らしい、年代のついた刀掛や薄端《うすばた》や茶の湯の道具や、そんなものが雑然として並べてあって、皆んなうっすらと白い埃をかむっている。ジュアンはちょっと当惑した。馴染みのない贓物買が、どういってこちらから切出したら、贓品のことを打ち明けてくれるのか分らなかった。対手は口達者らしい少年である。彼は思切って単刀直入に出た。

「君のところに、ダイヤ入りの素晴らしい指環をこかした男があるんだがね、どうだろう、その指環はまだ有るかしら。台がプラチナで、二匹の蛇が彫ってある。そして、少し青味のかかったダイヤだそうだ」

いってみて、急に下手ないい方のように思えたけれど、するとこの時小僧の顔には、見る見る怪訝そうな表情が浮いてきた。

「妙なこったなア」

小僧はまじまじとジュアンの顔を覗いていて、漸くこんな風に呟くのだった。

「え、どうして?」

「え、ええ、こっちのことです」

「でも、何かあったのだろう?」

小僧が口を噤みそうになるのを、ジュアンは押し返して二、三度訊いた。すると、それほど隠す必要もなかったと見えて、到頭小僧も打明けた。

それによると、恰度その日の昼少し前、この店へはジュアンと同じことをいって来た男があったのだった。

「指環をね、なんでも大分いい値で買うという話が纏まってしまって、その人とここの店の大将とで、一緒にどこかへ出て行きましたよ。大将の方は、もうじきに帰って来るでしょうけれど――」

小僧はこういう。ジュアンは、危うく呀ッと叫びそうになった。この言葉から察してみるに、指環は少くとも今日の正午ごろまで、ここの店にあったのだった。

「そ、それはいったいどういう客だ!」

はずんだ声でジュアンはいった。小僧はぺらぺらと喋り始める。

「どういうって、そうでした、この店へはとにかく始めて来たお客さんです、ナンでもね、どこか他所で指環のことを聞き込んで来たのだとかいいましたっけ、この家にプラチナ台の青ダイヤの指環があるそうだが、そいつを見せてもらいたい、こんな風にいって這入って来ました。そうそう、そういえば妙に嗄れた声でしたがね、恰度うちの大将もいたってわけです。大将、今までは他へこかすことも出来なくって、少々持剰していたところですよ。早速金庫から出して見せてやると、向うではとても気に入った風でしたっけ。蛇の彫刻《ほり》が利いてるなんていいましてね、結局、買い取ろうってことになったんです。生憎のことに、持合せが手許にないってんで、現金と品物とを向うへ行って取引するってことになったんですが、何しろ、大将も素晴らしい御機嫌でした。すぐとそのお客さんに随いて行きましたっけ」

一足違いで、指環は完全に店から持去られたのである。

「で君、その客というのは若い男か？」とジュアンは訊いた。

「そうですね、若いという方じゃアありませんよ。といって老人というほどでもないし、へんにこう、若いような年寄のような人でしたよ」

ふとジュアンは、井波了吉のことを憶出した。続いてまた東海林厚平の顔を——。昨夜了吉は、自分に向って指環の経緯を打明けてしまった。彼等自身には、到底そんな指環を買戻すことは出来ぬとして、しかし彼等はあれから後、またどんな企みを始めたのかも知れない。

「その男は君、名前をいっては行かなかったのか」

望みの薄い気持で訊いてみると、しかし小僧はハッキリ答えた。

「いいえ、いいました」

「フム、何といっていた？」

「慥かね、佐々山だったと思います。名前だけしか無いようでしたが、名刺も置いて行ってありますよ。先刻いったように、声の妙に嗄がれた人です」

「他に何か特徴はないかね。服装《みなり》などはどんなものを着ていた？」

「立派なもんです。立派だったからこそ、うちの大将も余計に悦んで跟いて行ったわけでしょう」

「和服か洋服か、どっちだね？」

「上等の洋服です。黒ずくめでしたがね、帽子なども、毛のポカポカとした暖かいやつを、無雑作に、こう、スポンと耳の辺まで冠っていましたっけ。豪《えら》い美術家っていうような人ですよ」

佐々山などという名前は、無論ジュアンには心当りがなかった。

「声が嗄がれていたというのは、造り声でもしていたのかしら？」

「さアね、まさか造り声でもありますまい。いくら上手にやったって、造り声なんてものは、初めての人にだって気が付きますよ。とにかくね、中々立派な人なんです。尤も、脊は割合に低くって、痩せた小柄な人ですけれど——」

小僧の、何気なく最後にいったこの言葉で、ジュアンは、キュッと心臓の縮まるような思いがした。

今の今まで、図書館で読んできた新聞にあったのだった。

脊の低い、痩せた小柄な男というのは、かの鞠尾夫人の証言として、忘れてはならぬ言葉ではないか。片瀬の海岸で、筑戸欣子に何か話しかけたという男ではないか！

「怪物、蛭川博士！」

口へこそ出さね、彼はブルッとばかり武者震いした。

なおも小僧に訊ねてみると、指環の価格は一万円近くのところで折合がつき、しかしその金額が多いため、主人の倉知は出掛ける前にいろいろと念を押していたという。

「とすると、どうだろう、行先は分っていないのかしら」

「そいつはどんなものですかね、あたしはよく知りませんよ」

「他にもうちの人がいるだろう」

「いますよ。お主婦《かみ》さんがおりますがね、そうだっけ、お主婦さんには何かいっていたようですから、ちょっと待って下さい、訊いてきてみましょう」

小僧も、ジュアンのただならぬ気勢に釣り込まれたらしい。トツカワと奥へ駆け込んで行ったが、すぐにまた引返して来た。

「どうだった、お主婦さんは知っていたか」

「お主婦さんは風呂へでも行ったんでしょう、いませんがね、でも、きっとこれがその行先だと思いますよ。簞笥の上にあったんです！」

手柄顔に、小僧がそういってそこへ出したのは、小型な一枚の名刺であった。

佐々山喬介と真中へ刷って、その横へ鉛筆で、新宿太陽ホテル内、と書き込んである。

「有難う、貰って行くよ！」

ジュアンは名刺をポケットの中へ突込むや否や、疾風のように店を跳び出したのだった。

十七号の客人

上野の図書館を出たのが午後の三時で、それから倉知の店を探すのに一時間余りを費して、小僧との問答の時間は僅かだったが、それでももう四時半を過ぎていた。ジュアンが、あの新宿の雑踏した人通りの中へ姿を現わした時には、もうボツボツ夜店の仕度が出来かかっている。

そこで、だんだんに訊ねて行ってみると、名刺にあった太陽ホテルというのはじきに判った。新宿の駅から四谷の方へ五、六町行って、狭い露地のようなところを抜けて行くと、突然にその建物の前へ出たのであった。見上げると随分不恰好な建物で、それに大分古びてもいるようだったが、それでもコンクリート造りの三階だった。入口には、洋風に出来た銀行の窓口のような帳場があり、金網を透かして奥が見えたが、恰度帳場には、頭の禿げた男が一人きりいた。帳場の横手には、割合に巾の広い廻り階段が、光源の工合で、暗々とその脚部を見せている。

ジュアンが這入って行った時、帳場の男は何か古雑誌でも読んでいたらしく、それに飽きがきてドサリとそこへ投げ出して、大きな欠伸《あくび》をしかけたところであった。

「ちょっとお訊ね致しますが」とジュアンは窓口へ近づいてスラスラいった。「こちらに、佐々山っていう方がおられるでしょう」

男は、半分欠伸を嚙み殺して、じっと眼を据えてジュアンを見た。眼鏡を鼻の尖先にかけた、もう六十余りの老人であるが、身体だけはがっしりしている。

「えーと、どなたをお訪ねになったのかナ」

「佐々山さんです。声の嗄れた、脊の低い、割合に小柄な人ですよ。――今、おるでしょうね！」

わざと説明をつけてこういった。老人はしかし、小刻みに顎を頷いて見せる。

「あああ、あの佐々山さんですかい。あの方なら、慥か三階の十七号におりました。そこの階段を勝手に登って行って御覧なさい」

いる、というのである。

ジュアンには、それが反って意外なような気持だった。が、それならば、ここで出来るだけのことを訊いておく必要がある。彼は態度から言葉まで下手に出た。

「先刻お客さんが見えたっていうことでしたが――」

「どこへ？」

「その、佐々山さんのところへです。お客さんもまだおりますかしら」

「お客さんというと――」と、老人は仔細らしく考えた。「そうだったナ、慥か帰ったように思うのだが、あんた、そのお客さんに用があるのですかい」

「いや、そうではないんです、ただ、佐々山さんがお一人でいるかどうか、とそう思っただけなんです」

「多分、お一人きりだと思いますて。そうそう、お客さんは二時間ばかり前に帰って行って、それからまだ一度も佐々山さんは降りて来ない。もうボツボツ、食事に出かけるころじゃがね」

「佐々山さんは、最初そのお客さんと二人で来られたのでしょう？」

「そ、そうだった。二人連れで来られたんじゃ。昼ごろにここへ来られたんじゃ。――あんたはしかし、妙にそのお客さんのことを気にしていられるようだね？」

大体、今日の様子は分ったけれど、その時ジュアンは、こうしたことをうまく訊き出すのが、つくづく難かしいものだと思った。向うでは、もう迂散臭《うさんくさ》そうにこちらを見詰めている。

「なにね、ちょっと取引の問題があるもんですから、佐々山さんにだけ会いたいのですよ。――じゃ、ここを登って行けばよいのですか」

「そうですよ。三階の十七号は、階段のとっつきから右手の廊下へ行って御覧なさい」

訊きたいことがまだ沢山に残っていながら、ジュアンもそれで仕方がなかった。考え考え、廻り階段を登って行く。

でしかし、二階から三階へと進んで見ると、そこは先刻見た外の様子とは違って、大分立派な建物だということが分った。各室の扉や窓の付け方など、金を十分にかけて造ってある。と、恰度三階の廊下へ出た所で、彼は運好く、お喋りらしい掃除婦を捕まえたのだった。

彼は素早く五十銭玉を三つ四つ紙に包んでその掃除婦の手へ握らした。

「君、ちょっとお願いがあるのだが――」

「は、なんでございます」

「訊きたいことが少しあるのだ。どこかその辺に腰を掛けるところがあるだろう」

チップが利いてか、掃除婦は、ジュアンのことあり気な態度を早くも察した。そしてすぐ彼を、右手の廊下の中ほどにある、小ぢんまりした応接室へ案内した。そこの椅子へ腰を下ろすと、十七号室の入口が、斜っかいながら十分に見える。ジュアンは、そこへキッと眼をつけていた。

「実はね、あそこに佐々山さんという人が来ているはずだ。君はあの人を知っているかね」

「存じていますよ」掃除婦は言下に答えた。

「あそこの十七号にいる、絵描きのような人でしょう?」

ぐっと胸へ来たのが、倉知の店で小僧のいった、豪い美術家という言葉であった。不思議にもこの二人の言葉が一致している。ジュアンは忽ち緊張した。

「そうそうその人だ。今、部屋にいるんだね!」

「おります。少し前にお客様が一人ありましたけれど、佐々山さんはそれっきり部屋をお出になりません。尤も、いつだってそうはそうなのですが」

「ほう」とジュアンはいった。「じゃア、あの人はここへ始めての客というわけではないんだね。時々やって来るのかい」

「えええええ、そうですとも。この頃はちょっとお見えになりませんでしたが、今年の夏ごろまでは一週間に一度位ずつ見えました。今日は幾分久しぶりで、そうでしたっけ、朝の十一時ごろに電話がかかって来て、部屋を一つ取っておけということだったのです。そして間もなくお客さんと二人連れでやって来たのですよ」

この言葉でみると、彼は予じめ宿を定めておいて、そのあとで倉知の店へ行ったらしい。が、それはそれとしておいて、夏ごろまで繁々とここへ来たというのは——?

「するとナニかね、近ごろは余り顔を見せなかったのだね」

「そうですよ、八月ごろからバッタリとお見えがなかったのです。そのころはいつも二人連れで来られたのですが——」

「二人連れ?」

ジュアンがひょいと口を挟んだ時、掃除婦の顔には、何故か奇妙な薄笑いが浮かんだ。

「ええ、二人連れですよ。いったいがまア、ここはそういうお客さんが多いのですが、佐々山さんも綺麗な女を連れていらっしゃいました。それが今日は、珍らしくまた男の人と来られたのです」

聞いているうちに、ジュアンは我知らず膝を乗り出していた。十七号の客人は、常に女を連れて来たという。女――とすればそれは誰なのであろうか。

「その女は君、若い女か」

「お若い方です。断髪の美しいお嬢さんです」

「名前は？」

「さア、お名前はどうでしたか。多分、一度も仰有らなかったと思います」

ジュアンは黙って掃除婦の顔を見詰めた。そして、ふと思い付いた風で、ポケットから一枚の小さな紙片を取り出した。それは、今朝図書館へ行った時、片瀬事件を報道した新聞の中から、そっと自分で切抜いて来た、あの筑戸欣子の写真である。

「どうだね、この写真にある顔とは違うようかね?!」

掃除婦の眼の前へそれを突き付けて、思わずジュアンは息を詰めた。

筑戸欣子こそ、蛭川博士に可愛がられていたという女だった。その欣子がもしこのホテルへ時々来たという女であったら――。

握りしめたジュアンの拳には、ヂリ、ヂリ、と力が入っていった。掃除婦は首を傾げて、二度三度見直している様子。やがて、その顔を振り上げていった。

「ええ大変によく似ております」

「なに、似ている！」

「ええ、そっくりです。慥かに佐々山さんの連れて来られた方なんです！　ですが、何かあの、あったのですか」

「いや、いや、何もない、何もない！」

ジュアンは激しく首を振ってこういった。が、胸の中ではあらゆる激情が迸《ほとばし》っていた。ああ、今こそ十七号にいる客人は、怪物蛭川博士その人なのだ！

「で君、その女の人は、近ごろになって顔を見せたことがあるのかい」

念のため、なおもジュアンはこう訊いた、そして掃除婦はハッキリ答えた。

「いいえ、先刻申しました通り、八月ごろ以来、バッタリとお見えになりません」

来るはずがない。それでいい、女は死んでいるんだ！

ジュアンは高らかに胸のうちでそう叫んだ。

その時十七号室の扉は、まだ固く鎖されたままであったのだった。

三度目の殺人

この際、ただ一つ気懸りなこともあった。今掃除婦に見せた欣子の写真が、当時の新聞へ出ていたのを、この太陽ホテルの人々が、何故気付かずにいたのであろうか。

考えてみれば、それはしかし、どうにか解釈することも出来た。新聞に掲げられたとはいえ、たった一日のことであったのだから、必ずしも誰でもがそれを見たとは限らなかった。また、ホテル側としては気付いたところで、迂闊に騒ぎ立てるはずもなかった。ここのホテルの性質が、係合になることを極端に避けなければならぬようなものらしかった。

――応接室の窓から外を透かして見ると、いつか夜になっている。客の数は非常に少いと見えて、あちらこちらの扉から、二、三人だけ食事にでも外出して行くらしい姿が見えた。真赤な帽子と真黒な服と真白な靴下との若い女が、外人と腕を組んで歩いて行った。そしてそのあとは、わざと暗くしてあるようなそこの廊下が、一時しーんと静かになった。

ジュアンが、わざと跫音を立てるようにして、十七号室の扉へ近づいて行ったのは、恰度その時のことである。誰もその近所にはいないのを見定めておいて、彼はコツコツと扉を叩いた。

そして三度ばかり繰返した。

が、中からは更に返事がない。

「や！」

ジュアンは思わず中腰になって、鍵穴から室内を覗こうとした。が、内外両側から錠を下ろすようになっていると見え、見通しの利く穴ではなかった。

迂闊なようではあるけれど、掃除婦と老人の言葉を一概に信じて、今までじっと外からだけ見張っていたのを、キリキリと後悔し始めたのがこの時である。ある種の不安が雲のように湧いてきたのだった。

「いないナ、畜生！」

そういいながら、何かしら、もっと恐ろしい予感があった。扉の把手へ手をやってみると、くるりと容易《たやす》く廻ってしまった。

錠を下してないのである。

サッと扉を開くと同時に、中には煌々《こうこう》と電燈が灯っていたが、ジュアンは、自分の黒い大きな影と一緒に、その扉口で、凍りついたように動かなくなった。そして、やがて漸く中へ辷り込んだが、二三分すると、黙り切って廊下へ出て、扉をそっと閉じてしまった。

　そこには、次のようなことがあったのである。

　最初扉を開けた時、すぐとジュアンの瞳へ映ったのは、黒いオーバーの裾からニョッキリと突き出た、二本の不《ぶ》能《ざま》な脚であった。室のやや壁寄りに、一人の男が身体にオーバーを被せられて、床に這いつくばっていたのであった。血が沢山に床の上へ流れていて、その流れの先が、床へポンと投げ出されたらしい帽子の下を潜り、恰度テーブルの脚まで達していた。這入って行って抱き起すと、胸のあたりがベトベトしている。賤しげな顔の、小肥りに肥った、予想してきた蛭川博士とは似ても似つかぬ男であった。

「倉知だ！」

　と一言だけそう叫んだ。そうして前にいったように室外へ出たのである。

　その時廊下にはまだ誰もいない。彼は階段の登り口までをスルスルと走って、そこから、非常にゆっくりと階下へ降りたのだった。

「己は今、係合になってはいられない。逃げるのだ、追いかけるのだ、彼奴をどこまでも追って行くのだ！」

　幾度か口のうちでこう繰返していた。闘いは今日始まって、今日のうちに恐ろしい肉薄戦に入っているのがはっきり分ったのだった。漸くにしてホテルの入口まで出て見ると、そこには先刻の老人が、相変らず雑誌を読んでいる。

　ジュアンは落着いてそこへ近づいて行った。

「君、先刻はどうも有難う。もう一つお訊ねしたいことがある。先刻帰ったという、佐々山さんの客人は、何か君に言葉でも掛けて行ったのかね」

　老人はキョトンとして眼を瞠った。そして、急に変ってしまったジュアンの態度で、タジタジと圧倒された風であった。

「いや、別に何もいいませんよ、黙って出て行きましたよ」

「では、顔を見たわけではなかったのだね」

「へえ、見ませんでした」

「着物は何を着ていたのかね」

「洋服でした。肥った人で、カーキ色の珍らしく古臭いレインコートに、白茶けた色の鳥打帽を冠っていました」

「そして佐々山さんの方は、その客人とホテルへ来た時、黒い帽子に黒いオーバーを着ていたのだね」

「そうです、その通りです」

「カーキ色のレインコートと白茶けた鳥打帽を見ただけで、君はその客人が帰って行ったと思ったわけだね」

「ま、まア、左様です」

ジュアンはそこで十分納得した。そして最後にこういった。

「や、どうも有難う。すぐに三階へ行って見てくれ給え。大事件が起っていますよ。一緒に来た客人の着物が無くなっていて、その代り、佐々山さんの着物と、客人だけが残っています。すぐに医者を呼んで来て、お客さんがいつ倒れたのか、その時間を間違いなく推定するように頼んで下さい。そして、僕がここへ来たのは五時ごろでしたね、あれをよく覚えておいて下さい。佐々山さんのやった仕事なのだから、それを決して間違えぬように」

老人の、ポカンとしているのを後に残して、ジュアンはポイッとそこを出てしまった。そして、黙々と電車通りまで歩いて行った。

少しく対手を蔑視《みくび》っていたのを、激しく腹の中で後悔していたのである。

――その時、だがジュアンのこうして立去った後、太陽ホテルの帳場には、三人の人物が集まっていた。非常に恰幅のいいブルドックのような顔をした若者と、でっぷり肥った老紳士と、それから先刻の老人とである。

「オイ、じいさん、今行った男は時々ここへ来るのかい」とまず若者が老人にいった。

「いや、今日始めて来た男だよ。どうもへんてこな男でね。つい先刻来て、三階の佐々山さんのところへ行ったんだが――」

「そうかい。じゃア、僕等の来る前だったんだね」と若者はいって、急に老紳士の方へ話しかけた。「旦那、今出て行った男ですね、どうも見た顔だと思いましたが、私は前からあの男を知っていますよ。桐山壽安といって、ナンでも外交官か何かの息子です。気持のいい男じゃアありませんか」

老紳士はゆっくり頷いた。

「ですがね」と若者が言葉を続ける。「彼奴、何か妙なことをいって行きましたね。ちょっと三階へ行って見て来ましょうか」

老紳士は、また黙って頷いた。

若者は、そこで帳場を出て行きしなに、口へ巻煙草を咥え、ポケットから出したマッチをパッと擦った。そのマッチには、赤地のレッテルに、白く、「カフェー・アザミ」という七字が抜いてある。かの薊クラブ以来お馴染のバアテンが、実はこの若者であったのだ。

第十三章　恐怖の指環

電線の囁き

ジュアンには、殆どまだ何も分らなかった。ただ一つ分っていたことは、怪物が指環を奪うために贓物買倉知為二郎を殺したのに違いないということだけであった。事実またそれはそうでもあったのだった。が、それにしても人を殺してまで奪わねばならなかった指環には、いったいどんな大切な秘密があったのであろうか。

彼はその夜、殆ど十二時近くなって隠家旧蛭川博士邸へ戻って来た。裏門から這入って、真直に自分の寝室と定めている階下の一室へ行き、着のみ着のまま、黴臭い畳の上へゴロリと横になったのであるが、考えれば考えるほど指環が重大な秘密の鍵であるように思われ、それと同時に、今日のことが凡て一足違いで怪物から先手を打たれたのが口惜しくなった。あれかこれか、いろいろと次の手段を考えながら、それでもいつかぐっすりと眠ってしまったのである。

翌三十日、早朝に眼覚めてすぐに蛭川邸を出た。そして朝飯を済まそうと思って、昨日のように公衆食堂へ行った。その途中でふと気が付いて買い求めたのは新聞である。手早く開いて社会欄を出すと、そこには果して昨夜の記事が載っている。彼は三四種類の新聞を買って、それから道を歩きながら読み始めた。大体次のような記事である。

――二十九日午後七時市内四谷区花里町十三番地美濃部鉄也氏（五十二）経営の太陽ホテルでは、同ホテル使用人千葉省吾（二十四）が各室上廻りの際三階十七号室において、小肥りに肥った年配五十前後身許不詳の男が左肺心臓部を一突きにされ血に塗れたまま絶命しているのを発見した。届け出によって警視庁及び所轄署より捜査課長、鑑識課長以下係官数名現場に急行して取調べに着手したが未だ被害者はいずれの者とも判明しない（中略）ここに奇怪なのは被害者が仕立の悪い紺サージ脊広服に古びたゴム底靴を穿き一見していかにも賤しげな風体であるにも拘わらず、その死体にかけてあった黒のオーバー及び床に落ちていた黒のソフトが甚だ上等の品質であったことである。係官達はその点に不審を抱き、口を噤みたがっているホテル側を訊問すると次の事実が判明した。即ち死体のあった十七号室にはその日元来佐々山喬介なる疑問の人物が止宿することになっていて、被害者はその日正午ごろこの佐々山に連れられてホテルへ来たものであったが、しかるに佐々山は午後三時前後に被害者の着ていたカーキ色のレインコートと白茶色の鳥打帽を冠ってホテルを立去ったためホテル側ではこれを佐々山の連れて来た客人の帰るものとのみ見誤ってしまい、ほど経て死体を発見した時、始めて先に立去ったのが佐々山であると判ったのだった。現場に残された黒のオーバーと帽子とは明かに佐々山の品物であって、この点から見ると佐々山は被害者を殺した後被害者に変装して逃亡したということになる。ホテル側の談によれば犯人佐々山は痩身痩軀小柄な美術家めいた男であり当局は目下極力同人の行方厳探中だが、因に同人のホテルへ告げてあった住所は全く出鱈目であるらしいという（中略）兇器は鋭利なる匕首《あいくち》もしくはそれに類似の短刀、兇行時間は正午より大体午後二時までの間と推定されたが、室内には何等格闘の模様なく従って恐らく犯人は被害者を十分に油断させておきその隙を窺って兇行を演じたものと見られている（云々）

記事には、そこまでのところジュアンに関することは一行も書かれていない。そして大体ジュアンの目撃したところと一致している。ホテル経営者美濃部鉄也及び千葉省吾というのは、ジュアンにも全く初耳だったが、被害者倉知の身許が不詳だというのは、骨董店の方からまだ届け出ぬためでもあろう。

「この新聞を読みさえすれば、小僧の奴、倉知が太陽ホテルへ行ったことは知っているのだから、蒼くなって警察へ駆け付けるだろう」

ジュアンは呑気らしくこんなことを思いながら、なおも記事を読み続けて行ったのであるが、そのうちにサッと顔色を変えた。

やがてその記事中に、当然自分のことが出て来るのは覚悟していた。が、自分では決して名前を知らせてきた覚えがなかったのに、ふと「桐山壽安」という四つの文字に出会したのだった。次の通りである。

——なお取調べの進むに従って判明した奇怪な事実というのは、当日午後五時半頃ホテルへは佐々山を訪ねて桐山壽安という混血児が来たことである。ホテルでは故意か偶然かそのことをすっかり失念していたらしく最初誰も口を出すものがなかったが、そのうちホテル案内人森安茂吉（六十五）がふと口を滑らしたのでこれから事情が明かになったのである。ホテル側でそれを秘し隠していたらしい点もありなお厳重に訊問中であるが、警視庁ではこの桐山壽安なる名前を聞くと斉《ひと》しく何故か非常なる驚愕に打たれたらしく捜査課長始め、一同は緊急秘密会議を開いた。仄聞するところによれば同人は八月上旬より帝都を異常なる興奮のうちに陥入れたまま未だに迷宮入りの感あるかの蛭川博士事件に何等かの関係を有するものの如く、従って事件はますます重大視さるるに至った（云々）

特に断ってはおかなかったが、当局でわざと桐山ジュアンの名を世間へ秘していたことは、読者諸君も御承知の通りで、あの可哀相な美奈子ですらが、まさかジュアンが蛭川博士事件の最初の嫌疑者であろうとは知らなかった。当局としては捜査方針の上からそうした手段を選んだのであろう。ジュアンの名が新聞に現われたのは、実にこの時が最初であったのだった。

ジュアンはしかし、それを読み終った時、危うく新聞を取落しそうにした。驚愕と不安と焦慮とが一度にドッと頭へ押し寄せて来た。

「誰だ、誰がいったい己の名前を知っていたのだ！　ホテルの掃除婦かあの老人か？　いや、いや、決してそんなことのあるはずはない。そして、だが、その他にはいったい誰がある！　ああ、それこそはひょっとして、あの恐るべき怪物自身ではないか。すぐにもホテルへ駆け付けて、怪物との一騎打ちにかかろうか！　いや、いや、いけない、まだいけない。ホテルへ立返れば、すぐにも己は捕まえられる身体だ。捕まってもいい。指環のことを話してやろう、自分の行動を説明してやろう。だが、だが、それを当局では果して信用してくれるであろうか。いや、それよりも、それだけの己の説明で、果して怪物を捕まえることが出来るであろうか。やりたい、己は飽くまでも自分でやりたい。熱だ、自信だ、腕だ！　この怪物は己がいなくては捕まらぬのだ！　やれ、やれ、最後までおれは頑張ってやれ！　このおれの手で怪物の頸根っこを押え付けて、盲目の哀れな老人を、いや、いや、嘘をいえ美奈子さんだ、美奈子さんを最先きに安心させてやるのだ！」

この際彼が、太陽ホテルで自分の名前を知っていたのは、薊クラブのバアテン千葉省吾の口からそれが漏れて、その時傍にいた老人森安茂吉の耳へ入ったためだということを、毫末といえども知らずにいたのは、不思議なことながら、反って倖《しあわ》せだったということが出来る。知っていたとすれば、遮二無二にホテルへ接近して行ったであろう。その時実は怪物の正体が、ホテルとは全く縁の無いところに、何喰わぬ顔で世間の騒ぎを眺めてもいたのである。

ジュアンは元気づいた。手懸かりがまだ殆ど無かったけれど、何かしら自信があった。血が勢いよく身体のうちを駈け廻って、不安などは一つもなかった。ただ一つ気懸かりなのは、美奈子がこの新聞記事を読んで自分のことを心配してくれるだろうということだけだった。それだけはしかし、どうにかして、美奈子を安心させたかった。といって、この際暗号広告では思うことの百分の一も相手には通じられなかった。

ゆっくりと朝飯を済まして、それからぶらぶらと江戸川公園の中へ這入って行った。またしても美奈子のことを思出した。今度は、気懸かりな、というよりは何か甘美な気持である。恐ろしい怪物と闘おうとする矢先に、どうしてこんな気持が出るのであろうか。——すると、ふとこの時に思い付いたことがあった。

世の中には、あの不便な暗号広告などというものより、恋するものにとって、遥に便利な道具がある！　今までは、何故そのことに気付かなかったか！

ジュアンは腕時計を見た。そして九時ごろになるまで、じっと待っていた。やがて公園を出ると同時に急いで公衆電話に駈け込んだ。

呼び出したのは土井町小学校である。

「こちらは村田です。休み時間でしたら、ちょっと葉村先生に——」と簡単にいった。

「お待ち下さい」という返事だった。

そしてほんの少し手間取って、やがて美しい声が電線を通じて伝わって来た。

「私、あの、葉村でございますが、村田さんと仰有いますと、何かあの、お嬢様のことでございますか」

いいながらその声には、軽い息切れの音が混じっていた。

「美奈子さん、僕ですよ、桐山ですよ」とジュアンは答えた。

「は、はい、承知しております。では、お嬢様のことなら、私、今日は土曜日でございますから、学校が終ってから、午後の二時ごろ、銀座の松屋まで参りますけれど、そちらの用を済ましてからお宅へ上ります。モシモシ、午後の二時に松屋へ寄って、それからお宅へ上ります」

恋するものの大胆さよ。美奈子はそういって、息をはずませながらこちらの返事を待つ風だった。

「美奈子さん、分った！」と瞬間を隔いてジュアンも答えた。「じゃア僕も松屋へ行きます！」

「ええ、どうぞお待ち下さいまし。きっと私参りますから――」

カチャリと、そこで受話器を掛ける音がしたのであった。

意外な伝説

午後二時少し過ぎ。

松屋屋上庭園の片隅。

「僕の方では初めちょっと面食《めんくら》いましたよ。あなたが本当に感違いをしてしまったかと思って」

「でも、私だって随分一生懸命でしたのよ。校長さんがじき近くにいるところで、あんな嘘をいってるんですもの」

「しかしよかったですね、僕の村田芳雄という偽名が偶然にそんな風に役に立って――」

「そうですわほんとうに。小使が来て村田さんからお電話ですといった時には、あたしもう、胸がドキドキしてしまったんですの。そして、でもすぐに、教えている子供のうちに村田という苗字があったことを憶い出したものですから――。随分私大胆でしょう?」

こうした会話を取交していたのは、無論ジュアンと美奈子との二人であった。ジュアンの方がそこへは三分ばかり先に来ていて、そうして正面入口近くで、うまく二人の視線がカチ合った。ジュアンがエレベーターに乗り、美奈子も無言のまま後を追った。そうして屋上へ出ると、目立たぬような片隅で、怖い恐ろしい、そして楽しい会話を始めたのだった。

どちらも、すぐには問題の中心に触れなかった。が、やがてジュアンは短くいった。

「見ましたか、今朝の新聞を？」

「ええ見ました」と美奈子は答えた。

「僕の名前が出ていましたね」

「出ておりました」

「それでどう思いました」

「吃驚しました。けれども、皆んなよく分りました。あなたが宅へ帰って来て下さると、何もかももっと凶くなるという、あの短い暗号文の意味が――」

「分ってからどう思います。僕が蛭川博士事件に関係しているのを、きっと不思議に思うでしょうね」

「不思議には思いますけれど、でも、あなたがそうして警察の眼を隠れておられるのは、きっと何か、已《や》むを得ない事情があるのだと思いますわ、どんなことが新聞に出ようとも、あたし、これからはちっとも吃驚しませんの」

美奈子の瞳は熱っぽく輝いていた。

「そうです、その通りです」

とジュアンは答えた。そして、簡単に井波了吉と東海林厚平とが、自分を密告した経緯を説明した。

「ではあなたは――」と途中で美奈子が口を挟んだ。

「いっそのこと、警視庁へ行ってそのことを打明けた方がよくはないでしょうか」

「ええ、場合によったらそうします」ジュアンは柔かに答えた。「しかし、僕は自分で彼奴を捕まえますよ。きっと捕まえられるだろうと思うのです。実はまだあなたに話してはないけれど、面白い話があるのですよ。先刻いった東海林厚平という男ですがね、この男が一番最初に殺された筑戸欣子という女から、指環を捲き揚げたってことが、僕に知れているのです。その指環がつまり、目下のところ、なかなか重大な手懸かりですよ」

ジュアンは、ここで、太陽ホテル事件の裏に潜む、指環のことを一通り話して、それから次のように言葉を続けた。

「で、そんなわけなんですから、いずれもう倉知の店の方からも騒ぎ出すでしょうし、そうなると小僧が指環のことをいうに違いありませんから、そのことだけは警察の方へ知れるとして、しかし、指環がそれより前に、蛭川博士から筑戸欣子の手へ移り、その次に東海林の手に移って、また倉知の手へ渡ったということは、それを僕に話した井波了吉という男や東海林厚平以外、知っているのは僕だけなんです。僕は、いずれそいつをどうにか解釈してしまいますよ」

「まあ――」と美奈子は眼を円くした。「じゃア、その指環を探し出すことが出来さえすれば、これでもう解決が付くんですわね」

「いや、それだけで解決出来るかどうか分りませんがとにかく、それが一番重大な鍵《キイ》なんです」

「で、その指環には、何かこう、大変な値打ちでもあるっていうんでしょうか。どんな指環ですのそれは？」

「二万円位する指環だそうです。青ダイヤの入ったプラチナだっていっていました。プラチナに二匹の蛇がダイヤを奪い合っているような工合に、精巧な彫刻がしてあるんだそうです」

ジュアンは、何気なくこういったのである。が、その時美奈子はハッと不審そうな眉を顰めた。

「あの、プラチナの台に青ダイヤで、二匹の蛇が彫ってあるというのですか?」

「ええ、そうですよ。僕はまだ見ませんがね」

今度はジュアンが、そう答えてふと怪訝らしい顔になった。美奈子が急に眼を据えて、じっと何事か考え込んだのである。

「それを、その指環を、私知っております！」やがて美奈子は愕然として顔を上げ、叫ぶようにそういったのだった。

「え、あなたがそれを――?」

「知っています、知っています、ああ、私どうしましょう。父です、父がそれを持っていたのです！」

ジュアンにとって、これほど驚くべき言葉はなかった。自分の耳を殆ど信じられなかった。

美奈子のいっている言葉が、もしほんとうであるとして、それならばこれはどういうことになるのであろう。

今までは絶対に葉村老博士を信じてきていた。だがその葉村博士がこの指環の元の持主であったとすれば筑戸欣子に指環を与えたという蛭川博士は、ここでまたしても葉村博士と同じ人間になってしまうではないか。ジュアンの頭は急にゴチャゴチャとしてしまった。欣子に指環を与えたのは蛭川博士で、その指環を持っていたのは葉村博士で、では、では、やはり二人は同一人物なのか！

「どうしましょう、ああ、私、私――」

　美奈子は泣き声でいった。ジュアンは漸くにしてそれを制した。

「お待ちなさい、美奈子さん。それはしかしほんとうなのですか」

「ほんとうです。父はそれも、もう長いこと私には見せませんでした。五年も十年も、いいえ、もっと長く私はそれを見せてもらったことがありません。でもそれは、私がまだ子供のころ、亡くなった母の指に嵌められていたものなのです。そして恐ろしい指環なのです。この指環を持っているものは、いつか命を失うというような言伝えが、私、それをあとで父に聞きましたけれど、そんな言伝えがあったのです。それを父は、いいえ母は、少しも信ずることが出来なくて、珍らしい青ダイヤの指環だといって、自分の指から離さずにおったそうでございます。何でもそれは、そのころ父は相当財産もありましたし、印度の水夫から買ったのだとか聞きましたけれど、その時一緒に、その気味の悪い言伝えが附いて来たのに違いありません。そうして母は、その指環を嵌めているうちに、今までは申しませんでしたけれど、そのころある神社へ参詣した時、突然にその社の石の鳥居が倒れて、母はその下になって死んでしまったのでございます。石の鳥居がどうして崩れたのか、誰にも訳が分りませんでした。滅多にないことだと誰も彼もいっていました。ただ、父だけがひょっとしてその指環の伝説が如実になって現れたのではないかと、そう思ったそうでございます」

　一息にそこまで喋ってきた美奈子は、ブルッと恐ろしそうに肩をすくめた。

「――?」ジュアンはじっと次の言葉を待った。

「だから。私――」と美奈子がいった。「それを父から聞かされた時には、ほんとうに恐ろしく思ったのでした。『普通ならお母さんの形見としてお前にやるのだけれど、これはね、もうもうちゃんとどこかへ封じ籠めておいて、決して世間へは出さないことにしよう。私は、それを誰にも知られないところへ祀《まつ》っておくよ』私はまだ幼かったのですけれど、その時父は私に向ってそんな風に申しました。そしてそれ以来、父は一度もそれを私には見せてくれませんでした。でも、でも、父が持っていた指環に違いありません」

　さすがのジュアンもこの時は顔を蒼くした。

迷信といわばいえ、それは指環を手に嵌めていた美奈子の母親の惨死ばかりではなかった。筑戸欣子も殺された。倉知為二郎も殺された。そうして彼等は、美奈子の母親と同じように、指環に手を触れたことのある人物ばかりなのだった。

恐怖の指環だった、死の伝説だった。だが、それにしてもあの葉村博士が、やはり蛭川博士であるというのは、いったいどうして有り得ることなのだろう。

蛭川博士は癩病であったという。そして、いわれてみれば今になって思い出すが、葉村博士は発狂後、奇体にデブデブと肥ってきた。ああ、では、変身術というのが実際の説か！

いや、いや、指環の伝説はともかくとして、変身術こそは絶対に信じられぬことでもある。――とすれば、盲目の葉村博士は飽くまでも蛭川博士ではない。

「私、もう――」いいさして美奈子は泣き伏してしまう。

「いや、違う！　断じてそんなはずはない」ジュアンは、腹の中でそういってじっと考えに沈んだのだった。

唯一の道

「美奈子さん、ではあなたは、そのお父さんが指環を隠した場所というのを、どこだか知ってはいないのですか」

ジュアンが対手を宥めるようにしてこういったのはかなり長い沈黙の後である。

「存じません」美奈子は答えた。「一度父が外国から帰ってきた時、私急にその指環が欲しいように思って、父に訊ねたことがありますけれど――」

「お父さんは何といわれました」

「指環は駄目だ、あのことをもう忘れている！　とこう申したきりでございます」

美奈子はその時もう、大分平静にはなっていた。だが、再びそこには長い沈黙が来た。

「お父さんが正気でおられて、何か訊ねることが出来さえすれば――」とジュアンがいった。

「いいえ、それはとても望みがありませんわ」と美奈子が答えた。「私、今から考えれば、あの最初の片瀬事件が起ったころ、私が父に新聞を読んで聞かせようとしても、少しも聞いてくれなかったわけが何だか薄ぼんやりと分りますもの」

そして、そこで三度目の長い沈黙だった。

美奈子はボンヤリしたように、次第に夕方に近づく帝都の空を眺めている。と、ジュアンが突然生き生きした調子でいった。

「美奈子さん！」

「え？」

「心配することは要りませんよ。莫迦《ばか》です、阿呆《あほう》です。僕は何故そんなことに気が付かなかったのでしょう。お父さんは、絶対に蛭川博士とは別人です」

「どうしてですの？」静かに美奈子が訊き返した。

「どうしてもこうしてもありません」ジュアンは心から明るくなって答えた。「第一にまず八月一日のことを考えて下さい。あの欣子という女は蛭川博士に殺されたということになっていますね。しかし、あの日お父さんはどこにいました。それは日曜日のことでした。あなたは日曜日ごとにお父さんを連れて、薊クラブへ行ったでしょう。僕もまた、実をいえばあなたに会うのが最大の目的であそこへ行きました。だからです、私はあなたのお父さんが当日薊クラブにいたことを、どこまでも立証することが出来ます。そして、この東京の薊クラブにいたお父さんが、当時に片瀬へ現われて欣子を殺したということは、決して有り得べからざることではありませんか」

美奈子は、聞いているうちに、さすがに少しずつ安心していくように見えた。それを見てジュアンはまたいった。

「そしてです、いいですか、お父さんは現在どこにおられます。多分、いや、間違いなく、警視庁の厳重な留置所におられるではありませんか。そのお父さんが昨日現われて来て、倉知を殺すなどということが出来ましょうか。それをどうしてもそう思いたいというなら一部の人がいっているように、変身術という説でも樹てなければなりますまい」

美奈子はちょっと考えた。

「でも、指環のことはどうなるのでしょう？」

「だからです」ジュアンは答えた。「それは、指環から考えてはいけないのです。指環のことは、僕にまだ考えがあります。が、それはそれとしておいて、お父さんが蛭川博士でないという証拠は、僕のいった、現場不在証明から考えるのです。欣子が殺された時お父さんは薊クラブにおられた。倉知が殺された時お父さんは警視庁におられた。博士に似た癩病人が殺された時――」

「その時は父は家にいました。発狂して、そして寝ておりました」

「だから猶更それは――」

「ええ、そうです。それでしかしどうなるのでしょう。指環のこと以外に、まだ唖の与四郎のことが残っています」

ふいに別な難関が出て来たのだった。美奈子は唾を嚥みこんでいった。

「私、それはよく分っています。父の現場不在証明だけは分っています。でも、まだ一つ与四郎のこともあるのですし、そうとすれば、やはり私、変身術を信じたくなります」

その時二人の視線は、またしても力なく脚下の床へ落ちた。ジュアンはしかし、やがて力を籠めて美奈子の手を握った。

「美奈子さん、いけません！　あなたにそういわれると、僕までがへんにこう分らなくなってしまう。だが、信念です。この際何よりも頼りになるのは信念です。僕はまだ説明が出来ません。分らないからです。しかし、信念は有っております。お父さんと蛭川博士とが別人だということ、そしてまた、この僕の腕で必ず蛭川博士を捕まえること、僕はあなたの前で誓っておきます」

「……」美奈子はすぐには答えなかったけれど、少なからず動かされているようだった。「でも、それではこれからどうすればいいのでしょうか」

「あなたは別にどうもしなくっていいんです。ただ、待っていて下さい。お約束しましょう。今日は十月の三十日でしたね、明日は日曜日であなたは家におられるそうです、午前八時としておきましょうか、その時間までに、僕はきっといい報告を持って行きますよ」

「家の方へ来て下さる?!」

「ええ、行きます。美奈子さん、あなたは僕が今どこにいるか知っていますか」

美奈子は首を振った。

「僕はね、今牛込の旧蛭川邸が空家なのを幸い、そこに身を隠しています。非常に危険ですけれど、危険であれば危険であるほど、僕は不思議な勇気が出て来ます。怪物は今日の新聞によって見ると、僕が彼を太陽ホテルまで追跡して行ったことは勿論、僕の名前まで知っているようです。とすれば、今夜あたりは、僕があそこに隠れているのを嗅ぎつけて、向うから襲って来るかも知れません。場合によったら、僕はそいつの頸根っこを捕まえて、あなたの家まで引摺って行きます」

美奈子に元気をつけようとして、空威張りにも見えるほど、こういっているジュアンだった。

美奈子は、それで余計に心配そうになった。

「ではあなたは、そんな恐ろしいところへ今夜帰るのですか」

「ええ、帰ります」とジュアンはなおも元気よくいった。

「尤も心配はしないで下さい。帰る前に、出来るだけは手を伸ばして探って行きます。先刻いった指環のことも、少しばかり調べる手段がありますから。そしてその手段が、この際唯一の近道なんです」


ジュアンと美奈子とが別れたのは、それから少時の後である。

ジュアンは迂闊に自分の顔を街頭に出すと、すぐに捕まえられることを懼れた、それで、その後はじっとどこかへ身を潜めていたが、その夜八時、突然目黒駅附近に姿を現した。駅からブリッヂを渡って権之助《ごんのすけ》坂を降り、道が再び緩い坂になるのを、スタスタと競馬場の方へ進んで行った。そして途中から右手に折れて折れ曲ったり谷になったりした道を、七八分歩いて行った。

やがて立停ったのは、「ひるかわ」というつつましやかな標札のかかった家である。

その附近は凡て家が飛び離れて建てられていて、大変淋しいところではあったけれど、この家は目立ってひっそりと孤立していた。半洋風の建物で、門の内側に小さな芝生などがあり、その芝生の向うに、書斎らしい部屋から、ボンヤリと灯が流れ出していた。

良人蛭川博士の所持していた指環の秘密を、ジュアンは鞠尾夫人から、あるいは訊き出せるように思ったのだった。

第十四章　怪物襲撃

唖の与四郎

いうまでもなく桐山ジュアンは、鞠尾夫人とこの時はじめての会見だった。

そして、それにも拘わらず初対面の人を訪ねるような気持が少しもなかった。新聞記事で獲た予備知識とそれにかつて美奈子からの手紙で、鞠尾夫人が葉村老博士の拘引されたことに同情し、その釈放方をしばしば警視庁へも懇請したという、そのことを知っていたせいでもあろうか。

門から十歩ばかり踏み込んで玄関に立つと、そこの濃いオリーヴ色に塗られた頑丈な扉には一枚の貼紙がしてあった。――新聞記者その他御面会を御断りします――という達筆で書かれた文句が、そこの薄ら明りで読めるのである。事件が怪奇であっただけに、博士失踪後の夫人が、どんなに新聞記者で悩まされていたかがよく分る。ジュアンはポケットから小さなノートを出して、その一枚をビリビリと破き、鉛筆で何か七八行の文字を書き込んだ。そして扉の横の釦を押した。

ちょっと間があったけれど、やがてカタリという音がした。扉の上部に覗き窓のような穴が明いて、一つの顔が突き出されたのである。顎の角張った、唇の厚い、眼玉のギョロリとした醜怪な顔だった。

これもジュアンには始めてであるが、問題の男唖の与四郎である。ベルの音を聞きつけて、夫人が見に寄越したらしい。ジュアンは今書いたノートの切れっ端を、その穴から与四郎に渡した。そして、殆ど十五分以上も、じっとそのままたたずんでいた。

漸くにして扉が開くと、鞠尾夫人の白い顔がそこへ浮かび出した。

「奥さんですね。――突然上りました」とジュアンがいった。

「は、どうぞ――」と夫人が答えた。

所謂文化住宅というのでもあろう、玄関は一方が小さい畳敷で、しかし土間からすぐに洋風の応接室へ上れるようになっていた。夫人がスウィッチを押して電燈を点けたところを見れば、先刻外から見て灯の漏れていた部屋とは違うらしい。あまり広くはないが、片隅に一台のピアノがある。

「このピアノだナ、筑戸欣子が訪ねてきて弾いていると、これを二階にいる蛭川博士が聴いていたというのは――」

かつてそれは鎌倉署の猪股刑事が始めて旧蛭川邸を訪れた時、夫人から聞かされた話である。新聞記者などにも夫人は同じ言葉を語ったとみえて、ジュアンは端なくもその記事を憶い出した。そして、勧められるままに、ピアノを背中にして腰を下ろそうとしたのであったが、途端に、そのピアノの下で何か黒いものがゴソリと音を立てたのに気が付いた。

彼がひょいとそこを覗こうとするのと、夫人の叫ぶのとが一緒だった。

「あ、与四郎！　お前、お前、いけない！　出て来なさい！」

夫人は狼狽してそう叫んだ。そしてジュアンを背後に庇うようにしてピアノの下へ手を差し入れ、その黒い巨大な動物を引張り出した。いつの間にそこへ隠れていたのか、それは慥かに与四郎である。

「あちらへ行きなさい！」

「……」

「行くのです、あちらへ」

「……」

「ここにいてはいけないのです！」

部屋の調度などは中々金目のものが多かったにも拘わらず、電燈には濃い茶色のシェイドが掛けてあったためか、部屋は大変に暗かった。そしてその中に突立つ唖の巨人は、床から壁へ奇怪に折れ曲った影を落して、その前に立つ鞠尾夫人と、非常に不思議な対照をなしていた。夫人の断髪にした頭が殆ど与四郎の胸の辺りまでしかなく、尖げ尖げしく痩せ細った身体に赤味を帯びた柄のセルを着て、その姿がまるで子供のようにしか見えなかった。

「行くのよ、あっちへ行くのよ」

夫人は最後に宥めるようにしてこういう。与四郎は顔を歪められるだけ歪めて、今にも泣き出しそうな、非常に困惑した顔であった。そして漸くのことで室を出て行った。

「済みません――」夫人はガッカリしたようにそういった。「お客様がみえると、時々あんなことをするのです。多分もう噂で御承知ではございましょうけれど」

指環以外に、この与四郎がまた、蛭川博士と葉村老博士とを連絡している鎖でもある。ジュアンは美奈子の手紙にあったその文句を卒然として憶い出しながら、夫人の姿をじっと見やった。

「主人のあの事件があって以来、女中などは気味を悪がっていくら探しても来てくれませんし、やはりああしてあの男と二人きりでいるのですけれど、世間からはいろいろなことをいわれて、ほんとうに泣きたくなってしまいます」

「何か乱暴でもするのですか」

「このごろは私が注意しておりますから、滅多にそんなことはありません。しかし、前に一度刑事の方が始めて宅へ見えた時、その時はまだ主人が二階に寝ていたものですから、主人の吩咐で、飛んだことを仕出来してしまいまして――」

夫人は猪股刑事来訪の時のことをいっているのである。

――会話はそれでだんだんに緒《いとぐち》がほつれた。途中で夫人は一度部屋を立って行って、ココアを沸かしてきてくれたが、そこで訊いてみると、夫人にもジュアンの名前が初耳ではなかった。それは美奈子の口からなど聞いたのではなく、前に警視庁から人が来て、「蛭川博士は失踪前に、桐山ジュアンという混血児と、何かで知己になっているようなことはないか」とそう訊ねられたことがあるのだといった。事実夫人は何もそれについて知らなかったので、ありのままにそう答えると、警視庁でもそれ以上詳しくは説明してくれなかったという。

「そんなわけで、先刻書いたものを与四郎の手から御渡し下すったのを拝見しますと、ハッとお名前を思い出したのでございます。何かあの葉村さんの方のことなども御存じの様子で、――いったい、どういう御関係にお有りなのでしょうか」

やがて夫人は、急に表情を引き緊めて、不安らしくジュアンの顔を覗いたのだった。

夫人の驚愕

会話はいよいよ問題の中心に触れてきた。

夫人が不安な顔をすると一緒に、ジュアンもやや躊躇した。そして打明けたのは、自分が曾て葉村邸に厄介になっていたことだった。美奈子を愛していることまではまだ話す気になれなかった。続いてまた、自分がある事情から、欣子殺しの犯人として疑われていることを打明けた。

その時である。

夫人は異常な驚きに打たれたらしい。

「え、あなたが？」

と夫人はいった。そして少時唖然としてジュアンの顔を見守っていた。無理もないことではあるが、夫人は今までそれを知らなかったのである。ジュアンがちょっとの間黙っていると、やがて夫人は、ひどく熱心な口調で訊いた。

「それはあなた、ほんとなのですか！」

「実際です」ジュアンはしっかりと答えた。「少くとも僕は、そうして疑われているために、コソコソと逃げ隠れている身体なのです」

「でもしかし、どうしたわけなのでございます。嫌疑を懸けられているのは、宅の主人だけだと思っていましたのに」

「ところが、僕にもやはり嫌疑があるのです。そのためにこそ、こうして突然お伺いしてもそれだけのことはあると思ったのですが、奥さん、あなたは多分、東海林厚平とか井波了吉とかいう名前を、一度も耳になすったことがないのでしょう」

その簡単な言葉を、ジュアンは一々噛みしめるようにして大切にいった。夫人もまた、眼を大きく瞠って、殆どジュアンの胸の底を射通すような眼眸《まなざし》で聞いている。ちょっとした沈黙の後、夫人は熱の籠った、しかし低い声で答えた。

「いえ、私、少しも知りません。その東海林さんとかいう方が、何かしたのでございますか」

「そうです、その男達が私を密告したのです」

「密告というと、それはどういう意味なのでしょう」

夫人の態度はますます熱心だった。ジュアンは思案しながら答えた。

「御存じないのは御尤もです。が、詳しく話すと大変に時間を費しますから、簡単にいっておきましょう。彼等は勢力争いの意味から、僕を排斥しようとして、僕を密告したのです。無論僕には覚えのないことですし、一方には確実な反証もあって、いざといえば立派に弁明は出来ますけれど、とにかく、それで事件にはこの僕が一層深い関係を有つようになったわけです。——ところで、これを一つ見て下さい」

ジュアンが内ポケットから取り出したのは、細く折り畳んだ新聞記事の切抜きである。一つはその日の朝刊で、他の一つは夕刊だった。朝刊には前章に掲げたような、太陽ホテル事件の第一報が載っており、夕刊の方では、既にジュアンが予想した通り、被害者倉知為二郎の身許が判明し、同時に、青ダイヤ入の指環が奪われたということが報ぜられている。

「こちらには出ていませんけれど――」いいながらジュアンは、夕刊の方を後廻しにして、まず朝刊の分を夫人の前へ押しやった。「こちらには、僕の名前がちょっと出ています。太陽ホテルの事件なのですが、あなたはこの事件のことを、新聞でお読みにはならなかったのですか」

非常に大切な瞬間なのであった。夫人は、困ったような顔をして、切抜きの記事を手にとった。そして初めから終りまでを、一生懸命に読む風であった。続いてジュアンの出してやった夕刊の分も、長い時間を費して読み終った。

「その記事をまだお読みになってはおられなかったのですか」

「は、はい、読みません」夫人は動乱して答えた。「近ごろは、――一向に新聞を読まないのです。それは、新聞を読めば、主人のことが出ているかも知れぬと思って、気にはなりますけれども、恐ろしくて、恐ろしくて、読めないのです」

夫人が事件をどんなに怕じ懼れているか、その言葉だけでもジュアンにはよく判った。が、彼は言葉に力を入れて訊いた。

「で、しかし、それを御覧になればお分りでしょう。いかがですか」

「というのは、ど、どういう意味なのですか」

「つまりです、僕の名前がそこに出ている意味と、それからその指環のことです」

ジュアンは、知らず識らず、キッと夫人を睨むようにしていた。夫人の返事次第で、夫人が指環のことを知っているかどうか、その判断がつくからである。

そうして、だが次の瞬間、彼はガッカリと力を落した。

「は、いいえ、それは私には分りません」夫人が投げるようにして答えたのである。

「どちらもですか。その指環のことも、僕の名前が出ていることも」

「はい、どちらも私、分りません。――太陽ホテル事件というのは、何か私にも関係しているのでございましょうか。——今申しました通り、私、始めてそれを拝見したのでございますけれど」

「…………」

ジュアンは殆ど失望してしまった。

この夫人の言葉から見ては、こちらから説明してやる他はない。彼は仕方なしに話し始めた。指環がもと蛭川博士の手から筑戸欣子に与えられて、それを東海林厚平が捲き揚げたこと。再転して贓物買倉知為二郎の手へ渡っていたのを、ジュアン自身その倉知の店を訪れたところ、指環は既に怪人物によって奪われ、しかもその時不思議なホテルの殺人が行われたこと——

夫人は、殆ど息も出来ない位、身を固くし、手を握りしめて聴いている。ジュアンは松屋の屋上で美奈子に会ったことや、従ってその口から聞いた、恐るべき指環の伝説や、それが元葉村老博士の所有品であったということや、それだけはわざと省略して、途中で少しく遠慮しながら訊いた。

「で、大体のところそんなわけです、今度はもう十分にお分りでしょう。あなたの前では少々申上げ憎いことなのですが倉知を殺したのは明かにもうお宅の御主人即ち問題の蛭川博士です、そしてその殺人の目的は指環です。実はお伺いしたのがその点なので、奥さんは無論その指環について何か御存じのはずなのですが——」

「どうしてです。何故私がその指環のことを知っておらねばならないのです」

「何故かといえば、その指環がお宅の御主人から筑戸欣子に渡されたという点、そこから見て、少くとも当時は蛭川博士がそれを所有しておられた。従って、奥さんはそのことを多分御承知のはずなのです」

夫人は、卓子に載せていた手を、ワナワナと顫わせた。

「御無理です。私には、皆んな始めてのお話です。そんな指環のことは一向に聞いたこともなければ、見たことも勿論ございません。——その、欣子さんに宅が指環を与えたという、それには何か確かな証拠でもあるのでしょうか」

「証拠は、そうです、あります」

「どんな証拠です、さ、それを見せて下さい」

ふと、気がついたことには、この時夫人の瞳が異様に鋭く光っている。

いけない！

とジュアンは思った。たとえ恐るべき殺人魔ではあったにしろ蛭川博士はこの鞠尾夫人の良人であった。夫人のいっている言葉が、全部が全部真実だとは思われない。夫人はああした態度でいながらも、蛭川博士を庇うかも知れぬ。少くとも、証拠を見せろといって詰め寄せる夫人の態度は、どこかに怪しいところがないでもない。――思ってみれば、蛭川博士から筑戸欣子にこの指環が与えられたということは、曾て本篇第一章において述べた通り、最初は欣子がシネマ・パレードの地下室で、そのような意味のことを東海林厚平と話していた。そしてそれを井波了吉が立聴していた。最後に了吉の口からそれがジュアンにまで伝わったものの、それ以外に物的証拠というものは一つも無く、しかもジュアンにしてみれば、了吉の言葉がどこまで信用していいのか分らなくもなる。

　ジュアンは、弱味を見せまいとして強くいった。

「証拠は勿論あります。必要とあればいつでもお目にかけますが、しかし奥さん、僕はもう、半ばまでその指環の秘密を解決しているのですよ。例えあなたが、どんなにそれをお隠しになろうとも――」

「隠すんですって、この私が――」

「そうです、お隠しになっておられるのです。それは決してあなたの御得策ではないでしょう。いかがです、あなたから打明けては戴けませんか」

　その少し前に、全く失望しかけたジュアンが、しかも何等物的証拠を握っていないジュアンが、この時急に何かしら希望を感じて、こうして強い言葉で夫人を詰問したのには、夫人の態度なり表情なりに、そうさせるだけのものがあったのである。ジュアンは再び緊張して夫人の言葉を待った。夫人が良人蛭川博士を庇うために、その指環について何事かを知りながら隠し立てしているものとすれば、解決は今や、たった一歩のところまで迫っている。彼は、怪物蛭川博士の息吹を、殆ど自分の肌に近くさえ感じたのだった。

　夫人は、幾度か唇を顫わせて、何かいいかけては止めてしまった。

　そして、漸くのことで、その唇から声が漏れたには漏れた。が、それは実のところ、激しい歔欷《すすりなき》の声であった。夫人は急に顔を伏せて、声も漏らさぬように手巾を噛みしめ、悲しそうに、口惜そうに泣き出した。

　ジュアンはハッと暗い顔をする。

　同時に夫人が、嗚咽する声の下から、切れ切れに訴えるのだった。

「私、ああ、どんなに、どんなに仰有られても、知らないことは知らないと申すよりほかございません。――主人があんなことをしてしまって、同情のない世間からは、ほんとうに口惜いことを散々いわれて、いいえ、あの与四郎も与四郎なのです。――私が与四郎のことを、主人が連れて来たのだと申上げても、何かそこにあるようにしか思われません。――与四郎が主人の縁続きであると、それだけしか私には分らないのです。――それを執念深く皆様から訊ねられたり、こうして淋しい目黒の奥まで引込んでも、つまらない好奇心の人達が、ひっきりなしに押しかけて来ます。――それをまた、今、せっかくのお味方らしいあなたにまでそんなことをいわれて、私、もうもう、生きていたくはございません。恨めしい、ひどい、蛭川です。欣子さんをあんなことにしてしまって、私、そのことさえも知らなかったのです。――憎い、恐ろしい主人です。私がこうして、どんなに苦しんでいることか、世間には誰もそれを察してくれる人もありません。捕まえて下さい、あの蛭川を早く捕まえて下さい！」

堪らえ堪らえた言葉の堰《せき》を、一時にドッと切って落したかのよう。

ジュアンは茫然としてそれを見守った。急に当惑して、そして勇気が挫けてしまった。

「ごめんなさい。いい過ぎました。僕が悪かったです」

もう一歩というところまで押し詰めて行って、気弱くもジュアンは、指環について、それ以上夫人を詰問することが出来なくなったのである。

彼がやがて鞠尾夫人の許を辞し去ったのは、それから相当時間の後だった。

その帰る時、彼は次のように、夫人に向って誓っておいた。

「奥さん、とにかく僕は必ずお宅の御主人を探し出してしまいますよ。奥さんにはまだお話ししない材料もありますが、今のところ、事件に関する情況を、僕ほどに詳しく知っている者はないのです。必ず僕は行《や》り遂げます」

「その、私に話して下さらない材料というのは？」と夫人はそれを大変に訊きたそうな口吻だった。

「いや、それはしかし、解決してからでも、きっとお話し致しましょう。――が、無論私はお宅の御主人の敵になるわけで、その点はどうぞ悪しからず――」

その時夫人は、

「どうぞ」

と、低く呟くように答えたのだった。

ジュアンは夫人に送られて、漸く玄関へ出たのである。

浴室の悲鳴

郊外が開けたとはいえ、目黒の奥には林があり畑があり丘があった。近ごろ大都市計画の環状道路が出来たため、その道路の附近だけ急にせせこましく家が増えたが、そこをちょっと奥へ入り込むと、忽ち昔ながらの目黒である。昼間見ると、なだらかな丘のあちらこちらに赤い瓦の文化住宅が明るく秋の陽を照り返していたり、果樹園経営の貸コートに白いボールがポーンポーンと上ったりする。が、今こうしてジュアンが鞠尾夫人の家を出た時、四辺はすっかり静かであった。

腕時計を見ると恰度十時である。

ジュアンは、別にどうした理由もなく、来た時とは別な路を歩いて帰る気になった。そして今いった静寂な丘や林の方へ足を向けた。大体の目的は、これからシネマ・パレードの東海林厚平でも呼び出して、欣子が生前その指環について、何かいっていたことはあるまいか、それを訊いておきたいと思っていた。

夫人との会話で、少しく熱し過ぎたらしい頭が冷たい夜気を胸一杯に吸いこむと、急にしーんと澄んで来る。

歩いたこともない路を、ストストと大股に進んで行くと、恰度その路が一旦下って、まただらだらと上りかけたところである。そこは右手に墓地があり、左手が緩い傾斜の広っぱになっていたのだが、その墓地の角まで行き着いたと思うと、彼は本能的にパッと左へ体を開いた。

チラリと振り向いた視野の外れに、何か黒いものがスッと振り下ろされるのを見たのである。同時にまた第二、第三の襲撃が、すぐに身辺近く迫ったのである。

暗い夜ではあったけれど、ジュアンには大きな黒いものの影が、我武者羅に石を蹴たてて、棍棒ようのものを振り廻しているのがよく分った。

「来い、のしてやる！」

ジュアンは愉快そうに叫んだ。そして、サッと跳び退く代りに、一息で敵の懐へ躍り込んだ。敵は蹣跚けて傾斜のある広っぱへ飛び出し、辛くもそこで踏み止まった。

ジュアンのメリ拳が顎にしたたか命中したのである。

何か非常に奇妙に叫び声が聞えた。

そして敵は再び棍棒を取直してかかって来た。傷ついた野獣のような勢いで、滅多矢鱈に棍棒を振り廻した。

不思議にもその瞬間、ジュアンは先刻鞠尾夫人の家で見た、奇怪な与四郎の振舞いと、大きなピアノと茶色のシェイドを掛けた電燈と、それをチラと頭の中へ思い起したのである。

「ウム、与四郎、さア来い！」

ちょっと可笑しくなって、もう一度呼んだ。そして敵の様子を窺った。顔はよく分らぬながら、果してそれは与四郎である。今のジュアンの一撃で、与四郎は腹の底から憤怒に燃えて、盲滅法に棍棒を振り廻して来る。ジュアンは近づくことが出来ないので、墓地の土手へ駆け上がろうとして、その拍子に腰をいやというほどひっ叩かれた。

ジュアンが本気に怒ったのはこの時である。彼はくるりと土手の上で振り向くなり、自分の身体を猛然と与四郎の頭へ叩きつけた。カランと棍棒が鳴って地に落ちて、二人共広っぱの方へ大きな黒い玉になって転がり出した。それがどちらも強かったので、上になり下になりして転がって歩いた。

「ウヌ！」というジュアンの叫び。

「………」怪鳥のような与四郎の唸り。

数十秒して、それでも漸くジュアンのきつい声がした。

「畜生、参ったか！」

止めを刺すようにして、半分起き直った与四郎に、激しい突《つき》を呉れたのである。

少時、ジュアンはそこへドタリと尻を落着けたままじっと黙って与四郎を見ていた。その与四郎は、ムムムと呻いたまま、これも少時は身動きも出来ない様子であったが、そのうちに漸く身を起した。ジュアンもハッとして身構えしたが、こちらの膂力《りょりょく》に恐れをなしてか、与四郎は敗けた犬のように首を垂れて、じりじり、と後退りを始めた。そして間もなく広っぱを、ふらふらと闇の中へ消えて行った。

この間に一度自動車の警笛と、遠くで省線電車の走るらしい音を聞いた。

息切れがまだ十分に治まらぬうちに、ふとジュアンは、一刻も早く鞠尾夫人の許へ帰ってやらねばならぬように感じた。与四郎を追いかけるというのではない。何故かそこへ行くのが、今最も大切なことのような気がした。

彼は、バラバラと走って今来た暗い路を引返して行った。一度、妙なところへ踏み込んで路を迷いそうになったけれど、それでもじきに目的の家の前へ出た。オリーヴ色の玄関が、今は扉を開け放したままになっている。

遠慮も無しに跳び込むと、途端に奥から、

「あれえッ！　誰か来てえ！」

という悲鳴が聞えてきた。

靴のままでジュアンが駆け上った。畳の部屋と狭い廊下とを、三足か四足かで走り抜けた。板敷の台所を横へ抜けると、そこがすぐに悲鳴の起っている場所だった。が、その声は、ひどく頑丈な扉の向うから、切れ切れに次のように聞えるのだった。

「誰です、誰です、あなたは誰です！」

ジュアンはハッとして自分のことかと思った。が、続いてまた、別な男の声で、

「儂《わし》だ、儂だ、騒ぐじゃない！」

というのが聞えた。そしてその声は、妙に嗄れた声だった。

突然ジュアンは、渾身の力を肩に集めて、その扉にぶつかって行った。二度、三度、力の限りぶつかった。

そうして、扉がメリメリと破れると一緒に、闇の中へ顔を突き込んだのである。


そこでは、誰かが、片隅で蠢いている。突嗟にポケットのマッチを探って、パッと一擦りやって見ると、何か白いものがぐたりとなって倒れているらしい。マッチはすぐに消えたけれど、それまでに電燈のスウィッチが眼についていた。ジュアンは身体を、扉の破れ目から及び腰になってその闇の中へ泳ぎ出させ、電燈のスウィッチを手早く捻った。

見るとそれは、一坪あまりの浴室である。そしてその浴室の隅に、倒れるようにして蹲まっていたのは、それでも腰から下だけに大きなタオルを巻いて、茫然とこちらを見ている鞠尾夫人だった。

夫人は断髪を振り乱して、恐怖に脅えた空ろな眼を瞠っていた。肩や胸のあたりが、痛々しく痩せている。

ジュアンは非常に悪いところを見たように思った。そして、タヂタヂとなって身体を廊下の方へ引き込めながら、それでもすぐに訊ねかけていた。

「どうしました、奥さん！」

夫人は聞き取れないほどの声で答えた。

「行って下さい。あちらへ」

「何かあったのでしょう。え、奥さん！」

「いえ、いいえ、何でもありませんでした――」

ジュアンはそれっきり黙ってしまった。

彼は今の僅かな時間の間に、浴室の庭に面しているらしい窓が、外の闇に向って黒々と明けられていたのを見たのである。同時に、今扉を破る前に聞いた「儂だ、儂だ、騒ぐじゃない！」といった男の声を、焼き付くように耳の底へ残していたのである。

昨日倉知の店を訪ねた時、そこの小僧は怪物蛭川博士の特徴について、「背が低くて小柄で、そして声の嗄れた人です」といったではないか！

恐ろしい強迫

ジュアンの頭は、嵐のように狂奔した。考えねばならぬことが四つも五つも、ごちゃ混ぜになって起ったのだった。

少時すると、浴室の中からは、微かな歎息と、それから衣摺れの音とが聞えてきた。夫人が漸く気を取り直して、着物を身につけているらしい。ジュアンは、自分でもまだ靴穿きのままそこに佇んでいたのに気が付いた。それで、夫人には扉の外から簡単な言葉を掛けておき、ひとまず玄関側の応接室まで引返した。が、するとその途中で、へんに暗っぽい部屋の中に、与四郎が意気地なく寝長まっているのを見付けた。

彼は広っぱから逃げ戻って来て、そのままぐたりと倒れてしまったものらしい。常はあの通り魁偉な男であるが、こうしてぐったりとなっているところを見ると、顔の皺やまだらな髯や、もう相当の老人であることがよく分る。ジュアンがそこへ顔を見せると、それでも口惜しそうに歯齦《はぐき》を剝きじり出したが、到底反抗して来るだけの気力はなかった。

「与四郎、苦しいか」ジュアンは顔を覗き込むようにしていった。「お前、案外歳をとっているんだナ」

「………」与四郎は身をしさって、野獣のように低く唸った。先刻ジュアンに喰った一撃が、かなり手痛く利いたと見え、そこらが紫色に腫れ上ったり、唇から血をタラタラと流したりしている。

「年寄りの癖に、あんなことをするから悪いのだ」いいながらジュアンは、傍にすっかり飲み乾したまま、コロリと投げ出してあるアルミニウムの薬缶を取り上げ、ゴクリゴクリと飲む真似をして見せた。「どうだ、水でも飲むか」

与四郎は怪訝そうにジュアンの顔を眺めていたが、そのうちに眼元と頬の筋肉とを急に歪めて、半分泣き出しそうな表情になった。

「欲しいのだナ、欲しければ持って来てやるぞ」

薬缶を振って見せると、与四郎の眼が「欲しい」と答える。

ジュアンは一度台所へ行って来て、薬缶を与四郎に渡してやった。与四郎は嬉しそうにしてそれを飲んだ。

「ま、どうしたのです！」

恰度その時、鞠尾夫人がそこへ来たのであった。夫人の顔には、見る見る不安そうな色が浮かんでくる。

「何かあの、与四郎がどうかしたのでございますか」

「どうかしたどころではないのです。先刻僕がお宅を出てから少時すると、突然与四郎が僕にかかって来て、すんでのことに殴り殺されるところでしたよ。僕は、それでお宅までまた引返して来たというわけですが、奥さん、湯殿のことを何も隠さずに話して下さい」

ジュアンにしてみれば、この際何よりも明かであったのだが、無論、今夫人の浴室へは目差す蛭川博士が現われたということなのだった。与四郎の襲撃と、蛭川博士の出現と、これを秘し隠しているらしい夫人の態度と、その間には必ず何かの聯絡がなければならない。

ジュアンの言葉で、夫人はドキリとしたような風だった。そして少時は何も答えなかった。ジュアンが今の広っぱでの出来事を、始めからだんだんに話して行くと、そのうちにじりじりと顔を伏せていく。

「済みません」夫人は到頭そんな風にいったのだった。「私、何も知らずにおったのでした。湯殿のことも、こうなればお話しせずにはおられません。良人です、良人が皆んなやったことです。――あなたにまで、そんな御迷惑をかけようとは、私、夢にも思わずにおりました。堪忍して下さいまし」

それから二人はすぐに応接室へ這入って行った。見ると、そこには先刻ジュアンの飲み乾したままのココアの茶碗が、まだそのままに放ってあって、夫人はそれを片寄せながら、入口近くに席を占める。ジュアンもピアノの下を本能的に覗いて見て、それから夫人に向き合って腰を下した。

少時は二人共に言葉がない。

そして夫人は、やがてひどくいい憎そうにして口を開いた。それによると、先刻ジュアンがこの家を辞した後、夫人は一風呂浴びてから寝る心算だったというのである。

「そんなわけでございますから、私、湯の中へじっとつかって、身体を暖めていたんですけれど――」

いいかけて、ちょっと口を噤んだ夫人の顔には、深い恐怖の色がまざまざと見える。

「じゃア」とジュアンが口を挟んだ。「そこへその博士が突然に這入って来られたというのですね。慥か、誰か来てえッというような悲鳴でしたが」

「え、ええ、そうなんです。そうしているうちに、私、窓がガラリと開けられる音を聞きました。振り向いて見た時には、もう、そこへ良人の姿が見えたのです」

「すぐに博士ということが分ったのですか」

「いいえ、分りませんでした。ただ、脊の低い小柄な男だということが分っただけです――そんなことをいうと、随分自分でも妙なのですが、私には、良人がどんな脊丈恰好をしているのか、また、どんな容貌をしているのか、殆ど見当がついていません。少くとも先刻あなたからいろいろとお話を伺うまでは、ただもう狐につままれたような気持なのでした」

「やはり、博士が変身術を使うのだと、そんな風に考えておられるのですか」

「ええ、まあ、そんな風に思うより他はございません。何もはっきりとそう思っているわけでもありませんけれど――」

癩病の身でありながら、身代り死体を残して失踪した博士、あるいはまた、悠々と片瀬の海岸へ現われたり、欣子を伴って太陽ホテルへ行っていた不思議な博士！

ジュアンは夫人の言葉を無理もないと思って聞きながら、この時頭の中へは、一種の眩暈《めまい》に似たものを感じた。脳髄へ、何かモヤモヤとした蜘蛛の巣のようなものが絡みついてしまって、払い除けることも、突き抜けることも出来ないのである。

彼は苛々しく頭を振った。

「しかし奥さん、それからあなたはどうしました」

「どうもしません。どうすることも出来なかったのです。今申した通り、誰だかすぐには分りませんし、舌の根がすっかり硬ばってしまって、自分で何か叫んだようにも思いますけれど、それもはっきりとは覚えていません。――ただ、そうでした、その男が、いいえ良人が、じりじりと湯船の縁へ近づいて来そうなので、私、逃げようと思って飛び出す拍子に、あの太陽ホテルとかの事件を思い出したのです。私はそれでハッとしました。――その時はもう、あなたがそこへ駆け付けて来ていて、ドシンドシンと扉へぶつかる音がしたんですけれど」

「その前に博士は『儂だ儂だ、騒ぐじゃない』って、そんな風にいいましたね。あなたはそれを聞いて、ハッキリ博士だということが分ったのでしょう」

その時夫人は微かに頷いた。そしてジュアンは訊いてみた。

「ですが奥さん、あなたはあの時、何故それを私に隠すような態度をとられたのです。無論、奥さんとしては無理のないところとも思います。けれども、この際はもう、博士を庇っても仕方がないではありませんか」

夫人はチラリと眼を上げてジュアンを見た。そしてハッキリと次のように答えた。

「いいえ、それはあなた違います」

「違いません。僕があそこへ顔を突込んだ時、博士はもう見えなかったのです。窓が開いていましたから、庭の方へ逃げて行ってしまったのでしょう。――だがあなたは僕に向って『何でもありません、あちらへ行って下さい』とこういって、僕を寄せ付けないようにしたではありませんか」

「ええ、それはそうです。しかし私は、あの際、そうするよりほかありませんでした」

「何故です」

「一つにはすっかり困ってしまいました。蛭川があなたに向って、何をするかと心配しました。そしてもう一つは、私あの時に、恐ろしい言葉で強迫されました」

「博士にですか」

「そうです。低い声で、それに大変早口な言葉でしたけれど――」

「どういう意味の言葉なんです」

「詳しくは聴き取れませんでした。でも『今、失敗《しくじ》って逃げて来たのだ。だが儂の来たことを一言でも他へいってみろ。きっと殺してしまうのだから』と、こんな風にいったように思います。それで私、実は何も喋らないと考えていたのですけれど、あなたから与四郎のことを伺って、ハッと思ってしまいました。御存じでしょうけれど、あの男は、前々から、主人の吩咐ならどんなことでも遣り兼ねない男なのです。――ピアノの下へ隠れていたのも、それからあなたを待ち伏せていたのも、皆んな良人のやった仕業なんです。済みません。ほんとうに申訳がありません」

ジュアンは深く頷いた。

漸く前後の事情が分ったのである。ふと彼は、博士が浴室から逃げ去ったと見せかけておいて、その実家の中へ忍び込み、こうして夫人と話し込んでいるのを、ひそかに立聴しているのではないかと考えた。それは非常に恐ろしい考えだった。そのことをいうと、夫人も怯えたように眉を顰めた。

二人が互いに手分けをして、家の内外を探し始めたのが、それから少時の後である。が、博士の姿はも早どこにも見付けることが出来なかった。やがてジュアンは、今度こそ本当に鞠尾夫人の許を辞したのであるが、その時彼は、玄関まで見送ってくれた夫人に向って何事か低い声で囁いた。それを聞いて、夫人はひどく驚いたように眼を瞠った。

その言葉こそ、後になってジュアンの推理の、非常に非凡な緒となったものなのである。——読者諸君のお楽しみのために、それはここで後廻しとして、作者は次に、葉村美奈子について語らねばならぬと思うのである。

第十五章　潜りの探偵

妙な訪問客

十月三十一日の朝——。

いつもよりずっと早く床を離れた葉村美奈子は、不安と心配とでその前の夜を殆ど一まんじりともしなかった癖に、朝の輝かしい太陽が、墓地の方からカッと明るく自分の居間に射し込むのを見ると、不思議にも、急に気分が軽くなった。

「そうだわ、いくら心配したって、私一人ではどうにもならないことなのだわ。——八時になれば、きっとあの方は来て下さる」

今、美奈子の家には、人のいい、しかし歳はもう五十を越したばあやがいる。ああして葉村老博士が警視庁へ連れて行かれてしまってからは、そこに美奈子一人では不便でもあり淋しくもあった。それで勤めている学校の人達が同情して、そんなばあやを世話してくれたのだった。美奈子はそのばあやと一緒に朝飯を済ましたが、それから十二、三分経ったころ、この家へは珍らしくも一人の訪問客があった。

「非常な重大な用件について、お宅の責任ある方と御面会したい」

玄関へ出たばあやに向って、その訪問客はひどく四角四面な口上を述べたのである。奥で何かしていた美奈子は、少し不安でもあったけれど、この際どんなことで来たのかも知れないと思って、とにかくその客を二階へ通した。

そこは前に、ジュアンの使っていた部屋であるが、障子を開けると、すぐに裏の墓地を見下ろせるようになっている。客は這入って来ると、いきなり墓地の方をキョロキョロと眺めて、それからへんに窮屈な恰好で胡坐をかいた。黒い背広を着て、じじむさいネクタイをつけた、どこか貧相な男であった。

「や、責任のある方でないと困りますがね、あなたより上の方はおられんですかナ」

火鉢も出ないうちから、客はゴールデンバットに火を点けていう。美奈子は、ジュアンの残して行った吸殻落しを差し出して答えた。

「私が一人きりなのでございます。――重大な御用件と仰有るのは、どんなことでございましょう」

「つまり、葉村博士に関することなのですが、しかし、あんたでお話が分りますかね」

「分ります。父は今、宅におりませんので」

ふと美奈子は、その男が刑事の変装したのではないかと思った。が、男はちょっと思案していて、それから賤しっぽい微笑を浮べた。

「そうですか。いや、それならばあんたでも構いますまい。無論、あなたのお父さんがこちらにおられないことは知っていますが、でしかし、予じめ私の方のこともお話ししておかないとお困りでしょう。私はね、品川に事務所を有っている私立探偵です。名前は原田といいまして、今日は突然に上りました」

「……………」思わず美奈子はドキッとした。「は、それであの、御用件は?」

「用件は今申した通り、博士に関することなのですが、なおお断りしておかなければならないのは、今日は私が、ほんの老婆心だけでお訪ねしたということです。つまり、余計なおせっかいだと思われればそれまでの話で、しかし、多分私の気持はよく分って下さるはずと思いますが——」

「はい、それはもう——」美奈子は長たらしい前口上を苛々しながら遮った。「お話しを承れば分ると思います」

「そうですそうです、話さんことにはいけません。実は私、つい最近になって非常に妙なことを聞き込んだのです。名前は預かっておきますが、ある素性のよくない若い男がありましてね、この男は最近まで某病院の薬局生をしていたのです。で、この薬局生がその病院から解雇されたというのが、そもそも話の発端です。彼は自分を解雇した病院を非常に恨んで、私のところへ相談に来ました。そして、その病院について、非常に奇怪な秘密を握っていると申しました。どんな秘密だかお分りですか」

「は、一向にどうも——」

「御道理です。——その男はこういうことを打ち明けました。つまり、今からは三月前、八月二日の夜だそうです。今申上げた病院へですね、ええですか、一人の青眼鏡を掛けた男が院長を訪ねて来て、長いこと何かひそひそと相談し合った後、そこの入院患者を一人だけ連れ去ったのです、勿論、それだけでは何の面白味もありませんけれども、その時、患者と引換えに、院長と青眼鏡の男との間には相当多額な金銭の授与が行われました。そしてしかも、その患者は、その時以来、杳《よう》として行方不明になったのです」

私立探偵は、ここでポツンと言葉を切った。そしてバットの煙を愉快そうに吹いた。

「それで、どうしたのでございます」美奈子が、思わず膝を乗り出してくる。

「でですナ」私立探偵は続けた。「その行方不明になったというのが、それは内々院長に当ってみますと、院長も一杯食わされた形にはなっております。青眼鏡の男は院長に向って、『実は少々研究的にやってみたいことがある。それで患者を一人欲しいのだが、生憎自分の手許には適当な患者が一人もいない。だから、ほんの一週間ばかりの間、こちらの患者を一人貸して戴けないか』とこういう風に持ちかけたらしいのです。そして、青眼鏡の男自身が医者であって、自分の病院はどこそこにあるといって、その名前なども打明けました。——こちらの院長としては、一週間位ならその患者は幸にして身寄りの者が遠くにいるし、見舞客は少しもないし、他所へ預けても曝れる懼れもないと考え、しかも、そこに多額の礼金があったものですから、到頭、向うのいうなりになったらしいのです。すると、ええですか、その患者が一向に病院へ戻って参りません。一週間経っても二週間経っても、更に戻って参りません。院長もさすがに心配になりまして、そこで青眼鏡の男から教わっておいた通り、向うの病院を訪ねてみました。その病院というのは、牛込のある坂町の附近にあるわけですが、そこで行って見るとなるほど聞いた名前の病院はあります。が、生憎なことには、その病院で全然覚えがないというのです。分りますか、ね、青眼鏡をかけた男もいなければ、貸してやった患者もいません。結局、青眼鏡の男は、その牛込の病院の名を騙って、まんまと患者を一人買って行ったわけです。院長も迂闊といえば迂闊ですが、青眼鏡の男は、非常にうまく持ちかけたものと見えます。――幸にも、その患者の身寄りからは、未だに何も訊き合せてくるようなことがなく、それで院長、ヒヤヒヤしながらも、安心しているというわけなのですが、そこで前に申上げた薬局生、これがその事実を知っています。解雇された意趣返しに、それを種にして、院長のところへ強請り込もうというのです」

私立探偵は、頗る興に乗ってこういったが、美奈子にはまだ訳が分らない。そして、でもひどく不安な気持で私立探偵の顔を覗くと、彼はそこで、何本目かのバットに火を点けた。

「いかがです、まだお分りになりませんかナ」

「はア、どうもよく呑み込めません」

「そうですか。じゃア、もう少しお話しを致しましょう。――で、ここで底を割って申しますと、ええですね、その病院というのがです。――無論、患者を売ってやった病院のことです。その病院が実は癩病専門の病院です」

美奈子は、ハッとして私立探偵の顔を振り仰いだ。探偵は、満足そうにニヤリとした。

「ハッハハハ、いや、吃驚なさるのは御道理です。あんたも、無論、お父さんの事件については心配しておられる。それで、事情もよく御承知なのでしょう。こういえば、いくら何でもお分りだろうが、要するに、私のいわんと欲するところの帰結は、かの蛭川博士なる問題の人物です。かの博士が、邸内に惨殺された癩病人の死体を残して、いずれへか失踪したというのは八月二十六日の夜になります。その死体の身許がどこから来たのか、これは当局でも未だに見当が付いていないのですが、今や、ハッキリ判明したと申して差支えありません。まさか、あんたがそれに共謀しているのではありますまい。だが、私は考えます。蛭川博士は八月二日にその患者を買い込んで行って、遂に二十六日の夜惨殺し、自分は殺されたように装ったのです」

「………」美奈子は答えなかった。ただ、黙って、じっと対手の胸の辺を見詰めていた。

「ええですね」と探偵は言葉を続ける。「その八月二日から二十六日の間まで、博士がその患者をどこに置いたのか、それからまた、いかにして、邸内へ連れ込みあれだけの兇行を演じたのか、これはまだ十分に分りませんが、ここであんたなり、また私なりの関係すべき部分は、つまるところ、あんたのお父さん、葉村博士が蛭川博士の変身したものだと考えられているところなんですよ」

「でも、それは――」と漸く美奈子が口を挟んだ。

「でも、それはどうしたのですか。葉村博士が蛭川博士ではないと仰有る?」

「ええ、断じて、ありません」

「断じて――なるほど、断じてなければ結構です」探偵は急に憎々しげな態度になった。

「が、しかしお嬢さん、世の中のことというものは、そう簡単に片附くものではありませんよ。ええですか、あんたが断じてそんなことはないといわれても、お父さんは、現に警視庁へ引張られています。なるほど、変身術などということは、決して有りそうにも思えませんが、理外の理というものもありますし、また、理窟があっても、証明の出来ないこともありましょう。あなたには、お父さんが蛭川博士ではないという証拠が挙げられますか」

「無論、挙げられます。父は盲目です、狂人です。それに、それに――」

いいかけて美奈子が、ふと思い出したのは、あの奇怪な指環のことである。ああ、そうだった、あのことがまだあったのだった。昨日までは――昨日ああして指環のことを聞くまでは、もっともっと、お父様を信ずることが出来たのに!

急に当惑してしまった美奈子を眺めて、探偵はニヤリニヤリしながら、声をぐっと優しくした。

「どうです、あんたが口ではそう仰有っても、顔にはやはり心配そうな色が見えていますよ、――や、しかし、私は無論あんたを虐《いじ》める心算で来たのではないです。断っておいた通り、老婆心で来たわけなのでして、ええと、話の本筋はどこまで進んでいましたかナ。そうそう我々の問題とするところは、葉村博士に関することだというところでしたね。で、つまりです、その患者を買って行ったのが葉村博士であるとして、いや無論不服なれば蛭川博士であるといい直しても宜しいが、ここで考えなくてはならないことは、その博士が青眼鏡を掛けておったということです。いかがです、お父さんは、平生どんな風にしておられますかナ?」

可哀相に美奈子は、キッと唇を嚙み縛って、涙を堪え堪らえているのであった。

探偵は、猫撫で声でなおもいった。

「御返辞のないところを見ると、もう大分御納得が出来ましたね。いや、全く私もお気の毒だとは思います。新聞で拝見したのですが、あなたのお父さんは、盲目には盲目だが、いつも青い眼鏡を掛けておられるそうで、してみれば、例え事実はどうであったにしろ今嫌疑の懸っている、葉村博士に対し、こういう噂がパッと拡がったとしたらどうなります。考えるまでもなく非常な不利です。——正直のところ、そこを私は十分に考えて、それでお宅へ上りましたよ。ね、その薬局生という奴が、今は院長ばかりに喰ってかかっておりますがね、近いうちには、どう騒ぎ出すか分らないのです。それをまア、私がどうにかして、今日までは抑えてはきていますが、到頭昨日、今度は私に喰って懸って来たわけです」

探偵はそこで、バットの箱が空になったのに気付き一旦吸殻落しへ捨てたのを探して、それに辛うじて火を点けた、そして、フーッと煙を美奈子の頭へ吹きつけていった。

「無論、奴が何をいって来ようとも、私として弱い尻は有っていません。だから、昨日も奴に向って、どうでも勝手にしろ! とこういっておいたようなわけなんですが、今朝になって、ふと気が付いてみると、金で大切な患者を売ってやった院長はともかく、こちらの博士がもし冤罪であった場合にはこれは非常にお気の毒なことになると思ったのです。御承知かどうか知りませんが、法律上では、刑罰を決定するのに、必ずしも本人の自白を必要としません、場合によっては最後の絞首台に上る時まで冤罪だ、冤罪だと叫んでいる死刑囚もあります。私は、博士の嫌疑が、これでますます深くなったらと考えて、非常に同情の念を感じましたです。——というって、さてどうしようかということになると、この薬局生などは、結局のところ、金でどうにでもなると思うのですが、いかに私が御同情を申上げても、生憎、有り余る金というものがありません。——とにかく、お宅へ伺って、どんな御意見を有っておられるか、それをお訊ねした上のことと思って上ったのです」

原田私立探偵の所謂、いわんと欲するところの帰結なるものが、そこでピタリと決まったのだった。

美奈子は、だが、黙然として答えられなかった。対手のいうことは、分り過ぎるほど分っていた。金が欲しいというならば、どうにでもして都合は出来る積りであった。けれども、ああ、父はいつでも青眼鏡を掛けていたではないか！

「どうです、お嬢さん、私のいうことも、よくお分りになって下すったでしょう」

「は、はい」

「重大な用件だということもお分りでしょうナ。わざわざ私が上ったのは、これはもう、私の物好きというところもありますし、その点は御心配には及びませんよ。ただ、お嬢さんとして、是非考えなくてはいけないのが、薬局生のことなんです」

「…………」

美奈子は再び黙してしまう。私立探偵は、好もしそうに、そのいじらしい美奈子の襟元を眺めている。

と、恰度その時、美奈子は何かいおうとして顔を上げて、鋭い恐怖の叫び声を挙げた。

今、探偵は三尺の床前を脊中にして、さも気の毒そうに美奈子の様子を窺っている。

その三尺の床前に隣合って、布団や古道具などを入れておく押入れがあった。

「あれッ！」

と叫んだ美奈子の眼には、その押入れの襖が、下の方の縁に指がかかって、一分、二分、静かに開けられて行くのが見えたのだった。

吉報

その押入れの中に隠れていたのは果して誰か——？

美奈子の突然に発した叫び声には、さすがの名私立探偵も驚いてしまった。

彼もまた、ギョッとして自分の背後を振り向いた。そして同時に、ぐいと肩を引いて身構えた。問題の襖がサッと開いて、大きな恰幅の男が悠々と姿を現わしたのだった。

「ごめんなさい美奈子さん、そんなに吃驚させる積りではなかったのです」

見るとそれは桐山ジュアン。

探偵は油断なく美奈子とジュアンとの顔を見較べてひどく不機嫌な調子でいった。

「だ、だれですこれは？　え、お嬢さん！」

だが、美奈子はそれに答えるどころではなかった。そしてジュアンは、平然たる顔で探偵を尻目にかけた。

「吃驚したでしょうね美奈子さん。もう少し後にしようかと思ったんですけれど、腕時計を見ると今恰度お約束した時間になっていたものですから、仕方なしに出て来ました」

「ま、でもあなたはいつの間に――？」

「僕ですか。僕はね、今朝の暗いうちからここの押入へ這入り込んで寝ていたのです。――ほら、昨日あなたに話したでしょう、僕の泊っている宿屋ですね、あそこに僕はいたんですけれど、なるべくは人に見付からないうちに来ていた方がいいと思ったので、だからこんな時刻に来たのですよ」

ジュアンはいいながら、左手を畳へちょっと突いて、それからゆったりと胡坐をかいた。

「だ、だれですこれは?!」と探偵がまたいった。

「少し黙っていてくれ給え！」とジュアンが初めて探偵に言葉をかけた。そしてすぐに美奈子にいった。

「でね、悪かないかと思ったけれど、僕は墓地の方からそっと二階へ上って、それから押入へ這入って眠ったのです。ばあやが先刻来た時に、ちょっと眼を覚ましたけれど、時間が早かったので黙っていました」

「………」

「そしてね、だから、この老婆心のある人の談は、最初から終いまで皆んな聞いてしまったんですよ。美奈子さん、僕が来ていて、恰度よかったようですねえ」

軽くジュアンの左手が肩へ触ると、この時不思議にも、美奈子は、今まで堪らえていた涙を、ポトリと畳の上に落した。

「まあ――」

といったきり、涙でジュアンの顔が見えなくなった。が、ジュアンはその時、漸くにして原田探偵の方を向いたのだった。

「や、しっけいしっけい、どうも非常に失敬をしてしまった。僕はね、今いったような訳で、じっと君の老婆心の話を聞いていたのだ。中々話がうまかったしそれに、僕としちゃア、お蔭様で、大変に助かったこともある。謎の人物が癩病患者を買って行ったということ、こいつが実に有難い。その点、ほんとうにお礼をいわなくちゃアなるまいね」

ジュアンが、微笑しながらいったので、探偵は蒼くなって膨れてしまった。そしてジュアンはなおも愉快げにいった。

「やあ君、そんなに膨れることはないんだよ。君だってわざわざ心配して来てくれたというのだから、その心配の種がなくなったとなれば大いに喜んでくれていいはずなんだ。いいかい、君はもう帰って行ってくれ給え。そして薬局生にでも誰にでも、勝手にそれをいい触らせっていってやるんだ。うん、何もそれで困りゃあしないよ。断っておくが、葉村博士と蛭川博士とは飽まで別の人間なんだ。——君は知るまい。葉村博士がそうやって警視庁へ連れられて行った後で、蛭川博士は痛快に活躍をしているのだ。ホテルの殺人というのが一つ、それから他にも、二人の人間が殺されている。そのあとの殺人事件だけは、世間でこの僕と蛭川博士との二人だけしか知らない秘密なんだが、——まあいい、君に詳しいことを話してやる必要もないんだ。帰り給え、早速帰って、君の好きなようにやってみるのさ」

ジュアンが喋っている間、探偵は幾度も口を尖らして、何かいいかけては止めていた。そしてその時やっといった。

「フン、横合から飛び出しやがって、要らんおせっかいを焼きやがる！　それじゃア貴様、己がどんなことをやろうと構わないのだナ」

「いいとも。至極結構だと思っているんだ」

「よし、その口を貴様忘れるな」

「大丈夫覚えている。ついでにいうが、僕の名前は桐山壽安っていうのだから、そいつは君の方で覚えておけ」

探偵はすっかり腹を立ててしまって、唇をブルブルと顫わしていたが、今ジュアンの名前を聞くと列《はげ》しく、キラリ眼玉を光らした。

「よオし！」

唸るようにしてこういうと、それでも美奈子に向って、何か未練らしくいってみたい気であったが、思い返して跫音荒く立去って行った。

「ア！」

美奈子は、ふと心配そうな顔になって、それを追って階下の玄関へ行こうとする。ジュアンが左手で美奈子の袖を摑んだ。

「いいですよ美奈子さん、放っときなさい。あんな奴を見送ってやる必要はないです」

「でも――」

「でもじゃアないです。何かまだあんな男に用事があるんですか――」

「あの今朝の新聞に、また、あなたの名前が出ています。某殺人事件に関する有力な関係者だって――」

ジュアンは、ちょっと眼を円くしてそれを聞いたが、忽ち面白そうに笑い出した。

「そうですか、いいですすいいです。僕はまだその新聞記事を読んでいませんけれど、それで猶更いいのです。彼奴、意趣返しにきっと警視庁へ駈け付けますよ。そうすれば、こっちから知らせなくても済むのですし――」

美奈子はハッと明るい顔になった。

「ああ、ではあなたは、指環のことを――」

「いいえ」とジュアンは答えた。「残念ながら、お約束した指環のことは、昨夜いろいろにして調べたけれど分りません。そして、その代りには、事件の真相をどうにか摑んできた自信があります。ええ、あるいはこれでももう十分なのかも知れませんが――美奈子さん、とにかく僕は、うんとお腹が空いています！」

第十六章　真犯人

色めく警視庁

ジュアンが自分から望んだので、美奈子はすぐにばあやをやって、パンとバタとを買って来させた。そして、それをトーストにしてジュアンのところへ運んで行った。ジュアン一人がこの家の中へ現われたばかりに、何もかも仕甲斐があって、美奈子はハシャギたい気持をじっと抑えた。

それから後、短刀の鞘、指環、更に鞠尾夫人訪問の顚末などを始めとして、二人がどんな会話を取交したのか、これは宜しく読者諸君の御推察を願うこととする。――

が、この間に美奈子は、幾度も眉を顰めたり、深い嘆声を洩らしたりした。ジュアンの語ったのが、殆ど息の根も止まる位、余りにも意外なことばかりであったのだった。ついでにいうと、ジュアンは食事中もそのあとも、いつも左手ばかり使っていて、右手を一度も使わなかった。そして食事が終ってから少時して、一度医者のところへ行って来た。そこから帰ってきた時には、首から繃帯をかけて、その右腕を胸のところで吊っている。

「………?」美奈子が心配そうにして顔を覗くと、

「大丈夫でした。心配しないで下さい」とジュアンが答えた。

で、そうこうしているうちに、警視庁からは正私服の警官隊が、緊張しきってこの美奈子の家へやって来た。ジュアンが予想した通り、原田私立探偵がひそかに電話でもって、その旨を当局へ知らせたのである。

この時、先頭に立ったのは無論沖島刑事であったけれども、彼等はジュアンの態度が余りにも従順であったので、来てみて、反って呆気ない気持になった。やがて美奈子は、留守の間に始末しておいた、ジュアンのワイシャツやネクタイなどを取出して来た。そして手の不自由なジュアンの身仕度を手伝ってやって、玄関先きまで送って出た。その美奈子の顔には、幸福そうな輝きが現われたり、またふっと暗い不安が浮かんだりする。が、ジュアンは非常に元気よく自動車に乗った。その自動車が、じきに若松町近くの電車通に出て、それからは秋晴の大道を驀進、辷るようにして警視庁まで走ったのだった。

「連れて来ました」

「ウム、どうだった?」

「従順でした。そして、とても案外なことを申立てています。――課長もいかがです、一緒に調室へ行ってみませんか」

「そうか、あとから行こう。君がまず始め給え!」

沖島刑事は、警視庁へ着いた時、既に非常に昂奮していたが、捜査課長が何か手離せない仕事にかかっていたので、最初は自分一人でジュアンを調室へ連れて這入った。が、ジュアンとの会話が進むに連れ、異常な驚きに打たれてしまった。そして、途中で捜査課長の部屋へ駆け付け、無理矢理、課長をも調室へ引張って行った。

この間が約一時間――。

やがて調室を出て来た二人は、課長室へ帰ると同時に、ハタと顔を見合せて突立ったのである。

「どうです課長!」と刑事がいった。「実に意外ですね。

無論、証拠固めをした上でないと、一概に彼のいう通りだともいえませんけれど、彼のいっていることは、なるほどと思われるじゃアありませんか。――少くとも私は、彼の言葉を十分信じてもいいと思いますよ」

「ウム」と課長は唸った。「僕としてはね、どうもまだ、信じるとも信じないともいえないのだ。が、信じたい気持は大いにある。とにかく、あまり大胆な推定だから、迂闊にどうということはいえないけれど、慥かに筋道が立っている。――それに第一、いつかも君がいっていた通り、とても不良だなんて思えないね。全く気持のいい男じゃないか」

「――でしょう？　だからです。だから私もあの洋傘が発見された当時、彼を欣子殺しの犯人だなんて、どうしても考えたくはなかったのです。課長が調室へ来られる前でしたがね、彼は欣子殺しについても、立派な現場不在証明をしています」

「フン、それは僕は聞かなかった。どんなような話だね？」

「つまりです、この前に私が葉村博士邸で見てきたという日記帳です。緑色の日記です。あの中に彼の名前があったので、それで余計に葉村博士が怪しくなったというわけでしたが。あれを今日は彼の方から提出しました」

「ほう、それが現場不在証明になったわけだね」

「そうです、これも無論、関係者を召喚してみなくてはなりませんが、欣子殺しのあったのは、慥か八月一日でしたね。――あの日にです、ジュアンも葉村博士もそれからあの美奈子という娘も、薊クラブというのへ行っております。そのことが、美奈子の手で、ちゃんと日記に書いてあったんです。課長、葉村博士の方も同時に、現場不在証明が成立ちますよ！」

課長は、少時の間沈黙した。そしていった。

「そうか。その薊クラブというのは、無論、調べてみれば分るのだね」

「分ると思います。そしてその結果で、日記に本当のことが書かれているか否かも分るわけです。が、――とにかくどうです、肝腎の手配をすぐにやってみたいと思いますが――」

課長は、また少し思案した。

「そう、それはいい。少くとも、余り遠くへ逃亡させないだけの手配はしなくちゃいかん。――尤も、犯人の方は、ジュアンもああしていっている通りだ。どうして十分の自信を有っているのだから、まさかここまできているとは知らずに、せいぜい高飛びの仕度をして、今朝あたり汽車へ乗った位のものだろう。特徴があるから、なアに、高飛びをしたところでじきに捕まる。――そいつは僕の方で適当にやるが、同時に、他にも仕事が沢山あるぞ」

「ありますね。第一が今いった薊クラブ。第二が牛込の蛭川博士邸。第三がジュアンのいっている癩病院。第四が関係者全部の足止め。大体その位のものでしょうか」

「まずそうだ。そのうち、薊クラブと癩病院と、それから関係者の方は、僕がそれぞれ順序をつけよう。無論犯人の手配が第一だが、何しろ証拠固めも必要だ」

「そうです。ジュアンのいっていることだけでは、まだまだ非常に不十分です。――が、すると私は、蛭川博士邸へやって戴けますね」

「その積りだ。君が顔を見覚えているから都合がいい。すぐに出掛けてもらうとして、そうだ、ちょっといっておくがね、もし向うに、ジュアンのいっていたようなことがあったにしても、場合によると、僕はすぐには行けないぜ」

「どうしてです」

「仕事が少しあり過ぎるのだ。むしろ、僕は動かずにいた方がいいかと思う。部長と相談したいこともあるし、僕は真中に坐っているよ。――蛭川邸の方は、向うの署長と相談して適当にやってくれ給え」

「分りました。それは僕も賛成です。――じゃア、一つ行って見て来ます！」

沖島刑事は、脱兎のようにして課長室を飛び出して行った。

同時に、署内は俄に色めき渡って来た。刑事や巡査が八方に飛び散り、電話のベルが頻りに鳴り、更に幾通かの電報が発せられた。

――作者は今、そうした気忙しい捜査のうちの、重要な部分を出来るだけ簡単に記録しておいて、それから事件の真相を語ろうと思う。

大寺療院

始めジュアンは、押入の中で原田私立探偵の言葉を聞いて、蛭川博士の身代り死体が、品川の癩病院から出たものであることを知った時、それでもう十分だと思ったのだった。市内にも郡部にも、癩病院などはそう多くあろうはずがなかった。当局の手で調べてもらえば、その事実はじきに判明するという見込みであった。

一方警視庁では、ジュアンの口からそれを聞くや否や直に都下各警察署にも依頼して、市の内外にある癩病院を片ッ端しから調べて行った。するとその結果は、果してジュアンの見込み通りであったのである。

癩病院の院長の名は大寺敬吉、解雇された薬局生の名は池村誠《まこと》、そんなことがじきに分った。

いったいが当局では、あの奇怪な博士の失踪当時に身代り死体の身許を極力探査してはあったのである。市の内外は勿論のこと、遠く他府県へまで手を伸ばして、自宅にいる病人であれ、病院にいる患者であれ、さては寺や神社にいる乞食までも調べて歩いて、行方不明になった者を探してあった。この大寺療院へも、慥かにその調べは廻ったのだが、その時は院長が巧に表面を糊塗したため、遂に獲るところなくして終っていた。それが、今度漸く発見されたわけなのだった。

そこで、大寺院長、及び池村薬局生の陳述によると連れ出された患者は以外にも支那人であるということが分った。詳しいことは不明であるが、その支那人は日本へ渡ってから日がまだ浅く、可哀相にも癩病を発すると同時に、それを一緒に連れて来た家族からひどく嫌われた。到頭、その家族は、病人だけをこの大寺療院に預けておき、自分達は遠く故国へ引揚げてしまった。相当の身分ではあったと見え、入院の時、家族は十分な金を院長に託すだけのことをして行ったが、するとそこへ、謎の人物が現われて来たのであった。

どんな口実で、その患者を借りに来たのか訊ねてみると、それは大体において、原田私立探偵の語ったところと一致している。しかし院長は、それに附け加えて、次のようにいったのだった。

「実は、その男は、何も支那人が患者になっているのを、予じめ知っていて来た風ではありませんでした。危険はないけれども、ちょっと珍らしい試験的療法をやってみたいのだから、なるべくは身寄りの少い、つまり、他からあまり文句の来ないような、そうした患者はあるまいか、とこういって来たのです。で、こちらから、まだ碌に日本語の喋れないような支那人がいると申しますと、すっかり乗気になってきました。日本語が喋れないようなら、手術の秘伝も漏れないだろうし、万事甚だ便利だからと、こんなことをいっていました。――まさか、蛭川博士だとは知らなかったのです。重々申訳がありません」

院長の見た、その蛭川博士の人相風体は、これも原田探偵の言葉の通り。

なお、この原田探偵の方は、病院の方が逆に先きに分ってしまって、そのあとで池村誠の口から身許が知れた。某興信所の外交員であったのだが、彼は案外好人物なところがあったと見えて、例え電話にしろ、ジュアンのことを当局へなど知らせると、反って自分の身に飛ばっちりの来ることを、ウカと忘れていたらしい。彼は職業柄その朝の新聞を詳しく読んで、桐山ジュアンの名を覚えていたため、一つには意趣返しに、一つには妙な好奇心から、それを当局へ知らせたのだった。

大寺院長、池村薬局生、原田探偵の間には、この他に複雑な関係もあったが、それは必要がないから省略する。とにかくそうして、身代り死体のことは、極めて容易に探知することが出来たのである。

薊クラブ

かの地下の歓楽境、薊クラブはどうなっていたか。

かつて素晴らしい豪雨の日に「かふぇー・あざみ」を調べに行った二人の刑事が、そこで桐山ジュアンの洋傘を発見しながら、遂に薊クラブへは手を付けられずに帰ったことは先きに述べた。それでクラブ経営者側では、それ以来警戒の意味で、ずっとクラブを閉鎖している。刑事と巡査との一隊が、その閉鎖中のクラブへ踏み込んだのは、同じ十月三十一日、午後三時ごろのことでもあろうか。

ジュアンから、内部の様子を聞いて行っただけに、この疾風迅雷的な捜索には、経営者側でも、殆ど策の施す余地がなかったらしい。そこでは当局の監視の眼が冷め次第、いずれ再び開場される予定で、その準備が幾分か進行しつつあった。新しく床も壁も天井も、全部鏡張りのダンスホールなどが、七分通り作りかけてあった。その他、ルーレット、浴室、阿片室など――。それらは忽ちのうちに警官隊の靴で踏み荒され、そうして雇人達も全部取押えられてしまったのだった。

で、こうして薊クラブの秘密が暴露された時、当局としても頗る意外に感じたのが、当時警視庁へはかの「かふぇー・あざみ」のバアテンダー千葉省吾が、既にその二日前から抑留されていたことである。

そのことは読者諸君にも多分御推察が出来ようと想う。その二日前の十月二十九日、太陽ホテル内には倉知為二郎殺しが行われている。そしてその時、当局では薊クラブのことは知らないながらも、千葉省吾がこのホテルの使用人であったことに不審を抱いて、彼を直に抑留してしまったのだった。即ち、前の洋傘事件の時、千葉省吾は「かふぇー・あざみ」のバアテンとして、桐山ジュアンとの関係を調査された。ところが太陽ホテル事件においても、当時ジュアンがそこへ姿を現わしたという事実があり、しかも千葉省吾がやはりホテルの使用人になっていた。非常に複雑で、事情は容易に分らぬながら、とにかく千葉省吾を、その二十九日夜、有無をいわせず引張って来ておいたのである。

この二日間、彼は生れ附きの頑強さから、飽くまでも知らぬ存ぜぬで通していたが、今や薊クラブの内幕が知られてみると、も早、それを押し通すことが出来なくなった。

彼の陳述は、甚だ興味の深いものであって、大体次の通りである。

「とにかく、そんなような事情で、私は、あのカフェーの方と、太陽ホテルの方と、両方に使われていたのでございます。勿論、クラブの仕事が始まれば、そちらへ専任になる予定でありましたが、目下主にホテルにおります。そこで、前に調べられました時、私が桐山さんのことを、飽くまで白を切って通したのは、クラブの約束として、会員の秘密を絶対に他へ洩らさぬことになっていたのでございます。こうして、クラブ自身の正体が暴露してしまっては、もう致し方もありませんが、場合によっては、秘密を洩らすと恐ろしい制裁が加えられることになっていました。――といって、その制裁の有る無しに拘わらず、私は今以て、桐山さんについて何も詳しいことは存じませんが、これは先刻お訊ねになった、葉村博士についても同じことでございます。葉村博士が娘さんに連れられて、クラブの賭博場へ出入しておられたことは、これは確かなことでございますが、その博士については、何も私は存じていません。――はい、その博士の来られたのは、いつもきまって日曜日でございました。そして日曜日には決して欠かさずに参られました。この首を賭けてもよろしゅうございます。

で、次に太陽ホテル事件の時でございましたが、この時は私、最初は桐山さんがホテルへ来ていることを知りませんでした。桐山さんがホテルから帰って行かれる時、桐山さんがホテル案内人の森安老人に向って、何か妙なことをいっているのをひょいと見付けて、漸く、オヤ、と思ったのでございます。ホホウ、桐山さんがどうしてこんなところへ来たのだろう、とこう思っただけでございます。そうしてそのあとで、私は、三階の十七号佐々山さんの部屋へ行って、あの殺人を発見しました。それについて、今までは嘘を吐いていて申訳ありませんが、あの殺人は見廻りの際発見したのではなくて、実は只今申した通り、その桐山さんが森安老人に何か妙なことをいっていたというのが、その殺人のことをそれとなく知らせて行ってくれたのでございました。私は、それですぐに三階へ上って行って、意外な殺人を見付けたのであります。

こう申すと、ますます申訳のないことにもなりますけれど、そこで最初は私、桐山さんがあの倉知という贓物買を殺して行ったのかと思いながら、それでも、桐山さんのことは、出来るだけ、隠しておいてやろうと思いました。クラブ以来のお馴染でもあり、それに私は、あの桐山さんという人が、妙にこう好きであります。それで、旦那の美濃部さんにも話しましたが、旦那もそれに賛成しました。というのが、実はあの旦那が、太陽ホテルの経営者であると同時に、薊クラブの経営者でもございます、それで旦那は、薊クラブへ出入していた桐山さんがもし逮捕されて、その結果クラブの秘密が暴露してはならぬと考え、私と同様、桐山さんを出来るだけ庇って、凡てを曖昧にしてしまおうとしたのであります。――それが意外にも、私と旦那との立話を傍で聞いていた森安老人の口から、到頭桐山さんの名前が出てしまい、結局、私までが引張られるようなことになったのであります。旦那の美濃部さんは、ああしてでっぷり肥ってなどおられますが、非常に敏捷な方ですから、こうして私が連れて来られたあとでは、多分、もうどこかへ身を隠してしまったことでございましょう、あの人を捕まえようとしても、とても捕まえることは出来ますまい。まあまあそれだけは止めておいた方が御得策です。

差出口を申上げて相済みませんが、そこでなおもう一つだけ差出口を申します。それは今になって思い出したことでございますが、当時『かふぇー・あざみ』へは、広告マッチのことに関して、警察から幾度もお調べが参りました。あれは私共の方でも、一向に見当のつかないお話でございましたが、今思ってみますと、いかがでしょう、必ずしも、クラブから直接に持出されたと考えなくてもよいのではありますまいか。即ち、太陽ホテルへは、旦那は勿論のこと、私も始終行ったり来たりしておりました。してみれば、自然、私なり旦那なりが、ホテルの方へあのクラブから、広告マッチをポケットに入れて持って行ったのかとも存じます。そうして、例えば、それを私がある時森安老人にでも与えたとします。そうすると、老人があのホテルの帳場の窓口にいるところへ、お泊りのお客さんが来られて、マッチを貸してくれなどということがままあります、その時、桐山さんなり佐々山さんなり、そのマッチを借りたまま返すのを忘れて、ポケットへ入れて持って行かれた、とこういうようなことはないのでしょうか」

悪く叮嚀な言葉遣いではあったけれど、元が頑強な男だけに、一旦口を切ったとなると、少しも悪びれるところもなく、いうだけのことを一切合財打明けたのだった。

この陳述を聞いた一同は、呀ッとばかりに呆れてしまった。同時にまた、非常に重要なことを沢山に知った。

殊に、マッチの話は面白かった。あれだけに注目した広告マッチが、実は太陽ホテルで蛭川博士――ホテルにいわせると佐々山喬介であるが、その佐々山喬介に渡されたという。なるほど、いわれてみればそうであったかも知れないのだった。

加うるに、今や、葉村博士並に桐山ジュアンが、欣子殺しの当日、薊クラブへ行っていたことも明かであった。それは八月一日、日曜日であったからである。二人共に立派な現場不在証明を有っているではないか！

ああ、だが、唖の与四郎と葉村博士の関係はいかに？

恐ろしき死の伝説の指環はいかに？

更に一方、牛込の旧蛭川博士邸に赴いた沖島刑事はその陰惨なる一室において、果していかに戦慄すべき事実を見出すであろうか。

最後の犠牲者

一方には大寺療院の調査を遂げ、他方には薊クラブへ手入れをし、バアテン千葉省吾の口を割らせるに至るまで、その日は警視庁でも全員眼の廻るような多忙さであったのだが、そこでこの間に、沖島刑事が捜査課長との談合の結果、急いで警視庁を飛び出して行ったことは先きに述べた。

勿論それは、薊クラブへ手が入るその少し前のことである。彼は庁舎前でサイドカア附きのオートバイへ乗った。同時にそれへは、正服の巡査がガッキとばかりに踏み跨った。オートバイは鋭い爆音を発しつつひた走りに走り、やがて牛込区南五軒町三〇番地旧蛭川博士邸の門前へ着いたのだった。

表門が閉まっていたので、刑事と巡査とはそこで二言三言囁き合ったが、間もなく巡査の方はそのまま門前に佇んで待つことになり、刑事だけが表門を避けて裏の潜り戸から庭へ入った。そしてすぐに勝手口へ近づいて行った。

そこの硝子戸は桐山ジュアンが出入の際に使っていたものと見えて、手を掛けると雑作なく開いた。刑事はその汚れた三和土《たたき》に立って、薄暗い奥の方をちょっとの間覗いていたが、やがて思い切ったように、靴のまま踏み込んで行った。無論、どの部屋もがらんとしていて人気はない。彼はその階下の各部屋に一渡りザッと眼を配った。そして表の玄関横から、以前に数回上下した経験のある階段を昇り、突附きの左手の扉をそっと押した。

それは、前に蛭川博士の病室に当られていた部屋で窓へは鎧戸を下してあったが、その隙間からの光線が僅かに中を明るくしている。刑事は、細目に開けた扉の隙から注意深く様子を窺って見て、それから忽ち「ム！」といって頷いた。そして中へ這入って行ってじりじりと腰を踞めながら、異常な熱心さで一つ所を眺めやった。

そこには、二つの死体があったのだった。

一つは窓の近くに、顔を下に向けて倒れている死体だった。そして、他の一つは、そのすぐ横の壁の根元に、身体をヘタヘタと崩折れたように折り曲げて、背中を壁に付け、両腕で膝を抱くようにし、顔をその腕の間へ突込んでいるのであった。

刑事がやがて両手を出して、まず窓の傍の死体を抱き起して見ると、これは和服に袴を着けた東海林厚平の死顔だった。一方、壁の根っこに、まるで何か考えているような姿勢をしていたのが、ひどく派手な柄のネクタイをした、井波了吉の死体だった。

事件全体から見て、これこそ四度目の殺人、最後の犠牲者であったのだった。

了吉は、胸の辺を大分黒い血で汚していて、厚平は後頭部に大きな打撲傷を負っていた。一方は鋭利な兇器で心臓をただ一突きにさされたらしく、一方は背後から力の限り引っぱたかれたものらしい。

刑事はちょっと思案した後、指に喰っ付いたどす黒い血の塊を、厚平の穿いていた袴の裾で拭って、それから窓に近づいて鎧戸を開けた。そこから見下ろすようになっている塀外には、先刻の巡査が背伸びをしながら、一心にこちらを眺めている。

「どうでした沖島さん!」とその巡査が大声に叫んだ。

「やられているんだ、二人共に死んでいるんだ!」と刑事が答えた。

「えッ、じゃアあの、やはり聞いてきた通りにですか」

「そうだよ。その通りなんだ。――君、君はすぐに交番へ行って、このこと知らせて来てくれ給え」

巡査はそれですぐに、牛の脊天神前の交番へ向って駆けて行き、刑事は再び了吉と厚平との死体を調べ始めた。嘗てこの日、この部屋で奇怪な失踪事件の起った時と同様である。間もなくそこへは、多数の係官がドヤドヤと集まって来たのであった。

続いて行われた現場検証の模様は、大体のところ型通りである。警察医の鑑定によると、二人の死体は死後二三日を経過していた。そして、了吉の胸にあった傷痕は、あの倉知為二郎が殺された時のと同じであった。疑いもなく、同一犯人の仕業だということが判ったのだった。

その検証には、それでも相当の時間を費してしまって、沖島刑事がそこを立去ったのは、もうとっぷりと日の暮れたころである。彼はしかし、その足ですぐに柊町のシネマ・パレードを訪ねた。そうしてそこでは、館員の誰彼から、井波了吉と東海林厚平との二人が、二十九日の夜以来、一向に姿を見せなくなったということを聞いた。了吉はその晩の八時ごろに館を出て行き厚平の方はそれより遅れて、館が閉館《はね》てしまった十時ごろに出て行ったままだというのであった。二人が出て行くその前後の詳しい事情は判らない。しかし、その日の朝、了吉が一度どこかへ外出してきて、帰ってきてからは二人が長時間ヒソヒソと話し合っていたということだけ、辛うじて聞出すことが出来た。

刑事はやがて警視庁へ戻った。そして見届けてきたことの結果を、逐一捜査課長に報告した。

その時はもう薊クラブの千葉省吾が、例の興味ある事実を、ぼつぼつと陳述し始めていた時なのである。自ら事件の中心に坐っていることを選んだ捜査課長の手許へは、かくして諸方面における調査の結果が、続々として報告されつつあったのだった。

——その夜遅く、沖島刑事は課長に向っていった。

「どうです、だんだんとジュアンのいっていることが確実性を帯びて来るじゃアありませんか、もう、疑うところが少しもないように思えますね」

「そう、それはまア僕もそう思う」課長は幾分か煮え切らない態度で答えた。「しかし、今のところでは、ジュアンや葉村博士が欣子殺しの犯人ではないということ、及びジュアンのいった通り、旧蛭川邸に彼奴等が殺されていたということ、そんなことがハッキリしただけだね。身代り死体のことも大体はあれでいいとして、しかし、それだからといって、すぐにジュアンの推定が正しいということはいえないだろう。殊にはジュアンがその怪物蛭川博士の顔を見届けているわけではないのだから、その点断言をするのは少し早い。——何しろ、葉村博士の方は明かに僕等の失敗だ。同じ誤ちを繰返さない意味で、出来るだけ慎重にやろうじゃないか」

ジュアンにも失敗し、葉村博士にも失敗し、それで課長は急に用心深くなってしまったのだった。

「イヤ、それは僕も同感です」刑事は仕方なしのように答えた。「僕も、今度こそ手抜かりのないようにやらなくてはならんと思ってはいます。が、それではいかがです、ジュアンが自分でも望んでいることですしここで二人を対質させてみようではありませんか。無論そんなことをしなくても、少し手荒にやればじきに看破ることも出来るんですが、大事を取る意味で、一応、二人をここで会わせましょうか」

「そう、それはいい」と課長が漸く気の乗った風でいった。「僕もそれは考えていたところだ。その対質の様子から大体見極めは付くわけだし、その上でいずれかの手段を執った方が安全だろう。——君はね、その肝腎の人物というのが、既にここへ連れられて来ているのは知っているだろう?」

「知っています。案外雑作なく出頭したというじゃアありませんか」

「そうだよ、別にうまい言葉もなかったからね、また新しく事件が発展したから、そのことで出頭してもらいたいといってやったんだ。勿論その時は僕も、先刻君が蛭川邸へ行く前にいったように、ジュアンの言葉を大いに信用しかけていた際なのだから、もし、逃げるような気配が見えたら、有無をいわせず引っ捕えさせる積りではあったんだ」

「その気配もなかったのですか」

「無い。全然無い。奴は平気で出て来おった。——尤も、そんな気配を見せると、それだけでも大分怪しくなるから、それで猶更平気を装ったのかも知れないがそれにしても余り大胆だからね、その点ちょっとどうかと思う」

「つまり、ジュアンの言葉が全然見当違いであるか、それとも、奴が極端に図々しいのか、そのどちらかということになりますね」

「その通りだ。あるいは、今日までの僕等の遣方を見て、僕等をすっかり蔑視《みくび》ってしまい、飽くまでも白を切る積りでいるのかも知れない。とにかくね。僕等はこの際先入主というものをすっかり去って、事件の最初から考え直さなくてはいけない立場なのだ。二人の様子を白紙の状態で観察することにしようじゃないか」

課長の言葉にも無理のないところがあったのだった。間も無く沖島刑事は、別室に休ませてあった桐山ジュアンを捜査課長の部屋へ連れて来たが、少時は三人で何かヒソヒソと話し合った。そして次に、いよいよ肝腎の人物を連れて来るのだといって、沖島刑事がそこを出て行った。

その間課長とジュアンとは、じっと廊下の方へ聴耳を立てていて、殆ど見動きすらもしなかった。

やがて廊下には跫音がした。そして、

「いえ、いろいろと調べが遅くなって——」

という、言訳らしい刑事の言葉も聞えた。課長はハッと気を取直したようにして、急いでデスクの上に拡げてあった報告書の綴込みを閉じ、ジュアンがキッとなって入口を見詰めた。

途端に、「さ、どうぞ!」という声がした。そして入口の扉が押し開けられた。

図々しいのか、無関心なのか、その時沖島刑事にそれとなく背後を遮られるようにして、つと入口から這入って来たのが、意外にも蛭川鞠尾夫人なのであった。

第十七章　博士の正体

半信半疑

その夜鞠尾夫人は大島の対の着物に薄茶色の帯を締めていた。そして男刈りの頭を綺麗に後へ撫でつけて顔にも襟にも白粉を濃く塗っていた。部屋へ這入ると一緒に、入口と真向きになっていた桐山ジュアンと顔を見合し、一瞬間ドキリとしたように立ち停ったが、忽ちその顔色を元へ戻した。そうして静かに室の中央に進み入った。読者諸君も御存じのように、今まで述べてきたところは、凡て十月三十一日という、その日一日のうちに起った事柄ばかりであった。ジュアンが目黒の奥へ夫人を訪ねて、あの奇怪な事件に出会してからは、時間にして、せいぜい二十五六時間しか経っていないのである。

「夫人をお連れしました」

まずこういったのは沖島刑事だった。

それで課長は、報告書の綴込みをゆっくりと傍へ押しやりながら、自分の向っていた大きなデスクの左側の席を夫人に勧めた。刑事は課長と向き合った席に腰を下ろした。そのため、夫人とジュアンとは自然にピタリと相対した位置を占めることになり、その間へ課長と刑事とが挟まるようになったのだった。

予じめいいつけておいたのであろう。そこへは、給仕が不恰好な手附きでお茶の盆を運んで来た。そしてそれが去るのを待って、課長がいった。

「いや、大変お待たせしてしまってお気の毒です。実は、事件が急にまた新しい方面へ突発しましたので、それでお出でを願ったわけです」

ジュアンも沖島刑事も黙っていた。そして夫人は、ジュアンの方へチラリと視線を投げてから答えた。

「はい、そのことはもう、こちらへ来る時に別の刑事さんから伺いました。いったい、どんなことが起ったのでしょうか」

「何も御承知はないのですか」

「はア、存じません。ただ一つ、太陽ホテルとかの事件だけを、ちょっと聞いてはおりますけれど――」

「新聞で御覧になったというわけですか」

「いえ、新聞ではございません。そこにおられる桐山さんから、昨夜話して戴きました」

この言葉が嘘でなかったことは、既に、読者諸君も御承知の通りである。捜査課長は軽く頷いた。

「ほう、そうでしたか。してみると、この桐山君の言葉も強ち出鱈目でもなさそうです。――実はこの男が、昨夜目黒のお宅で、御主人蛭川博士に危うく殺されそうになったといっています。実際にそんなことがあったのですか」

「ございました。そしてそのために、桐山さんには散々御迷惑をお掛けしました」

この言葉が、少くとも表面上、やはり嘘ではないのであった。そのジュアンに迷惑をかけた事情に関して、課長と夫人との間にはそれから暫らく会話が続いた。そしてそれが終り際になった時、課長は思い付いたようにして茶を啜った。

「いや、お蔭様でよく様子が分りました。するとあの与四郎という男も、これからは眼を放せないということになりますが、それはまアそれとしておきましょう。実は奥さん、ここにもう一つ事件があるのです。無論もうお気付きになってはおられるだろうが桐山君はああして右の腕に怪我をしています。新たに起った事件というのが、それに関聯をしていましてね」課長は顎でジュアンの方を差し示した。実際ジュアンは、その日の朝美奈子の家を出た時のまま、繃帯で右の腕を吊っていたのである。課長はいった。「で、結局のところからいいますと、昨夜桐山君は目黒のお宅を辞してから、牛込の元のお宅、即ち旧蛭川邸へ戻ったのです。そのことは無論あんたも御承知ですな」

夫人は、僅かに顎を引いて納得の色を示した。どことなく不安そうである。課長は対手を安心させるように、ニコヤカな微笑を片頬に浮かべた。

「そうですか。御承知とあれば余計に話がしいいわけです。――これは元来が桐山君が話してくれたことなのでして、だからそのつもりで聞いて戴くのですが、そこで桐山君は今いったとおり牛込のお宅へ帰りましたが、非常に疲れていたため、すぐに眠ってしまったということです。そのあとで奥さん、どんなことが起ったと思いますか」

夫人は瞬きもしなかった。そして静かに首を振った。

「御存じがない。――なるほど」と課長はいった。

「では、やはりお話しするとして、その桐山君が眠りついてから間も無くのことです。そこへはまたしても怪しい人物が忍び込みました。そして桐山君を刺そうとしました」

まあ！　といった驚きの表情がこの時始めて夫人の顔に現われた。

「そんなことが、まあ、私、少しも知らずにおりました。――それで、それからはどう致しました？」

「幸いにしてです、桐山君は間一髪というところで眼が覚めたそうです。そのために、命までを奪われることがなく、あの通り腕を刺されただけで助かったのですが、そこでしかし、桐山君は確かに一度はその怪人物の肩へ手を掛けながら、それを引っ捕えることが出来なかったといいます。刺されたのが生憎と右腕であったため、せっかく対手を捕えた手に力が入らず、その間に向うでは素早く桐山君の手を振り離して、到頭どこかへ逃げてしまったそうです。無論、その怪人物こそは蛭川博士だろうと思うのですが――」

夫人は、ホッという微かな歎息を洩らした。そしてジュアンの方を気の毒そうに眺めた。

「まあ、何ということをしてくれるのでしょう。私、良人がどうしてそんなにまで桐山さんを付け狙っているのか、少しも訳が分りません。殆ど信じられない位です。――それはしかし、まさか嘘のことではないのでしょうね」

「ほんとうです。少くとも昨夜の目黒での出来事を考えると、いかにも有りそうなことではありませんか」

夫人が何とも答えなかったので、課長はちょっと手持不沙汰になったらしく、少時口を噤んでいたが、やがて思い付いたように言葉を続けた。

「や、しかし、その桐山君のいっていることが嘘であるかどうかは別として、ここにまだ一つだけ、これは当方でも確かめたことがあるんです。――つまり、桐山君はそんなわけで蛭川博士の姿を見失ってしまったのですが、そのあとで実に大変なことを発見しました。蛭川博士がどこへ逃げたのか探しているうちに、邸内の一室で、井波了吉及び東海林厚平という二人の若者が殺されていたのを見付けたのです」

明かにこれは訊問の形式ではなかった。今まで特に述べておく暇はなかったけれど、捜査課長がこうして夫人に語ったところは、全部有りのままのことであった。桐山ジュアンは旧蛭川博士邸で、実際にそうした眼に出会って、それを警視庁へ来てから告げたのだった。白紙状態で臨むことを決心した捜査課長は、まず事実そのままを話して聞かせて、その間に夫人の態度や表情を読み取ろうとしたものらしい。

夫人の表情は事実いろいろに変化した。

そして今述べた課長の言葉が終った時、恐怖に脅えた声音《こわね》でいった。

「ああ、ではその二人も、やはり良人に殺されたのですね。何という、何という恐ろしいことなのでしょう」

ジュアンの推理

夫人の態度なり言葉なりが、異様に皆なの胸を衝ったのか。それとも他に説明の出来ない理由があったのか、室内にはそれから五、六分の間沈黙が続いた。

捜査課長も沖島刑事も桐山ジュアンも、いいたいことは山ほどありながら、妙に口を開くことが出来なくなって、困ってしまっていたのであった。

それでも、漸くにしてその沈黙を破ったのが夫人だった。夫人は、ふと気になったらしく課長に訊いた。

「ああ、でもその二人の方は、何故良人に殺されるようなことになったのでしょう?」

「そうそう、そのことでしたよ」と課長は思わず元気付いて答えた。そしてジュアンの方へ顔を向けた。「そうだよ、夫人にね、まだ何か話すことがあったはずなんだ。――君が元来考えたことなのだから、どうだい君から説明してあげてはくれまいか」

「僕からですか」とジュアンがいった。「その、東海林君と井波君とが殺されてしまった理由をですね?」

「そうだ、そいつだ。夫人に話してあげてくれ給え」

初めてジュアンの喋るキッカケが来たのであった。内心の緊張を押し隠して、彼は何気ない調子でいった。

「そうですか。じゃア一通りお話ししましょう。――奥さん、そいつはあなたにだって多分御推察のつくことなんですよ。指環です。蛭川博士は例の指環を手に入れるために、贓物買の倉知を殺しています。そうして今度は、井波君と東海林君とを殺しています。――僕はたしか奥さんにも、その指環のことは井波君から話されてはじめて知ったのだといいましたね」

この時、課長と刑事との視線は、キッとばかりに夫人の顔に振り向けられた。そして夫人は、一語々々吟味して答えた。

「え、ええ、伺いました。――伺いましたけれども、それがどうして、その井波さんを殺すようなことになったのです?」

「というのは、博士が指環のことから、自分の秘密が暴露するのを懼れたためです。最初からいいますと、僕が井波君からその指環のことを聞いたのが一昨々日、つまり十月二十八日の夜でした。そしてその翌日二十九日には、あの倉知殺しの事件でした。これは誰が考えても解る通り、蛭川博士がその二十八日から二十九日へかけて、誰かから指環の在所《ありか》を新しく聞き込んだものと見ねばなりません。僕にはその間の関係が、実のところ井波君らの殺されているの発見するまでは、何一つ解ってはいなかったのですが、今はハッキリと解っています。井波君です。井波君が二十八日の夜その指環のことを僕に話した後、翌朝ふと思い付いてある家を訪ねたのです。そのある家がどこなのか、多分奥さんも御承知でしょう?」

ジュアンが出来るだけ落着いた態度でいようとしていることが、誰の眼にもよく分った。彼は言葉にも非常な注意を払い、腹の底から燃え立って来る、憎悪とも憤怒ともつかぬ感情を、懸命になって抑えているのであった。

それは夫人も同様であったらしい。その時少しく肩を聳やかして、ジュアンを睨むようにして答えた。

「いいえ知りません。井波さんがどこをお訪ねになったのか、そんなことをどうして私が知っていましょう」

「そ、そうですか」とジュアンは答えた。「知らなければ知らないでいいでしょう。今に、僕のいっている言葉の意味がよく分るのですから、その積りで聞いていて下さい」

「伺いましょう。その井波さんがある家を訪ねてからどうしました!」

「話したのです。指環のことを話したのです」

「誰にです」

ウム、と唇を喰い縛ってからジュアンは答えた。

「仮面を冠った蛭川博士にです。無論井波君はそれを蛭川博士とは知りませんでした。彼は、今いった通り、僕にそのことを話した後、その仮面を冠った蛭川博士にもその指環のことを話したら、また何か甘い汁が吸えるだろうと考えたんです。ここにおられる沖島さんも、そのことについてはもう十分に調べて来ておられますが、井波君は二十九日の午前中に一度シネマ・パレードを出て行って来て、それから東海林君と二人で、長い間ヒソヒソ話をしていたことが分っています。いい換えると、その井波君が午前中にシネマ・パレードを出て行ったというのが、即ち蛭川博士を訪ねた時に当るんです。ひょっとして井波君は、奥さんのところへ行ったんじゃアないのですか」

夫人は眉をピクリと動かした。

「何故です。何故そんなことを仰有るのです。私の宅には、今主人がおりません。私と与四郎との二人きりです。いつもいつも二人きりです」

「そ、そうです！」とジュアンは吃っていった。「いつもいつも二人だけです。だからこそ、ああ、だからこそ僕のいうことが正しいのだけれど――」

ジュアンの顔はだんだん蒼くなってきていた。沖島刑事の顔にも、苛々しい色が現われてきていた。ただ一人、落着いていたのは課長である。課長は静かに手を伸ばして、四人の前にあった茶碗へ茶を注いでやった。

ジュアンはゴクリとそれを飲み乾した。そして僅かに平静な態度を取り戻した。

「じゃア奥さん、いいです、結構です。誰が何といったって、井波君が蛭川博士のところへ行ったことは事実なのだから、それはそれとしておきましょう。――とにかく博士は、そうして指環の在所を知ったわけです。博士はそれまで、無論指環のことを気にしていました。一刻も早く探し出して、自分の手へ取り戻したいと思っていました。博士はそれを井波君の口から聞いた時、どんなに喜んだことでしょう。彼は直ちに贓物買倉知を訪ね、太陽ホテルまで誘き出した上で、指環を奪うために殺したのです。そうしてそのあとでは、指環の秘密を知っている井波君と東海林君とを旧蛭川邸へ呼び出して、これも永久に口を緘《とざ》させるため恐らくは一足先きに来た井波君を博士自身の手で殺し、後から来た東海林君が、その井波君の奇体な死態《しにざま》をしているのを発見して怖々そこへ近寄って行ったところを、あの与四郎の手で背後から殴らせて殺したのです。――それにはそうです、博士は仮面を冠った上に、多分巧な口実を設けたことでしょう。あるいは金を与えるといったかも知れません。または、もっとうまいことをいって、井波君と東海林君を唆かしたのかも知れません。要するに二人は、そこへ出向く前に、博士の呼出しに応ずるか否か、ヒソヒソと相談をしたわけなんです。――一方において僕は、その時まだ何も知りませんでした。その日は一から十まで博士の方から先手を打たれたのです。そして倉知の店から太陽ホテルまでオメオメと随いて行って、揚句には夜遅くなってから蛭川邸へ戻り、その時は既に二人が殺されていたのを夢にも知らず、ぐっすりと眠ってしまったんです。さすがの博士が僕と同様、僕がそこに寝泊りしているのを知らなかったのは、何という恐ろしい皮肉でしょう。——僕はよく覚えています。まるでそれは、奥さんの場合と同じだったじゃアありませんか。その翌日、僕が目黒のお宅をお訪ねして、いよいよ帰るという時でした。僕があそこに寝泊りしていることを奥さんに知らせた時、奥さんは非常に吃驚しましたね。あなたでなくて、博士がそれを聞いたにしても、やはり同じように吃驚したと思うのですよ！」

夫人は唇を嚙みしめたまま答えなかった。

そしてジュアンは、なおも焦り気味に言葉を続けた。

「いいですか奥さん、あの二人が殺された理由はそれでもう分ったでしょう。僕はついでにもう一つ説明してあげたいんです。——というのは、あの博士失踪当時のことなんですが、僕はそれについて面白いことを考えているのですよ。ハッキリいえば、僕は、あの日博士は失踪したのではない、やはり殺されたのだと考えていますよ。——僕は、ここへ来てから沖島さんから聞きました。その時は現場で、ここにおられる捜査課長と、それから同じくそこへ出張していた尾形警察医との間に、ちょっとした論争があったというじゃアありませんか。課長は、尾形医師が前に一度博士を診察しておきながら、あの死体が蛭川博士ではないということを、何故もっと早く看破らなかったかといい、尾形医師はまた死体が前に診た蛭川博士に事実似ていたのだから仕方がないと答えたそうです。——奥さんには無論お分りでしょう。僕は、その二人の考え方が根本から間違っていたといいたいのです。即ちその死体は、博士に似ていたのでもなく、また身代り死体でもなかったのです。事実蛭川博士の死体であり、同時に、大寺療院から連れて来た、支那人の患者でもあったんです。——思ってみれば、筑戸欣子が殺された翌日、即ち八月二日には慥か鎌倉署の猪股刑事が、あの牛込の蛭川邸を訪ねています。そしてその時、あなたは博士が癩病だからといって、刑事を博士には会わせずに帰しています。そうして、しかも、それから数日後に警視庁から尾形医師の一行が行った時には、迷惑なような風は見せながらも、どうやら博士を一行に会わせている。何故です。何故最初には会わせられなくて、そうして二度目には会わせたのです。いって御覧なさい。ハッキリとそのわけをいってみなさい！」

ジュアンの言葉は眼に見えぬ糸で手繰られるように、烈々としてその口から迸り出た。夫人は、やはり黙したまま答えない。ジュアンは頻りにいい続けた。

「いえないでしょう。いえる訳がないでしょう。――それは、八月二日猪股刑事が行った時には、まだ癩病の患者が蛭川邸へ連れ込まれていなかったからです。言葉を換えれば、大寺療院からその患者を連れて来たのが、八月二日の夜のことです。だから、その翌日からなら、誰が来ても会わせることが出来たのです。――僕はまだ聞いていています。その尾形医師が博士を診察した時、博士は一言も喋らなかったそうです。金で口を縛らせたのか、それとも元来日本語の喋れない支那人であったせいか、とにかく、博士はじっと黙っていたままなのです、そしてそれは、あなたにとって、この上もなく都合がよかったのです。――分るでしょう、僕は今、元来蛭川博士などというものは存在しなかったということをいっているのです。あなたは蛭川博士が失踪したといいましたね。手袋だの細引だのを揃えておいて、最初には犯人が邸外から這入った形跡がなく、反対に博士の病室から逃げ出したように見せかけた上、最後に、博士の死体が別人の死体だといって驚きましたね。凡ては、蛭川博士が身代り死体を残して失踪したように見せかけるための道具だったのでしょう。――誰が騙されようとも、僕だけは決して騙されません。あの額を斧で割られていた死体こそ紛れもなく博士なんです。いや、博士に見せかけた支那人なのです。あなたは一旦は博士が存在しているように見せかけました。多分、世間体を糊塗するため、平生から蛭川博士などという、出鱈目な標札が欲しかったのでしょう。そうしてしかし、あの欣子殺しが起ると同時に、その標札や世間体だけでは結局自分が怪しまれることに気が付いて、猪股刑事が訪ねた時には、とにかく博士を変人の癩病人にしてしまって、自分が二階の窓から金時計などを投げつけて見せて、刑事と博士との面会を拒んだのでしょう。そうして結局は見せかけの博士が入用になり、あの支那人を連れ込んだのでしょう。――無論、その時はまだ、支那人を殺そうとまでは思わなかったかも知れません。だが、そこでそうしているうちに、あなたは素晴らしいことを考えましたね。この厭な汚らしい癩病人を殺してしまって、同時に博士が失踪したように見せかけるということなのです。そうして、凡ての疑いを、博士の一身に集中しようということなのです。

――世間では、まんまとその目論見に乗りました、敏腕な刑事が八方に飛んで、存在しない博士を探そうとしました。あなたはそれを、北叟笑《ほくそえ》んで眺めていたことでしょう。巧妙です、恐ろしいほどに巧妙です。騙されていた世間こそは、あなたから見たら、虚仮《こけ》の骨頂であったんです」

四人の証人

蛭川博士が失踪したのではなくて、博士はもともと存在しないものであり、しかも鞠尾夫人はその存在しない博士に総ての嫌疑をかけるため、支那人の癩病人を巧に使用して、博士が失踪したように見せかけたのだという、このジュアンの思い切った推定は、古い言葉ながら、正に晴天の霹靂《へきれき》ともいいつべきものであった。

沖島刑事が後になっていっている言葉がある。「僕は、ジュアンの組立てた推理や想像を前に一度大体のところ聴いてあった。が、それにも拘わらず、当の鞠尾夫人を前にして、それを再びジュアンの口から聴いた時には、また新しく胸がドキンとしたものだ。尤もあの場合、ジュアンがああして飽くまでも紳士的な態度を失わず、じりじりと夫人に肉薄して行ったのを、随分歯痒くも思ったけれど、何しろその時は別に証拠というほどのものがないのだったし、それがまた僕等からいわせると、証拠などはなくても、案外簡単な手段でジュアンの言葉を立証する手段も有るには有ったが、とにかくジュアンは、そうしてだんだんに彼の考えたことを説明して行ったのだ。お蔭で課長も十分に夫人の態度を観察することが出来たわけだが、その課長だって、落着き払った顔はしていながら、内心大いに昂奮していたには違いないのさ」

実際それは沖島刑事のいった通りなのだった。ジュアンの夫人を詰問する言葉はまるで火のように熱していたし、一方、そのジュアンの長い言葉が終るまで、じっと押し黙ったまま身を固くしていた鞠尾夫人も、瞳には異様にギラギラする光を漂わせ、デスクの一端に支えた片手をブルブルと顫わせていたのであった。

「この男はまあ、何というひどいことをいうのでしょう!」

こうもいいたげにして、夫人は捜査課長と沖島刑事との顔を見た。が、その二人は小揺ぎもしない顔色である。夫人は出来るだけの平静を装っていった。

「分りました、ではあなたは、この私が蛭川博士の名に隠れて、さまざまの悪事を働いたというんですね」

「無論ですよ！」

ジュアンは待ち構えていたように叫んだ。

「あなたでなくって、他に誰が有るというんです！　あなたです。あなたが博士の正体なんです。――いいですか、僕は今こそ明かにいってあげましょう。井波君が訪ねて行った仮面を被った博士というのも、従ってまた、倉知を殺し井波君と東海林君とを殺した博士というのも、更に僕まで殺してしまおうとした博士というのも、実は皆んなあなたのやったことなんです。――あなたには井波君らを殺す理由なんか無いと、そうです、多分あなたはそういっていい逃れる積りかも知れないが、それも僕には分っています。井波君は蛭川博士の妻君たるあなたのところへ行ってあの指環のことを話したら、前いった通り、何かのうまい汁が吸えるように思った――それをまたあなたは、指環のことから自分の正体が看破されるのを懼れて、表面には飽くまでも博士の身の上を心配している貞淑な妻君を装い、彼等からなおいろいろと訊ねたいような口吻を洩らした――揚句には、あの二人をまんまと旧蛭川邸まで誘き出して、そうして殺してしまったというわけなんです。どうです、それに違いはありますまい！」

ジュアンと夫人との間には、前に述べた通りデスクが据えてあったのであるが、もしそのデスクがなかったとしたら、ジュアンは恐らく両手で夫人の首の根を押えて、ぐいぐいと揺ぶったことであろう。夫人は身体を少し後ろへ引いた。そして、白粉を濃く塗った顔を著るしく歪め、咽喉に痰の絡んだような声を張り上げた。

「まああなたは、なんという恐ろしいことをいうんでしょう。――違いがあるかどうか、そんなことを私が知っているものですか！　いいでしょう。あなたにもそれだけのことを仰有るのなら、多分、何か証拠のあることでしょうし、さア、その証拠というのを見せて下さい。どこにあります、どこ私が蛭川博士だったという証拠があります！　牛込の旧邸まで行ってあなたを刺し殺そうとしたという博士、その顔をあなたがちゃんと見届けておいたとでもいうのですか」

夫人は明かに逆襲して来たのである。

ジュアンはすぐにいい返した。

「フン、あなたは僕がそれを見届けなかったことを知っていて、それで図々しくもそんなことをいっているんです。よろしい、僕はまだ、いくらでもあなたのしたことをいってあげます。例えばあの目黒のことでも――」

「目黒のこと?」と夫人はわざとらしく冷笑を浮べた。

「目黒のことがどうしたというのです！　あの時あなたを襲ったのこそ、明かに与四郎だったじゃありませんか。そしてその与四郎は、蛭川の吩咐で動いていたじゃありませんか」

「蛭川の吩咐、即ち、あなたの吩咐なんです。――詳しくいうとあなたは、あの時僕が一旦暇乞いをして立去ったあとで、自分は直に男装をし、与四郎を連れて僕を追いかけたんです。――与四郎は失敗しました。そしてあなたは、与四郎の失敗を看て取ると同時に、あの場合の僕には到底敵し得ないことを知って、急いで先きに逃げ帰りました。――知っていますよ夫人、あなたはね。そこでそうして逃げ帰るには帰ったけれど、僕が再びあの家まで引返すことは分っていたし、結局あなたは大急ぎで着物を着更え、蛭川夫人の姿になっていなくてはならなかったのです。その咄嗟の場合に、浴室を利用しようとは、何という素晴らしい考えであったんでしょう。言換えると、あなたはゆっくりと着物を着更えているだけの時間がなかったんです。そうして、だから男装の着物だけを脱ぎ捨てて、狼狽てて風呂へ飛び込んだのです。――悲鳴を挙げて助けを求めたり、あるいはまた、わざと窓を開け放しておいたりしたのは、同時に自分以外に博士というものが存在し、それが僕を襲ったり、またはあなたのところへ逃げて来たように見せかけたんです。浴室で博士に脅迫されたなどといって、あなたは物も見事に一人二役を演じましたね。――お芝居、素晴らしく巧妙なお芝居を、どうです、もういい加減で自分の口から打明けてはしまいませんか」

博士の正体を鞠尾夫人と睨んだジュアンは、遂にそこまで推測して行ったのだった。

彼は、ピタリ、ピタリ、釘を刺すようにしてこういった。そして夫人は、この時まだ屈服の色を見せなかった。

「打明けるといったって、何を打明けたらいいんです！」あたかもジュアンの言葉がとても信じられないというように眼を瞠り、そうしてブルブルッと身を顫わして答えた。「ああ、よくもよくも考えたものです。ひどい、恐ろしいことをあなたはいって、この私を陥し入れようというんでしょう。――いい掛りです。根も葉もない、ただ、想像から来ただけの大嘘です。――あなたは、大嘘吐きの大騙りです！」

夫人とジュアンとのどちらを信じたらいいものか、殆ど見当も付き兼ねる位、その夫人の言葉は強いものだった。ジュアンが警視庁へ自分から出頭して来て、それ以来彼の告げたいろいろの事柄が、もし真実でなかったとしたら、この場合はむしろジュアンの方が疑われるようなことになったかも知れない。

「そうですか！」とジュアンはいった。「じゃアあなたは、どうしても自分の口からいわないというんですね」

「いいませんとも！　いう必要がないからなんです」

「もう、とても逃れられないということが分りませんか」

「逃れるも逃れないも、第一、証拠が一つだって無いじゃアありませんか。あなたのいうことは、皆んな恐ろしい出鱈目なんです！」

「出鱈目でない証拠を、では、どうしても見せなくてはならぬのですね」

「無論のことです。さア、その証拠というのを、出せるものなら出して下さい！」

夫人の顔は燃えるような憎悪に輝いていた。息をはずませて、頻りに証拠を出せといっていい張った。世の中で、一番憎いものを見るようにして、ジュアンの顔を睨みつけていた。

その顔色が、全く別人かと思われるくらい、ひどい変り方をしているのである。

ジュアンは、

「ああ」

といって溜息をした。そして、漸く沖島刑事の方を振り向いた。

「沖島さん、とても駄目です」

「駄目なことはないじゃないか」と刑事は答えた。

「君はまだ、いくらでもいってやれることがあるはずだ」

「いいえいけません。何もかも、これ以上いったところで無駄でしょう。――あなたのいっていた通りにやって下さい。僕は、夫人がこれほどに強情だとは思いませんでした」

沖島刑事は頷いた。そして、捜査課長とちょっと眼配《めま》ぜをした後、スッと立上ってその室を出て行った。

夫人の眼に、初めて深い恐怖の色の浮かんできたのがこの時である。

刑事はやがて帰って来た。そして四人の人物を連れて来た。

大寺院長、池村薬局生、倉知為二郎の店にいたお喋りの小僧、及び太陽ホテルの森安老人である。

「さアどうだ！」と刑事はその四人にいった。

「君達はね、今問題の蜷川博士を識別《みわ》けるために呼ばれたんだ。今ここにいる人々の中に蜷川博士がいる。あるいはまた、佐々山喬介と名乗った人物がいる。そいつを一つ見現わしてくれ給え」

四人の証人は、室の片側に立ち並んで、互いに顔を見合せたり、頻りにキョロキョロ見廻したりした。

この重大な瞬間において、彼等はすぐにそれを識別けることが出来なかったらしい。

それを見て、沖島刑事は呻った。

「課長、分りました。これだからこそ、これだけの自信があったればこそ、この女は万々大丈夫だと思って、図々しく出頭して来たんです。――自分の変装振りに対して、恐ろしいほどの自信があったんです。課長、少し手荒だがやって見ますよ？」

「よかろう」課長は大きく頷いた。「どんな風にやるんだね？」

「つまり、こいつが口の中へ入れている含み綿を吐き出させ、あの濃い白粉を洗濯石鹸で洗い落してやるんです。そうして最後に、太陽ホテルに残してあった、黒のオーバーとソフトとを着せるんです。脊が低くて小柄で、しかも美術家みたいに髪を長くした男が、なアに、雑作なく生れて来るというものですよ」

物的証拠というものが一つも無いようでいて、そこには極めて簡単な手段があったのだった。この時、刑事の言葉が終るか終らないうちに、鞠尾夫人の唇からは、恐ろしい呻き声のようなものが洩れてきた。続いてまた、聞くに堪えない呪詛や毒舌や罵詈《ばり》が起った。

「畜生！」

鋭く叫んで席を立ち上り、対手構わず摑みかかり、狂人のように暴れ廻った。

「危ない！」

思わず課長はそういった。夫人は、一旦ジュアンの方へ突進しようとしたが、すると、そこにいた人々を凄じい勢いで跳ね飛ばし、課長室の中庭へ向いた窓へ噛りつき、そこからヒラリと身を躍らしそうになったのだった。

「とめろ！」

と課長は叫んだ。そうしてそれと一緒に沖島刑事が飛鳥のように走りかかり、辛くもそれを羽掻《はが》いに絞付け、それから押し潰すように床へ組み敷いた。

夫人は、切れ切れにまだ何か叫んでいる。まだ、抗弁しようとするらしい。課長はしかし、その時初めてジュアンの肩へ手を置いて、

「有難う、お蔭様だった」

と、吐息と共にいったのだった。

第十八章　予審調書

（その一）欣子殺し

奇怪なる蛭川博士の正体が暴露されて、意外にもそれが鞠尾夫人であったということが世間一般へ知らされたのは、それから十数日経ってからのことである。

それ以前にも世間へは、どうして洩れたのであろうか、その真相の一部分だけが薄々知れ渡ったことでもあるが、その時いい伝え聞き伝えた人々は、極度の驚愕に陥ったらしい。誰一人、それを予想したものもいなかったし、従って、夫人が博士の正体であるということを聞いただけでは、殆どそれを信ずることさえ出来なかったのである。

「では、あの鞠尾夫人は何故そんなことをしたというのだ?」ある人には第一それからして分らなかった。

「それはいいとしても、葉村博士という人物はどうしたのだ。蛭川博士と葉村博士との間には、全然関係がないというのか」ある人はまたこういった。

それは、甚だ無理のない疑問でもあったのである。実をいえば、決してそれは一般の人々ばかりでなく、当局自身がやはり同じ疑問に悩まされていたのであって、博士の正体が鞠尾夫人だと分ってからでも、そのために当局では、なお数日に渡る続行訊問を行わねばならなかった。その事情が判明するまで、当局では殆ど五里霧中の状態であったといってもいい。鞠尾夫人とジュアンとの対質の行われたのが十月三十一日の深更で、それから世間へ詳しい真相を発表するまでに、なお十数日を要したというのが、つまりはそれがためであったのだった。

思ってもみるに、鞠尾夫人が蛭川博士であったとして、そこには葉村博士の問題だけは取り除けておいても、まだ未解決の部分が非常に多く残されているのであった。

そうしてそれを、夫人は容易なことでは自白しないのであった。それについて、殊更問題となったのは、当局では無論、あの筑戸欣子殺しをも鞠尾夫人の仕業として考えたのであるが、それを夫人が最初には極力否認しようとしたことである。

自分の正体を看破された、その直後の訊問において、夫人は次のようにいっている。

「私が蛭川博士と同一人間だということは、それはまア、そうお考えになるのは御勝手です。しかし、それだからといって、私があの欣子さんを殺したというのは、どこかに証拠でもあるのですか。当時のことは、鎌倉署の猪股刑事がよく御承知になっているはずですが、その時私は、あの菊本館という宿屋に一人きり休んでいて、そこへ猪股刑事が来られての話で、漸く事情が知れたのです。日傘の蔭から飛び出して行った男というのが、黒い海水着を着ていたとも聞いていますし、それが私だったとはどういう訳です。猪股さんをここへ呼んで下さい。そうすれば、その時私が着ていた海水着が、どんな色だったかも多分説明して下さるでしょう。その時に私の海水着が、風に煽られて危なく落ちそうになっていたのを、猪股さんが注意してくれたのを、私はよく覚えています」

いわれてみれば、これはなるほどそうなのだった。菊本館の女中を召喚して調べてみても、最初夫人は欣子と連れ立って、自分は薄緑色の海水着を着て浜へ下りて行き、ほど経て、その同じ海水着のまま、宿へ帰ってきたことになっていた。それあるがために、夫人には全然嫌疑をかけずにいたほどでもあるが、そこでこの謎を解かない限り、当局としても夫人を屈服させることが容易でない。

その他当局では、この大胆不敵な、そうして強情な夫人を自白させるためには、あらゆる智慧《ちえ》を絞って、いろいろな訊問法を試みねばならないのだった。夫人が、前述べた四人の証人によって蛭川博士こそ自分の変装したものであることを看破られた以上、最早到底逃れぬところと観念したのがそれから五、六日経ってからで、するとそれからは、だんだんに夫人の唇が解《ほぐ》れて行った。

事件は間もなく検事局に移された。そうして即日予審に起訴された。

その予審廷において、係判事と夫人との間にはいかなる問答が取交されたことであるか。筆者は今、その主要なる部分を再録することによって、事件真相を大体述べておこうと思う。——再録したもののうち、倉知為二郎殺しから始まって、目黒におけるジュアンの危難、また井波了吉、東海林厚平殺し等は、出来るだけ省略することとするが、それはジュアンの考えた推理が、殆どそのまま事実に符合していたからである。そうして、ついでになお一つだけ断っておくと、この問答中には、事件の性質上、記述を憚《はばか》らねばならぬ部分もあった。それについては、宜しく読者諸君の御賢察を願う次第である。

最初には型の如く住所氏名等を訊ねられ、これに対して夫人は、かつて蛭川博士失踪事件の起った当時、答えたのと同様に答えた。

即ち、本名三浦鞠尾、三十八歳。千葉県のある漁師町の生れであった。

そこで順序は少し狂うけれども、筑戸欣子殺しに関する訊問の模様から始めてみると、それは大体次の如くである。

問　筑戸欣子と親しくなったのは、音楽会で識合《しりあ》ってからだということを、先きに猪股刑事の訪ねて行った時にも申立てておるが、その点は相違はないか。

答　その通りでございます。

問　太陽ホテルへ欣子を連れ立って時々行ったというのも事実か。

答　事実でございます。

問　その当時、被告は常に男装をしておったのか。

答　外出する場合には、殆ど全部そうでございました。最初はそれを欣子さんが少し気味悪がりましたが、次第に慣れてしまいました。そして私は、自分のことを呼ぶのにも僕、僕といい、欣子さんのことをお前と呼ぶことに致しました。

問　外へ出ると、それでは夫婦としか見えなかった訳であるな。

答　多分、そうだったと思います。

問　自宅があるのに、何故太陽ホテルなどに出向いたのか。

答　与四郎が常に私に附き纏っていて、それが煩さかったからでございます。

問　与四郎は被告の性情などが別人のようになっているのを知らなかったのか。

答　知らないだろうと思います。

問　欣子を殺そうという気になったのはいつごろからか。

答　ハッキリとは記憶しませんが、多分七月の中旬ごろかと思います、当時欣子さんが私を離れたがっていたのは、もうそれより前に薄々気がついてはおりましたけれど、それを私は、欣子さんの歓心を得ることに努めて、私の大切にしていたプラチナ台のダイヤ入指環など与えました。すると欣子さんはその指環を誰かに与えてしまった様子で、誰にやったのかと思って気にしていると、それがシネマ・パレードの弁士東海林厚平という男だということが分りました。ある時欣子さんが手紙を書いているところを見たのですが、それには、私のことを、大変老人であるなどと書いてあり、その他、一生懸命で先方の機嫌を取ろうとしていることが分りました。

問　すると、被告はそれに対して欣子が憎くなったという訳なのか。

答　そうでございます、欣子さんの気持をもう一度確かめた上で、それでもいけなかったら殺してしまおうと思いました。

問　その殺した順序を一通り述べてみよ。

答　最初には、とにかく私が常に男になっていることを世間では知っていませんし、従って男装して殺すのがいいと思いました。そうして場所はあれこれと考えているうちに、ふとなるべく人眼の有る所で、しかも、飽くまでも男が殺したように見せかけられるところは無いかと考え、それには折から夏のことでもありますし、海水浴場を選ぼうと思いました。

問　その時被告は、珍らしく女の服装で出掛けたのだな。

答　そうしないと、うまく行かないと思いました。最初はまず、私が女であることを海水旅館の人などにも十分に見せておく必要があったのでした。それで、行く前に私は、海水着を三枚買い、そのうち二枚だけは同じ柄の緑色の女もので、その間に黒の男ものを挟んで、三枚とも一緒に着込みました。それには、一番上のと、中の黒い色のだけは、こっそりと自分で加工をし、水の中に潜っていても、紐を引っ張りさえすれば、所々に裂け目が出来て、容易に脱ぐことが出来るようにしておきましたが、とにかく、始め欣子さんと海へ這入る時には、あそこの菊本館の女中などにも、私が十分女であることが知れるようにしておいたのでした。そうして私は、海へ這入るや否や、まず人眼の少いところへ行って、上の女ものの海水着を脱ぎ捨てて男の姿になって、欣子さんと暫らく泳いだり寝転んだりしていました。
問　その時欣子は、それを別に不審にも思わなかったのか。
答　思わなかったようでございます。私が欣子さんと二人きりでいる時には、前申した通り、男装するのが常でありましたから、私が突然黒い海水着になり、頭には海水帽の上へ、男のように手拭を捲いてしまっても、少しも驚きなどは致しませんでした。
問　日傘の蔭へ二人で這入っていた時、その近くには井波了吉がいたのだが、それを被告は知っていたか。
答　その時は名前も何も知りませんでしたが、とにかく、男が一人、中を覗きたがっていることは気付いていました。そうしてそれが、私には反って都合がいいとも思いました、明かに、黒い海水着を着た男が、欣子さんを殺したのだということを、誰かに見ておいてもらわねば、せっかくの苦心が役に立たなくなると思いました。それで、恰度その覗きたがっている男が、少し日傘から遠くへ離れた時、私は到頭欣子さんを殺し、それから、向うでこちらを眺めているような時を見計らって、日傘の蔭からパッと飛び出して行ったのでございます。幸にも、幼い時に漁師町で育ったため、水泳は人並優れて達者でございましたし。それで一旦は沖の方へ出て行き、急いで、黒い海水着を脱ぎ捨てると、それには前から用意しておいた石が結び付けてありましたので、それが沈んでしまうのを見届けておき、今度こそは、一番下に着ていた女の海水着になって、それから何喰わぬ顔で、菊本館へ引き揚げ、今にも欣子さんの死体が発見されて、その取調べが来るだろうと、心待ちにしておりました。——刑事さんが来られた時に、殊更その女ものの海水着を眼に付く所へ乾しておいて、刑事さんの注意を促したことは、多分御承知の通りでございます。
問　その時に被告は、欣子が海岸で脊の低い小柄な男と何か話をしているのを見たと申立てておるが、それを申立てたのはどういう考えであったのか。
答　つまりそれは、私自身のことをいったのでありますが、そういっておいても私には到底疑いがかかりそうもありませんでしたし。また、先刻申上げた日傘の蔭を覗きたがっていた男、即ちあの井波さんという男が、後になって、恐らくは、日傘の蔭から脊の低い小柄な男が飛び出したのを見たというだろうと思い、それに符合した方が万事うまく行くと考えたのでございます。尤もそれは、井波さんが私とは大変に違った証言をしたので少しばかり困りましたが、なおもう一つ申しますと、私は一方において、その嫌疑を、あの東海林さんに向けてやろうとも考えました。それで、実は欣子さんを殺したあとで、用いた短刀の鞘へ東海林と刻《ほ》り込んだのを残しておいたのでございますが、あの晩、鎌倉署へ行ってみると、短刀の鞘を誰も発見した人がないらしく、それについて一言もしゃべるものがありませんので、私は大変不思議に思いました。その晩は九時少し前に鎌倉署を出ましたが、それで私は、すぐとその足でこっそり片瀬の海岸へ行き、短刀の鞘を探してみたものなのでございます。その時は、到頭見付けることが出来なくて、しかも、浜伝いにぶらぶら散歩して来た人に出会してしまって、そのまま、逃げて帰りましたけれど。

沖島刑事がかつてふと聞き込んでいたある会社員の談、即ちその会社員が八月一日の夜、片瀬の海岸で見かけたという疑問の黒影こそ、実は鞠尾夫人であったのだった。が、それはとにかく、こうして欣子を殺した鞠尾夫人の、驚くべき奸智こそは、やがて、第二、第三の奇怪なる事件において、ますますその本領を発揮して行ったのである。その場に居合せた者は、誰も彼も舌を捲いた。そうして刑事の訊問は、いよいよ蛭川博士のことに這入っていった。

問　被告が欣子を殺したのが八月一日で、その翌八月二日には猪股刑事が被告を訪ねて行っておるな。

答　はい、左様でございます。

問　その時被告は刑事に向って、すぐと蛭川博士が癲病だということをいっておる。あれは前々から考えておったことか。

答　元来は、あの牛込の家に与四郎と私しか住んでおりませんので、二年ぐらい前までは、世間体を糊塗するために、それは先日もあちらで図星を指されたことですが、全く出鱈目にあんな標札をかけておりました。が、そこで欣子さんを殺した当日には、実はうっかりして、その蛭川の名前を出してしまい、そうするとそのあとではきっと宅へ、警察から人が来るだろうし、どうしたものかと考えた揚句、とにかく、急場の間に合せには主人が人の嫌がる病気でしかも変人で、他人には会わされないことにしようと思い、それで、今にも刑事が来たら、そういってやろうと思って待ち構えていました。主人が非常な変った気質であるということを見せかけるためには、私がまず二階にいて、ああして金時計を投げつけてみたり、また与四郎には予じめ智慧を授けて、いきなり猪股さんに、打ってかからせたのでございます。

問　与四郎は、被告のいうことなら、何でもすぐに諾くのだな。

答　そうでございます。不思議に私の眼色を窺うことを知っていて、これが私の敵だというようなことが分りさえすれば、すぐにも殺し兼ねない男なのでございます。

問　それでともかく猪股刑事を帰してしまってからはどうしたか。

答　警視庁の方でもいわれました通り、その日のうちに、癩病人を探さなくてはならぬと思いました。一旦はああして帰って行っても、いずれまた人が来るかも知れぬ。そうして是非会わせろというかも知れぬ、とそう考えて、すぐに探しに出掛けました。

問　二度目に尾形医師の一行が行った時に、今度はすぐに会わせてもよさそうなものを、中々会わせなかったというではないか。

答　前に猪股さんの時、いろいろと会わせない口実を使ってあります、それで、その口実の手前、一応は、会わしたくないという風を見せなくてはいけないと思いました。

問　博士に嫌疑を向けようと考えたのはいつごろからか。

答　だんだんに、犯人が知れなくなってからでございます。私が嫌疑を被せようと思った東海林さんが、すぐに捕まればまだよかったのでしょうけれども、それが一向に捕まらず、といって、今更、私からその人が怪しいなどといっては、余計に妙なものだと思いました。一方においては、その支那人の癩病人と同じ家にいるのが、何としても不愉快で、その際に、ふと目黒へ移る時に殺してしまい、しかも、それを一層有利にするため、蛭川博士の仕業のように見せかけたらと思い付きました。すべて、警視庁でいわれた通りでございますが、あの時は、それが主人の死体とは変っているということを、いつになっていい出したらいいものかと、その点で随分苦心しました。そうして、犯人が邸内の道具ばかりで犯行を演じたということが、ハッキリと分ってしまってからの方がいいと思い、それで、あの解剖しようという間際まで、じっと辛抱して差し控えていたのでございます。

博士失踪と見せかけたことについては、なお多くの問答が繰返された。

そのあとでは、少時間の休憩があった。

休憩後、判事の第一に訊ねたのが、問題の指環のことである。そうしてそれは、やがて葉村老博士と鞠尾夫人と更に唖の与四郎との間に存在する、不可思議な因縁を説明する鍵であった。

死の指環は、いかにしてその三人を因縁づけていたのであろうか。

(その二) 指環の秘密

その時、係予審判事は無論指環に関する事柄のうちそれがずっと以前には葉村老博士の所有であったことや、またそれには恐ろしい死の伝説がまつわっていることを知っていた。桐山ジュアンが葉村美奈子から聴いたままをそれ以前に逐一申立ててあったからである。

それで判事は、被告人鞠尾に向って、まずその指環に附随している恐ろしい来歴を知っているかどうかを訊ねてみたが、するとその返事は意外であった。即ち彼女は、かつて桐山ジュアンにその指環のことを訊ねられた時には、無論嘘をいっておいたのだと断った後、しかし、

「どんな来歴があるのか、一向に私は存じません。もとそれは、あの葉村博士が持っておったものなのですが――」

と、そういう風に答えたのだった。

この答えには、明かに二つの重大な意味が含まれている。

考えてもみれば、かつてその指環は、それを自分の指から離さずにいたという美奈子の母親をして非業な最後を遂げしめたものであった。そしてそれから後は、同じくそれを手にした筑戸欣子を殺し、更に倉知為二郎、井波了吉、東海林厚平らを殺したものであった。事件中、指環とは殆ど無関係の立場にいて殺されたのがあの癩病の支那人だけであった。一方から見ると、この事件における鞠尾夫人の吸血鬼にも等しい残忍な所業は、実は指環の有つ不可思議な力に操られた結果であったかも知れ

ない。指環は最後に、何者の血を啜ろうとしているのであろうか。

判事は、被告人鞠尾が自分自身その指環の魔力を知らずして、この恐るべき幾多の殺人を犯し、やがては自分も死刑台に上るべく運命づけられているのを考えて、思わず慄然としたことであるが、そこで同時に、ハタと思い当ることがあった。

即ち指環がもと葉村博士の所有であったのをこの鞠尾夫人がやはり知っているという事実からして、その昔《かみ》の事柄が、薄《う》っすらと分りかけてきたからである。

訊問はなおも続けられたのだった。

問　被告が今いった葉村博士というのは、してみると、被告は前々から識っておったわけであるな。いつどうして識合になったのか。

答　私が前申上げた外人サーカス団にいてイタリーを廻っていた時でございます。そのころ葉村博士もやはりかの地に来ておられて、ある時サーカスを見物に来られ、それから識合になったのでございます。

——前に私は、当局の方から私の身の上を訊ねられた時、自分がサーカスにいたのを蛭川博士に救われたように申しましたが、実をいうと、それは葉村博士のことをそのまま、蛭川博士に当て篏《は》めて申したのでございます。

問　何故か。何故そんなことを致したのか。

答　いったいが当時葉村博士も、自分の経歴などは殆ど私に話してくれたことがなく、妙に不思議な人物でございました。これは最近美奈子さんに会って訊いてみますと、そのころ葉村博士は博士の夫人、即ち美奈子さんのお母さんを喪われ、そのあとで洋行に出られた時であったそうで、そのために、気分が損なわれていたのだということが、少くとも私には呑み込めましたが、とにかく、非常に憂鬱な、そうして無口な人でございました。私は、もし蛭川博士などという人物が存在していたら、恰度あんなような人物に当て篏めた方がよいだろう、とこんな風に考えたのでございます。

問　蛭川博士の出生地が不明になった時、被告は、博士が信州出身だということを申しておる。あれもやはり、葉村博士の場合に当て篏めたのか。

答　あの時は当て篏めたというよりはドギマギして口を辷らしたといった方がよいかも知れません。

問　そんなことをして、例えそれが葉村博士のことであるとはいわなかったにしろ、そのことから遂に葉村博士が探し出されるだろう、そうして自分の正体が看破されるだろう、とそうは考えなかったか。

答　口を辷らしたあとで、少し心配にはなりましたが、じきに安心出来ました。ただ、信州といったばかりでは、殊に存在しない蛭川博士を探そうというのでは何も心配することは無いと思いました。

問　被告はしかし、自分がサーカス団にいたことだけは打明けているな。

答　自分のことは、どうも、知らないで押し通すことが出来ないと思いました。それに、当局ではどうせ私の身の上なども調べるだろうし、してみれば、憖《なまじ》いに嘘の身の上話などをしておくとその嘘が露《ば》れた場合に、今度こそ私自身が疑われると考えて、それである程度まで正直に打明けました。

問　それを打明けた揚句、当局がそのサーカス団というのを取調べて、それから当時被告を救ったという蛭川博士を探し出すとは考えなかったか。少くとも、被告を救ったのが蛭川博士ではなくて、葉村博士であるということを知られるとは思わなかったか。

答　全然思いませんでした。そのサーカス団などはとっくの昔解散しておりますし、しかも一方では、その葉村博士さえこれはまだ申上げてありませんけれど、この世に生きている人だとは思いませんでした。私はそのためにこそ、蛭川博士のことを安心して葉村博士に当篏めて話していたわけでもございます。

恐ろしいほどの奸智に長けていた鞠尾夫人にも、そこに一つの喰い違いがあったのだった。その喰い違いのために、やがて葉村老博士が探し出され、続いてその葉村老博士に意外な嫌疑のかけられたことは、桐山ジュアンの蹶起を促すこととなり、遂に正体を看破されたのである。

その時判事は深く頷いた。そして更に訊ねかけた。

問　葉村博士が生きている人でないと思ったというのはどういう訳か。

答　それを申すのには、ずっと以前のことをお話し致さなくてはなりません。つまり、私がサーカス団から救われたころのことになるのでございますが、当時そのサーカス団にはあの唖の与四郎がやはりいたのでございます。美奈子さんから私が伺ったところでは、当時葉村博士はその与四郎のことを手紙の中へ書いて信州の方へいって寄こしたということでございましたが。
問　その通りだ。しかし、それで与四郎がやはりサーカス団にいたとして、それからどう致した。与四郎も被告と一緒に救われたのか。
答　左様でございます。当時葉村博士は非常に沢山の金を持っていまして、訊いてみますと、それはモナコのカシノへ行ってルーレットで儲けて来たのだということでございましたが、とにかくその金で、私や与四郎の身体がサーカス団から自由になったのでございます。私達はそれで三人一緒になってイタリーを立ち退きました。そして間もなくスウィスへ行きました。当時葉村博士が私を愛していたのだということは、これはもう御推察になっておられるでしょうが、するとそのスウィスのある山の中を旅行していた時、そこで事件が起ったのでございます。
問　どういう事件か。
答　最初から申上げますと、いったい当時は、葉村博士が現われる前から、あの与四郎が私にうるさく付き纏っておったのでございます。ところが、こうして葉村博士が現われると一緒に、与四郎はしばしば私から遠ざけられるようになり、それを与四郎は大変に恨んでおりました、口にこそ出せなくても、いつでも私や葉村博士を、恨めしそうに眺めていました。そうして遂にある日のこと、その与四郎が葉村博士を襲ったのでございます。――恰度、その日は私と博士とが二人きりで宿を出て、附近にある、景色のいい絶壁の方へ見物に参ったのでして、すると突然に与四郎が背後から現われて、博士を絶壁から突き落してしまいました。私は驚きましたけれども、どうすることも出来ませんでした。附近には誰も人がおりませんでしたし、それに葉村博士を救うことは出来ないと思いました。
問　その絶壁から落ちて死んだのだと思ったのだな。
答　そうでございます。大変に高い嶮しいところで、覗いて見ると、くらくらとするようなところでございました。一方では与四郎が、驚いている私を横抱きにしたまま走り出してしまいますし、殆ど、声を立てる暇さえございませんでした。――今思ってみると、博士があゝして盲目になっているのは、多分その時に、生命だけは助かっても、顔に大きな負傷でもして、そのためのことかと存じます。
問　与四郎に連れ去られてからどうしたか。

答　悪いようには思いましたけれども、もう死んだものと考えた以上、自然そのままになってしまいました。博士の宿へ残した荷物などを何喰わぬ顔で持ち出して、一旦フランスの方へ逃げ、それから日本へ帰ってきました。――その博士の残した荷物の中に、実はあの指環があったのを発見し、結局自分のものにしたのでございますが、とにかくそんなわけで、博士は死んだ人だと思っていたのでございます。

判事はここでまた幾度も頷いた。

今までは全く窺知《きち》することも出来なかった葉村博士外遊中の事情も判明したし、同時に、鞠尾夫人が指環の来歴を知らずにいた理由も判ったのだった。

博士は当時、その指環を荷物の奥深く隠しておいて鞠尾夫人には見せることさえしなかったのである。そうしてなおかつて博士が美奈子に向って、その指環をどこか人の知らない場所へ隠したなどといっていたのも、こうした事情からしてみては、博士がその忌まわしい過去を語りたくなくて、殊更にいい加減な嘘をいっていたものだということが判るのである。

その葉村博士が奇蹟的に命を拾って日本へ帰り、しかも鞠尾夫人と同じく牛込区内に住んでいたとは、何という皮肉であったことか。当局で、蛭川博士と葉村博士を混同してしまったのにも無理はない。もともとから蛭川博士は葉村博士に当て篏められて仮想された人物であり、しかもその葉村博士が、鞠尾夫人の思惑を全く裏切って、ものの十町と離れぬところに住んでいたわけなのである。

判事と鞠尾夫人との間には、それから後、当時の夫人と葉村博士、及び夫人と与四郎との関係が、どの程度まで進んでいたかについて、相当長時間に渡る審問があった。先きに事件の性質上詳しい記述を避けなければならぬと断っておいたのは、主としてこの間の審問であるが、要するにそれは、心理学上の一部門に属する問題であったと思って戴けばよい。当時鞠尾夫人が葉村博士を愛していたか否かと訊ねられて、夫人は「絶対に否」と答えた。そうしてそれは、唖の与四郎についても同様だった……。

やがて訊問は、あの十月三日、葉村老博士が拘引された当時のことに移ったのである。

問　その時被告は調室へ這入って、初めて葉村博士の顔を見た時、どんな風に思ったか。

答　非常に驚きました。これは大変なことになったと思いました。盲目で気が狂っているということを知り、僅かに安心はしましたけれど。
問　どんな順序で葉村博士が拘引されたのかを知っておったか。
答　その時は全く知りませんでした。ただ、会わせる人があるからというばかりで呼び出されました。そうして、今申した通り、盲目で狂人であるのを知って安心すると一緒に、それが蛭川博士ではないかと訊かれて、急にがっかりしたような気持になりました。危険なような気もするけれど、こんな大間違いをやっている位なら、まだまだ大丈夫だと思いました。それで、知らぬ存ぜぬとばかり答えておきました。
問　その後被告は、当局へ向って葉村老人の釈放方を願い出している。あれはどういう理由であったのか。
答　葉村博士が警視庁の手当でもし正気に戻るようなことがあると、その時こそ大変だと思いました。もっとも、美奈子さんに会ってそれとなく訊ねてみますと、葉村博士は私が欣子さんを殺した当時から、一向に新聞なども読まなくなり、それで私の名前鞠尾というのが少しも博士の耳に這入っていない様子でその点だけは安心致しましたけれど。
問　つまり、博士がもし新聞からでも知っていたなら、きっと殺しに関係していることを知って、被告が欣子昔のことを思い出して、遂には被告の正体が暴露される、とこう考えた訳なのだな。
答　その通りでございます。葉村博士が生きていることを知ってからでは、夜もおちおち眠れない位でございました。そうして、ともかくも、博士が正気に戻らないうちに、警視庁から返してもらって、その上でまた、どうなりとする積りでございました。
問　殺す積りででもあったのか。
答　場合によっては、そうなるかとも考えました。そうして、そんなことを考えているところへ、突然あの井波了吉という男が訪ねて参り、指環のことを話したのでございます。——その際でございますから、私は非常に狼狽しました。つい、うっかりして、指環のことなどはそう心配しないでもいいように思っていたのが、急に心配になってきて、それでその日のうちに、あの倉知という男を殺し、また、牛込の邸の方へ井波さんと東海林さんとを誘い出して殺しました。今から考えると、例えそれらの人々を殺したところで、少くとも倉知骨董店の小僧は、その指環のことを知っていたのでしょうし、それにいよいよ私が怪しいとなれば、私の変装した姿を見たものはああして他にも沢山あり、結局駄目だったのでございますが、その時は殆どそれを考えている暇もありませんでした。

問　桐山壽安が被告の家を訪ねて行った時の事情は、彼の申していた通りか。

答　左様でございます。最初は与四郎にやらせて失敗し、私は狼狽して逃げ戻りました。浴室でいろいろの狂言を企らんだのも、凡てあの人のいっていた通りでございます。

問　桐山壽安を再び襲った時は一人きりで行ったのか。

答　一人きりでございました、与四郎がそれ以前の襲撃を失敗した結果全く弱っておりましたので仕方なしに一人で行きました。実は、それ以前にも隙さえあれば刺し殺そうと思っておりましたが、あの人には中々油断というものがございませんでした。

問　最後に、新しく事件が発展したからといって出頭を命ぜられた時、危険だとは思わなかったか。

答　思いました。しかし、もし疑われているようなら、もう逃げたところで到底逃げおおせることは出来ないし、いっそ大胆に出向いて行って、叶わなくなるまで抗弁しようと思いました。――それが、到頭あんなことになってしまって、しみじみどんなに巧な犯罪を企らんだところで、結局は駄目なのだということが分りました。悪うございました。存分にお仕置きを願います。

さすが凶悪なる鞠尾夫人も、この時深く頭を垂れた。そして判事は、証拠品としてその席の卓上に持ち出されてあった魔の指環を、少時黙然として眺めやった。

これで、夫人の罪状は殆ど明白となったわけなのである。

第十九章　大団円

長い間、思わぬ嫌疑をかけられて、しかも自分では少しもそれを意識せずにいた葉村老博士が、警察当局の手厚い心尽しによってめきめきと快方に赴き、やがて預けられていた某精神病院からいよいよ退院することになったのは、以上述べたようにして鞠尾夫人の供述があってから、殆ど二ケ月を過ぎた十二月末のことである。

その日、葉村博士は一旦病院から検事局まで連れて来られた。証人としての簡単な訊問が行われたからである。そして、その訊問が終ってから、ひとまず別室で休憩することになったのであるが、この時同じ検事局内の廊下に立って、頻りに話し込んでいた三人の人物があった。

捜査課長、沖島刑事、猪股刑事の三人である。

最初彼等は、例の指環がこの種事件の参考資料として、そのまま当局で保管するようになったことについて話し合っていた。そしてそのあとでは、事件中の各自の失敗談などが出て、それについては猪股刑事の第六感云々がまたしても問題になった。あの第六感は、すぐ眼の前にいた鞠尾夫人から直接感じたものであったのに、彼等は漸く気が付いたのであった。

葉村博士が訊問を終って、給仕に手を引かれながら休憩室に這入って行くのを見た時、三人はいい合したようにして同じその部屋へ行こうとしたが、するとこの時、沖島刑事がふと心配そうな顔で捜査課長に囁いた。

「しかし課長、あの博士と桐山ジュアンとは薊クラブへ行って賭博をしたことになっていますが、このことはいったいどうなりますか」

課長は軽く刑事の肩を叩いて答えた。

「沖島君、そんなことを改まって訊いてはいかんじゃないか。何しろ一件記録がとても尨大なものになるんでね、その中には自然二つや三つの書き落しだって出来るかも知れんさ。――ほら見給え、向うから第一等の殊勲者が、博士を迎いにやって来たじゃあないか」

そこは四階の廊下であったが、突当りの階段口から、最初に青いソフトを冠った桐山ジュアンの姿が現われ、続いて明るい色のコートを着、腕には柔かな襟巻を抱えた美奈子の姿が、浮きあがるように見えたのだった。

「やあ」

「やあ」

といって、三人はすぐにジュアンの手を握った。そしてその二人を博士の休憩室へ案内して行った。

室へ入るや否や、美奈子は、言葉もなくて盲目の葉村博士に縋りついた。

「気の毒をかけたナ」

と博士はただ一言いった。そしてジュアンの手を探り寄せて、顫えながら握りしめた。

「つい、忘れておったのですが、お帰りになる前、ちょっと与四郎を連れて参りますから――」

とこういって一名の書記がそこへ這入って来たのは、恰度一同が帰るために席を立ちかけていた時である。無論それは、与四郎が博士を見覚えているかどうか、試して見るためであったのだった。

じきに廊下には靴音がして、看守に附き添われた与四郎が這入って来た。

与四郎が最初に見たのはジュアンだった。

そして次に見たのは盲目の博士であった。

与四郎の顔には、その時極めて不可思議な表情が浮かび上がった。

彼は、まるで何かに憑かれたようにして、じっと博士の顔を眺めたのである。眼のうちには、忽ちにして深い困惑の色が見え、続いてそれが何かを訝《あや》しみ探る表情に変って行った。それは例えば、野蛮人が初めて日蝕を見た時の表情でもあった。同時にまた、かつて夢の中で見たとしか思われぬ人物に、突然出会した時の恐怖と驚きとからなる表情だった。

「…………」

突然居合せた人々は、与四郎の口から鵺《ぬえ》のような悲鳴が起るのを聞いた、同時に、その巨大な唖が、一団の黒旋風のようになって、附き添っていた看守の手を振り離し、窓へ向って突進するのを見た。

「呀ッ！」

恐怖に衝たれて一同は叫んだ。

が、この時既に、唖の巨人はドシンという大きな音を立てて窓硝子を突き破り、そのまま、窓框に片方の靴だけを残して、姿を消してしまったのである。

人々はすぐにその窓へ近づいて、遥か眼の下になっているコンクリート張りのペイヴメントを、気味悪そうにして瞰《み》下した。

ジュアンだけがただ一人蒼い顔をしている美奈子の傍へ引返し、

「いいですよ美奈子さん、僕等にはもう無関係なことです」

といった。

そして美奈子も、漸く気を取り直したようにして答えた。

「ええ、そうですわ。あの窓の下を通らないようにして、早く帰って行きましょうねえ」

×　×　×　×　×

葉村博士を真ん中に挟んで、ジュアンと美奈子とがその建物の前から自動車に乗った時には、珍らしくも雪がチラチラしてきていた。

美奈子が買いたいものがあるといったので、車は一度銀座通へ向けられたが、その途中で美奈子はふと思い出したようにして訊いた。

「でも、あなたはどうしてあの夫人を怪しいなんて思ったのでしょう?」

「なアに、下らないんですよ」と、ジュアンは答えた。「僕が夫人の目黒の家から帰る時僕にはあの旧蛭川邸に寝起きしていることを、夫人に非常に小声で知らせたんです。そうしたら、その晩のうちに、蛭川邸の方へ僕を襲ってきた奴があったんです。――最初僕は、怪物蛭川博士が目黒から僕を跟けて来たのかと思ったんですけれど、そのうちに、僕がそこに泊っていることを知っているのが、美奈子さん、あなたと鞠尾夫人との二人しかいないのを思い出して、それでだんだん鞠尾夫人がひょっとしてそうじゃアなかったのかと考えたわけです」

「あら、じゃア、間違うと、あたしも疑われるところだったんですわ」

二人はそこで声を揃えて笑った。そしてこの時、車は尾張町の角をぐいと曲って、京橋への平らな舗道を走っていた。

「でもね、もうその話は止しときましょう」とジュアンがいった。「それよりか、ほら、ちょっと覗いて御覧なさい!」

美奈子は、左肩をすんなりとよじらせるようにして、車の窓から、美しく雪の降る街を覗いて見た。

そして、忽ち、瞳をいっぱいに輝かせて叫んだ。

「あら、あしたはもうクリスマスね。店にはみんなデコレィションがしてあってよ」

風船殺人

奇怪な遊戯

（一）

楠本未亡人は、世間で謂う、家附娘です。

親もなし子供もなし、良人《おっと》は三年ほど前に死んでしまったし、妹が一人あるにはあるが、この妹も他家《よそ》へ縁付いていい、そんなわけで大変淋しい一人ぼっちですけれど、その代りには、親譲りの財産が吃驚《びっくり》するほど沢山にあり、若くて美しくて我儘一パイで、誰も頭の押え手がありません。


ある初夏の日――。

彼女は、もう昼過ぎの二時頃になって、柔かい羽根蒲団の中から、やっとこさ眼を覚ましました。

眠ってるうちに、女中がカーテンを開けて行ったらしく、玻璃《はり》窓を透かした向うには、植込みの青葉が、キラキラと午後の陽ざしを照返してい、彼女は綺麗な白い掌を頤《おとがい》に当てて、

「あ、あ、あ――」

さも眠り足らなそうに欠伸《あくび》しました。

女中部屋へ通じるベルを鳴らしといたまま、ぐるんと寝返りを打って仰向けになると、天井には、青赤白紫黄、金銀色のゴム風船が、五十も六十も、百も二百も、巨大な葡萄《ぶどう》の房のようになって浮かび漂い、身動きをするとベッドの下から、羽根蒲団の風に煽られたのでしょう、また二つばかり風船玉がフワフワと部屋の真中へ浮かび出して来ます。

富豪で、年が若くて、妖艶極まる未亡人の寝室。

そこに、どうしてこんなにも沢山の風船玉が飛ばしてあるか、それには無論わけのあることです。

「お目覚めでございますか」

という声を聞いて、未亡人は、また眼をウットリと閉じ、眠ったふりをしていましたが、その間に部屋の中へは、一番古くからいるばあやのお島が入って来、枕頭へ、香水をかけた蒸タオルと巻煙草のセットとを置き、また横のテーブルへ、新聞や郵便物そっと載せて行きました。そのあとで未亡人は、

「あ、あ、あ——」

もう一度欠伸をし、二の腕まで露わに、ウーンと伸びをしておいて、モクモクと蒲団の中へ起上ったものです。身体は溶けるように懈《だる》いし、起きたところで用はないし、世の中なんて、ちっとも面白くないといった顔附で、金口の細巻煙草を口に咥《くわ》え、ポカリポカリ吐き出した煙が、天井の風船玉の間へ吸い込まれるように消えて行きます。彼女は、大粒なダイヤの指環が篏《は》まった指先で、テーブルの上の手紙を二三通、退屈そうに取上げて見ましたが、皆んな碌《ろく》でなしの男友達から来た手紙で、

「フン、つまんないや、こんな人達——」

呟いた途端、ふと眼についたのが、新聞の蔭へ隠すようにして置いてあった、四角いボール箱の小包郵便でした。

上の包紐は、ばあやがほどいておいてくれたらしく、すぐ開けて見られるようになっていて、上書きの宛名は楠本貴美江様、差出人が野々宮省吾と書かれています。

「野々宮省吾って、ああ、こないだの絵描きさんだわ」

彼女は、三日ほど前に、東亜ホテルの舞踏会ではじめて知合になった仏蘭西《フランス》帰りだというある画家の顔を思い出し、それから無造作に小包を開けて見ました。

中には、クーリム色をした少し大ぶりなゴム風船と、野々宮省吾の名刺が一枚。その名刺の裏へ、

——巴里《パリー》で買って来たものです。ちょっと風変りな風船ですし、貴女が大変風船好きだと承わったものですから、初対面で失礼ながら御受納下さいますように——

美事なペン字で認めてあります。

見たところその風船は、クシャクシャに凋《しぼ》んだままなので、膨らまして見ない限りは、どこが風変りなのか解りませんけれど、彼女は何となくこの贈物が気に入ったらしく、指につまんでブルンブルンと振って見たり、ゴムを引伸して柔かい肌触りを頰っぺたのところで楽しんでみたり、それから、急に何か思い付いたように、またベルを鳴らして女中を呼びました。

「お呼びでございましたか」

といって入って来たのはやはりばあやのお島。

「ああ、あのね、風船部屋を空けといて頂戴——」

「はい」

「そしてね、六造《ろくぞう》にいって、この風船を膨らましとくように」

「は、はい。かしこまりました」

ばあやの方は、差出されたゴム風船を受取りながら、チラッと眉の根を顰めましたが、口では何も申しません。何か、唇まで出かかった言葉を、そのままいわずに我慢したようにして立去ると、あとで未亡人は、細巻の煙草をもう一本燻らしてしまい、悠《ゆ》っくりとベッドを辷り降りて、男のようなピジャマを肩へ引っ掛け、

「ララ、ラ、ラ、ララ——」

陽気な口笛を鳴らしながら、浮き浮きと寝室を出て行きました。

(二)

——貴女が大変風船好きだと承わったものですから——

野々宮省吾の名刺にも書いてある通り、どういうものか未亡人は、子供の頃から、妙に風船が好きでした。

冷たく、滑らかで、ピンと張り切ったゴム風船の肌触りが、まず何ともいえず気持がいいし、それに、あのフワフワと空中を、呑気に漂い流れるのを見ている気分が、変てこにこう好ましいのです。

花時、風船を売る屋台店の風景など、あるいは空高く、銀色の広告風船が上っているところなど、誰が見ても実に長《のど》かな気持を起させますけれど、それにしても楠本未亡人の風船好みには、少々、人と変ったところがありました。

子供の頃に彼女は、どんなに激しく泣きじゃくっていようが、風船さえ手に持たしてもらえば、すぐにニコニコと笑い出したといいます。一日片時、ゴム風船を離したことがありません。幼稚園から小学校、それから女学校へ行ってまで、音楽芝居活動写真、そんなものより何よりかより、風船が一番好きな玩具《おもちゃ》でした。

そういう奇妙な風船愛好癖は、一種病的なものだといってもいいでしょう。その病癖は、年と共に根深いものとなり、今ではもう、実に変なものになっています。寝室には、あの通り沢山の風船玉が、年から年じゅう浮んでいるし、殊に近頃は、極く親しい者以外、誰も知らな

いはずの秘密ですけれど、何という不思議な遊戯を始めたことでしょうか。

ばあやに、そこを開けておくようにと吩咐《いいつ》けた風船部屋は、この家の一番奥まったところにある別棟の建物で、ここはもと彼女の良人が、自分の趣味で彫刻などをやったことがあり、そのために建てたアトリエですけれど、普通のアトリエに較べると、実は必要以上、馬鹿々々しいほど大きく造ってある。天井も思切って高く広いことも広く、今はここが、彼女の奇抜な遊戯場になっているのでした。

そこには、寝室にあった位ではない。もっともっと沢山の、しかもかなり大きなゴム風船が、部屋中一パイになるくらい置いてあり、片隅には、風船を膨らますための水素瓦斯《ガス》を、鉄製の円筒へ圧縮して塡《つ》めたものなどが立ててあって、この部屋へ未亡人は、三日に一度一週間に一度、必らず一人きりで入り込んで、思うさま遊び戯むれるわけです。

「六造、出来た?」

といって未亡人が、素足にスリッパのままでそこへ入って来た時、ドアを開けたすぐ横手のところに、もう年頃は六十近く、一寸法師みたいに背の低い老人が立っていましたが、この老人は、お島ばあやと共に、随分古くからこの邸に使われている下男です。

下男の六造は、さっきのクリーム色の風船を水素で膨らまし、その結び紐の一番下へ、出来るだけ軽く拵らえたセルロイド製の腕環を、恰度くくりつけたところでした。

「ヘイ、この通り――」

と六造がいうと、

「御苦労ね。じゃいいわ。向うへ行っていて頂戴――」

未亡人は、すぐに老人を追い出してしまい、今のゴム風船を、手で軽く持って見上げましたが、

「あれえィ!」

ふいに、ギョッとしたように叫びました。

なるほど、珍らしい風船!

それは、ただの丸いやつではなく、膨らますと、眼もあり鼻もあり唇もある、人の顔に似せて作った風船です。

特別に、どんな意味があったというのでもないでしょうけれど、その風船の顔は不思議に気味悪く見えました。人の死んだ時、石膏で死面《デスマスク》というものを取りますが、その死面にも似た不気味さです。色がクリーム色だからよかったものの、さもなくて、死人と同じような蒼ざめた

色にでもしてあったら、真向きにはとても見ていられない、実に厭アな顔附の風船だったのです。

「ああ、チキショ、こんな風船！」

と未亡人は叫んで、セルロイドの環をツイと指先きから外しましたが、すると風船は、無論何事も知りません。呑気そうに、フンワリと天井へ昇って行ってしまいました。

彼女は、

「まア、何て厭な風船だろう」

忌々《いまいま》しげに呟いて、高い天井から、こちらを嘲るように見下ろしている風船を、暫くのうち睨みつけてやり、しかし、いつまでそうしていても始まりません。やがて思い返したように、ほかの風船をとっつかまえて、いつも通りの遊戯にとりかかりました。

その遊戯というのは、部屋にある大きな風船を、沢山、無数に身体へくくりつけ、その風船の浮く力で、ユラリユラリ、空中を泳いだり跳んだりして歩こうという遊戯です。

風船は、皆んな、両手でやっと抱くほどの巨大なものでしたから、それを沢山集めると、どうして馬鹿にならぬ浮力があります。早い話が外国でいう跳躍気球《ジャムピング・バルーン》、浮力が大きくなると身体の重みがそれだけ減って、風船の数を増すに従い、しまいには、ちょっと床を蹴っただけで、身体がスーッと浮いても行くし、また一つ腰をひねると、フワフワ下へ降りても来る、そういった調子になってしまいます。広い大きな部屋でないと出来ないことだけれど、それには前いった通り、広大なアトリエの空室があったのを幸い、楠本未亡人は、自分でこんな跳躍気球の真似事を思立ち、時々、ひそかにこの不思議な遊戯を楽しんでいたわけです。

ピジャマは脱いでしまい、肌寒い部屋の空気にはお構いなく、殆んど半裸体になった華奢な身体へ、手当り次第に、各種各様の風船をくくりつけて行くと、風船が一つ増すごとに、身は軽く雲に乗ったような心持です。

「あらあら、あの風船、まだこっちを見下ろしているわ」

振仰いだ天井では、クリーム色の死面風船が、相変らずニヤニヤ笑っています。

「あんなの、癪だから、どうかしてやらなくっちゃア——」

我儘なお転婆《てんば》未亡人の顳顬《こめかみ》には、キリキリッと痼癪の筋が膨れ上って来、彼女は、いつもより余計な数の風船を身につけました。

ポン!

と軽く床を蹴ると、さながら深海の人魚です。脚を踏み伸ばし、胸を反らしたままの姿勢で、彼女は、天井を目懸け、スーッと昇天し始めました。

(三)

これから後約二時間。

楠本家では、下男の六造も、ばあやのお島も、そのほか女中や書生達が、この風船部屋でどういう事が起ったか、誰も知っていた者がなかったといいます。

知らない代りには、この日楠本家へは、いつになく沢山の来客があり、この来客達が、皆んな未亡人に会うつもりで、暫らく別室に待たされていたものです。

来客中、第一にやって来ていたのは、未亡人の妹の真佐子さんというのが縁付いている、森岡龍三《りゅうぞう》という若い陸軍中尉でしたが、森岡中尉は恰度未亡人が風船部屋へ入って行ったすぐあとへ軍服姿でやって来、これは何しろ一番近しい親戚ですから、義理の姉の未亡人にこそ多少の遠慮はあっても、ほかの者への気兼ねがありません。玄関へ出たばあやが、

「おや、森岡の旦那様でございましたか。今、奥様は、いらっしゃるにはいらっしゃるのですけれど」

未亡人の風船部屋にいる旨を、言憎《いいにく》そうにして告げると、

「ふーん、そうかい。相変らずで困ったもんだね。——まアいいや、待たせてもらおう」

そういって、ヅカヅカ奥の居間へ通り、ばあやに紅茶を一杯所望しただけで、あとは雑誌か何か熱心に読み耽っていました。

森岡中尉が来てから暫くすると、今度は下男の六造の甥で、某大学の工科の学生、須村芳彦という青年が来ましたけれど、これは玄関を避けてお勝手元から上り、最初に下男部屋へ行きました。

「おお芳彦かい。よく来たね」

と六造がいうと、

「ええ」

と答えて芳彦は、この時から変に落着のない顔色。それに眼附が、ひどく神経質に輝いていました。

「僕、今日は、奥さんに、是非話したいことがあって

来たんですが」

「何だい。改まって、どういう話だい」

「叔父さんには、いったって解りません。僕は、考えてることがあるんです。大学の学資やなんか、僕は今後、自分で稼ごうと思ってるんです。ここの家の扶助なんか受けて、学校を出たところで何にもなりません。むしろ恥辱です。そのことを僕はいいに来ました」

　話していることからも解る通り、芳彦は、未亡人から学資を貢いでもらってい、それを、どうした理由《わけ》か断わりに来たというのでした。人の好さそうな、無教育な顔附の六造じいやは、昂奮した甥の顔を心配そうに見詰めて、しかし、

「そうかね。儂《わし》に解らんことじゃ仕方がないな。じゃ、待っといで。そのうちにお嬢さんに、儂から申上げて会って戴いてあげるよ」

　その方が、昔から慣れている呼方なのでしょう、未亡人のことをお嬢さんなどといい、とにかく芳彦を、そのまま自分の部屋へ待たせておきました。

　それから殆んど一時間あまり、表面的には何も変ったことがありません。

　時間がだんだん経つに連れ、もうその頃には、未亡人があまりに長く風船部屋にいるので、ばあやなど、変にこう胸騒ぎがして来、訳の解らない恐ろしさや不安を感じ出したといいますが、この時楠本家へは、更に二人の来客があり、その一人は、例の死面風船を送って寄来した野々宮という画家、他の一人は、私立探偵笹島啓作という名刺を持って来た中年の男です。これが、どちらも楠本家へは、はじめて訪ねて来た人達でした。

　最初に玄関へ取次に出た年の若い女中は、ドアを開けて見ると、見知らない二人の紳士が、肩を並べるようにしていたので、それを一緒に連立って来たお客さんだと思ったものですが、

「野々宮というものです。こちらの奥さんに、ちょいと敬意を表しに参ったと申して下さい」

　一方がいうと、すぐに片方が、

「私は、こういう者です。楠本未亡人に、至急、秘密にお訊ねしたいことがありまして」

　画家の言葉を遮るようにしていうものだから、変に面喰《めんくら》ってしまいました。画家の野々宮は、鼻眼鏡や短い口髭や、上品な仕立ての流行服で、年は三十四五位、なかなか立派な紳士でしたが、私立探偵の笹島は、縞の鳥打帽にダブル・ボタンの上衣、風采はあまり悪くなく、

しかし職業柄か、いつも人の顔色をヂロヂロ覗いていようという、どこか油断のならない眼附をした男でした。

女中が、二人の来客があった旨を、女中頭《がしら》格のばあやに告げると、ばあやは、今日の小包郵便で、野々宮の名前は覚えてい、ただ、私立探偵だけは心当りがありません。自分の一存で追い帰しては、我儘な未亡人から、あとでどんなに叱られまいものでもないと考えたので、この時漸く、風船部屋へ、そっと様子を見に行きました。

部屋には、未亡人が内側から鍵をかけてあって、すぐに開けることが出来ません。まず、コツコツとノックをしましたが、一向に返事がなかったので、

「オヤ、どうしたのだろう」

ばあやは、急に胸がドキドキしてきました。前いった通り、それも格別な理由がなく、ただ、奇妙な不吉な予感がしたというだけですが、なお、二度三度、ドアを叩き、今度は、

「奥様、奥様――お嬢様、私でございます。ばあやでございます。お嬢様ア――」

幾度声をかけても答えがないので、もうその時に彼女は、

「誰か来て下さアい。大変です。大変でございますよオ――」

叫びたいほどの気持だったそうです。

廊下を、慌しくバタバタ走って、下男六造の部屋へ来ると、

「ね、六造さん！」

「何だい」

「ちょっと、来て見て下さいよ。何だか、様子が変なんですよ」

「どうしたってんだね。お前さん、まるで真蒼な顔をしているよ」

そういう六造自身が、実は何故だったか、やはりサッと血の気の引いた顔をし、ヌッと立上って廊下へ出ると、一緒に、芳彦も、

「どうしたんです。え？　何かあったんですか」

すぐ、あとへ続きました。

コツコツ、軽くノックする位では足りなくて、六造の振上げた大きな拳が、ドシンドシン、破れよとばかり風船部屋のドアを叩くと、中は相変らず墓場のような静けさで、するとそこへ騒ぎを聴付けた森岡中尉が、さすがに軍人らしく落着いてはいながら、それでも何となく不安気な顔附をしてやって来て、

「オイ、皆んな、何をしているんだ」

「あ、森岡の旦那ですか。お嬢様が――」

「ナニ、貴美江さんが、どうしたって?――よし、待て、僕が呼んでみる」

森岡中尉が、また声を立てて呼んでみても、未亡人の返事のないことは前と同じで、だから、庭へ廻って部屋の中を覗こうとすると、窓には白いカーテンが張ってあって、殆んどどこからも隙見が出来ません。

「構わん。窓を一枚、ぶち壊してしまえ」

「へイ」

これから六造は、納屋の方から金槌と鑿《のみ》とを持ち出して来、ドアに一番近い、廊下の曲り角に当る窓を、外からがむしゃらに外しましたが、その時に一同、ドヤドヤッとそこへ駈け寄って、掻き寄せられた窓蔽いの裾から、怖々《こわごわ》覗いて見た風船部屋の内部は、ああ、なんと奇怪な光景でしたろう。

未亡人は床の上二三尺ほどの高さに、恰度身体の中心を、ピジャマを脱ぎ捨てておいた椅子の背中に支えられ、それがまるで、空中に浮きもせず沈みもせずといった工合、五色の雲の固まりにも似た無数の風船に糸で吊られて、白蠟のような裸身を静かに横たえています。

その光景を、ギョッと眼を据えて眺めた途端に、誰も彼も、ゾーッと水を浴びせられたような気持になったのは、未亡人が、その恰好のいい唇から、血を、真紅の絹糸のように、タラタラ流していたことです。

一瞬間の躊躇の後、一同口々に、何か罵り喚き合いながら、ドッと窓框《まどわく》を躍り越えて室内へ入って行きましたが、この時はもう手遅れです。

血を唇から垂らしたまま、未亡人は、ヒンヤリするほど冷たい皮膚をしていました。呼吸もせず、脈搏が第一ありません。未亡人は、全く緈《こと》切れていたのです。

飛来する小刀《ナイフ》

(一)

それこそは、何とも意外で悲惨な結末。

呼んで返事のなかったも道理。未亡人は、死体となって横たわっていたのです。はじめそれは、自殺か他殺か、その区別すら、ハッキリしないくらいのものでした。

死があまりにも突然で、しかもその死体を調べてみると、医者の眼にさえ、容易には死因らしいものが発見されません。口から血を吐いていることだって、脳溢血などではしばしばそういう現象があるし、それは何か急激な病気が起ったせいだったともいえそうです。

楠本家の邸内は、忽ち大騒ぎになってしまいました。未亡人の死を発見してから後、無理もないことだけれど、家人達は、ただもう極度に昂奮し落着きを失っておりました。

その証拠には、事件後、第一に電話で呼ばれたのがかかりつけの中沢という医者、次にこの医者の注意で、とにかく未亡人変死の顚末を、所轄麴町署へ告げ知らせることは知らせたけれど、その頃に、女中達がひょっくり気付いたのは、さっき玄関へ待たせっきりにしておいたはずの、二人の変った客人のことです。変った客人とは、画家の野々宮と私立探偵の笹島という男のことですが、実のところこの二人は、玄関先でいくら待っていても、取次が奥へ引込んだまま何とも返事がなく、ところへ邸内では、何か異常な事件が持上ったらしく、急にザワザワした気配が見えてきたので、少々無遠慮過ぎるところはありますが、庭から廻って案内もなし、風船部屋へ行く渡廊下のところまで来、するとここで女中達が、彼等の姿を認めても、誰一人、それを咎めようとするものさえなかったといいます。

「何だか、ゴタついていますね。何か、変ったことがあったようですよ」

「そうですね。構わないから、ちょっと覗いて見ようじゃありませんか」

二人の男は、眼と眼で頷き合い、この風船部屋の外をぐるぐる廻り始めて、壁の節穴かカーテンの隙間か、どこからでもいい、一つ中を覗いて見ようとしていたところです。

それはもう夕方近くで、四辺《あたり》が少し薄暗かったものだから、部屋の内では中沢医師が、窓を明るくしてもらって、死体をなお詳しく調べようとし、すると女中が、気を利かして窓のカーテンを一つずつ開けて行くと、その時、とある窓へは、今いった二人の男が、ヌッと揃えて首を差し出し、女中は、思わず、キャーッという叫び声を上げました。

ふいに、思い懸けぬところから覗かれたので、女中も勿論驚いたのだし、部屋の内にいた一同も、この女中の

叫び声には、何ともいえず驚かされ、一斉に窓の方を振向くと、さっきこの二人を玄関先へ取次に出たはずの女中が、

「あらあら、そうだわ、あの人達――」

やっとそれが、あの時のまま、待たせっ放しにしておいた客人だったということを、僅かに思出したような始末です。

女中の説明で、それが死の直前の未亡人を訊ねて来ていた客人だと解ると、その時に森岡中尉は、ツカツカ二人の前へ近づいて、

「失礼ですが、混雑中《とりこみ》です。お覗き下すっちゃ困るんですが」

一本、きめつけるようにしていったものです。

「は、これはどうも。実は、何気なく、庭先きの方へ廻って来てしまいましたので」

答えながら、二人は同じように恐縮して頭を窓から引込めましたが、その短い時間のうちにも、そこで起っている混雑事とは何の事か、風船部屋で一体どんな事件が持上ったのかと、それを出来るだけ詳しく見届けておこうと考えたらしく、キョロキョロとそこらを見廻していた様子が、その場に居合せた一同にとっては、変にこう胡散臭《うさんくさ》く、薄っ気味の悪い感じでした。

場合が場合で、殊に一方は私立探偵、また他の一方は、あの奇怪な死面風船を送って寄来した当人ですから、この二人と、未亡人の怪死事件と、この両者の間には、何かしら、混み入った事情がないとは限らぬ。森岡中尉はそこのところを考えたのでしょう。間もなく二人を、玄関先の応接室の方へ案内させましたが、その時女中達にそっと吩咐け、彼等の挙動をそれとなく見張っているように注意しておきました。

そうこうしている間に、表へは、ドドドッと自動車の停まる気配がし、あたふた楠本家へ駈けつけて来たのは、森岡中尉夫人、即ち未亡人の妹の真佐子で、これは中尉が、いち早く凶事を電話で自宅へ知らしてやったためです。

自動車から転げ落ちるようにして、真佐子が家の中へ入って来ると、それを第一に出迎えたのは六造じいやで、

「まア、じいや!」

と、真佐子はその時にもうオロオロ声。

「おお、お嬢様!」

と、六造も、同じようにいって、これも何だか、泣き出しそうな顔附でした。

六造は、未亡人や真佐子が、まだずっと幼かった頃から、引続きこの邸で使われてきたもので、真佐子はこのじいやに一番よく馴付いています。主人の娘と下男だけれど、情愛は親子ほどにも濃くなっているから、お互いに顔を見合せると、こういう変事のあった際、ハッと涙ぐむほどの気持になったものと見えます。

真佐子は、ふだん着のままの和服姿で、踏む足も定まらず風船部屋へ飛び込んで行き、それからは引続き幾台もの自動車が、多数の警官をこの邸へ運んで来ました。

未亡人の死因がハッキリしていればいいのだけれど、自殺か他殺か、その区別さえつかないようでは、どうしてなかなかの怪事件です。係官達は、皆緊張し切った顔色でした。

（二）

この時、警察から来た係官達の目には、事件中何より奇異に見えたのが、未亡人は、未だかつて誰も試みたことがないようなゴム風船遊戯を楽しみながら、殆んど素裸の姿で死んでいたという点でした。

「どうも妙てけれんな事件だね。一体この風船て奴が、何か問題の種じゃないかな」

「そうさ。僕も、この沢山の風船を見ると、何となし秘密っぽい気持がしてきて仕方がない」

係官達は、部屋へ入って、あたり一面、フワフワモクモク人魂のように浮き漂っている無数の風船を見ると、すぐそんなことを呟き合ったものです。

一方では、警視庁から来た鑑識課の連中や警察医などが、死体の検屍にとりかかっていて、この方は、前に中沢医師が見た時と同様、未亡人がどうして死んだか、また何故血を吐いているか、なかなか死因が見付からなくて、ちょっと途方に暮れていましたけれど、この間に別の係官達は、何しろ問題は風船にあるとばかり、そこらじゅうの風船を、手当り次第にとっつかまえて、眼を皿にして調べ始めました。

そこでしかし、青いの赤いの黄色いの、大小様々の風船が一つ一つ引下ろされて、調べても調べても、まだ何にも発見されなかった頃に、

「もし、ちょっと、申上げたいことがございますが――」

係官の一人に向って、ふいに、モジモジと話しかけた

のが六造じいやです。

「何だね」

「ハイ。実は、妙なことを思いついたものですから。あそこに、天井の一番高いところに、変な、人の顔をしたような風船が浮んでいます」

「ウム。あるね」

「あれは、今日、初めてこの部屋で膨らましたものでございますが、何だか私は、あの風船が一番怪しいように思います。あれをお調べになったらどうでしょう」

六造ばかりでなく、その風船が、今日小包で送られて来たものだということを知っているほどの者は、誰にしても同じところへ眼をつけたに違いありません。

「ねえ、そうじゃないかい、お島さん」

「そうですともね！　私だって、さっきからもう、そのことばかり思ってましたよ」

ばあやも恰度そこに居合せて、口を揃えていうものだから、係官は、思わず、〆《しめ》た！　というほどの気持になりました。だんだん訊ねると、その小包の差出人野々宮省吾が、今も今、ヌケヌケとこの邸へ来ているという。これじゃ、ほかの風船なんかどうでもよろしい。例の死面風船だけが俄然問題になって来ました。


「そうか。そりゃどうもいいことをいってくれたね。あの風船はしかし、一番高いところへ昇っているので、まだ、引下ろすことが出来ずにいたのだが……」

係官がいうと六造は、

「ヘイ。そりゃもう、私が考えとります。私が工夫致しますから」

急いで部屋の窓を開け、その窓框へ攀《よ》じ登って、一本の竹竿をぐうッと天井へ向けて伸ばしました。

窓は観音開きになっていて、随分背の高い窓でしたが、六造は一寸法師みたいな小男でしたから、窓框へ猿のように噛りついた姿が、何とも滑稽に見えたものです。竿は予め用意してあったのでしょう。その先端《さき》には釘が一本横に打ちつけてあって、その釘を、風船へぶら下がっているセルロイドの環へ引っかけるようになっています。六造は、甚だ危なっかしい腰附で、竿を幾度も死面風船のところへ持って行き、そのうちに、やっとこさセルロイドの環をつかまえることが出来ました。

「うまいうまい。さア、下ろせ！」

と下では係官達が声をかけ、六造は、注意深く竿を手許へ手繰り寄せておいて、到頭死面風船を摑んだのですけれど、その時、なんとしたことでしょう。

「呀《あ》ッ！」

鋭い叫び声が、急に彼の口から洩れて来ました。そして、六造の身体は、ズデンドウとばかり、窓の外、庭の敷石の方へ転げ落ちてしまいました。

「何だ、どうしたんだ！」

係官達はハッと驚いて、我勝ちに窓のところへ駈け寄って見ると、この時何より先きに眼についたのは、今引下ろしたばかりの死面風船が、庭で六造の手を離れ、フンワリフンワリ、空へ舞い上りかけていたことです。

六造は、さっき、確かに死面風船をつかまえていたはず――。

それが手から離れたのは、窓から転げ落ちた拍子に、思わず知らず放したもので、しかしそれも、ただ吃驚して手を放したというようなものでなく、実際は、実に意外なことが起っていました。

見ると、六造の、風船を持っていた手の甲には、小刀が一本、グサとばかり突き刺さってい、そこからは、真赤な血が、タラタラと流れ出しています。あとで六造の語ったところによると、その小刀は、彼が風船をやっとつかまえたと思った途端に、耳のうしろの方から、ヒュッと風を切って飛んで来て、グサリと手の甲を貫いた――だから、この痛さに、ハッと気を奪われて、窓からはドターリと外へ転げ落ちるし、同時に、手も放してしまって、風船が、フワフワ、浮き出してしまったというのでした。

係官達は、滅法狼狽《あわ》てておりました。

窓から庭へ飛び出して来るもの、渡廊下へ廻って、そこから六造のところへ走って来るもの。

しかし、その間にも風船の方は、手を放したままだから堪まりません。五寸、八寸、一尺、二尺、おどけた顔を揺すぶり揺すぶり、もう人の背よりもずっと高いところまで浮き上っていて、それからなおも空高く、風船部屋の庇を越え、亭々《ていてい》たる欅《けやき》の梢をかすめて、悠々西の方の空へ舞い上って行きます。確かに、何か曰くのありそうな死面風船、それが、結局は誰の手にもつかまえることが出来ず、ドンドン手の届かないところへ昇って行ってしまう。誰も彼も、風船の覚束《おぼつか》なく流れて行く空の彼方を、ポカンとして見送るばかりでした。

いうまでもなく凡ては、六造の手の甲へ突き刺さっている、刃渡り二寸ばかり、肥後守《ひごのかみ》と銘打った、小刀のために起ったことです。

「畜生！　誰がこんなことをしやがった。小刀を、誰が一体投げやがった！」

六造は、その時いかにも口惜しそうで、歯軋りをして罵りましたが、この言葉から察すると、無論小刀は、ふいにどこからか投げつけられたもので、六造自身、それが誰の手によって投げつけられたのか、まるで解らずにいるということになるようです。

係官達は、倒れている六造を抱き起し、小刀で傷をした手を介抱してやり、一方では、そこに居合せた一同のうちに、小刀がどこから飛んで来たか、それを見ていた者がなかったかと訊きましたけれど、これには誰も答えることが出来ません。六造が、窓から庭へ墜落した当時、皆んなはまだ風船部屋の中にい、だから、小刀の飛んで来たという方角など、一人として見定めていた者はありませんでした。

「まア、何にしても、誰か小刀を投げた奴があるのには違いないんだ。そしてそいつは、小刀を投げつけて、六造の手から風船を放させ、いいかえると、風船が、我々の手へ入らないようにと考えたんだ。してみると、やはりあの風船が怪しかったのだな」

係官達は、同じように無念らしく瞳を見合せひそかにそんなことを呟いていました。


一同が、六造を取巻いて、まだ何か、ガヤガヤゴタゴタと立騒いでいた時に、庭の方ではしかし、コンモリとした植込みの彼方、築山《つきやま》の蔭になったあたりで、何やらチラリと黒い影のようなものの動いたのを、実は誰も知らなかったでしょう。その黒い影は、やがて一同が、小刀を誰がどこから投げつけたのか知るために、手分けをして庭のうちを探しにかかった時、いずこへか、スッと姿を消していました。

消える怪人

（一）

さて、断るまでもないことながら、当時死面風船は、楠本未亡人の怪死事件について、真実のところどれだけの関係があるものやら、まだハッキリと判ってはいませんでした。ただ、周囲の情況から推して見て、事件中最も重大な証拠品、もしくは、この風船をつかまえさえすれば、何かしら事件の秘密が解けてくる――言わば、秘密を解く鍵のような感じを与えていたものです。

そこに、どんな恐ろしい秘密やからくりの糸が潜んでいたとも知れず、とにかく風船は、果てしもない大空の彼方へ飛び去ってしまい、こうなってみると係官達は、今まで一番手っ取り早くていいと思っていた捜査方針、即ち、死面風船を取調べて、そこから事件解決の緒《いとぐち》を見出そうという方針を、ちょっとのうち、中絶させねばなりませんでした。

「しかし、六造の手へ小刀を投げつけた奴がある。そいつは、証拠品たる死面風船を、我々の手へ入れさせないようにと図った奴なのだから、そいつを探し出しさえすれば問題は片附く。――それには、折も折、事件の直前に死面風船を小包郵便で送って寄来したという野々宮省吾、この男が今当家を訪ねて来ているんだ。野々宮を取調べるのが、何より近道ではあるまいか」

この際、誰しも考えるのはそのことでしたが、これはしかし、甚だ無理の考えだったといってもよいでしょう。

野々宮省吾なる人物は、仏蘭西帰りの画家だという触込みでした。また死面風船は、巴里で買って来たものだということを、風船に添えて楠本未亡人のところへ寄来した名刺の裏へ、殊更書込んでありました。

けれども、そういう野々宮省吾の言分を、どこまで信用したらいいでしょうか。その男が果して本当に仏蘭西帰りの画家であるかどうか、そのことさえ目下明確には判っていない始末です。

「風船に何かの仕掛があって、その仕掛のため、被害者即ち楠本未亡人が死んだものとすると、これはもう明らかに他殺だ。野々宮がそういう風船を送って寄来したというのが、とりも直さず、楠本未亡人を殺す計画だったということになるんだ。――奴、風船を送っておいたあとで、今日はその結果を見届けるため、言換えると、楠本未亡人が果して奴の計画通り、その風船の仕掛で死ぬかどうか、それを確かめてやろうと考えて、ノコノコ、何喰わぬ顔でこの家を訪ねて来たのかも知れないぞ」

係官の一人は、そういう風に意見を述べ、それに応じて同僚達は、

「そうだナ。まず、その位の見当はつけてもいいだろう。殺人犯なんかには、往々にしてそういう大胆な奴がある。自分がある恐ろしい犯行をやって、そのあとを、ヌケヌケした顔で見に来るんだ。奴は、来てみると、もう未亡人は死んでいて、しかし、証拠品たる死面風船が、

我々の手へ入ろうとする様子だから、証拠を摑まれては大変と思い、風船を持った六造の手へ小刀を投げ付けたんだ。――とにかく、野々宮を取調べなくちゃいかん」

　異口同音に答えていました。

　怪しいとなると、凡てが怪しくなるのは已《や》むを得ない。

　何もかも――小刀を投げつけたのまで、野々宮のやったことだと考えてしまい、その小刀を野々宮がどこからどういう風にして投げたのか、その点までは無論まだ判っていません。ただ要するに、それらの詳しい事柄も、野々宮をギュウギュウ責めつけて、一切合切《いっさいがっさい》泥を吐かせることが出来れば、それで万事明瞭になるだろうという見込みをつけたわけです。

　係官達は、それから暫くして、事件関係者達の訊問をいよいよ正式に開始することになり、それには判検事達も出張して来て、楠本家の奥まった一室を仮の訊問室に当ててある、そこへ、劈頭《へきとう》、野々宮省吾を連れて来ようということに相談が一決しました。

　その訊問が、しかし、果してどんな結果に終ったことでしょうか。

（二）

　最初からいうと――。

　野々宮省吾は、私立探偵の笹島啓作という男と、殆んど一緒に楠本家へ来たのでした。

　この、私立探偵と自称する男も、実はどんな目的の下に、楠本未亡人を訪ねて来ていたのか解らない。

　が、とにかく、来た時は二人一緒で、すると恰度その折に未亡人の変死が発見されたものだから、二人は、ノコノコと奥の風船部屋を覗きに来たりなどし、そのことは既に前のところで詳しく述べておいた通りです。当時、野々宮と笹島との様子を、いち早く怪しい奴だと睨んだのが森岡中尉で、中尉は万一の場合を慮《おもんぱ》かり、二人を玄関脇の応接室へ通して、女中に吩咐け、見張りをさせておいたはずでした。

　そこで、野々宮を訊問しようというので、それを迎えに行ったのが、一人の制服巡査と脊広服を着込んだ刑事とでした。

　巡査と刑事とが玄関へ来て見ると、そこには顔の丸ま

っちい、年の若い女中がボンヤリと突っ立っている。いうまでもなく、それが見張りの女中でしたから、

「あ、君、応接室というのはどこかね？」

「ハイ、そこのドアでございます」

「中に、お客さんが、二人いるはずだね」

「え、いらっしゃいます。私、ずっとここに番をしておりましたから」

それだけ訊いておいて、すぐ右手にあった曇り硝子《ガラス》入りの頑丈なドア、そこへ制服巡査の方が先きにツカツカと近付いたものです。

別に、ノックをする必要はない。

巡査は、手袋のままドアの把手をぐいと捩って、半身だけ応接室へ身を入れると、

「オヤッ？」

というような変な顔附。くるくるッと忙わしく室内へ眼を配った様子が、既に尋常事《ただごと》ではない、何か異変を認めた証拠でした。

「オイ、どうした？」と、うしろにいた刑事が訊くと、

「ウム――」

「いないのか」

「イヤ、いるにはいる。一人――」

「ほう、一人？」

二人いる予定なのが、一人しかいないと聞いて、刑事も急に不安になって来ます。引続いて、飛び込むようにその室《へや》へ入って見ると、これまた、

「オヤオヤッ！」

という顔附になってしまいました。

二人のはずなのが、一人だけしかいなかったというのはまだしものこと、その、一人だけ残っていた男というのが、どうでしょう、椅子からグタンと辷り落ちた恰好で、口からは涎をだらしなく垂らし、長々絨毯《じゅうたん》の上へ、寝長まっていたではありませんか。

「オカしいぞ、これは！　死んでいるのじゃないか」

咄嗟の場合、そんな気もしました。

見ると、応接室の、中庭へ向いた窓が、半開きになっていましたから、

「フン、あそこから一人逃げやがったな。女中の奴、ドアの外で見張りなんかしていて、何にも役に立たんじゃないか」

その方はすぐに納得が行って、しかし、倒れている男が、二人のうちのどちらなのか、野々宮だか笹島だか、顔を見知っていないだけに区別がつきません。

刑事も巡査も、

「こいつアいけない！　とにかく、何か重大な手違いが起ってしまったんだ！」

と肚の中で感じ、何やら無性に腹立たしいような気持。すぐ、倒れている男の顔を上から蔽いかぶさるようにして覗いて見ると、この時もまた、何とも意外で変てこで、急にこう、力瘤でも抜けかけてくるような気がしたのは、その男、まるで死んだもののようにグタリと床へ伸びてはいるが、クウ、クウッという静かな鼾《いびき》、いかにもグッスリと寝込んでいたからです。

「何だ、此奴《こいつ》、眠ってやがるのか！」

呆れもしたし癪にも障ったし、さも呑気そうなこの男を、足蹴にして叩き起したいほどだったのを、さすがにそうはせず、首のうしろへ手を廻して抱き起そうとすると、その手へ、涎がダラダラッとかかって、

「オイ、君、君、どうした！　眼を覚まさんか、しっかりせんか——オイ、オイ、君！」

幾度呼んでみても返事はない。

男は、普通の状態で眠っていたのではなく、揺すぶられようが蹴られようが、身体もグニャグニャ首もグラグラ、実にもう他愛なく眠り続けているのでした。

一見して、何か強烈な麻酔薬類似のもので、眠らせられたのだということが判る。

二人の警官は、顔を見合せました。

それから、放ってはおけない。

刑事がそこに居残っていて、制服巡査の方がアタフタと奥へ飛込んで行きました。

「大変です。一人の奴は、逃《ず》らかってしまいました。それから他の一人は、麻酔剤らしいもので眠らされています！」

「ナ、ナニ、何だって？」

仮訊問室に居合せた一同も、サッと顔色を変えてしまって、ドカドカ応接室へ雪崩《なだ》れ込んで来て見ると、総ては巡査の報告した通り——。その時やっと判明したのが、ここに眠らされて、意気地なくぶっ倒れていたのが私立探偵の笹島啓作で、だから他の一人、巧みに風を喰って逃げ去ったのが、問題の画家、野々宮省吾だったということでした。

「ええ、そのことはもう、間違いございません。こちらの方が、笹島という名刺をお出しになったのだし、着ていらっしゃる洋服も、ダブル・ボタンの上衣で見覚えがあります。——確かもう一人の画家だと仰有った方は、

眼鏡をかけていましたし、短い口髯もあったと思います。こちらの方、確かに笹島と仰有った方です」

というのが、最初に玄関で、二人を取次ごうとした女中の証言で、こうなるともう疑いはない。画家の野々宮が、私立探偵笹島を麻酔状態に陥入れておいて、窓から庭の方へ逃げ去ったとより考えようがありません。

あとで気がついたが、二人の靴が脱ぎ捨ててあったはずです。そこには女と、二人の靴が脱ぎ捨ててあったはずです。そこには女中が見張りをしていたのに、いつ、どうして、その眼を晦ましたものか、野々宮は自分の靴だけちゃあんと盗み出し、それを穿いて逃げ去っています。開いている窓の外を見ると、そこの柔かい地べたに、スリッパらしい足痕が三つ四つ残っていましたから、応接室からはスリッパで飛び出し、そのあと、玄関先の自分の靴を、棒か針金か木の枝か、とにかく有合せの道具を使って、そっと手許へ引寄せたのでしょう。

「それにしても、逃げっぷりが馬鹿に鮮かじゃないか。麻酔薬を使った点はともかくとして、靴まで穿いて行ったところは油断がならない。まるでこりゃ、前科何犯という極め付きの悪党でもやりそうな手口だ。画家だなんていやがって、ひょっとすると此奴、思い懸けぬ正体を有《も》っている奴だぞ！」

係官の一人は、その時思わず呟いていました。

靴を穿いてからの野々宮の足痕は、ハッキリしたものが一つも残っていない。

「ところで、どうする野々宮の奴は？」

「どうするって、いつ逃げ出したのか判っちゃいないし、今更ら追いかけても無駄だろう。それよりは、野々宮という画家がいるかどうか、その点を調べるんだね」

「そう、それもいいね。本庁へその旨手配してもらおう。それから、この笹島という男の訊問だ」

死面風船は空へ飛んだし、野々宮は、巧みに姿を晦ましてしまった。仕方がないから、野々宮の方は、画家仲間にでも問合せて、真実そういう名前の画家がいるものとしたら、即刻逮捕の手続きをとってもらうこととし、一方では笹島を、何にしても正気付かせなければならない。私立探偵だなどといって、この男にも多少怪しい節がない訳でもないから、正気付かせて、彼が麻酔にかけられた前後の模様、更に、彼が今日、どういう目的で楠本未亡人を訪ねて来ていたか、順を追って取調べようということになりました。

（二）

最初に未亡人の変死が発見され、医者が来、警察官が来、死面風船を調べようというのが失敗して、その風船の、フワリフワリ漂い流れて行った空がもう日暮れ時の空。

いつしか邸内には電燈が点き、もう、すっかりと夜でした。

気がつくと、まだ雨にはならなかったけれど、空もドンヨリと曇ってきている。

それは何となく不気味な夜——譬えばこの楠本家には、まだまだ何か恐ろしいことが起って来るかも知れない、不思議にものの化染みた空気が、暗い廊下の片隅、厚ぼったい窓掛の襞の間、その他到るところにそっと忍び込んでいるような気がする、厭アな晩でした。

風船部屋には、いずれ帝大へでも送って解剖しなくてはなるまい未亡人の死体が、まだあの時のままで横たえられて、数名の警官が、時々佩剣の鞘をガチャリガチャリと鳴らしながら、じっと見張番をしているし、未亡人の寝室と茶の間の方には、邸内のもの一同、森岡中尉夫妻をはじめとし、ろくにものも喋らずに、事の成行が、どうなることかと心配しています。あの時手に怪我をした六造の奇妙な一寸法師みたいな姿だけが、どこへ行ったかちょっと見当りませんでしたが、そのことは誰も大して問題にしませんでした。

「気の毒に。——傷が痛んで、自分の部屋へでも引籠っているのだろう」

じいやの六造に、人一倍目をかけていた森岡中尉夫人が、ふと、そんな風に思っただけです。

応接室では、その間に、係官の手当てが効を奏して、私立探偵笹島が、やっと正気に戻った様子。

注射をしたり、吐瀉剤を与えたり、口からブランデーを注ぎ込んだりして、彼は漸く薄眼を開けると、最初はムニャムニャと唇を動かすだけで、何を言うつもりなのか解らなかったが、その言葉は、やがて、

「タ、バ、コ——タバコ——タ、タバコでやられた。タバコ——タ、タバコ——」

というように、だんだんハッキリして来ました。

見ると、そこのテーブルには、切子硝子の灰皿に、五六本、ゴールデンバットの吸殻が挿し込んであり、中に

混じって一本だけ、キルク口の外国煙草が半ば以上灰になっていました。

これはあとで調べて明瞭になったのですが、この外国煙草にこそ、ある種の植物の実から採った恐るべき麻酔薬が仕込んであった。その効果は、モルフィネより強烈なくらいで、笹島は応接室で一緒にいるうち、野々宮に何気なく煙草を勧められると、香りがあまりによかったものだから、ポカリポカリいい気になって吸い始め、すると、次第に手足が痺れて来たため、これは何だか怪しい煙草だぞと気が付いた時はもう遅い。身体の自由は全く利かず、やがてそのまま昏睡状態に陥入ってしまったのでした。

行届いた手当のお蔭で、笹島はそれから次第に元気を恢復し、どうにか係検事の訊問を受けられるようになりました。

型の如く、まず氏名職業などの調べがあって、それは名刺に書いてあったところと違いはなく、しかし職業が私立探偵というのは、必らずしも警察の探偵と同じではない。頼まれれば刑事事件の捜査にも従事するが、主として依頼される仕事は、家出人の捜索、結婚の場合の身許調べ、また、会社や個人の資産状態の調査などだということでした。

「では、とりあえずお訊ねするが――」

と検事は物慣れた調子で訊いていました。

「君は、野々宮に煙草を勧められたという、それは時刻にしては何時頃のことだったか覚えているかね」

「イヤ、それは、時計を見ていた訳でないから、どうもハッキリしたことはいえませんが」

「何時何分とまで判らなくもよろしい。大体のところは？」

「左様、大体は、私とあの野々宮という男とは、最初にこの家の奥の方で何か騒ぎが持上ったらしいので、少しく無作法でしたが、そっとそれを覗きに行きました。すると、すぐに家人に見付かって、我々は体裁よくそこを追い払われ、ここの応接室へ通されて、野々宮と二三無駄話をしているうちに、奴がポケットから煙草を出し、いい煙草だから喫《の》めといった訳です」

「すると、この家へ、我々警察のものが出張して来た、それより前だったか後だったかどちらかね」

「部屋の中にいたので詳しい様子は解らないのですが、その時はまだ、邸内の奥の方だけ、相変らずガヤガヤしていて、ここの応接室の近所は、人の跫音《あしおと》などあまり聞えませんでした。警察の人達が来てからでは、無論邸内中の大騒ぎになったのでしょうから、多分、皆さんの出張して来られる少し前だったのじゃないでしょうか。――皆さんが来られてからでは、そこらに警官もいたことでしょうし、いくら素早い奴でも、そう易々と窓から逃げ出す訳に行かなかっただろうと思いますが」

「なるほどね、それは、そうだろう」

検事も、頷いて同意しました。

野々宮が逃げ出したのは、明かに、警察官の出張して来るより前だったのです。

それを、今まで知らずにいたというのが手ぬかりといえば大きな手ぬかり。

しかし、ここで明瞭になったのが、多分、六造の手へ小刀を投げつけたのも、野々宮の仕業だったろうということです。野々宮は、応接室を飛び出して、庭のうちにまだ身を潜めていたが、するとそこへ警察官が来て、風船部屋を調べ始め、下男の六造に命じて死面風船を引下ろさせた。見ていて野々宮は、死面風船を係官の手へ入れさせないため、六造の手へ狙い定めて小刀を投げた――。

結局、縦から見ても横から見ても、野々宮が犯人に違いないということになってしまいました。

血糊の土蔵

(一)

検事は、途中で思付いて警視庁へ電話をかけさせましたが、それはこうやって、益々野々宮省吾が重大な人物になって来ている。さっき、本庁へいってやって、野々宮省吾の逮捕手配を依頼してあるが、その結果がどうなったか、問合せるためでした。

この時、警視庁からの返事によると、仏蘭西帰りで野々宮省吾という画家は確かにあるらしい。直ちに手配はつけておいたからというので、検事をはじめ一同、何がなしホッとした顔附です。

笹島は、不覚にも煙草で眠らせられた位だから、この男と野々宮との間には、格別の連絡もなさそうで、しかし次に検事は、笹島が今日、どういう目的で楠本未亡人を訪ねて来たか、いよいよその点を追求し始めました。

「なお訊ねるが、君と楠本未亡人とは知合の間柄かね」

「イエ、知合ではありません」

「というと、今日の訪問の目的は？」

「実は、私の事務所へある依頼があったからです。須村芳彦という某大学の工科へ通っている学生の件についてですが」

「須村芳彦？　それはどういう学生かね」

「この楠本家に、ずっと昔から下男として雇われている六造という老人がい、その老人の甥だそうです。学資を、楠本未亡人から貢いでもらって大学へ通っているのですが、最近彼は、どういう理由からか、家庭教師に雇われたいという広告を出し、その広告を見て、ある実業家がその令嬢の家庭教師に雇おうとしました。――ところが、この実業家は非常に厳格な性格の人だと見えて、雇う前に、家庭教師の身許や素行を十分調べておかなければ、令嬢の教育を任せられないというのです。依頼者はつまりその実業家ですが」

「大体事情は呑込めたが、その青年、須村芳彦の素行を調べるのに、どうして楠本未亡人に会う必要があるのかね」

「私の取調べによると、須村と未亡人との間に、何か忌まわしい関係があるというような噂があったのです。未亡人は、年より若く見えるし美しい女《ひと》で、それに須村も、なかなか美男子です。未亡人が学資を貢いでいるほかに、須村には小遣なども必要以上与えているらしく、どうしても何か怪しいところがある。私は、実業家の依頼しただけのことを十分正確にやり遂げようと思い、今日は未亡人に直接会って、二人の関係を問い質そうと考えて来ました」

「ふーん」

検事の広い額には、見る見る、深い皺が刻まれました。前に述べておいたことからも解る通り、実のところ検事は、今まで、野々宮省吾一人を問題にして来た。野々宮を除いて、ほかの人間には、殆んど目を付けなかった。ところが――。

青年須村芳彦と楠本未亡人との間に、笹島啓作の申立てる如き、恋愛関係があったとすると、この際これは、なかなか重大な問題です。

検事は、笹島に向っては、わざと白ばっくれて、須村芳彦とはどういう青年かなどと訊いていましたが、その実、楠本家へはもうよほど前に出張して来ていたから、邸内の人間のことは一応耳に入れてある。須村が、六造の甥だということも知っているし、しかもその須村が、やはり今日楠本家へやって来て、はじめに下男六造の部屋にいたということ、それから未亡人の変死が発見されると、ほかのもの同様、すぐさま風船部屋へ駈けつけたということなども知っている。ただ、それまで気が付かずにいたのは、未亡人とこの青年との間に、そういう妙な噂があったという事実でした。

噂が、噂だけならよろしい。

が、恋愛関係が、事実成立っていたものとすると、事柄はなかなか複雑です。金満家の妖艶そのもののような未亡人の変死と、映画俳優にでもありそうな美貌の青年と、その間には、まだまだどんな深い秘密の底があるのかも知れません。世間で起る殺人事件の大半は、原因が男女間痴情の縺れから来ているのだと考えると、笹島の新しい申立ては、決して軽々しく聞流すことが出来なくなりました。

「未亡人と須村芳彦との恋愛関係は、しかし、どの程度まで確かかね」

「どの程度だか、私としては、それを知りたくて来た位です。しかし、須村の通っている学校へ行って、彼の友人達に訊ねてみると、そのことは友人間ですっかり評判になっているそうです。友人達が、時々須村をからかい、須村は、いつも顔を真赤にして、そんなことはない、自分は未亡人なんか相手にしないといって、頻りに打消してはいるんだそうですが」

「未亡人について、君の知っていることは?」

「大して深いことは知りません。しかし、金のあるに任せて、非常に贅沢で我儘でお転婆で、ダンス・ホールなどへも絶えず出入りするし、男の友人が驚くほど沢山あり、従って、恋愛上の紛争《ごたごた》をいつも起しているそうです。大変、淫奔な婦人だと聞いております」

「ふふん」

それも検事は、大体の予備知識として知っている。

再び、鼻を鳴らして考え込んだ時です。

その部屋へは、突然、年若な刑事が一名、慌しく入って来ました。

「ああ、係長殿!」と、叫ぶようにいって、恰度検事のすぐ背後《うしろ》の席に腰掛けていた、警視庁第一捜査課の係長を呼んだ顔附が、何さま、容易ならぬ緊張の体だったので、

「何だ?」と係長は、我知らず叱りつけるような声音

で訊返すと、

「ハイ、実は、妙なことが発見されたものですから――」

「ふーん、妙なこととは?」

「土蔵の方で、今、女中が見つけて来たんです。土蔵というのは、中庭の奥の方に、離れのようにして建ててあるんですが、いったいが変てこな土蔵です。下を物置のように使ってい、二階を、骨董品や家具や、貴重な品物の仕舞い場所にしているそうで、ところが外は今、雨が降り出しました。女中は、洗濯ものを今日の騒ぎのため入れ忘れていたそうで、それを、思付くとすぐ、土蔵の下の物置へ片附けに行きました。平生は、いくら物置でも、そんな土蔵の中なんかへ、濡れたものを入れるのは禁じられていたそうですけれど、とにかくそうやって行って見ると、天井から、何かポタポタ雫が落ちていました――」

「雫って、雨洩りじゃないのか」

「イエ、それが、女中もはじめは、オヤ、変なところから雨洩りがすると思ったんだそうです。けれども、懐中電燈で見ると、雨洩りやなんかじゃありません。恰度その下に漬物桶が置いてあって、その桶が真赤になっています。ポタリポタリ落ちているのが血なんです。私も、今行って見て来ましたが、血に違いありません。土蔵の二階から、人の血らしいものが流れ落ちて来るんです!」

笹島の方は、大体訊問を終ったところだったし、その時はもう、検事が第一に、席を立上っていました。係長も予審判事も、それからその場に居合せた一同が、バラバラと廊下へ飛び出してしまいました。

(二)

その土蔵は、未亡人の死体が横たわっている風船部屋と、恰度差し向いのような位置にあったものです。

中の構造は、大体刑事の報告した通りで、二階建てになっているけれど、階下《した》は物置同然、入口の扉《ドア》もはじめから鍵をかけてなく、使い古るしの家具や漬物桶や夏冬入れ換りになる建具類や、そんなものが雑然と置いてあって、その片方に、急な傾斜の梯子段がありましたが、これは無論二階への上り口。二階は、家人の証言によると、楠本家に先祖代々から伝わっている家宝みたいなもの――その中には、由緒付きの香炉、時価何万円という名画の軸、徳川時代の小判、金銀造りの太刀《たち》、和蘭《オランダ》渡りの宝石を鏤《ちりば》めた大時計など、金目にしたら、実に莫大なものが保有してあるのだとのことでした。

既に大体は怪しいところも無いと認められて、そこへは笹島啓作まで一緒にノコノコ随いて行ったくらいで、一同、まず階下の物置を覗いて見ると、なるほど漬物桶の附近は大変な血でした。

漬物の、圧《お》しにしてある石が、血で濡れて、ヌルヌル真赤になっているのが、血塗れになった人間の頭を見るようで、何とも厭な気持。そばに、さっき玄関で見張りをしていた女中が立っていましたが、この女中のエプロンなどにも、石へ当って撥ね反った血の飛ばっちりが点々と附いています。

懐中電燈で、天井を照らして見ると、明らかに二階からに違いない。天井の床板の隙間から、血は、まだ益々激しく滴り落ちて来るのでした。

やがて、係長が先頭に立って、横の壁に取附けてある梯子段を昇って行きましたが、ここは、昇り詰めたところに頑丈な鉄の扉が立ててあり、外からギッチリ錠を下ろしてあるからどうにもならない。

「オイ、鍵は無いか?」

と係長が呶鳴ると、家の者ももう、皆そこへ集って来ていて、

「じいや、あそこの鍵、誰が持ってるの?」

と、森岡中尉夫人が六造に訊きました。

「ヘイ、鍵は、手前の部屋に置いてあるはずですが」

「持ってらっしゃい。鍵が要ると仰有ってるじゃないの」

「へ、へイ、かしこまりました。――オイ、芳彦、お前行って持っておいで。お前、いつも私の部屋へ来ているから、鍵を仕舞っておく場所を知っていたはずだね」

芳彦も、遅れ走せながら、ちゃんとそこへ来ていたのです。

つい、今の先き、問題になりかけた芳彦の名前が出て来たので、上にいた係長も、検事も、また笹島も、何がなしハッと芳彦の方を振向いたが、そのことには気が付いたかどうか、芳彦はすぐ土蔵を飛び出して行って、じきに鍵を持って来ました。

ギリギリ、ガチン! 重たい鉄の扉が開けられると、中は漆のような暗さでしたが、

「あ、モシ、そこの右の壁に、電燈のスウィッチが有

ったはずだと思いますから」と、一番あとにいた森岡夫人が、割に気丈な質と見えてすぐ注意し、無論そんな場所のスウィッチなど、極く稀にしか使われなかったものでしょう、塵芥《ほこり》塗れな電燈の光で、それでもやっと内部の様子が見えて来ました。

その時、先頭に立った係長が、いち早く見つけたのは、入口から五六歩向うの長持らしいものの蔭から、黒い短靴を穿いた男の足が二本、ニュッと突き出ていたことです。

そのあたりには、手文庫のようなものが投げ出されてあったり、刀架けが倒れていたり、何か抽斗《ひきだし》みたいなものが引っくり反って、金銀、様々な形をした古い貨幣が燦然と散らばっている。

その光景は、ある種の格闘がここで行われた痕だということを、明瞭に示しているものでした。

「ウム」

係長は、太い唸り声を発して、注意深く長持の向うへ廻りましたが、するとそこは、もう一面の血の海。

ドロドロした血の中に浸って、一人の紳士体の男が、仰向けに倒れているのでした。

無論、男はもう絳切れていて、首や胸や手に、無数の傷を負っている。その傍に、黄金作りの短刀――それは、刃幅が大変広くて、重ねもなかなか厚い、昔の鎧通しと呼ばれた種類のものかも知れませんが、とにかく、拵えのかなり上等な日本刀が、血に染んで落ちていたところを見ると、それが多分兇器だったのでしょう。後の調べでは、それがやはり楠本家の家宝、前からこの土蔵に仕舞ってあったものだと判明しました。

係長は、じっと、死体を見下ろし、蹲《しゃが》んで、死体の肌に手を触れ、体温の工合などを見ようとした時、ふいに、愕然たる顔附になりました。

死体から少し離れたところに、鼻眼鏡の硝子玉が壊れて落ちている。それから、死体の顔には、短い口髯が生えていたからです。

口髯と眼鏡と、それは、画家の野々宮の特徴として挙げられた人相に一致するではありませんか。

「オイオイ、誰か――イヤ、そうじゃない、さっきの笹島がいい。あの男を、急いでここへ呼んでくれ！」

係長は、狼狽てた口調で部下に吩咐け、するともうその声を聴付けて、笹島が、ドタドタ梯子段を駈け上って来ました。

「君、見てくれ給え。この男、こりゃ、野々宮という男じゃないかね」

「は。ど、どうですか、ちょっと、そこを退《ど》いていて下さい！」

係長を押し退けて死体を覗いて、笹島も、呆然とした顔附。

「やア、こりゃアどうも――」

「どうだね。見覚えがあるかね」

「あります。――確かにあの男です、野々宮です。彼奴《あいつ》、逃げて行ったと思ったのが――」

「ウム、何とも意外だ。どうしてこんなところで殺されているか」

二人共、首を傾げたまま、何ともまだ次の思案が浮んで来ないところへ、恰度に土蔵の外からは、これもやはり私服の刑事、四十年配の男がヒョイッと顔を覗かせました。

「警視庁のものですが、係長がこちらに来ておられるそうで――」

というから、係長が二階にいる旨を告げると、その刑事は何も知らない。梯子段を走り昇って、すぐいいました。

「係長殿。先ほど御命令のあった野々宮省吾の件です」

「ウム。どうした」

「調べてみると、そういう画家がいることはいました。大森に住んでいまして、早速手配をし、否応言わせず、引致《しょぴ》いて来ました」

「ナ、ナニ？」

「こちらで、すぐと何か調べがあるんじゃないかと思って、今、この家まで連れて来てあります。――玄関を借りて待たせてありますが、どう処置しましょうか」

係長は、何かいおうとして、口が吃って何もいえませんでした。刑事はまた、事情がてんで呑み込めない、係長がなぜそんなに驚いているか、不審そうにその顔を覗いていました。


さて満天下読者諸君！　真の犯人は果して誰でしょうか？　記者は諸君に次の事だけ申上げます。犯人は既に本篇の中に出て居ります。ですから本篇に出ている人物の一人一人についてよく考えて下さい。考えついた方はハガキでお知らせ下さい。投書規定は二一四頁《ページ》にあります。真の犯人を当てた方に一千円の大懸賞を頒《わか》ちます。この探偵小説の結末はキング九月号に発表します。非常に面白い結末です。こんな面白い探偵

小説は他にありません。

キング九月号、誰方《どなた》もゼヒ御覧下さい。

二人野々宮

（一）

楠本未亡人の怪死事件については、仏蘭西帰りの画家野々宮省吾が、最も怪しむべき人物だとされて来ました。

この男は、楠本未亡人宛てに、例の不思議な死面風船を送って寄来したし、その死面風船をつかまえた楠本家の下男六造の手へ小刀を投げつけ、風船が警察側の手へ入って証拠品となるのを妨げたのも、どうやらこの男の仕業らしい。そこで、折から楠本家を訪問して来ていた野々宮を、係官達が取調べようという段取りにまで進むと、彼は、楠本家の応接室で、私立探偵笹島啓作を麻酔にかけておき、いずこへか姿を消してしまった。

これでは、誰が見ても野々宮省吾の怪しくなるのが当然の話で、しかし、驚いたことにはこの男、それから暫く経ってみると、楠木家の土蔵の二階で、何者かのため残殺されている。しかも、野々宮の殺害されたことが判った途端に、その死体を調べている捜査係長のところへは、配下の一刑事が、

「野々宮省吾を連れて来ました。今、当家の玄関先きへ待たせてあります」

という意外な報告。

一方では、殺されて、もう体温も冷えかかっている野々宮の死体があるのに、そこへ、また野々宮がやって来たというのは、どうした意味の行違いか？

係長は、瞬間、我と我耳を疑いたくなるような気持でした。

「係長殿、あなた、どうかされたんですか。そんな、妙な顔をなすって――」

「イヤ、ナニ、どうかしたどころではないよ。君は事情を知らんから無理もないが、実は野々宮という男、殺されている。今、死体を発見したばかりだ！」

「え？　そ、そりゃ、そんなバカなことは――。野々宮省吾は、殺されちゃいません。確かに、今私が連れて来てあるんですから」

「ウム。そう、そうだったね。――ああ儂は、今までにこんな変てこな事件にぶつかったことはないぞ！　よろしい。それじゃ、とにかく君の連れて来たという野々宮省吾に会ってみよう」

刑事と押問答をしているうちに、係長もやっとこさ気が落着いてきて、どうやら次の思案が湧いた。いずれにもせよこれは、一人の野々宮が、一度に死んだり生きたりしているはずはない。殺された野々宮と、刑事の連れて来た野々宮と、二人のうちどちらが本当の野々宮か、会って、調べてみるよりほかないのでした。

係長は、一旦土蔵を出て、刑事と共に玄関の方へ廻りながら、待たせてあるという野々宮が、どんな工合にして連れて来られたか、その時の様子を念のため訊いてみましたが、

「イヤ、それは案外雑作無かったんですよ。さっき申しました通り、こちらから電話で手配命令のあった野々宮省吾なる画家が、大森に住んでいると判ったので、我々、すぐ乗込んでみると、先方は平気な顔で自宅にいたんです。洋画家ですが、仏蘭西でミッチリ修業して来て、腕も素晴らしいものだそうです。会って、取調べのため同行してもらいたいというと、はじめちょっと不審そうに、警察で一体何の用があるかというんでしたが、それも実は、狼狽てたり困ったり逃げ隠れしようというような態度ではない。今日はゴルフに行って来て疲れているし、無暗に警察へなんか呼ばれるのは迷惑だといい、しかし、何でも構わないと思って同行を求めたわけです。見たところ、至極上品な青年紳士ですよ」

という刑事の説明。

やがて玄関へ来て見ると、そこには係長配下の刑事がなお二名ほどいて、この刑事達に附添われながら、中肉中背、顔色は少々浅黒いが、どことなし芸術家らしい風格を備えた青年紳士が立っていて、いうまでもなく、これこそ大森から同行して来たという野々宮でした。

見ると、この野々宮は、やはり短い口髯と鼻眼鏡、その点だけ、殺された野々宮と一致した人相だが、顔附は、多少似ているかも知れないぐらいのところで全くの別人。二人の野々宮は、一見して、赤の他人だということが明瞭でありました。

「あんたの名前は？」

「野々宮省吾――」

「職業は？」

「画を描いています」

「ふーん」

簡単に、二つ三つ訊いてみながら、その時既に係長は、この男にちっとも怪しいところが無いという気がしてきた。態度が落着いている。言葉もハッキリと澱みがない。澄んだ明るい瞳が、真直ぐに係長の顔を見詰めている。総て心に疾《やま》しいことのない証拠でした。

「名前や職業に嘘《いつわ》りはないでしょうナ」

「ありません」

「そうですか。では、取敢《とりあえ》ずお訊ねするが、あんたは、今あんたの来ておられる、この家をどういう家だか知っとられるでしょうナ」

「イヤ、飛んでもないことです。僕はここへ連れて来られて、何が何だか訳が解らず閉口しています。ここの家は僕、知っていません。今夜が初めての家です」

「ふーん、それでは次に、楠本未亡人は?」

「楠本未亡人? 知りませんね。そういう名前も初耳です」

「そうですか。すると、実に奇妙なことになる。実は、あんたと同じ名前で、楠本未亡人と交際しとったものがあった。あんた、楠本未亡人に、巴里から買って来たといって、ゴム風船を郵便で送ったことはなかったですか?」

「どうも、益々変な御訊ねです。僕は、そんな未亡人を知らないのです。知らない人に、ゴム風船なんか送るわけがないでしょう。第一僕は、巴里で絵こそ描いていましたが、ゴム風船なんてもの、一度だって買った記憶はありませんよ」

どこをどう突ついて見ても、この野々宮の答弁ぶりは堂々としている。怪しむべき節が少しもない。

係長は、ふと、この野々宮に、殺されている野々宮の首実検をさせたらどんなものかと思付きました。

これはしかし、実のところ甚だよい思付きだったというのが、それから係長が新しい野々宮を連れて、土蔵の二階へ戻って行くと、次に述べるような、意外な事実が判って来たのです。

(二)

血みどろで、陰惨極まる土蔵の二階では、その頃係長を除いたそれぞれ専門の警察官達が、あるいは犯行現場の様子を写真にとり、あるいは犯人と覚しきものの遺留品指紋等を蒐集することに努めて、現場証拠保全の道を講ずると同時に、長持の蔭に横たわっていた死体の衣服を脱がせ、その衣服所持品等を押収する傍ら、裸身になった被害者の致命傷の工合などを調べているところでした。

新しい野々宮は、自分と同姓同名を名乗った疑問の男が、殺されているのだということを、予め係長に説明してもらってから、やがて、その場へ案内されましたが、はじめはさすがに、何ともいえず不気味そうな顔附。

「さア、よく見てくれ給え。とにかく、君の名前と同じ名前を名乗っているんだ。何か君と関係のある男には違いないと思う」

係長に促がされて、漸く死体の側へ進みました。

新しい野々宮の顔に、どんな表情が現れるか、一同固唾を呑んで見守っている。

すると、じきに係長が、

「しめた！」

ひそかに胸のうちで凱歌を挙げました。

この試みは、なんと、確かに立派な反応があった。

新しい野々宮は、最初、酷ごたらしい傷痕だらけの死体を見て、さすがに顔色も蒼ざめてしまい、ゴクリと生唾みたいなものを嚥《の》み込むようにしながら、しかしその次の瞬間には、ハッと瞳の色を輝かしてきている。その様を係長は、素早く看て取ったのでした。

「ああ君。——君はその男に見覚えがあるね！」と、切込むような鋭さで係長。

「はア！」といって野々宮は、悲痛、驚愕、憐憫、さまざまの感情が一度にドッと溢れて来た、激しい表情の変化でした。

「見覚えがあります。この男を僕、よく知っております」

「ウム、そうでしょう。——どういう男ですか」

「幼い頃の友達、しかも最近、仏蘭西から帰ったばかりの僕を、ふいに訪ねて来たこともあります。——幼い頃の友達ではありますが、いったいはあまり感心しない質の男でした。子供の頃——といっても中学生時代に、この男は手癖が悪くて学校を退学され、それ以来長いこと会わずにいました。久しぶりで訪ねて来たので会ってみると、二三日のうち、自分の身を隠匿《かく》まっておいてくれということでした。子供の頃の悪癖が癒らず、何かまた悪いことをして、世間の目を逃げ隠れしている様子だったので、家の者は気味が悪いというし、僕は多少の金を恵んで体よくその場を追い返しましたが――多分、僕を恨んでいたことでしょう。そして、その恨みから、僕の名前などを騙っていたのじゃないでしょうか」

「そうか。ウム、解りました。そりゃ、そうじゃろう。名前はあんたの推測通りだ。――友達の名前を騙るという奴はよくある手だ。じゃ、この男、本当の名前は、何というんです？」

「坂北今朝次《さかきたけさじ》というんですが――」

「ナニ？　もう一度、坂北――何というんですって？」

「今朝次です。坂北今朝次――」

「ふーん」

係長は思わず唸声を立てていました。今度は係長の眼の底に、深い驚きの色が現れている。係長自身、何か鋭く思当ることがあった証拠でした。

「そうだ、君！」と係長は、ふいにうしろを振向いて、配下らしい一警部補に声をかけたが、

「はア、私ですか」と、その警部補は、はじめ何も訳が呑み込めなかった様子。

「ウム、君だ。君ア、記憶していないかい。坂北今朝次という名前――」

「さア、私、ちょっとすぐには思出しませんが」

「よく考えて見給え。最近、大阪の警察から通牒が来ている。前科数犯、関西地方を散々荒らした錠前破りの名人の件だ。そいつが、錠前破りじゃ非常な腕前で、二月ほど前にも某貴金属商へ忍び込んで、金庫の中の宝石をしこたま盗んでいる。――東京へ入り込んだらしい形跡があるので、その旨向うの警察から通牒があったんだ。そしてそいつの名前が坂北だよ。坂北今朝次というんだぜ」

「あ――」

警部補も、はじめて、驚きの眼を瞠《みは》りました。いわれてみれば、警察官としては思当らずにはいられない事柄。新聞にその事件が報道されたこともある。坂北今朝次とは、当時お尋ね者の怪盗だったのです。

今や、殺されていた野々宮は、贋野々宮と称《よ》ばなければならない。贋野々宮の正体は、錠前破りの名人、坂北今朝次であった。坂北が、画家野々宮省吾の仮面を冠《かぶ》って、楠本未亡人に接近し、奇怪なゴム風船を送り、今日は堂々と未亡人を訪問して来ている。思えば、この男が応接室で私立探偵笹島を麻酔に陥入れ、玄関にあった自分の靴を盗んで、素早くそこを逃げ去っていた手口が、どうして、普通の人間の仕業ではなかった。当時既に、

前科何犯という奴の手口に似ていると思われた。この土蔵の二階でもそうである。頑丈な鉄扉には錠が下ろしてあった。多分それも、得意の腕前で、錠を開けてしまったものに違いない。土蔵の二階には、金銀財宝が山のようにある。坂北は、その財宝を手に入れるため、土蔵へ忍び込んだのではなかったろうか。

「こいつ、楠本未亡人を訪ねて来たというのが、抑々《そもそも》、楠本家の財宝に眼をつけたのじゃなかったのかナ」

「大きに、そうかも知れません。ゴム風船なんか送って、歓心を獲《う》ることに努めておいて、邸内の様子を見に来たんです」

「そう、それに違いない。奴、そのつもりで来ていると、急に邸内が未亡人の怪死事件で騒ぎになった。ドサクサ紛れを利用して、大胆にも土蔵へ忍び込んだのだ。——が、待てよ。もし奴が、楠本家の財宝だけを目当だったとすると、いけない、まだ問題は片附いちゃおらん！　楠本未亡人の怪死事件はどうなるというんだ」

坂北が評判の怪盗であったということから、次第に訳が解ったような気がして、しかし最後に、風船部屋の怪事件に思い及ぶと、さア、また理窟が合わなくなって来るところがある。土蔵の中のものを盗んで行くだけが目的だったら、何も未亡人を殺す必要はない。

「しかし、贋野々宮の坂北は、ここにこうやって殺されているんだ！」

と、係長は、ポツンと独言《ひとりごと》のように呟きました。

「そうです。坂北は殺されているんです」と警部補が鸚鵡《おうむ》返しにいって、「坂北が殺されているということは、係長、私には何だか訳が解ってきました」

「フム。どう解った？」

「コリャ、全く別の二つの事件です。我々は今まで、贋野々宮一人を怪しいと考えて来ました。しかし、贋野々宮は、今我々の推察した通り、単に錠前破りの怪盗です。楠本家の財宝が目当だっただけです。彼は、今日、その目的だけで楠本家へやって来たが、すると偶然にも邸内には、楠本未亡人の怪死事件が起った。だから、我々は、贋野々宮を未亡人の怪死事件と無理遣《むりやり》結びつけて考えたけれど、実はそれが間違いだったのです。未亡人の怪死したことは、贋野々宮と直接には関係がないんですよ」

「つまり、未亡人は、贋野々宮以外の、別な人間の手で殺されているということになるんだね」

「そうです。未亡人殺しの犯人は別にある。——贋野々宮が殺されたのも、結局、その犯人の手でやられたのじゃないでしょうか。犯人は、どういうかの理由で、贋野々宮を恐れた。ひょっとすると、贋野々宮は、あれだけの巧みさで応接室を抜け出したくらいの奴ですから、蛇《じゃ》の道は蛇という譬《ことわざ》のように、未亡人殺しの犯人を、素早く看破っていたのかも知れませんぞ」

「ウーム。そうか。そうだとすると、大分事情が明かになるナ」

「贋野々宮は、邸内のものが立騒いでいる間に、そっと応接室を飛び出して、土蔵の方へやって来ている。その時に、風船部屋の方では、下男の六造の手へ小刀を投げつけたという事件が起った。贋野々宮は、その、小刀を投げつけた奴を、偶然見たのかも知れません。犯人はまた、いち早く、これを贋野々宮に見られたと知って、身の危険を感じ、贋野々宮を殺したのではないでしょうか」

警部補は、さっき坂北今朝次の名前を思出せなかった代り、その推理は、実に立派なものでした。いかにも理路整然としていましたが、この時実は、たった一つだけ、疑問の点が残っていた。

何だかというと、死面風船の一件。

未亡人の怪死と贋野々宮の件とは、事実偶然に一致して起った別々の事件だとすると、死面風船は、贋野々宮が、未亡人の歓心を獲るため送っただけのものということになり、とすれば、死面風船そのものには、未亡人の怪死事件について、格別大した問題はなさそうである。風船に何か恐ろしい仕掛があって、それで未亡人を殺したのだというようなことは考えられない。——だのに、死面風船は、今でも最も重大な証拠品だったと考えられているし、現に、その風船が係官の手へ入らぬよう、六造の手へ小刀をなげつけたものさえある。犯人は、死面風船を証拠品として押収されることを恐れたのだから、結局はやはり、風船が、未亡人の死んだことについて、甚だ重大な関係を有っているではないか。

考えれば考えるほど、その辺は、何だか非常にゴタゴタした、六つかしい数学の謎みたいなもので、一同、容易にはこの最後の疑問だけ解くことが出来ませんでしたが、そのうちに係長は、フッと、明るい顔をしました。

「そうだ、こりゃうまい!」と一人で何か頷いて、そっと警部補の耳へ囁きます。「君はね、一つ、手伝いをしてもらいたい」

「は——」

「儂は、犯人を釣ってみようと思うんだ。何か、ここで、非常に有力な証拠品を発見したという顔をする――」

「顔をするんですか」

「そうだ。顔をすればいいんだ。素晴らしい証拠品を発見したという顔附をして、実は、何もない空っぽでいいんだ。封筒か何かへ、その空っぽなものを、証拠品だといって入れたような風を見せる。――犯人の方じゃ、どんな証拠品を発見されたかと思って心配するぜ」

「そりゃ心配しますね。証拠品を、奪い返したくなるでしょう」

「そうだ、そこだ。犯人は、空っぽだとは知らないから、罪の発覚を免れるため、証拠品の入った封筒を取戻したくなる。我々の方じゃ、その封筒を、盗もうと思えば盗むことの出来る場所へ置いてやって、犯人が盗みに来るのを待っているんだ。――盗みに来た奴が犯人だから、そっと覗いていてつかまえてしまう」

警部補は、呀ッと感心して、係長の顔を振り仰ぎました。

いかにも名案！

いかにも奇抜！

いかにも痛快な犯人釣り！

犯人登場

（一）

軍《いくさ》でも、正面から堂々と攻め寄せる正攻法だけでは勝目が少い。探偵道では、ある事件の関係者を一人ずつ訊問し、証拠品手懸り等を克明に拾い集めて行くやり方を正攻法だとすると、ここに、係長の案出した犯人釣りは、敵の虚を衝く奇兵といってもよいものだったでしょう。

係官達が土蔵の二階で現場検証をした結果、何か非常に重大な証拠品を発見したということが、楠本家の邸内一般に知れ渡って来たのは、それから間もなくの後でした。係長の意を体して、例の警部補が巧みにその噂を振り撒いたからです。

証拠品はどんなものだか解らないが、とにかくそれを発見したお蔭で、邸内に相続いて起った二つの殺人事件が、じきに解決されるだろうということ、かつまた、その証拠品は緑色をした大型の封筒に収められて、係長の着ているスコッチ織の上衣のポケットに入っているのだということまで、誰いうとなく、人々は知ってしまいました。

女中も、芳彦も、ばあやも下男も、更に森岡中尉も中尉夫人も、私立探偵の笹島まで、その噂が耳に入るよう、まず、第一段の戦闘準備を整えたわけです。係長は、噂がいい加減皆んなに知れ渡った頃を見計らって、はじめ邸内のあちらこちらを、用も無いのに歩き廻っていましたが、見るとそのポケットには、なるほど緑色の大封筒が一寸ほど顔を覗かせていて、人々は、あああれが問題の証拠品だナと、すぐ思ってしまった様子です。

やがて係長は、風船部屋へ行く途中の、書棚をギッシリと置き並べた、書斎兼洋風の居間といったような部屋へ入り、ポケットから何気なく煙草を取出すような風をして、その時緑色の封筒を、パサリと床へ落しました。それから、悠々と部屋を立去ると、ひそかに一名の刑事をさし招き、雨のショボショボと降っている暗い庭の方へ、そっと忍び出ました。

書斎の、庭へ向いた硝子窓を、外からじっと見張っていようという魂胆です。その部屋は入口が中廊下の方にあったから、そちらにも同じく一名の刑事を引連れて、さっきの警部補が、誰にも気付かれぬよう見張りを続け、これでもう用意万端整った形、総て手抜かりはありませんでした。

「見てい給え。今に誰か、きっとやって来るぜ」

「早く来るといいですな。――しかし、あの部屋に封筒が落ちているということを、犯人の奴、すぐ気付くでしょうか」

「気付くともさ。犯人は噂も聞いているはずだし、儂があれをポケットに入れて、ブラブラ歩き廻っていた間に、しょっちゅう、封筒にばかし眼をつけていたに違いないんだ。奴にしてみりゃ、欲しくって堪まらないよ。ひょっとすると、隙があったら、じかに儂のポケットから抜取りたいほどのものだからな、儂のあとを執念深く跟《つ》け廻していたかも知れないんだ。フフ、フフ、フフフフ――」

まるで、罠を張っておいて、その罠に近づく獲物を待っているような気持、係長は、悦に入って囁きました。

罠だと、気付かれたが最後駄目だけれど、さもなければ、部屋に電燈は点けっ放しだし、誰かが封筒を探して、ドアのところから覗きに来ただけでも、顔はすぐ判る。それだけでも、目的は十分達せられるはずでした。

築山のこちらに隠れていたが、頭から雨が遠慮なくかかって、上衣もカラーもグショグショ濡れ、首筋からタラタラと背中へ流れ込む冷たい雫の気持悪さ。

でも、そうやって暫く経つと、

「あ、係長殿！」

刑事がハッと息を殺して叫んだのが、部屋の硝子窓の外に、今し、ヌッと立って室内を覗く、男の姿が現れたのでした。

係長達は、ドキドキ胸を躍らせて、キッとそちらを見詰めましたが、今いった通りそれは窓の外。男は、自分達と同じように、庭から廻って来て硝子戸越しに部屋の中を覗いているので、生憎《あいにく》こちらからは後姿しか見えない。それも、部屋の電燈が反って邪魔で、その後姿が、何か真黒な影絵のように、イヤに輪廓だけハッキリしていたので、早くその顔を見定めてやろうと焦った刑事は、

「ちょ、畜生、こっちを向いて見せやがれ」

ひどく口汚く罵り出しましたが、するとその途端です。こっちの希望した通り、男は肩をユラリと動かし、そのまま窓のところを離れようとしたので、この時やっと横顔の見えたのが、思いきや六造の甥須村芳彦でした。

芳彦は、さっき、私立探偵笹島の申立てによって、相当怪しくなっていた矢先き。

係長達は、

「おお、それじゃ、やはりあの男が――」

というような気持で、一旦は、すぐに築山の蔭を躍り出し、芳彦を取って押えようかと思いましたが、実はそれをしなくてよかった。見ていると芳彦は、

「叔父さあん、叔父さああん！」

突然、二度三度声高に呼立てて、そのあともまた半ば独言みたい、

「どこへ行っちまったのかなア。いくら探してもいやアしない。叔父さあん、叔父さあん――」

長く尾を引いて呼ばわりながら、軒下伝い、風船部屋の方へ行ってしまいました。

その態度が、封筒を拾いに来るはずの犯人にしては、あまりに警戒心が無さ過ぎる。第一、大声を立てるなどということが、自分のそこにいることを、誰に知られても構わないという証拠で、叔父さん叔父さんと呼んでいたのは無論六造のことでしょう。六造に用があって、それを探しに庭の方へ出、明りの点いている書斎を、ちょ

っと覗いて見ただけだということが、誰にでも容易に頷かれる。

「オヤオヤ、予定が一つ狂ったぞ。あの男、封筒を拾いに来たんじゃない。してみると、嫌疑をかけるわけにも行かんじゃないか」

係長は、吐き出すような口調で囁いていました。

（二）

硝子窓の向う、書斎はまた静かになってしまいました。芳彦の姿が、渡廊下のあたりまで行って見えなくなると、しばらくは何事もありませんでした。

どこかで、人の跫音のようなものが聞えると、その度に係長達は、ハッと耳を欹《そばだ》てて、しかしそれが、何でもないと判ってしまった時のつまらなさ加減！

それでも、見込みが無くなってしまったとはいえない。いつかは犯人がやって来るつもりで、そのうちに二十分ほども過ぎたことでしょう。もう身体は、シャツの下まですぶ濡れになるし、

「畜生、どうしたんかなア。もう、ボツボツ餌に食い付いて来てもよさそうなものだが」

係長まで、焦れったそうにそんなことを呟き出して、その頃になると書斎では、また一つ、少々変った出来事があった。――というのは、はじめ、書斎の中廊下に面したドアが音もなく開き、開いたかと思うとその入口へ、皓《しろ》い美しい女の顔が、スーッと浮き出してきたのです。

庭で見ると、部屋の廊下からの入口は、恰度真正面に当っていたので、この時係長達にはすぐと女の顔が見え、しかしはじめは、窓の硝子の面に凸凹《でこぼこ》したところがあったため、それを透かして見える女の顔が、変てこに歪んだ形になってしまい、誰が誰やら判らなかっただけ、女が、部屋へ入ると、真直ぐにそこを横切って、窓の方へ向いて歩いて来る姿が、何かゾーッとさせられるような、不思議に気味の悪いものと見えました。

瞳を凝らして見ていると、それはしかし未亡人の妹、森岡中尉夫人真佐子だったのです。

中尉夫人が、窓の手前まで歩いて来ると、そこに据えてあったデスクの抽斗から、何か白い紙のようなものを取出して、そのままクルリと踵《きびす》を廻らし、すぐ室外へ去ってしまいました。

床に落ちているはずの封筒を見付けた風もなければ、

無論それを拾いに来たという風でもなかったから、息を詰めて、じっと夫人の挙動を監視していた係長の方では、この時もまた頗る物足らない。あとで訊くと中尉夫人は、何にしても楠本家の変事を、遠くの親戚や知人に報知しなければならず、それに必要な電報頼信紙を、書斎まで取りに来たというだけのことでした。

「まさかね、ああいうか弱い女性が、人殺しの犯人だとは考えられんからなア」

「そりゃそうですね。あの女は無論問題じゃないでしょう。優しくて美しくて、気性はなかなかしっかりしていて、実に立派な婦人ですよ。早く犯人奴《め》、出て来りゃいいのに」

係長達は、餌に食付く魚を待ち兼ねて、またそんなことを囁き合っていると、そのうちに、まるで電気にでも撃たれたよう、全身ギュッと緊張した。

前面の書斎が、今まで煌々と明るかったのに、ふいにサッと暗くなってしまった。誰か、電燈を消したものがあったからです。

「係長殿、明りが消えましたね」

「ウム。消えた。いよいよお魚の御入来だぞ！」

「そ、そうでしょうか！」

「今度こさ、間違いはない。奴、姿を見られないように、電燈を消しといて部屋へ入るんだ。一緒に来い！つかまえてくれる！」

係長は、矢庭にそこを躍り出し、芝生を一文字に横切って、忽ち窓の下まで進みましたが、部屋のうちは真暗になったから何も見えない。その時、青い鋭い光の束が、ピカリと空中に一閃したのは、係長が予め用意していた懐中電燈の光——。

その光をサッと部屋のうちへ差し向けると、その区切られた狭い明るみが恰度に書斎の床を照らして、最初にチラリと眼に映じたのは、さっきの封筒——問題の緑色の封筒が、今し、一人の男の腕がニュッと床へ突き伸ばされて、手許へ奪い去られようとしている光景です。

それこそ、明かに犯人！

犯人が、予想通り、罠にかかったのです。

咄嗟に係長は、ヒューッと呼笛《よぶこ》を鳴らしました。また中廊下からは、伏兵の役だった警部補が、バタンとドアを開けて、弾丸のように室内へ飛び込み、遮二無二《しゃにむに》、犯人に組付いて行きました。

呼笛を聴付けて、邸内のあらゆる場所から、私服制服の警官が走って来る。気を利かして、誰かがスウィッチをひねったので、室内がパッと明るくなる！

ドタンバタン、激しい格闘の音がし、ヤア！　エイッ！　ウム！　と鋭い掛声。

明るくなったところで見ると、多勢に無勢だからとても敵《かな》わない。犯人は忽ち一同のため取押えられていて、見るとそれが一寸法師みたいに奇怪な姿。右手には、さっき小刀で怪我をした時の繃帯が絡みついているし、それは意外にも下男六造でした。

「ウ、ウ、ウ――」

六造は、組敷かれて、唸声を立てました。

老人だから、腕力も相当あるけれど、苦しそうに息を切らし、舌をダラリと吐き出して、クシャクシャと、泣き出しそうな顔附です。それは、惨めにも痛ましい犯人六造の姿でした。

（三）

封筒を盗みに来たのだから、これが犯人に違いないと思って、しかし人々は、はじめのうち、何だか六造では意外過ぎるような気がし、そこにまだ、何か行違いがある――犯人は六造以外、別の人間じゃないかというような気もしました。

実際、罠を仕掛けた係長ですら、捕えたのが六造だったと判ってみると、反って急に、訳の解らないことが沢山出て来たような気がしました。死面風船を捕えようとした時、手へ小刀を投げつけられたはずの六造が、どうして犯人になり得るか。

しかし、捕えられた六造の方では、係官の手でグッとその場へ引据えられた時、もう抵抗も試みようとしませんでした。その顔には、捕えられて口惜しいという表情がちっともなく反って深い深い悔恨の念と、もう、凡てを諦めたという、悲しげな決心とが、色濃く浮いて来ていました。

「申訳御座りません、皆様！　私が、悪う御座りました。私が、皆一存でやったことで御座ります。ああ、皆様、お願いで御座ります。森岡の旦那様、それから奥様をお呼び下さいまし。旦那様と奥様とに、一言だけ申訳が致しとうございます――」

突然六造は、悲痛に声を振絞っていいます。そして、連れて来られた森岡夫妻を見ると、ワアッ！　と声を立てて泣き出して、はじめは支離滅裂なオロオロ声、何を

いっているのか判らない。ただその泣声の合間々々に、

「ああ、旦那様、堪忍して下さいまし。私が、やりました。こちらの奥様を殺し、それから、土蔵の方の人殺しも私で御座りました。――ああ、どうか、申訳をさせて下さいまし――」

そう、頻りに喚き続けるのでした。

「じいや――」

と、真佐子夫人は一言いって、この惨めな六造の姿を、見るに堪えない面貌《おももち》です。殺人犯人とはいいじょう、幼い頃からじいやじいやといって馴れ親しんできた六造のことで、しかもそこには、何かしら深い事情があるらしい。犯人を憎もうというより先きに、六造を憐れみたい気持が、こちらも胸は一パイで、何とも言葉のかけようがありません。

「ねえじいや。お前どうしてこんなことをしてくれたの。――気を落着けて、ね、何でもいいたいことはいわなくちゃ駄目よ。皆様も聞いていらっしゃるし、ね、解る？　私のいうこと――」

「は、はい」

「皆んな正直にいってしまうの。お前が、人殺しをするような悪い人間じゃないってこと、私はよく知っているつもりよ。――それを、どうしてこんなことになってしまったか、隠さずにいわなくちゃ駄目じゃないの」

「はい」

賺《すか》し宥めるようにいわれて、六造は、益々悲しげな顔色でした。

それから、気持もやっと落着いて来、時々はゲクゲクと歔欷《すすりなき》しながら、だんだん筋道の立った話をするようになりました。

「森岡の奥様、それから旦那様も聞いていて下さいまし。私は、確かに、人殺しの大罪人で御座ります。こちらの奥様、貴美江様は、この私の手で殺したので御座ります。貴美江様は、何という情ない方で御座いましたでしょうか。あの方は、三年前に旦那様がお亡くなりになってから、世間へは何事もハッキリとは申せない位、浅間《あさま》しい御身持で御座りました。毎日毎晩、男のお友達と悪い遊びに耽っておられて、それを私共が諫《いさ》めたところで、少しも御聴き入れ下さいませんでした。――詳しいことは申したくありませんが、私は、御先代から勤めていまして、この御邸のことは一から十まで存じております。お亡くなりになった御先代からも言残されて、生涯このお邸で御厄介になる代りには、お邸のため、身を

粉にしてもお尽しする覚悟で御座りました。ところが、貴美江様は、私があまり頑固なことを申しますので、それがお気に入らなかったので御座りましょう。二度も三度も、私に出て行けと申されました。我慢をして、謝言《わびごと》を申して、どうにか置いてもらうようにはしましたけれど、ふと私の思いましたのは、もしかして貴美江様が御病気か何かでお亡くなりになり、そうすれば他にあとを嗣《つ》ぐ方は御座いませんから、森岡の旦那様が、結局お邸を嗣ぐことになるだろうということで御座りました。そうなったらどんなによいかと私は思いましたので——。

一方、貴美江様の御放埓は止度がなく、だんだんひどくなるばかり、お邸から、金目のものをドシドシ持出し、下らない男達に気前よく投げ与えてしまいますし、これでは、お邸もどうなるかと心配になりました。私は、到頭、魔がさしたので御座りましょうか。貴美江様を殺してでもと考えるようになりました。

私は、それを考えてから、イヤイヤそんなことをしてはならない、仮にも御主人の貴美江様をと思い、また一方では、イヤ、そうではない。貴美江様はお邸の毒虫だ。貴美江様を殺す代りに、真佐子様がお邸へ来て下されば、お邸は安泰になるのじゃないか、と自分勝手に思い直してしまいました。そして恰度その時に、甥の芳彦が、大学の工科へ通っていて、ある時小さな壜に薬を入れて持って来、それを置き忘れて行ったのが悪う御座りました。その薬は、身体の皮膚のどこからでもいい、たった一滴でも浸み込むと、薬は血の中へ吸い込まれて心臓へ行き、心臓の弁膜を停めるという恐ろしい薬だと聞きました。芳彦は、自分がその薬を何かの研究で拵らえて、どっかよそへ持って行く途中、私のところへ寄りましたので、ウッカリ置き忘れて行ったので御座ります。私は、それを手に入れると、貴美江様は、時々風船遊戯をなさる。その時、風船には軽いセルロイドの環を取付けたのがあって、それを腕や手首へお通しになるので、そのセルロイドの環へ針を仕掛け、薬品が肌へ浸み込むようにと考えたので御座りました。

あとは、申さなくても御解りで御座りましょう。今日、あの妙な顔附をしたゴム風船が送られて来、そのゴム風船へ、到頭私は、薬の針を仕掛けたのでございます。針で突いた痕は、眼に附くほどの傷がつかず、しかも貴美江様は、そのままお亡くなりになったので御座ります。

恐ろしい主殺しの大罪人、私は今思うと実に申訳のないことをしてしまったので御座りますけれど、それでその時は、やはり自分の犯した罪を、出来るだけ誰にも知られたくないという考えで一パイで御座りました。警察の方が見えた時、私は、自分から進んで今申したゴム風船が怪しいといい、天井から引下ろす役目を買って出ましたが、それは、風船の脚についているセルロイドの環が、何しろ重大な証拠品で御座いますから、風船そのものが怪しいと見せかけておき、実は、私がその脚へ結びつけたセルロイドの環を、うまく人目に付かぬところへやってしまうためで御座いました。私は風船を引下ろしてから、本当は、わざと庭へ転げ落ちたので御座いました。そしてしかも、風船をセルロイドの環と一緒に、空へ飛ばしてしまうため、一方には、誰か他に犯人がいると見せかけるため、自分で自分の手を肥後守の小刀で刺し、小刀がどこからか投げつけられたので、思わず風船を空へ逃がしてしまったという体裁を作ったので御座ります。恐ろしいほどの私の悪智恵、何とも申訳は御座りません。

さて、風船は空へ飛んだし、誰も私を怪しむ者はありませんし、警察の方も、風船だけを怪しがっていて、セルロイドの環のことはお考えにならず、一時、総ては私の思う壺へ嵌まったように見えましたけれど、その時私の困ったのは、例の贋画家の野々宮という男、この男は、私が恰度風船部屋の窓から転がり落ち、自分で自分の手を刺した時、庭の植込みの蔭を、コソコソと土蔵の方へ行こうとしていて、私がそういう小細工をしたところを、すっかり見届けてしまいました。奴は、その時に、応接室を抜け出して、土蔵へ忍び込もうとする途中だったのです。私は私で、奴が土蔵の下の物置へ、チラリと入る姿を見ていましたし、どうも自分のした小細工を見届けられたような気がして仕方がない。あとで、奴を追いかけて、そっと土蔵へ参ったので御座ります。

行って見た時、驚いたのは奴が泥棒だったことで御座りました。奴は、どうして開けたか、土蔵の二階の錠前を外し、中へ入り込んで目星しいものを盗み出そうとしているところでした。私が、それを見て呶鳴りつけようとすると、奴は、憎々しい位落着いていて、逆に私を嚇《おど》しあげました。果して奴は、風船部屋から転がり落ちた私が何をしたかということを、素早く見ておったので御座ります。私の弱点を握っておるといって、だから、奴のする仕事は見遁《みのが》せという交渉でした。手伝いをして、お邸の宝物を外へ運び出せとも申しました。こちらの弱身をつけ込んでの脅迫でしたから、私は、仕方なし奴のいう通りになると約束をし、しかし、隙を窺って、奴に斬りつけたので御座ります。御先祖から伝わっている御道具、刀を血で汚すのも已むを得ないと考えました。私が老人だし小男だし、油断していた奴を殺してから、私は何喰わぬ顔で、こちらへ戻っておりましたけれど、芳彦が、私の顔色が悪いと申します。芳彦のこともついでに申しますが、芳彦は、貴美江様にこの頃変な素振りが見えるので困っていました。もう、貴美江様の学資を貢いで下さるのを御断りし、自分で苦学する決心で、そのことを申すために、今日お邸へ参っていたので御座ります。——私は、芳彦に顔色が悪いといわれ、怪しまれてはならぬと思って、なるべく芳彦のそばを離れているうち、土蔵では、何か大切な証拠品が発見されたという噂、それで胸がギクリと致しました。

しょっちゅう、緑色の封筒に目をつけていて、その揚句が、こうして皆様の手へ捕えられることになりました。——身から出た錆で、何とも致し方は御座いません。罪を逃れようと考えたのが間違いで御座りました。皆、私の致しましたこと、存分に御処分なすって下さりませ」

長い長い告白——。

告白で、凡ての事情が判ってきた。

死面風船の謎、贋野々宮の件、それから芳彦にかかりかけていた嫌疑のことまで、一度に氷解してしまった。就中《なかんずく》驚かされたのは、肥後守の小刀で、あれが六造自身の手で自分の手の甲を刺し貫ぬいたものだったとは、それまで、思ってみたものさえ無かった始末です。

殺人の大罪ながら、告白は寔《まこと》に潔よかった。罪の動機も、同情していいところがある。告白を聴終って人々は、暗然と顔を見合せたことです。

六造は、赦しを乞うように幾度か森岡夫妻の顔を見上げ、両手を揃えて係官達の方へ差出しました。手錠を嵌《は》めてくれというのです。

「しかし世の中には、罪を作る者と罪を犯すものと二通りある。罪を犯す者、必らずしも悪人ではないのだが——」

手錠のガチリと嵌まる音を聞きながら、犯人釣りの名人捜査係長は、何故か、ふと、そんなことを考えておりました。

蛇寺殺人

何事ぞ花見る庭の私立探偵

老耄爺《もうろく》さんといわれたら、腹を立てること請合だが、太い鼈甲《べっこう》ぶちの老眼鏡に、ダラリと垂れた泥鰌《どじょう》髯、それで口の中が総義歯《いれば》だから、若くないことも確かである。

私立探偵杉浦良平は二重廻しの袖を風にヒラヒラさせ、山高帽をヒョコンと脱いで、道ばたに立っていた鼻垂れ小僧に、

「モシモシ、坊っちゃん。君はどうも利巧そうな子だナ。——どこぞこの辺に、河西《かさい》さんいう家のあるのを知らんかいナ?」

絶大なる謙譲の美徳を発揮しつつオベッカをいったが、鼻垂れ小僧の方では、この一癖ありげな面構え、色褪せたる二重廻しの下には、いかさま時代遅れのしたモーニングコートを着込んでいようという、甚だグロテスクな恰好の老探偵を、下唇を突出しながら、ヂロリと見上げて、

「ウーン、知んないよ、そんなの」

胡散臭《うさんく》さげに答えただけである。

雑司ケ谷の奥。

右手が墓地で、左手が近頃よく見かける雛段式の住宅分譲地。

探偵は、昨夜彼のところへ、突然電話をかけてよこした河西某という女を訪ねて来て、さて、その女の住んでいる家が、容易なことでは見つからない。大いに困却しているところなのだった。

花の雲、鐘は上野か浅草か。下町の空には、のどかなアド・バルーンが、三つ四つ浮かんでいる。

探偵の助手兼書生、ガニ股で頭でっかちの影山兵六《ひょうろく》なる青年は、その時、軒ごとの表札と番地とを覗き込みながら、不平面で主人のあとを追って来た。

「先生。どうもやはり見つかりませんよ。番地も町名も、確かにこの辺に違いないんですが、先生、聞き違いをしたのじゃありませんか」

「フン、失敬なことというな。僕が聞き損《ぞこ》ないなんかするものかい。電話が途中で切れよったから、聞き足りんかったちゅうことはあるが、金輪際儂《こんりんざいわし》の耳に間違いはないわ。——ま、ま、何としても見つからんものなら、交番へ行って訊くまでのことじゃが、なぜか女め、電話を途中で切りよって、その切り方が、少々面妖なものじゃった。何か儂に頼みたいことがあるとかで、その頼み事が何だともいわぬうちに、仰天したような魂消《たまげ》たような、確かにそうだとも断言出来ぬが、譬えばふいに咽喉《のど》を絞めつけられたような、悲鳴をギャッとあげたなり、電話がブツリと切れてしもうた。儂ゃ、その最後の怪しげな叫び声が気がかりで、このままではどうやら放っておけん。ま、辛抱して、も少し探してみい」

河西という女は、もとより探偵にとっては未知の女である。その未知の女からかけて来たという電話の裏に、果していかなる秘密が潜んでいたことか、老探偵は、実のところ口ほどにもなく、呑気至極な面構えで、ポクリポクリそこを歩き出し、すると助手の兵六も、また仕方なしあとに従って行く。

しばらく行って、

「……駄目ですよ先生。ここはもう、番地がずっと飛び離れてしまいましたよ」

「ホイ、左様か。知らぬ間に通り過ぎてしまったんじゃろ。もう一度、引返そう」

「引返したって同じでしょう。それより、こっちの横路地の方へ入ってみましょうか」

「ウム。それもあるな。——ええと、横路地の先きは、お寺と墓地ばかし並んどるようだが」

先きに立った探偵は、ヒバの生垣が続いた路地を、例の剽軽《ひょうきん》な歩調で抜けて行って、やや道幅のある向うの通りへ出たかと思うと、

「ウッフフ、オッホッホ、エッヘッヘ……」

忽ち、それが癖であるところの、甚だしく下品で無作法な笑いを爆発させて、

「オイ、影山。あれを見い。何ともはや、オッホッホホホ」

また、総入歯の歯齦《はぐき》を、一パイに見せて笑い出してしまった。立停った眼の前に、古びた朱塗りの門が、ニョッキと突っ立っていたからである。

朱塗りの門は、正面に、金峯山《こんぷうざん》という額がかけてあって、両脇に、蜘蛛の巣にからまれた仁王尊が、おきまりの紙礫《かみつぶて》を浴びて立ちはだかっているところを見ると、お

寺の門だということは解るが、さて探偵は、何を見てそんなにも喜んでいるのか。

見ろといわれた門を見上げて、

「へえ――」助手が、ウロウロマゴマゴしていると、

「お主、解らんか」

「へイ」

「阿呆でオタンチンとはお主のこったぞ。見い。門柱の上の方を」

探偵は、また、エヘラエヘラと笑っていう。それでやっと気がついたが、門の軒框《のきがまち》のはしっこには、ペタリと打ちつけてある瀬戸板の表札。その表札には、

――河西信道《しんどう》――

と、気品のある隷書体で書かれているのだった。

「どうだ。呑み込めたかナ、貴公にも」

「え、ええ、解りました。訪ねる先きは、このお寺だったんですね」

「苗字の河西さんで尋ねてちゃ、なかなか見つからんはずだわい。お寺ならお寺だといって来りゃいいに、くそッ！　どだい無駄骨を折らせよったテ。――ええと、そういや儂は、お寺というので思出したが、お寺で河西信道というと、はアて、どこぞで何か、聞いた憶えがあったような……」

探偵は、顎へ手をやり首を傾げ、暫らく仁王尊と睨めっくらをして彳《たたず》んだが、そのうちに突然、

「ムウ、そうか。そうか。そうだったか！」

唸りながら門のうちを一覗き。続いて、ギロリ助手の方を振向いた気色が、尋常事《ただごと》ならず物凄い。

「のう、影山。お主は、この寺の金峯山という額、そいから河西信道という住職の名前、この二つを見て、何か思出すことはないか」

「はア、どうも、一向に――」

「ウッフフ、やっぱしボンクラのボンツクの昼行燈だテ。よいか、この寺は、寺号を興来寺《こうらいじ》というて、相当裕福なお寺だぞ」

「へえ――」

「気のない返事をしくさって、貴公、すっかりと忘れておるらしいが、既にも早、一年ほども前じゃったから無理もないかな。その頃、この寺の名前は、幾度となく新聞にも出たものだ。金峯山興来寺の住職信道師には、やはり僧職にある一人の弟があって、この弟さんは、はアテ、名前を何といったっけ？……ウム、そうそう、やっぱり河西という苗字で、順海《じゅんかい》師とかいうんじゃったテ。

順海師は、年は若いが、むしろ兄さんの信道師より、豪いところのある坊さんだったらしい。仏教大学を卒業して、印度《インド》や西蔵《チベット》を旅行して来て、仏教の経典については、なかなか有名な学者だったらしいが、この坊さんは、ある夜何者かのため、興来寺の本堂にある須弥壇《しゅみだん》の下で殺されてしもうた。イヤ、イヤイヤ、そう簡単にいうては間違いが起る恐れもある。ありのままをいうと、順海師の死体が、地獄極楽変相図を描いた、大きな曼陀羅《まんだら》の軸ものに巻き包まれて、本堂の須弥壇の下に転がっているのが、ある朝のこと発見されたのだ。——新聞に出たというのはその時の記事でな、当時警視庁では、儂や貴公ともお馴染みのある宇治原警部が主任で、無論いろいろと取調べがあったわけだが、その取調べの結果によると、順海師殺害の犯人は、どうやら、流しの強盗らしいということになって、しかし、宇治原君も意気地がない、その犯人を、いまだに逮捕することも出来ず、従って事件は、有耶無耶《うやむや》のままになっておるはずだテ——」

「先生……先生……そんな大きな声をなすって……人が立止って、見ていますよ！」

「構わん！　放っとけ！　こりゃ、どうやら面白くなってきたではないか。その人殺しのあった寺から、電話が儂へかかるというのは、並大抵のことではないぞ。昨夜《ゆうべ》の電話は、確かに女の声だったが、してみると電話の主は、この寺の梵妻《だいこく》さん、つまり、住職の奥方というようなところかも知れないな。奥方はいかなる女菩薩様におわしますことやら、フッフ、ホッホ、フハハハ、その女菩薩様が、どうして御自分の家をお寺だからといわなかったのか、ムウ、よしよし、それはまア、世間普通の女並に、梵妻さんだと知られるのを、気まわり悪う思ったのだとしておいてもよかろ。——万事は、直接会ってみたらよう解る。どりゃ、とりあえず、女菩薩様に拝顔と参るか」

毒々しく探偵は喋り散らしておいて、さて、舌の根が疲れたかのように、ノッソリと仁王門を潜り抜けて行く。寺の庭は、老樹の八重桜が満開である。花吹雪が、ハラハラと探偵の肩へ舞い落ちるのであった。

地蔵の前の蛇と女菩薩

「あなたですか、杉浦さんというのは？　私は、ここの寺の執事で、山野幸三というものです。——御用件は、どういう向きのお話でしょう?」

本堂をよけて、庫裏《くり》の方の玄関だった。

探偵のさし出した名刺を片手に、まず不審そうな顔でこういったのが、年の頃四十がらみ、頭を綺麗に真ん中で分けて、セルの袴に黒紬の羽織、足だけ僧形で、白足袋を穿いた男である。

「用件は、左様、直接に御当人にお目にかかってから申したいが」

「御当人?……というと誰のことです」

「はアテ、そうでしたな。誰のことだかと訊かれると、儂もどうも困りよるテ。儂ゃ、生憎《あいにく》と名前を知らん。ただ昨夜儂のところへ河西という者だがと断りをいうて、所番地もハッキリと告げて、しかし、名前をいわずに電話をかけてよこした人がある。儂は、その御仁にお目にかかりたい。電話は、確か、女の声だったと思うが……」

「女の声?」

袴をつけた執事の顔には、見る見る不思議な薄ら笑いが浮んだ。

「女の声というのなら、せっかくですが、何かお間違いじゃありませんか」

「ナニ、間違い?……どうしてですな」

「当寺には、女気は皆無です」

「え――」

「女というものは、一人だっていやしません。女が電話をかけるなんてことは無いはずですよ」

探偵は「ふーん」と鼻を鳴らしたままだった。想像して来た女菩薩はいないというのである。

「ヤ、そうでしたかい。コリャ、どうも」と探偵は頭を掻いた。

「女気のないお寺だとは、不心得ながら知りませんでしたわい。女がいないとすると、儂ゃどうやら、何か変てこに感違いをしておったという気もするし、イヤ、待て待て、そうとばかりも申せますまい。――お寺に女気はないにしても、女が、参詣に来るというぐらいのことは有るでしょう?」

「ええ、そりゃありますよ」

「あるとしたら、参詣に来た女が、寺の電話を借りるということも無論有り得る。参詣人でのうて、何か用事のあった、女のお客さんというようなものでも結構じゃが、儂のところへ電話がかかった時刻は、左様、昨夜の九時少し前でした。その時分に、そういう女のお客さんでも、寺へ見えていたというようなことはないでしょうか」

「さア――」

「御迷惑ですじゃろ。が、お願いですわい。その点を一つ、調べてみては下さらんか」

執事は、雀斑《そばかす》のある顔を面倒臭そうに顰めて、しかし、不承不承、奥へ引込んで行く。

やがて、再び出て来たところを見ると、まだ年の若い、非常に綺麗な顔立をした僧侶と二人連れだった。

「どうでした。お判りでしたか」

「イヤ、判りませんよ」

「ほう――」

「実は、昨夜は、九時少し前というと、寺の者は生憎と皆留守でした。私は、用事があって外出していたし、住職も、檀家の法事で出かけていて、留守を、この碧水《へきすい》さんしかいなかったんです。それで碧水さんに訊いてみたんですが、そんな電話のことなど、少しも知らないというのでして。――碧水君、この人の納得するように、話してあげたらどうだろうかね」

「…………」

碧水と呼ばれた美男の僧侶は、黙って執事に頷いて、それから執事のいったのと同じことを繰返した。

「何か、間違いでしょう。寺には、女気というものはないんです。それに、昨夜、そんな電話をかけたなんて者も、絶対にいません」

忽ち探偵は、ガッカリしてしまった。

あてが外れて途方に暮れて、困ってしまったという顔附だった。

「イヤ、そうでしたかい。電話の主が、誰もおらんということになると、どうもはや、飛んだお邪魔をしてしもうて……」

じきに探偵は、照れ臭い暇《いとま》を告げて庫裏を出たが、出るとすぐに影山に、

「のう、影山。ひどい眼に遭うたなア」

「へイ」

「儂ゃ、どうやら、尻尾を捲いて逃げ出した形じゃ。梵妻さんも女菩薩様もおらんときては、張合のないこと夥しいわい。名探偵の杉浦良平も、到頭焼きが廻ったか知らんテ」

「へイ」

「阿呆め！　そこでへイという返事をする奴があるか。憚りながら杉浦良平、そう簡単に焼きは廻らん。――い

ったい貴公、今会ってきた二人の人物をどう思うな？」

「どうって、別に、変ったとこのある人達だとも思いませんでした。執事ってのは、坊さんじゃないんですね」

「フッフ、やっぱし、デクの棒のボンクラかい貴公は。――儂も寺のことは詳しくは知らん。が、執事といえば、支配人みたいなものじゃろテ。主として寺の会計や事務方面のことを司っておる。檀家に出来るだけ高く墓地を売りつけて、日拝月拝の過去帳を、なるべく収入《みいり》よく書込んで、さて本堂の修築で寄進を集める。時に、寄進の上前をはねておいて、夜になると、銀座のカフェーへ酒を飲みに行き、さては五反田の待合なんかへ、こっそりお忍びで出掛けても行く。――イヤ、イヤイヤ、あの執事さん、ひどく几帳面で真面目な人物と見えんこともないナ。まさか、そんな悪いことはせぬかも知れんテ。あとで出て来た碧水という坊さん、これも、若いに似ず道心堅固で、将来の大智識であろうも知れぬ。気がかりなのは、碧水君、あまりにも美男であることだ。あれなら映画俳優にしても立派に売出せる。儂なら、還俗《げんぞく》を勧めたいくらいだ。――年は、二十歳《はたち》の上を、まだいくらも出てはいまい。儂ゃ、なぜか碧水君の顔を見ていて、ゾッと背筋が寒くなったテ。オヤオヤ、あれはいったい何者だ？」

例の如き毒舌を、探偵が、ふとそこで断ち切ったのは、今し、仁王門の方へ行こうとして、その少し右手倚《よ》りの方向に、ハタと視線を停めたからだった。

寺の境内は相当に広い。

境内の、椿や桜や柊《ひいらぎ》の木の植込みを透かして、やや向うに、石の地蔵尊が立っている。お定まりのように、野天吹きっさらしの地蔵尊だが、その前に、こちらへは背を見せて彳んで、小浜絵羽織の萌黄《もえぎ》色が、生き生きと大きな葉のように見える。若い女が、じっと手を合せて項《うな》垂《だ》れて、何か願事《ねぎごと》をしているのだった。

「見い、到頭、出現ましましたぞ。南無《なむ》、御《おん》女菩薩――」

と探偵は巫山戯《ふざけ》ていったが、眼附は、もう微塵、巫山戯ていなかった。

探し求める電話の主が、この女に違いないというような意気込みで、ツカツカ植込みの下枝を潜って行こうとすると、女の方では、すぐにその跫音《あしおと》を聞付けて、チラリとこちらを振り向いた姿が、さながら匂いのこぼれるように、あでやかにも艶《なま》めかしい。

「ええと、モシモシ――」

探偵は、山高帽のふちへ手をかけた。そして、何か言葉をかけようとしたが、途端に女は、

「あれいッ!」

なぜか、ふいに叫んだようである。

見ていると、女は、名状すべからざる恐怖の色だった。いきなり宙へ飛上って、地蔵尊の石体の前を逃げようとして、しかし、激しく何かに躓《つまず》いたものだったろう、バッタリ地べたへ倒れると、

「あれいッ! 誰か来てえ!」

また、泣声で、助けを呼んだ。

だしぬけのことで、何が何やら判らない。

探偵と助手とは、大急ぎで、女のそばへ駈け寄った。

そうして、

「ああ、こりゃいかん――」

二人共に、ちょっとのうち、ウロウロマゴマゴ、そのうちにやっと助手の方が、自分の頭の汚れたソフトを脱いで鷲摑みにして、

「放せ! コラ、畜生……コン畜生……」

ピタリピタリ、地べたを、力一パイに引っ叩《ぱた》いた。

白い綺麗な女の手には、頭の三角に尖んがった蝮《まむし》が一匹、しっかと歯を立てて咬みついている。

実に、運の悪い偶然――。

女は、探偵達の方を振り向こうとした時、その足もとへ、ニョロニョロと這い出した蛇の姿を、突然見つけたものに違いない。狼狽《あわ》てて逃げようとして、反ってそこへ俯伏せに倒れてしまったから、蛇の方も、恐らくは吃驚《びっくり》したのだろう、柔かな女の指先きへ、ガッキと歯を立ててしまったのだった。

陽当りのいい四月末の庭を、いくらか時期を間違えて出た蛇だったろう。蝮は、追い立てられて、じきに逃げた。薄気味悪く影のような速さで、躑躅《つつじ》の藪の根もとへ逃げ込んで行った。

その時見ると、女は、倒れたままに眼を閉じて、気を失なっている。

「先生、こりゃ、大変です」

「ウム」

助手が、ぶきっちょに手を伸ばして抱き起したが、ぐったりと垂れた襟足が、ぬけるほど白く艶めかしく、島田に結った髪の匂いが、ぷーんと鼻の先きへ漂って来る。

女は、まだ年の若い芸妓《げいしゃ》だった。そうして、蛇に咬まれた指の先きが、ポチポチと赤く歯型がついて、もうい

くらか、腫れあがって来ているのだった。

探偵達は顔を見合わし、例の不思議な電話のことなど、一時、忘れてしまっていた。

助手は、何より先きに咬まれた女の、貝細工のように美しい指の根を、ギリギリと手巾《ハンケチ》を裂いて捲き立てて、蝮の毒が廻らぬようにし、その間に探偵は、急いで庫裏へ走って行って、寺の者を呼んで来た。

寺の者とはいっても、今度は何か用があったのだろう、美男の碧水は出て来ずに、執事の山野幸三が、寺男らしいイヤに間の抜けた顔附の老人と、

「へええ、蝮が出たんですって？　そりゃ、いけませんでしたねえ。この寺は、境内にとても蛇が多くて、人によると、蛇寺だなんてことをいうんです。しかし、蝮がいるとは思わなかったですよ。――吾平さん、これからは気をつけて、ドシドシとそんなもの、退治してしまわなくちゃいけないぜ」

「ヘイ。そりゃ、心得てはいるんですが」

走りながら、そんなことをいっている。

女は、助手の介抱で、ともかく、正気だけは取戻していた。ただ、口も利けず、真蒼な顔色だった。

とりあえず、助手と寺男の吾平さんというのが、近所の医者まで、女を連れて行ってやることになって、その時はじめて探偵は、

「しかし、あの女、どういう女ですかいな」

仁王門のところまで出て、並んで立っていた執事に訊いた。

「さア、どういう女でしょうか」

「オヤオヤ、あんたも、御存じがない？」

「ええ、知りませんよ。花柳界の女のようですがねえ。――あそこの地蔵さんは、縁結びの地蔵さんだとかいって、時々、ああいう種類の女達が、何か願掛けをしてお詣りに来るんですよ」

「へええ――」

探偵は、またガッカリ、拍子抜けのした体だった。

女と電話とは、また、関係がないらしいのである。

振り向くと、遥かに本堂の前の廊下を、金襴の袈裟に、供を一人従えた僧が、静々と庫裏の書院へ下がって行くところだった。金襴の僧は、住職河西信道氏であろう。供の黒衣の僧は碧水である。

「フーム」

探偵は、我にもなく無意味に呻《うな》って、じっとその二人の僧侶を、長いうち見送っているのであった。

切って落された事件の序幕

もとより事柄は、確かに何か有りそうでいて、実はまだハッキリしたものが何もない、曖昧至極なものであった。杉浦老探偵の聞いた怪電話が、果していかなる事件の導火線となるのか、さすがの探偵自身ですら、てんで、予測がつかなかったことに違いない。

その日探偵は、本郷にある自分の事務所で、夜になってまでも、頗る《すこぶ》不機嫌だった。

助手が、探偵より一足遅れて事務所へ戻って、病院へ連れて行った女のことについて、女が、蛇に嚙まれた指を切開してもらったとか、その切開の時に、また気絶してしまったとか、いろいろ報告をしたけれど、その報告にも、大して興味を惹かれた様子がない。

「しかし、とても、可哀想でしたよ。指は、左の手の中指で、僕がハンケチで縛ってやったけれども、縛り方が、下手だったかも知れません。悪くすると毒が身体中へ廻って、助からんかも知れぬなんて医者がいうんです。まア、大抵、大丈夫だそうですが、少なくとも、経過のハッキリするまでは、入院していなくちゃならんそうです。とても泣いていましてネ」

「それで、どこの女だか判ったのか」

「ええ、そりゃ、女が自分で医者に何かいっていました。浅草の方の芸妓らしいです。名前は、〆香《しめか》とかいっていました」

「寺へ来ていたのは、どういう訳だったのだい」

「そこまでは、詳しく聞きません」

「フーン、阿呆め！」

探偵は、それでまた、余計に機嫌が悪くなってしまった。

翌日と翌々日との二日間、探偵は、前からとりかかっていた何か別の仕事について、眼の廻るように忙しい思いをして、寺と電話との問題は、頭の隅で気にしていながら、そのままに放ったらかしておいた模様である。

三日目の午前、探偵の事務所へは、だしぬけに意外な来客があった。

警視庁の宇治原警部が訪ねて来たのである。

「ヤ、これは宇治原君。どんな風の吹き廻しですかい」

探偵が、吃驚して迎えると、警部は、

「事件ですよ」

と、ぶっきら棒にいった。

そうして、すぐにその事件の話をしはじめた。

「実は、今朝、届出があったんです。某所に昨夜火事があって、その火事のあとから、焼死者の死体が出てきました。焼けた場所は、平生は火の気やなんかが絶対にないところだそうで、だから、出火そのものからして疑問の点があり、加うるに、所轄署からの報告だと、焼死体にも、怪しい節があるんです。調べてみると、身元は全く判らなくて、しかし、乞食やなんかじゃない、営養の相当にいい女らしいということで、しかも、他殺の疑いが濃厚なんです。頭部に、打撲傷があり、従って、火に巻かれて死んだのではなく、火に巻かれる前に死んでいたという形跡が十分なんだそうです――」

「ちょっと、宇治原君。あんた、ひどく急いでいるらしいが、いったいその怪しい火事の起ったという場所は、どこですかいな」

「あ、それをまだ言わなかったのでしょうか。場所は、雑司ケ谷の興来寺という寺です」

「え?」

「御存じですか」

「興来寺なら、儂ゃ、知るも知らぬもありゃしませんテ。ウッフ、オッホ、エッヘッヘヘ、そうでしたかい。興来寺でしたかい。そんなら儂は、お願いしても一緒に連れて行って載く。――待っていて下さい。すぐに支度をしてきますわい」

警部が、眼を見張って呆れているくらい、探偵は忽ち元気になった。

居間へ行って、例のモーニングに二重廻し、外国の魔法使いみたいな服を身につけると、助手の影山青年を呼びつけて、頭ごなし呶鳴りつけた。

「オイ、貴公。何をボヤボヤしているんだ。すぐに外出の支度をせえ。お主も一緒について来るんだ。宇治原君が、珍らしく事件を、向うから儂に知らせに来よった。――警部殿、一年前に同じ寺の事件を失敗《しくじ》って御座る。今度は、大事をとって、最初から儂を引っ張り出しに来たんだ。事件のあらましは、儂にはもう解っておるテ。ウッフ、ヘッヘ、オッホッホホホ」

再び例の、下品にして傍若無人な高笑い、それから間もなくして、警部と探偵と探偵助手の乗込んだ自動車は、一散走り、事件現場へ向けて辷り出したのだった。

「それで、興来寺の火事というのは、寺のどこが焼けたんです。全焼ですか、それともまた一部分?」

「私もまだ、現場へ行って見ないんですが、ほんの一部分だという話です。庫裏の、本堂へ倚った方が半分ほどと、それから、庫裏と本堂との間に建ててある、小さな経堂が焼けたそうです。死体のあったのは、その経堂の焼跡らしいのですが」

「火もとはどっちですかい。その経堂か庫裏か」

「そこが可怪《おか》しいので、経堂の方が先きに燃え落ちてしまって、従ってそっちが火もとだろうという報告でした」

「なアるほど、そうなると、火の気のないところから、火が出たということになるわけですな。儂ゃ、実は、幾分かもう、心当りがないでもないが……」

探偵は、車の中で、やっと三日前に興来寺を訪ねて行った時の経緯《いきさつ》を話した。

無論、心当りがあるとはいっても、誰が誰を、何の目的で殺したのか、また、なぜ経堂から火が出たのか、そこまで判ったわけではない。

「まア、儂ゃ、進み過ぎた想像かも知らんが、そんなような訳で、儂のところへかかって来た不思議な電話と、今度の事件とでは、必らず関係がなけりゃならんと思いますわい。早い話、儂ゃ、電話の主を、全然誰だか思い当らなかった。縁結びの地蔵様を拝んでいた芸妓を、てっきり、その女だと感違いなんかして、飛んだ赤恥を掻くところだったが、要するに、もう、電話の主だけは判ったというても同じこってすテ。経堂の死体がそれですよ。女は、ひょっとすると、儂が寺を訪ねて行った時、もう殺されて、経堂の中へ、その死体が隠してあったのかも知れません。電話の切れた時、首を絞められるようなギャッという悲鳴を聞きましたが、その時、頭を殴られたのかも知れん。ま、ま、残る問題は、その女の身元が何者かということですテ。女は、確かに、寺から電話をかけている。しかも寺では、その時に、皆留守をしておったといい、ただ一人留守居をしていた坊さんが、そんなことは絶対になかったと申している。ここの矛盾を説明する時が、結局、事件の解決される時ですわい」

意気軒昂、探偵はギラギラと瞳を輝かしていった。

殊勲をたてた白痴の小僧

火事跡特有な、胸のむかつくような匂いの中に、死体は、まだ発見されたままの位置に、荒蓆《あらむしろ》をかけて寝かしてあった。

探偵は、警部と連れ立って行って、何より先きに死体を見たが、

「ムウ、こりゃ、酷ごたらしい」

じきに、視線をわきにそらしてしまった。

酸鼻の極である。

死体は、全裸体だった。着物を剝ぎ取って、その上で火にかけたものとしか思えない。死体のじき近くに、その着物の燃えたあとらしい灰の一かたまりがあって、

「なアるほどネ。こりゃ、相当考えてからの仕事ですよ。着物だけ、別にして、多分、石油か何かをかけておいて、すっかりと、燃え切るようにしておいたものでしょうテ。犯人は、着物から、被害者の身もとが判るのを恐れたんでしょう。死体に着せておいたのでは、火の廻り工合が悪いと、着物の一部が燃え残るということも有り得るし、イヤ、何しろ、この点だけで、他殺死体の疑いは十分です」

探偵は、髯を撫で撫でいっている。

殆んど同時刻に、予審判事や検事の一行も到着して、型の如く現場の検視があったのち、関係者の訊問という段取りに進んで行ったが、探偵は、その訊問の席には立会わなかった。そしてしかし、仮の訊問室にあてられた本堂の廊下の外に待ち構えていて、係官達の前へ呼ばれた寺の者が、一人ずつ訊問を終って戻って来るのを、片っ端しからつかまえては、彼独自のやり方で、いろいろと必要なことを訊き糺《ただ》していた。

助手の影山青年は、書記といった格である。探偵のそばに控えていて、一々要点を手帳のうちへ書き取っていたが、その書きとめられた要点は、大体次の如きものであった。

一、興来寺に居住する人物——
河西信道（四八）住職
柿内玄亮《げんりょう》（三二）所化《しょけ》僧
河西碧水（二五）所化僧、住職の親戚
山野幸三（四三）執事
永沼吾平（五七）寺男
永沼吾一（十一）吾平の子
以上凡て無妻
二、出火発見の情況——
前夜寺の者は、割に早く九時頃より皆就寝せりという。午前二時半頃、吾平が第一に眼を覚まして出火に気付き、直ちに一同を喚《よ》び起したり。本堂近くに、

防火用水道栓あり。一同直ちにこの水道栓を開かんとしたるも、何者かのため、水道栓のカラン破壊の形跡あり、従ってやや手遅れとなりて、のち、消防署よりの出動と相俟《あいま》ち、辛くも半焼にて消し止むるを得たりという。

三、前夜寺内の者の行動、別に怪しき節なし。

四、経堂の来歴――。

焼死体の発見されたる経堂は、もと、住職の弟河西順海師の建設せるものにして、内部には、順海師の印度西蔵等より持ち帰りたる貴重なる経典を収めたり。経典は、全部、烏有《うゆう》に帰す。

五、死体の身もとにつき、住職をはじめ一同は、何事も知らずとのみ答う。

手帳には、無論このほかにも、沢山のことが書込まれていたが、探偵は、こうした特殊の調べが終ったあとで、しばらく手帳を覗き込みながら、じっと深く考え込んでいた。

「杉浦さん。何か、目星しのついたものがありますか」

宇治原警部が、突然そういって肩を叩いたので、

「やはア、まだ、何も別に確実なところはありませんテ。あなたの方はどうですかな」

「さア、やっぱり、同じようなものでしょう。しかし、一つだけ、面白い発見があったんですが」

「へえ、どんな発見です?」

「焼け落ちた経堂についてです。あそこには、非常に貴重な、中には殆んど準国宝といってもよいような経典が、かなり沢山に収めてあったそうですが、焼け跡の灰を調べてみると、そういう経典が焼けたにしてはひどく怪しい、譬えば、新聞紙とか洋紙とか、そういった紙の灰がうんと出て来ているんです。内部で焼けたのは経典じゃなくて、ハトロン紙の包み紙、新聞紙、古雑誌、そういった種類のものが大部分ですよ」

「ほう」

「それで、結局のところは、経堂には、貴重な経典なんてものは、実はいくらも入ってはいなかったということになります。焼ける前に取出されているんです。今、保険金のことが問題になりましてネ、保険が、あの経堂だけに、相当多額につけてある。保険金詐取の放火じゃないかという説があるんですよ」

「ふーむ」

なるほどそれも有り得ることだと考えた風で、探偵は、太い溜息を洩らしていた。

二人は、一緒に行って、焼跡の灰を調べ始めた。

なお、何か見落した手懸りはないかというので、あちらこちら、焼け落ちた壁や柱の下を掻き廻した。

探偵助手影山兵六の方は、甚だ呑気にボンヤリと、こないだの地蔵様のところへ行ってみたり、またブラブラと、焼跡の方へ戻って来たりしたが、その時、ふと墓地の方へ出て見ると、

「ヤッ!」

といって眼を見張った。

林立した墓石の間で、男の子が一人、何か悪戯をしている。男の子は、青っ鼻を垂らして、見るからに低能らしい顔附の子供だったが、その子の手に持っていたのが、小さな赤い袋である。形は、紙入れとも見えるが、紙入れより遥かに小さく、羽二重《はぶたえ》地に、何か刺繍の模様がついた、薄べったい袋である。

それは、明らかに、女の持物だった。

「坊や。君の手に持っているもの、見せてごらん」

ボンクラだとしょっちゅう罵られていても、さすがは探偵の助手。すぐそういって子供の方へ手を伸ばすと、

「やだい、やだい——」

「いい子だから、そんなことというものじゃない。君は、学校は、何年生だね?」

「知らないや、そんなの。僕、吾一さ」

「ふーん。吾一君か。小父さん、君にいいものやろか」

「うん、おくれよ」

「そうら、十銭玉だ。十銭玉の方が、そんな袋よりか値打ちがあるよ。袋を、誰から貰ったんだネ」

「貰ったんじゃ、ないやい。あっちで、きのう、拾ったんだい。小父さん。その十銭玉、くれるかい」

「やるとも。袋を、小父さんにくれればネ」

少年は、寺男の子の吾一だったのである。吾一は、だらしなく唇を開けて、疑わしそうに、この小父さんの手の十銭玉を眺めて、さて、手に持った袋を、やっと渡して寄来すのだった。

助手は、袋を開けて見て、眼を光らした。

中には、三味線の糸が、幾かけか入っている。そして、小型の名刺が入っている。

名刺には、真中に「千代栄《ちよえい》」として、わきに小さく、「浅草花村家」としてあるのだった。

助手は、躍り上って、墓地から驀地《まっしぐら》に駈けて来た。

「先生! 妙なものが手に入りましたよ」

「フム、何だ」

「芸妓の糸入れです」

「オヤオヤ、また芸妓かい。貴公、芸妓がひどく好きなんだナ」

「冗談じゃないですよ先生。こりゃ、どうしても何か有ると思うんです。中に、名刺が入っています」

「こないだの、蝮にやられた芸妓かネ」

「違います。違っているから面白いんです。しかも、ところは同じ、浅草の芸妓ですから」

「ほう」

探偵は、はじめて、興味を感じた顔色だった。そして、糸入れの袋を手にとって見て、

「なるほどな。こりゃ、万一《ひょっと》すると、案外の手懸りだぞ。焼死体の身もとが判らずにいる際だ。この名刺が、身もとを判らせることになったとしたら、貴公、素晴らしい手柄を立てたことになる。よろしい、貴公、早速この名刺の女を訪ねて行ってみい」

助手は、賞められて元気づいて、すぐ、仁王門の方へ歩いて行く。

しかし、あとからは探偵が、じきにまた追いついて来たかと思うと、

「待て、影山」

「へイ」

「儂も、一緒に行こう。どうやらこれは、重大な発見に見えて来よった」

はや、先きに立って、スタスタと歩き出すのだった。

捜査線に浮かぶ意外な粋人

浅草の花柳地は、賑かな映画街を少し離れて、公園の裏手、宮戸座のあたりが中心である。

杉浦老探偵と影山青年との姿が、その花柳地に現れたのは、まだ陽の明るい頃のことだったが、訪ねる花村家というのはじきに判った。芸妓屋を訪ねて行くのにしては、甚だ似つかわしからぬ風采で、しかし探偵は、構わずにその家の格子戸をガラリと開けた。

「ごめん。少し、お訊ねしたい件があるんですが」

「ハイ」

出て来た女は、いかにも芸妓屋の女将《おかみ》らしい、相当年配の垢抜けのした女である。名刺を見て、肩書が私立探偵と書いてあるのに、ハッとした顔をしている。探偵は、悠々上り框へ腰を下ろし、そこから見える芸妓部屋の、

鏡台だの三味線かけだのを、ヂロヂロ眺めた。

「……探偵さんでいらっしゃるんですか」

「そうですよ。——ほかじゃありませんが、こちらに千代栄さんという妓《ひと》がいますね」

「え、ええ」

「その千代栄さんという妓、最近に、何が変ったことはありませんかい」

単刀直入、いっておいて顔色を覗くと、もう反応は十分だった。女将は、すぐにもう膝を乗り出して来ている。

「変ったことといいますと、どんなことなんでしょか。実は、あたくしんとこ、それについて困っているんですけど」

「ほほう。そういわれるところを見ると、やはり何か有ったんですな」

「ええ、多分、あなた様も、そのお話でいらっしゃって下すったんでしょね。千代ちゃん、この三日ほど、どこへ行ってしまったのか、帰って参りません。もしかして行先きを、御存じでも?……」

「イヤ、イヤ、知っているという訳でもないんです。三日ほど帰って来ないというのは、正確にいうと、どんなような工合でいなくなったんですか」

既に明らかに、経堂の中の死体は、千代栄らしいと判ってきていた。狙った的は、中《あた》り過ぎるくらい中ったのである。探偵は、既にそれが死んでいるのだと話しては、あとが面倒だと思ったのだろう。ドキリと躍る胸を押さえて、さり気なく、必要なだけのことを訊き出していった。

女将の話によると、千代栄は、恰度探偵のところへ、怪電話がかかって来た、あの晩の宵の口からいなくなっていたものらしい。永楽という料理屋へお帳場口で呼ばれて、しかしそこからは、自分で貰いをかけて一時間ほどののち帰って行き、あとが全然判らない。今日では、足かけ、四日になるというのであった。

「あの妓は、自前で、勝手をすれば勝手の出来る身分にはなっているんですの。だから、どこへ行こうと構わないようなものの、居所が判らずにいたのでは、見番だってうるさいんですからねえ」

「自前というと、誰か、贔屓《ひいき》の旦那っていうようなものがあるんでしょうなア」

「ええ、そりゃ無論ありますわよ。だけど、そういう人のことは申せませんわよ。あの妓《こ》に、あとで叱られますからね」

「ハッハハハ、隠さなくてもよろしいですテ。儂もそりゃ知っとります。――旦那というのは、山の手の方の、あるお寺の人でしょう」

女将に口を噤まれたら困る。探偵は、寺の中の、誰が千代栄と交渉があるのか、そこを知っておきたいつもりで探りの鈎《はり》を下ろしたのだったが、女将は、他愛なく鈎に引っかかって来た。

「あらまア、御存じじゃ、仕方がありませんわね。あたくしも実は、一度だけお目にかかったことがあるんですの。お寺なんかにいらっしゃる癖に、とても枠人《すいじん》ですからね。若い頃には、随分と浮気をなすったらしいんですよ。この土地じゃ、誰もあの方を、坊さんだなんてこと知っていません。冗談のお上手な方で、小唄なんかうまいもんですし、お寺も、随分裕福なお寺だっていうことですわね」

「さア、裕福には裕福ですがね。大将、もう長いことこの土地の馴染みですかい」

「長いんですのよ。ほかの土地でもお遊びになるんでしょうけれど、こっちへは、もう三年ぐらいにゃなりますわね。千代ちゃんが、かれこれ一年ぐらいで、そうそう、そういえば、一年ほど前に、和尚《おしょう》さんの弟さんが殺されたっていうことがありましたわね。千代栄さんは、それからのことですのよ」

ハッキリ、それで判った。もう、訊くだけのことは訊いてしまったと同じだった。

弟が殺されたというのなら、それは住職信道師である。千代栄は、意外にも、興来寺住職の贔屓をうけていたのだった。

探偵は、意地悪く、これだけ聞いてしまったあとで、漸く女将に、千代栄が興来寺で死体になっている――あるいは、死体が千代栄らしいのだと話してやった。

「あら、まア、本当ですの？」

「残念ながら、本当ですよ。詳しいことは、また警察から呼出しがありましょうから、その時にいろいろと判りましょうテ」

そうして、驚き呆れている女将をあとに残して、そのまま花村家を飛出してしまった。

出て見るとしかし、外で待っていた影山が、変てこに瞳を輝かし、昂奮し切った顔附をしている。

「先生、どうでした、結果は」

「結果は、予期以上だ。死体は千代栄だ。貴公抜群の功績だ。実は儂ゃ、今花村家の女将と話をしていて、ふと、思いついたこともあるテ。今度の事件は、一年前の、河西順海師殺害事件とも、密接な関係がありそうだわい。千代栄は、他殺だ。順海師も他殺だ。多分、この二人を殺した犯人は、同じ一人の人物だぞ。それに、何よりかより面白いのは、千代栄を贔屓にしておった旦那さんというのが、住職の信道師だったというのだからな。——手っ取り早いところをいってしまうと、信道師にも相当怪しいところがあるわい！」

後にも判ったことであるが、ここで探偵のいったことは、殆んど大体事実と適合していたものである。少なくとも、順海師殺しの犯人が、また今度の事件の犯人であったわけである。

「ところで貴公。貴公もまた、ひどく張切った顔附をしておるじゃないか。儂を待っている間に、外で何か有ったのと違うか」

「はア、ありました。待っている間に、ちょっとそこらをぶらついていまして、偶然に、こないだの蝮に指を咬まれた芸妓の家を見つけてしまいました」

「ふーん。それで、何かそれが事件と関係があるか」

「有るような無いような、変てこなものなんです。ついでだからと思って、その芸妓屋で訊いてみますと、あの女は、蝮で咬まれたあとを、病院からはすぐとその翌日に退院して来て、しかし、座敷を休んで親元へちょっと帰ったんだそうです」

「親元は、どこだ」

「深川の木場の方なんですよ。木場の親元へ帰って行ったが、芸妓家の方でも、蛇に咬まれたあとがどうかと思って心配して、今日、親元へ様子を見に行ったところが、何だかひどく話がこんぐらかった形ですけど、女は、親元へ帰っていません」

「ほう。そりゃまた、どうしてだ？」

「どうしてだか、そこが判らないから、変てこなんです。芸妓屋にもいないし、親元へも帰っていない。と、すれば、先生は、千代栄が経堂の中の焼死体だといいましたネ。しかし、あの女は、名前を〆香っていうんでした。〆香が、殺されて、あの死体になっていると考えたっていいでしょう。先生は、どうお考えですか」

さすがの探偵も返事に困って、ウムと口を結んだままだった。

焼死体は、果して千代栄か〆香か、遽《にわ》かに判断のつかぬことになったのである。問題はしかし、いずれにしてもそのうちの一人が、経堂の死体であることに間違いはない。しかり而《しこう》して、先きには河西順海師を殺し、今また、経堂に無残な焼死体を残した兇悪なる犯人は何者であろうか。

サア、この犯人は誰でしょう。前頁《ページ》の応募規定を御覧の上、誰方《どなた》もこの「犯人探し大懸賞」に御参加下さい！　なお、この小説、次号は更にとても面白くなります。

探偵事務所の不思議な女客

千代栄が、四日前から、どこへ行ったとも知れず、花村家の女将が心配していると判った途端に、今度は助手の影山が、意外な事実を探り出して来た。千代栄と同じく〆香までが、奇怪な失踪を遂げたというのである。

老探偵杉浦良平は、道のはたに立停ったまま、珍らしく困惑の体で、助手の影山をうち眺めた。

「ウーム、なるほどな。こりゃ、貴公のいうところにも一理があるわい」

「ハイ」

「ウッフッフ、得意そうな顔をしくさって、ま、ま、これも無理はないとしておこう。儂ゃ、少しく結論を、急ぎ過ぎたかも知れんテ。千代栄か〆香か、経堂の中の死体が、どっちだか判らなくなってしまったのは困りものだぞ」

「花村家の女将というのを連れて行って、死体を見せたらどうでしょう。〆香の家の者でもいいし、また〆香の親元が木場だそうですから、その親元の者を連れて行っても……」

「ウム。無論、その手はある。いずれその方面のことは、警察で正式にやってくれるだろうが、何しろ、眼鼻立ちも判らず真黒焦げになった死体だからな。生きている時の顔を知ってる者が見ても、果して効果があるかないか？……まア、よいわ。思案をしとったところで埒《らち》は明かん。影山、ついて来い！」

それから探偵が影山を連れて行ったのは、土地の見番である。見番で調べたところによると、千代栄は、自前になっているくらいだから、割に年増《としま》で二十六歳、〆香の方は、それよりずっと下の二十一歳。しかしどちらも、同じくらいの背恰好だというようなことだった。身体的な特徴は、何も別に無いわけである。口の中に義歯をしているとか金環を嵌《は》めているとか、そういうようなことでもあると、黒焦げの死体でも識別《みわけ》はつくが、生憎二人共、義歯も金環もなかったらしい。そういう点は、結局、親とか兄弟とか、もっと近しい間柄の者を警察で連れて行って調べるよりほか、調べようがないのだと判った。

千代栄が、興来寺住職に贔屓にされていたという点から見て、〆香がやはり、寺のうちの誰かと交渉をもっているだろうということが、当然考えられる。――〆香が蝮に咬まれた時、興来寺の執事山野幸三は、〆香が、縁結びの地蔵さんへお詣りに来たのだろうといった。が、どうやらこの説明は疑わしいといっていいだろう。〆香は、誰かに会いに来て、偶然蝮に指を咬まれたのである。誰に会うつもりだったか、探偵は、この点を最も熱心に調べようとして、しかし、得るところは殆んどなかった。〆香は、若い美しい妓だが、若いに似ず芸達者で、贔屓のお座敷なども、芸だけで相当の売れっ妓だったという。こんな土地の女としては、まず珍らしく堅い。それでいて朋輩交際《づきあい》はいいし愛嬌はあるし、木場の親元にも一方ならず孝行だとのことで、厭らしく浮いた噂など一つもない。

「ほほう。芸妓の中にも、今時、そんな女がいるものかいな。それじゃ、興来寺の誰かと変な関係がありはせんかというのも、儂の思い違いということになるかも知れんテ。……イヤ、イヤ、イヤイヤイヤ、表向きはどうであろうと、やはり、寺のうちの誰かと交渉のあることは疑えまいテ。ま、ま、そいつはまた警察の手で調べてもらっても遅くはなかろう。とにかく、感心な女だということだけは解ったわけだ――」

探偵は、思わず呟いたが、ここでしかし、やや耳寄りだと思われる聞込みが、僅かながら無かったわけでもない。

それは、千代栄と〆香とが、違ったうちの抱え妓でありながら、平生《ふだん》、割合に仲が好かったという事実である。それからまた〆香の方は、最近に何かひどく屈託顔で、うちにいても客席へ出ても、変に考え込んだり溜息をついたり、どこか沈み切ったところが見えたともいう、大体この二つの事柄だった。

「なア、影山――」

老探偵は、自分達の力で調べられるだけのことは調べたあと、浅草の花柳地を立去りながら助手にいった。

「貴公、どう思う?」

「ヘエ――」

「ウッフッフ、俄然としてまた貴公、八幡の藪知らずへ踏み込んだような、何もかも、急に訳が解らなくなってしまったような、昼行燈面になりよったが、要するところ問題は、益々紛糾し錯雑したと見えていて、しかし、遠からず解決ということになりそうだぞ」

「ヘエ、そうでしょうか。私は、経堂の死体が、千代栄か〆香かハッキリしないと、そいつが一番困ることだと思うんですが」

「ウム。そりゃ、さっきもいったことで困るには困るさ。が、その点はまア、ここで儂等が強いてジタバタせんでもよかろ。――儂ゃ、確かにそうだとも断言出来ぬが、今まで調べてきたことのうちから、一つだけ、事件の根本原因になりそうなものを、漸く嗅ぎつけたという気がしておる。貴公、これは呑み込めまいな?」

「え、ええ、判りません」

「判らずば、説明してやろう。ここで、一番問題になるというのは、千代栄よりも、むしろ〆香かも知れんテ。〆香は、最近、ひどく鬱《ふさ》ぎ込んでおったという、この点が多分、非常に大切なことだぞ」

「なぜでしょう。そんなこと、事件とどういう風に関係があるんですか」

「考えてみい。若くて綺麗で芸達者で、堅いのが評判だったという女が、何か心配事があって溜息ばかりついとったという、それは抑々《そもそも》何が基だと考えるのだ」

「親のために、何か金でも要るというようなことがあって……」

「うん、それも、無いことじゃない」

「それから、親兄弟が大病にかかって……」

「うん、そういう時の心配もある」

「蝮に咬まれた指が痛くて……」

「バカ。そりゃ、あの電話がかかって来た、翌日の出来事じゃないか。〆香は、それ前から鬱ぎ込んでおったのだ。どだい貴公、頭へ血が廻らんぞ」

「ヘイ」

「ヘイじゃない。貴公、〆香が若い女だということを考えんじゃ駄目だ。親のために金の心配をする。それから親兄弟の病気を心配する。こういうことは、何も若い女でなくてもよい。男でも、また子供でも、汚い顔の女でも、同じ心配をすることがある」

「というと、何でしょう?」

「だからだ。だからそこを考えろというのだ。浮いた噂が微塵もなくて、芸が達者で売った女だ。そういう女が、何がゆえに、人にも話せずクヨクヨと、心配をせねばならぬことがあったかという、そこを大体想像してみるんだ。そういう想像は、探偵術の上で役に立つ。……オット、あそこに公衆電話があるようだな」

いつものように、ブツリと話を断ち切ると、探偵は、ヒラリと車道を横切って、公衆電話をかけに行ったが、その電話はかなり長かった。興来寺事件の捜査本部にあてられているM署を呼び出して、捜査主任宇治原警部に、浅草で調べ上げた事柄を、落ちなく知らせてやったのである。老探偵は、電話のボックスを出て来るとまた影山に、

「うん、宇治原君、儂の報告で大喜びだったわい。当局も、思ったよりは抜目がのうて、河西信道師をちゃんともう引っ張って来よって、取調べを進めているらしいが、こいつは例の保険金についての問題だ。経堂の火事が保険金詐取の目的じゃないかというので、とりあえず住職を調べにかかったそうだが、住職が浅草で豪遊を極めておったのは知らんかったらしく、これでまた、ビシビシ住職を責め立ててやるというておった。ウッフ、そんなことで、真相が解るかどうか怪しいもんじゃが、まアまア、やるだけはやらせておいても構うまい。死体が千代栄か〆香か、そこまで見当のついてきたのが、何しろ大助かりだといいおったが、こいつは、儂じゃない、貴公が糸入れの袋を発見しよった、そのお手柄だからといって断っておいたぞ。——ドリャ、儂等は今日は、この辺で引揚げることにしようじゃないか、あとは、宇治原君に任せておいても、どうで長くないうちに解決がつくわい」

ベラベラ、愉快そうに喋り立てた。

事実もう、真相調査のお膳立は半ば出来上っていたのだし、あとは当局へ任せ切りにしておいてもよい事件だったろう。

それがしかし探偵は、その夜本郷の事務所へ帰ってから、やはりまた、直接事件に関係せねばならなくなったというのが、実は次の通りの次第である。

晩の七時少し前——。

杉浦探偵事務所へは、一人の奇妙な来客があった。

来客は、洋装に身を包んで、網のヴェールを顔へ垂らした、色の浅黒い女である。

玄関に立って呼鈴を鳴らした時、取次に出たのは影山だったが、

「あの、お願いがあって上りました。こちら、杉浦さ

んでございましょうね」

　風邪でも引いているように、鼻っつまりな声でいった女は、片腕を繃帯で首に吊っていて、おまけにどうやら傴僂《せむし》である。背中が、ポックリと折れ曲って、そのせいか全体が、ひどく猪首《いくび》にひっかしがって、一寸法師のようにも見える。

「私、内密に、是非お願いしたいことがあって上ったのでございます。どうぞ先生にお目にかからせて下さい。私、伊藤信子と申すものでございますけれど」

　女は、泣き縋るように、そういって取次を頼むのだった。

　影山は、二階へ行って、老探偵にその旨を話すと、探偵は、

「ナニ、傴僂で繃帯をした女だって？　フン、そりゃ、何かよほど容易ならぬことがあって来たのだぞ。よし、会ってやろう」

　早速、女を二階へ通した。

ポンと投出した三千円の紙幣束《さつたば》

　大型の事務用テーブルを間に挟んで、探偵と女とは向き合って椅子に腰を下ろし、その時女は、

「私、風邪を引いておりますから、オーバーを着させておいて下さいまし」

　遠慮勝ちにいっている。

　探偵は、昼間の興来寺事件での疲れがあるのか、ぐったりと椅子に肘をついたまま、

「さアさア、どうぞ。早速ですが、儂に頼みたいという用件は、どんなことですかいな」

　さも親切な口吻《くちぶり》で訊き始めた。

「御依頼致したいと存じますのは、実は、大そう、妙なことでございますけれど」

「妙なこと、結構ですテ。儂ゃ、平凡なことが大嫌いですわい」

「オホホホ、まア、そう仰有って戴けると、大変に私も、話がし易いのでございますの。仔細がありまして、私の身分や住所や、詳しいことは申せません。ですけれ

ども、それでは信用しても戴けませんし、お礼だけは、とりあえず少々持って参りました。お受取りになって下さいましょうか」

「左様。儂の事務所は、何にしても私立探偵というのが商売ですから、事件の依頼があれば、無論、礼金は貰いますテ。但し、事件の性質によって、調査費だの何だの、高くもなれば安くもなる……」

「はい、それは、判っております。では、お願いすることが、成功しました暁には、まだ無論、ずっと沢山差上げたいと思いますけれど、時に、これだけお納めを願いましょうかしら」

黒革のハンド・バッグを、手袋をはめたままの手で押し開けると、中から出したのは、正真正銘、手の切れるような百円紙幣が三十枚。正に三千円の金額である。

気がつくと、女は、色が浅黒いばかりでなく、皮膚にところどころ雀斑があって、あまり綺麗な女ではない。年も、若いのか年増なのかよく判らない。着ているオーバーは、相当金目のかかったものらしいが、それにしても三千円の現金を、ポイッと投出してみせたところは、かなり金持の家の女らしいところもある。

老探偵は、紙幣束と女の顔とを、暫らく見較べた。

それから、意気地なく、ホクホク顔でいった。

「や、これはこれは、大金ですな。こんな大金、儂ゃ近頃、とんと手に摑んだことがありませんでな」

「オホホホ、御冗談ばっかし。どうぞ御遠慮なく、納めておいて下さいましな」

「お言葉に甘えて、では、頂戴すると致しましょうか。ヤレヤレ、これで儂ゃ、大いに財政的に助かりますテ。あんたは、儂の事務所としては、近頃にない結構なお客さんです。何なりと、御相談に乗りましょう。用件をお話し下さい」

「はい。その用件は、今夜のうちにでもすぐ東京を発って、九州の方で、少しお調べを願って来て戴きたいことなんですけれど、御都合は、どんなものでございましょうか」

「ど、どこであろうと、結構ですわい。発てといえば、今からでも発ちます。九州へ行って、何を調べて来たらよいんですかな」

「九州の長崎在でございますが、温泉の雲仙を御存じでいらっしゃいましょう。その雲仙へ登る麓《ふもと》に、小さな村がありますの。その村へ参って、子供を一人探して来て下さいませ」

「子供？　どういう子供ですかい」

「あたくしの子供ですの」

「へええ――」

「事情は、委《くわ》しく訊かないで下さいませ。その子は深い事情があって、可愛想に、大変に幼い時から私の手許を離されてしまいました。連れて来たいにも、今までのところ居所も判らず、判ったところで、私自身、連れに行くというわけにも参りませんでした。世間へは全く秘密にして、その子を手許へ引取ってしまいたいのでございますが、それには、あなた様ならきっと成し遂げて下さると思い、こんな夜分、突然、お願いに上ったような始末でございますの。子供は、名前が、実は判っておりません。ただ、ここに写真がございますので、赤ん坊の時の写真ですけれど、唇のわきに、こんな黒子《ほくろ》もございますし、お調べになったら、調べられぬことはないだろうと存じます。写真では見えませぬが、耳のうしろに、ちょっとした傷がございまして、その傷は、子供が生れる時に難産だったものですから、お医者さんが、機械で子供を引っ張り出した傷なんですの。どうぞ、お願いです。子供を、私の子供を、一日も早く連れて来て下さいませ」


女は、急に泣声になっていた。

そして、小型の写真を一枚出して見せた。

探偵は、覗いて見て、考えている。

時々、テーブルの上の紙幣束をヂロリと見て、また写真を眺めている。

「よろしい。よく判りました」

と、ふいに、吃驚するほど大きな声でいったので、女は、

「あら、まア。それじゃ、お引受け下さいますのね」

「引受けますとも！　儂ゃ、もう何かしら、あんたの事情は判ったように思いますわい。母親が、自分の子を連れて来たいという、これには誰でも同情せにゃならん。同情を致します。すぐ九州へ出かけます。その代り、この三千円は、載いてよろしいでしょうな」

「え、ええ、どうぞ……」

「では、ちょっとお待ち下さい。受取りを差上げなくちゃならんし、今夜発つとすれば、旅の仕度も吩咐《いいつ》けにゃなりません。今、書生を呼びますが、そのあとで、なおいろいろと打合せを致しましょう。お子さんを連れて来た時、第一、どういう風にしてお子さんをあんたにお渡しするか、それも決定しておかにゃなりませんから

な」

探偵は、卓上のメモの紙を一枚剝ぎ取り、鉛筆で何か急いで書き込みながら呼鈴を押したが、助手の影山は、ノッソリと、ドアをノックもせずに入って来る。

「オイ、影山」

「はア――」

「儂ゃナ、急に九州へ旅行することになった。興来寺事件は、当分もう打切りだ。――貴公、旅行に必要な品をここに書いといたから、すぐにトランクに詰めてくれい。メモをよく読んで、忘れもののないようにせんといかんぞ」

「は、かしこまりました……」

「それから、この三千円を、階下《した》の金庫へ入れておけ。この御婦人に、事件依頼費としての受取書を階下で拵えて来るんだ。判ったか！」

「は、はい……」

鳩に豆鉄砲という顔附だった。助手はすぐに部屋を出て行ったが、その時探偵が渡したメモの紙には、次のようなことが書かれていたのだった。


自動車一台、待たせておくこと。この婦人が事務所を立去る時、気付かれぬよう尾行して、婦人の行先きを突きとめること。突止めたら直ちに事務所まで電話すること。以上。


女は、何も知らぬ風だった。

ヴェールをかぶったままの眼の底で、書生の立去るのを眺めながら、かすかに笑ったようですらあった。

「ええと、では、も少し、必要なことをお訊きしておきましょうわい。何しろ、儂も大いに努力して、あんたの御期待に背かんようにせにゃならん。お子さんは、今、何歳になっておられますかな」

探偵は、空とぼけた顔で訊いている。

受取りを書くだけにしては、実に長い時間を費して、助手は、漸く二階へ上って来た。

女は、受取書を貰い、ピョコリと椅子を立上って、

「では、どうぞ、よろしくお願い致しますわ」

そういって探偵に暇を告げた。

表のドアが、バタンと閉まる音を聞いて、探偵は、ゆっくりと椅子へ腰を下ろし、うまそうに煙草を吸い始めたが、時間はそれから一時間以上何事もなく過ぎてしまった。

灰皿に、煙草の吸殻が何本となくたまって行った。

ふいに、ヂリリリリと鳴り出した卓上電話で、探偵の眼は、ギョロリと大きく見開かれ、すぐ受話器を摑んだが、

「先生、先生ですか――」

聞えてきたのは、待ち設けていた影山の声である。

「ウム、儂だ。結果はどうだ。うまく尾行が出来たか」

「はい、出来ました。女の家は、池袋八丁目二五番地、相当立派な構えの家です」

「その家の名前は？」

「漆戸《うるしど》という標札がかかっています。ついでにと思って、近所でちょっと訊いてみますと、主人は女が一人、金持の未亡人で、春江という名前です」

「よろしい。よくそこまで調べた。時間が思ったよりかかっているが、尾行する途中で、何か変ったことはなかったか」

「大有りです！」

「フム」

「はじめ女は、事務所を出ると、すぐタクシーを拾って、浅草へ行ったんです。浅草は、もう割引時間が過ぎていて、どこの映画館も満員でした。女は、その満員の映画館へ、ツイと入って行ったんです」

「フムフム、それから？」

「私も、続いて映画館へ入りましたが、すると女は、客席へ行きません。いきなり、トイレットへ入ってしまいました。私の方は女のトイレットを覗くわけに行かず、相当苦心をしましたが、暫らくするとそのトイレットから、素晴らしく綺麗な女が出て来たんです。見ると、その女が、さっきの女じゃありませんか。もう偏僂でもないし、繃帯もしていません。顔色は、ぬけるように色が白くて、ゾッとするほどの美人です。頭は断髪で、ヴェールもかけていないのですから、私は、すんでのことに、見逃がしてしまうところだったんですが、手袋と、靴と、それに片手にさげていた黒革のハンド・バッグで、ドキッと胸が躍りました。廊下で女をやり過ごしておいて、素早くトイレットを覗くと、ここに、何かクシャクシャと布を丸めたものや白い繃帯、あのオーバー、一纏めにして置いてあります。女は、オーバーを脱いで、荒い縞模様のツウ・ピースという身軽な恰好になって、トイレットを出て来たのです。偏僂は見せかけです。急いで私も映画館を出て、それから池袋まで尾行して来たんです」

「ウーム。よろしい大手柄だ。爾今《じこん》、貴公をボンヤリ者だなどということは止すぞ」

「ヘイ。有難うございます。――が、先生、いったいこの女は、どういう女ですか」

「バ、バ、バカ！　それが判らんじゃ、やっぱりデクの坊のボンツクじゃないか。その女がどういう女だかは、儂にも判らん」

「へえ――」

「しかし、女は、いかにも有りそうな嘘を並べて、儂をこの東京から、暫らく遠ざけてしまおうという目的を持っとったのじゃ。儂が邪魔で、九州へやってしまおうとしたまでじゃ。ウッフ、エッへ、オッホッホッホ、三千円は有難いが、儂ゃ、生憎と金は要らん。こういう奇妙な事件の方が大好きですナ、待っとれ！　よいか、儂もじきにそこへ出かける――」

老探偵は、意気軒昂、すぐにまた電話のダイヤルを廻した。そして宇治原警部を呼び出した。

「宇治原君！　お忙しいじゃろが、これからすぐと、儂の事務所へ来て下さらんか。興来寺事件は、ひょっとすると、もう今夜のうちに片が附く。あんたを、いいところへ儂ゃ案内しますぞ！　万一の場合のため、あんた一人でなく、三人ほど刑事さんを一緒に連れて来た方がよいかも知れんが……」

いうまでもなく探偵には、ハッキリした事は判らずとも、この漆戸春江という金持の未亡人の家にこそ、事件最大の秘密の核心が、潜んでいると見て取ったのであった。

狙いは金的　意外な発見

ほどなく駈けつけて来た宇治原警部と一緒で、目差す漆戸家へ赴く途中、探偵は、傴僂の女の奇怪な来訪を詳しく話し、警部はそれまでに警察で、その時までにどの辺まで捜査が進んでいたか、隠すところなく話していた。

警察での調べだと、その後住職の信道師は、花柳地の放蕩を知られたので大いに恐れ入ったらしく、しかし、千代栄の行方不明は、はじめて耳にしたのだといって、嘘偽《うそいつわ》りでなく驚いたように見えるとのことだった。無論、経堂の火事や、発見された死体については、絶対に知らぬ存ぜぬで押し通していて、それも強《あなが》ち、嘘で頑張っているのだとも見えぬところがある――。

「〆香のことはどうでしょうな。住職は、馴染みじゃなかったんですかい」

「その点は、無論、訊きました。が、〆香という妓なら、千代栄の勧めで、一度座敷へ呼んだことがあったかも知れんと、あまりハッキリした記憶がないようです」

「住職を別にすると、あと寺で怪しい人物は誰々でしょうな」

「さア、そこをこれから内偵しなくてはならぬと思っていたところですが、中で一人、柿内玄亮という所化僧は、非常に真面目な人物らしく、これだけはまず絶対に問題がないでしょう。——住職のいうのには、寺男の吾平も、そうそう信用は出来ぬとのことで、一方にまた、山野という執事は、時々浅草へ、遊びの伴をさせていたそうです」

「とすると、〆香が、山野に馴染みがあったのかとも思えんことはないが、碧水という、美男の僧がいましたろ。あの男は、どうですかいな」

「住職のいうところだと、これも変ったところはありそうもない。まず堅い人間だろうというんです」

「ほう——」

話しているうち、自動車は、早くも漆戸家のすぐ近くまで来て停まっていた。

「……で、これから、どういうことをやるんですか」

「イヤ、助手が、先きに来ております。多分見張りをしているはずだと思いますが、ともかく、そっと様子を見ましょうかい」

車を乗り捨てて少し行くと、丈の高い人造石の塀を囲らした一構えがあって、角の門柱に、漆戸という名札がうちつけてある。

「はて、どこへ行っているのかな」

探偵は、すぐ助手の姿を探したが、するとその時に、あとをついて来た刑事の一人は、

「やア、ありゃ、何だ！」

押さえつけるように低い声で叫んだ。

時刻は、まだ十一時前だのに、四辺《あたり》がしーんと寝静まったように森閑としていて、それは割に人家が建てこんでいず、しかも近所にある家といえば、皆相当に立派な住宅。塀も長く庭も広い。そういったような家ばかり並んでいるせいだろう。その静けさの底を伝わって、一同ふっと耳を傾けたのは、どこか向うの闇の中で、

「ムム、ム……ム、ムウ——」

人の呻くような声がしたからだった。

探偵も警部も刑事達も、一瞬、身を固くして、その呻き声の起ってくる場所を見極めようとした。

それから塀に沿って、スルスル、右手の方へ走って行った。

月光が、やわらかに、降りそそいでいる。

その月光の中へ、今し、向うの塀の角から、ズル！ ズル！ 何か黒いものが這い出して来たのだった。

明らかにそれは、人の姿だった。人が地べたを這って、苦痛に喘ぎながら、明るい月の光の下へ、身を乗り出させて来るのだった。

「呀《あ》ッ！」

そこへ駈けよりながら、一番先きに叫んだのが老探偵である。探偵は、自分より先きに立った刑事をパッと押しのけ、驚くべき速さで走り出すと、

「影山！ ど、どうした」

と叫んでいた。

「先生！ 来て下さいましたか。お待ちしていました……」

苦しげに、地べたへ右の肘をついて、半面血だらけになった顔を上げたのは、頭でっかち、がに股の助手である。助手は、左の手で腹の辺をギュッと押さえている。息もひどく苦しそうで、

「おお、しっかりせい、影山！ 儂だ、儂だぞ。そんなことで弱りおって、意気地がないぞ！」

気をゆるませぬためだろう。探偵は、すぐにうしろへ廻って抱き起しながら、激しい語気で呶鳴りつけた。

さっき、電話をかけて来たあとで、どんなことがあったのだろう。影山は、ひどい怪我をしている。血をタラタラ流し、しかし苦痛をぐっと噛み怺《こら》えて、探偵の来るのを待っていたのだった。

「頼む。この男を、死なせぬようにしてやって下されー！」

探偵は、ふり向いて、警部達にいった。

警部も刑事も、心得て、すぐ怪我人の介抱にかかった。一人の刑事が、素早く気がついて、医者を見つけに走って行く。

「だ、だいじょうぶです、先生。ぼ、ぼくは、吾平に、やられたんです」

「ナニ、吾平？」

「この……邸を……見張っていると、吾平が……吾平が、裏木戸から、出て来ました……バッタリ、木戸のところで出会《でくわ》したから……吾平め、短刀で、いきなりと僕

を……」

「ウム、それで、やられたか。しっかりしろ！　吾平は、逃げたんだナ……」

「今……今の先き、逃げたばかりです。人の跫音で……に、にげました……追って下さい……つかまります……」

「よし、判った。もうよい。気を確かにしていろ！　傷は浅いぞ……」

探偵は、涙声で、この忠実な助手を励ました。万一の場合を思って、刑事を連れて来てもらったのが何よりである。

探偵は、助手のそばにつきぎりでいたし、警部は、命令を下して、この怪我人を病院へ運ばせる手配をし、同時に、急遽隣接署への応援を依頼してやった。

逃げたという寺男吾平を逮捕させる一方、とりあえず、漆戸家へ踏み込んでみるためである。

漆戸家では、裏木戸へ手をかけてみると、雑作なく開いたけれど、木戸の向うはすぐ勝手口になっていて、ここに警官達は、三人の女中が真蒼な顔をして、一固まりになっているのを見た。あとでも調べたが、女中達は、事件と全く無関係で、何も知らなかったものらしい。

邸内は、探して見ると、さっき帰宅したはずの未亡人が、どこにも姿が見えなかった。無論、早くも危険を覚って、警部達の一行が到着する前、どこかへ立退いてしまったものだろう。最も意外だったのは、その時邸内を隈なく探すと、奥の居間の押入れから、頭を島田に結った女が一人、息も絶え絶えになって発見されたことである。女は猿轡《さるぐつわ》をはめられ、高手小手《たかてこて》に縛められて、あと一日も発見が遅かったら、生きていたかどうか危ぶまれるほど衰弱していた。一見して、無論それは芸妓である。係官達は、誰もこの芸妓の顔を知らない。たた指を、繃帯で巻いている。それで、蝮に指を咬まれた女のことを思い出し、結局〆香らしいと判ったが、さて発見された時の状態では、何を訊いてみようにも衰弱が激しく、一時、病院へ担ぎこむことになった。

その同じ病院で、一方影山は、手術を受けていたのである。

「まア、多分大丈夫です。出血の多かっただけ気がかりですが、傷は、総て急所を外れています。助かりますよ」

頼もしく医者がいってくれたのは何よりだった。手術が終った時分に、恰度〆香が、ドヤドヤそこへ担ぎこまれて来たのだった。

「杉浦さん、どうでした。怪我人は」

「有難う。どうやら、助かりそうですわい。ところで、〆香が発見されたとは、意外でしたな」

「全く、訳が解りません」

「儂としても、まさか、ここまでは、見当をつけておった訳じゃありませんテ。まだ沢山に、呑み込めぬ事柄が残っています。要するところは、早く、漆戸未亡人と吾平とをつかまえにゃいけませんな。ちょっと、待って下され。儂ゃ、お医者さんに一つ、訊いてみにゃならんことがある――」

既に、〆香の手当てにかかっていた医者を、そっとドアのところへ呼んで、探偵はボソボソと何か囁いていたが、すぐ戻って来て警部にいった。

「ヤ、失礼。たった一つだが、儂の思っていたことが、的中しましたテ」

「ほう。どういうことです?」

「〆香という妓、妊娠していましてな、事件前に、ひどく鬱いでおったとか悄気《しょげ》ておったとか、その原因はこの妊娠ですぞ。――妊娠していたとすると、宇治原君、まだ大急ぎで一つやらにゃならんことがありますぞ」

「私がですか」

「そうです。あんたの手で、大至急、〆香のお腹にいる赤ん坊の父親を、逮捕してしまわないといけませんじゃろ。吾平の方は、どんな見込みですかい」

「じきに、逮捕出来ると思いますが」

「じゃ、それはよろしい。吾平の逮捕も大切じゃが、儂は、吾平よりも、〆香の赤ん坊のお父さんの方が大切だと思います。そのお父さんにはあんな、綺麗な女のことだから、吾平みたいな、薄のろの顔附をした男では似合いそうもない。似合うのは碧水という坊さんですテ。もう、多分、そう睨みをつけて大丈夫です。碧水を早くつかまえなさい。漆戸未亡人も、無論一緒ですがな」

漆戸未亡人はともかくとして、なぜここで碧水を逮捕せねばならぬか、警部は、やや呑み込めぬといった顔だった。そうしてしかし、結局は老探偵の言葉に動かされて、未亡人に吾平、併せて河西碧水まで逮捕するための非常手配を行なった。

――都下、各警察署の電話は、夜っぴて鳴り通しだったものらしい。

翌日の早朝になると、まず、つかまったのが寺男の永沼吾平である。吾平は、低能児の吾一を連れて逃げ廻っていて、目白の女子大裏手で難なくつかまってしまった。そうして警察へ連行されると、根がそれほどの男ではないと見え、他愛なく口を割り出したが、その陳述は、次のようなものである。

恐るべき真相　吾平の陳述

――勘弁しておくんなさい。申訳ございません。私は、本当は、慾に眼が晦《くら》みました。悪いこととは知りつつ、飛んでもないことを致しました。はじめから申しますが、それはあの千代栄という芸妓が、お寺を訪ねて来まして、その晩のことでございました。

あの晩。

和尚様と玄亮さんとは、檀家に法事があって宵の口から行ってしまい、山野さんも、碁会所か何かへ行ったんです。私は、やはり、買物に行くつもりで、そのことを碧水さんにもいって留守を頼み、吾一を寝かしておいて出かけたのでございます。ところが、寺の仁王門を出ようとした時、美しい芸妓が一人、ひょいっと向うからやって来て、私とまるですれ違いに、仁王門のこっちへ入ったんでした。薄々は私も、和尚様が道楽をしていることとは聞いていましたが、その女が誰だかということは知りません。こんな夜、芸妓が何のために寺へ来たのかと思うと、さア、気になってたまりませんから、私は急に買物に行くのを止して、女のあとから、そっとまた引返して来てしまいました。

女は、玄関から上って書院へ通って、そこで碧水さんと話し込んでいましたが、私は、裏手へ廻ってこっそり書院の縁側へ這い上るまでに、かなり手間をとってしまいましたから、二人の話を聴けるようになったのは、その話の途中からでございました。はじめは、言葉がよく判らなくて、そのうちに、声も高くなり耳も馴れてきて、すると二人は、こんなことを言争っていたんでした。

「じゃ、あなた。どこまでもあの妓のことを、知らぬ存ぜぬで押し切るのネ」

「そうさ。それよりほか、方法がないさ。何しろ芸妓だからねえ。赤ん坊が出来たからって、そんなものは、どこの誰の子だか判るもんかい」

「でも、あの妓はネ、同じ芸妓でも芸妓なりが違うんですよ。あたしゃ、よく知っています。あの妓ほど立派な女は、水商売ではない、素人の娘さんにだって少ないんですよ。あなたと会ったのは、たった三度しきゃないっていうけれど、あなた以外に、決してその覚えはないといっているんですもの。口惜しいけど、あの妓は、フラフラッとあなたに迷っちゃったのね。そうして、いうなりになっちゃったのね。あなた、男にしては綺麗過ぎるから、まアまア、それも無理はないでしょヨ。――で、早い話、考えてみても頂戴よ。芸妓なんて、ガッチリする時には、かなりガッチリするもんだわ。お腹に赤ん坊が出来ちまって、その赤ん坊を無理に男に押しつけるなら、おあしがあって地位があって、あとでためになるという立派な男を、どんなにしてでも見つけるわよ。誰があなた、いくら美男子だからって、お寺のお所化さんに、赤ん坊を押しつけたがる粋興人がありますかってんだわよ」

「粋興人だろうが何だろうが、やはりこっちじゃ知らないことだからね」

「あら、あら、まだそんな白ばっくれをいっていてサ。あの妓はネ、可哀相に、すっかり憂鬱になっちゃってるんですよ。世間から、堅い妓だという折紙をちゃんとつけられていてサ、それがお所化さんとの間に赤ん坊が出来て、今時、十六夜《いざよい》清心でもあるまいし、それだけでも、気まりが悪いってありゃしなくってよ。普通なら、死にたいぐらいのものかも知れないわ。そりゃね、もとはあたしが責任があるかも知れない。あなた、はじめて浅草へ来た時にあたしを呼んで、それからあの妓をあたしが呼んだんだものネ。――だけど、何も、赤ん坊を拵らえてくれなんて、あたしは、頼んだことなかったでしょ。あの妓の今の心配を見ると、あたしゃじっとしていられない。仮にも姐《ねえ》さん株のあたしが、知らぬ顔じゃいられない。あなたとしてみても、行って会ってやって、何とか相談に乗ったり慰めてやったりしないってこと、男の立場としてないと思うわ。まるでこの頃、ちっともあなた、会わないでしょ」

「会いたくないからさ。仕方がないよ。あんな堅っ苦しい女は嫌いなんだ」

「まア――」

女は、呆れているようでござりました。

碧水さんが、まるっきり女を、相手にしてやらないのでござりました。

それでも女は、ああいいこういい、一所懸命で碧水さんを口説いていまして、しかしそのうちに、あんまり碧水さんが薄情なことをいいましたし、それは蔭で聞いていて私でさえ、碧水さんも、ずいぶん我儘勝手な、むごいことをいう人だなアと思ったくらいです。到頭、だんだんに女が怒ってきて、それからどういうキッカケでござりましたでしょうか、突然女は、

「じゃ、いいわよ。もう頼まないから勝手になさい。あなたがそんなにも薄情な人間なら、あたしもちゃんと考えがある。あなたの秘密を、思い切って世間へ発《あば》いてやるから」

と、こういう風に申したのです。

「ナニ、秘密？　何が秘密だい」

碧水さんは、セセラ笑っていいましたが、

「オホホホ、知らないと思って、大そう立派な口を利くものだわネ。あたしゃ、知ってるよ。あなた、ここのお寺から、お経の本を盗み出して売り払っているじゃないか。はじめてあなたが浅草へ来た時、あなたは一人じゃなかった。京都の方の書画屋さんみたいな人が一緒だった。まだ、口をかけた〆香さんが来ないうちのこと、あたしは、お座敷をちょっと遠慮するようにいわれて、しかし、粉《な》くしものをしたものだから、そっとお座敷へ行って、屏風の蔭にいたってことを知らないんでしょ。あんたその時に、書画屋さんに向っていっていたわネ。この経典は、絶対秘密で売るんだからって。――若い人には、遊ぶ時には、誰でもそのくらいの無理はあるの。だからあたし、じっと黙っていてあげたんだけれど、あなた、お経の本、盗んで売ったんだわネ」

「違う。そんなことは違う」

「ヘン、どこが違うもんか。あんたの顔に、ちゃんとそのことは書いてあるんだもの。――ああ、だけど、待って頂戴。そうだ、ついこないだのことだわよ。ここの和尚さんがネ、あたしに珍らしくお経の話をして聞かせたっけ。そして、ここの寺に、日本にも類のない、宝物のようなお経があるっていったっけ。そのお経の本は、和尚さんの弟さんが、印度や西蔵から集めて来たもので、弟さんは大そう立派な人だったけれど、去年殺されてしまったということを、しみじみした口調で話したのよ。あの人も、そのことは知らなかった。お経の本が、ちゃんとまだ寺にあると思っている風だった。だけど、ああ、ああ、何だかあたし、恐ろしい気がする。その立派な弟さんは、順海さんという名前だったわネ。順海さんの持って来た大切なお経の本、そして、殺されてしまった順海さんという人……あなたが盗んで売ったお経の本は、

どうやらその順海さんのお経だわネ」
「黙れ。コラ、黙らんか」
「ホホホホ、ホホ、黙ってやって堪まるもんか。あたしゃこれでも浅草っ子だ。カーってやツーっていう女なんだ。お寺のお所化さんに、サッカリンみたいに甘く見られて、そのままで黙って引っこむわけに行かないのさア。……ああ、そうだ、こうなりゃあたしには、なおのこと、いろいろ判ってくるような気がする。ひょっとしたらあなた、あたしの思っているよりも、十倍も二十倍もの悪党ね。——さア、もういいわ。お所化坊主のお前さんなんかに、何を頼むこともありゃしない。あたしゃ、お前さんのこと、世間へパッと知らせてやるんだ。可哀相に、〆香さんは吃驚するだろうねえ。〆香さんへのお情けに、そうだわ、警察は止めてあげても構やしないわ。あたしゃ、何とかいう有名な私立探偵の名前を聞いたことがある。私立探偵に相談して、あなたをとっちめてやって、その代り〆香さんのことが、世間へ知られないようにして上げるんだ！　ホホホホ、……さア、どいて頂戴！　電話をあたしかけるからサ。あたしの名前も御免蒙って、ここのお寺の苗字をちょいと借りとくからネ、ねえ、どいて頂戴ったら！」

女は、恰度書院から廊下へ出るところに、電話があったものですから、すぐそこへ立って行って、まず電話帳を繰り、それから、相手の番号を呼び出したのでござりました。

障子の隙間から見ていると、碧水さんは、真蒼な顔をしていました。何かじっと考えていて、そのうちに、床の間にあった青銅の置物を片手に掴み、ノッソリと女のうしろまで行って立ちました。呀ッと思う暇もなく、その青銅の置物を、碧水さんは、力一パイ、女の頭へ振り下ろしたのでござります。

女は、七顛八倒、殴られた上に、首まで絞めつけられたようでした。

「我慢して聞いていりゃいい気になりやがって、この畜生！　こうなりゃ、いくらでもいって聞かせてやるぞ。いかにも俺は、貴様の思った通りの悪党だ。順海は、俺が経典を盗んだのに気がついたらしいから殺したんだ。貴様も、同じように気のついたのが運の尽きだ。ざまア見やがれ」

息が絶えて、ぐったりとなった女の前で、こんなことをいっている碧水さんの顔の物凄さ、私は、恐ろしくなって逃げようとして、しかし、音を立てたものだから、忽ち見つけられてしまいました。

「フーン、吾平さん、そこにいたのか」

落着き払って、そういわれた時の恐ろしさ。私は、歯の根も合いませんでした。芝居で、天一坊の宝沢《ほうたく》がお三婆アを殺すところを、若い時分に見たことがありますが、碧水さんは色は白いし男はいいし、その白い顔に冷めたい笑いを浮べてこちらを見られると、私はゾーッと襟首が寒くなってしまったのでござります。

私は、助けてくれといって謝りました。

ブルブル、ふるえていたので碧水さんは、

「じゃ、死体を片附ける手伝いをしろ」

そういって、そこらの血を洗わせたり、死体を経堂の中へ運ばせたのです。私は、骨折賃だといってその時に十円、あとでまた二十円貰いましたが、経堂へ火を放《つ》けたのは私じゃありません。私は、死体を裸にして、着物へ石油をぶっかけただけです。死体を裸にした時、何かの小さい赤い袋が、ポンと経堂の外へ飛び出したような気がして、もしかして証拠になるといけないと思い、少し心配しましたが、あとで見ると外には何も落ちていませんでしたから、そのままになってしまいました。

死体を経堂へ隠してから火を放けるまでに、二三日の間がありましたが、その時に碧水さんは、〆香が一度寺を訪ねて来たのを知って、ひどく気に病んでおりました。

「どうも、これは困った。〆香は、千代栄がここへ来たのを知っているし、心配して様子を見に来やがったのだ。あの女も、何とかしなくちゃならないなア」

そんなことを申していたのでござります。

結局私が、そっと浅草へ行き、碧水さんの手紙を〆香さんに渡しました。親元へ行くふりをして出て来いと、碧水さんは書いておいたそうです。それからあと、〆香さんがどうなったのか私はよく知らずにいまして、実は今夜、漆戸さんの奥さんの家へ、やはり碧水さんの使いで行って見て、そこの押入れに〆香さんがいましたから、大変吃驚したようなわけでござります。漆戸さんの奥さんというのは、どうも大そう妙な人です。碧水さんとは、どこでどうして知合ったのか知りませんが、金はあるし美しいし、何でもかでも仕放題で、その癖、碧水さんに夢中でござります。あんな女も、時にはあるものでござりましょうか。今夜も、少し碧水さんの身が危なくなったと申しまして、碧水さんを助けてどこかへ逃がしたいが、それには、金ならいくらでも出していいなどと申していました。私も、百円紙幣を、生れてはじめて、貰ったほどです。

金を貰って、あの家を出て来ますと、顔に見覚えのある探偵の助手さんにバッタリ出会し、夢中で、脇腹の辺を刺しておいて逃げましたが勘弁して下さい。その時使った刃物は、別に何でもありません。漆戸さんの奥さんのところへ来る途中、夜店でひょっくり見た小刀を、何気なし買って持っていたものです。ともかく、飛んでもないことを致してしまいました。

碧水さんは、千代栄を殺した次の日に、寺へ、探偵さんがやって来た、あの時が生きるか死ぬかの境だと思ったなどといっていました。また、探偵さんを一番恐ろしがっていて、あの探偵さえいなければ、そうそう、心配は要らない。まア大抵、有耶無耶で事件が、終ってしまうなどともいっておりました。

顔に似合わず大胆で、碧水さんほど怖い人はございません――。

×　　×　　×

吾平の陳述で、殆んど全部の真相は、判ってしまったも同じだった。

最も恐るべき悪党は、老探偵が朧気《おぼろげ》に前に指摘したように、河西碧水だったのである。碧水は、老探偵をひどく懼《おそ》れたという。恐らくはしかし、吾一の拾って持っていた糸入れの袋からして、焼死体の身もとが、既に千代栄か〆香か、二人のうち一人であるとまで判っていたのは知らなかったに違いない。知らねばこそ、まだそれほど切迫した事情になっているとは思わず、いわば、多寡をくっていた。余裕ありと見て、漆戸未亡人が、最も危険な老探偵を、この間に九州へ追いやってしまい、あと、場合によっては碧水を、逃がすか陰匿《かくま》ってしまうか、何とか手段《てだて》をとるつもりだったのであろう。

碧水と未亡人との行方は、吾平逮捕後、極力捜査された。

意外にも、なかなかつかまらず、しかし、三日後に、富士山麓の樹海のうちで、毒を嚥《の》み、相重なって伏している姿が発見された。逃げ場はない。自殺を遂げたのである。

最も哀れなのは〆香だったが、碧水の子は間もなくして死んで生れ、その死んで生れた子の顔を見て、彼女は、何がなし、安心した眼附だった。

最後に、怪我をした影山青年は、怪我の治り切らぬうちだけ、老探偵から、大いに親切に介抱されたり手柄を賞められたり、さてしかし退院すると、忽ち、ボンクラで阿呆の飛ばっちりを、毎日飛ばされた。

下品で口が悪くて、しかし、それでも助手が、いつまでも辛抱しているというものは、それだけこの老探偵に、よいところがあるのだろう。探偵は哄笑した。

「ヤ、しかし、漆戸未亡人が、儂を欺きに来たのは藪蛇だったテ。蛇寺だから、藪蛇も無理はないか。ウワッハッハッハ――」

昆虫男爵

序曲・銀座の昆虫

菜の花の咲く田舎道の行きずり。

「ちょっと、お尋ねします。尾形さんの別荘へはどう行きますか」

尋ねてみても村の人は、

「へえ、尾形さん?」

いったまま首を傾げていて、一向に埒《らち》の明かぬ事がある。

ところが、

「判りませんか。男爵で**尾形良成**《よしなり》という人ですよ。いつか昆虫のことで事件を起したことのある……」

言直してやりさえすれば、

「ああそうか、昆虫男爵のことですかい。あの人なら知ってまさア。——それ、あそこに森が一つ見えているだ。あの森の奥にお邸があるでがすよ」

誰でもすぐに教えてくれるくらい。

男爵尾形良成の渾名《あだな》昆虫男爵というのは、それほどにも有名なものでした。

尾形男爵は当年とって四十五歳、地位はあるし財産も豊富、何一つ不足のない身分です。金と暇とがあるのに任せて、十年ほど前から昆虫の研究に趣味を持ち出し、その方面では相当の権威者だといわれるまでになったのですが、蝶だの蜂だの甲虫《かぶとむし》だの、虫けらの研究にばかり没頭していて、昆虫学に関する著述も四五種類はあり、いわば、隠れたる民間の昆虫学者とでもいったようなものでしょう。誰言うとなく、昆虫男爵という渾名が生れてきたのは無理もないところで、しかしこの渾名たるや、ある変てこな事件からして、一段と有名なものになっていました。

ある年の夏のはじめ——。

某大学の理学部で催された昆虫学会において、突如男爵は、頗る奇異な学説を発表したのです。

曰く、

「自分は今度、実に偉大なる新発見をした。何であるかというと、普通昆虫というものは、卵生《らんせい》であると信じられている。蚜虫《ありまき》及び蠅のある種のものが、卵から孵化した幼虫体の子供を生むけれども、その他のものは、蝶も蟻もきりぎりすも、皆、卵を生むことによって種族の繁殖を図るものだとされている。ところがここに驚くべきことには、自分が今回発見をした新種族の昆虫は、哺乳動物と同様に、卵生でなくて胎生なのである。即ち、その昆虫は、産卵ということが絶対になく、その代りに、自分の胎内で、自分と同じ形をした子を育むという特性を持っている。つまりこの新種族の昆虫は、卵──→幼虫──→蛹《さなぎ》──→成虫、そしてその成虫がまた卵を生むという変化をせずに、成虫が直ちに、成虫と同じ形をした小さな成虫を生むのである……云々」

聞いていてその学会に出席していたほどの人々は、皆一様に驚いてしまった。

昆虫が卵生であるということは、小学校の生徒だって知っている通り、極めてありふれた常識です。だのに、卵生でない、胎生の昆虫が発見されたという、これは正に昆虫学界の一大驚異と申さねばならない。

驚異すべき新発見について語りながら、この時なぜか男爵は、この新発見にかかる昆虫が、そもいかなる名前の昆虫か、またどんな形をした昆虫か、一向に詳しい説明をしなかったので、男爵が講演を終って壇を降りて来ると、同席していた某大学の教授が訊きました。

「イヤ、尾形さん。どうも実に珍らしいお説を拝聴して驚きましたよ。昆虫に胎生の昆虫があるなんて、私は今までに思ってみたこともありませんでした。その胎生の昆虫は、いったいどんな形をしているのですか」

男爵が答えて、

「ああ、形ですか。形はですね、我々人間によく似ていますよ」

「え、人間に?」

「胎生であるくらいですから、むしろ哺乳動物の一種と見てもいいくらいのものです。いうまでもなく人間は哺乳動物で、だからその胎生昆虫も、著しく人間に似ているわけです。御希望でしたら、これからすぐにでも、私の申す胎生昆虫をお目にかけましょうか」

「おお、これは有難いですな。これからすぐというと、標本でも御持参になっておられるんですか」

「イヤ、標本じゃありません。生きたのをお目にかけるつもりです。左様、銀座へでも行けば、すぐと採集することが出来ますので」

「へえ、銀座？」

銀座——といわれた途端に大学教授は、何かしら変な気持がしたということです。

その時男爵は、怪しく眼附をギラギラさせていた。

それから、質問をした教授の腕を引っ張るようにして、いきなり大学の講堂を飛び出した。

「どうもしかし、面妖《おか》しいですな。銀座にそんな昆虫がいるなんて」

「イヤ、いますよ。確かにいますよ。私がこれから行って、すぐとその胎生昆虫をとっつかまえて見せます！」

折からの夕間暮れ。

真赤な夕日を浴びた男爵の顔は、不思議にいつもとは人柄が変って、鬼畜のように物凄く昂奮の状態に見えたということです。

大学教授の方では、何だか気味が悪かったが仕方がなかった。

そして、ともかくも一緒に銀座まで行った。

すると、銀座へ出てからそこの舗道を、ものの五十米《メートル》とは進まぬうちに、男爵の眼附顔色が、益々昂奮の度を加えて行き、怪しくも物狂おしい物腰となって来ました。

はじめに男爵は、冠《かぶ》っていた帽子を脱いで、これが昆虫採集網のつもりだったのでしょう、右手にその帽子を高く掲げると、背を円くし腰を跼《かが》めて、抜足差足といった恰好、尾張町交叉点の近くにあるM百貨店の壁際を、ヒョコリヒョコリと歩いて行った。

口のうちでは、何か絶えずムニャムニャ呟き、向うからやって来る通行人の顔を、一人ずつ叮嚀に覗いては、ニヤリと笑ったりううウッと呻《うな》ってみたりした。

どうやらその態度が、既に尋常なものとは思えなかったのです。

涼しげなワンピースの夏服に頭はわざと無帽にしている、可愛らしい顔附の女学生が三人、腕と腕とを絡み合せて、百貨店の飾　窓《ショーウインドー》を覗き込んでいたが、やがて何気なく横をふり向くと、眼の前に尾形男爵が、ニョッキリと立ちはだかっていたものだから、

「きゃアッ！」

悲鳴をあげて女学生は逃げた。

麻の服を着た会社員が、ステッキをふりふりやって来ると、男爵は、ツカツカその会社員に近づいて、

「ウフフフフ」

笑いながらニュッと、顔を覗いたので、会社員も気味悪かったらしい。

「あ、何だ、君は」

ヂリ、ヂリ、追い詰められたようにあと退りしてしまった。

ふいに男爵の瞳が、サッと血走るように光ったかと思うと、

「あれえッ、助けてえッ！」

金切声で叫んだのが、あとで聞くと新橋の桃奴《ももやっこ》とかいう芸妓《げいしゃ》でした。その芸妓は頭を島田に結っていた。その頭へ、男爵はいきなりと帽子をスポリと冠せて、

「そオら、居たぞ！　逃がしはせん。コラ、じっとしていろ、じっとしていろ！」

さも嬉しそうに叫び出したものです。

無論芸妓の方では、何が何やら判らない。

「厭よ！　よしてよ！　あッ、あッ、何をするのさア！」

必死になって組んずほぐれつ。でも一旦はどうにか男爵の腕の下を掻い潜り、裾を乱しながらそこを逃げ出したが、

「やア、逃げるのかこの虫けら！」

男爵は猛然これを追いかけました。

忽ち騒然たる街頭の風景。

電車は停る、バスも停る。

そうして男爵と芸妓とは、バラバラ電車通りを斜《はす》っかいに突っ切り、すると反対側の某楽器店の前で、ついにまた芸妓を男爵がつかまえ、うしろからムンズと羽交《はが》い締めにしたかと思うと、果ては鋪道へぐいぐい捩じ伏せ、咽喉首《のど》を両手でギュッと摑んでいる有様。

通行人達が、捨て置けずその場へ駈け寄りました。

それからやっとこさ男爵を抱き止めたのですが、その時見ると芸妓の方は、殆んどもう半死半生の姿です。島田がクシャクシャに乱れている。ぐったりと仰向けに倒れていた咽喉首には、男爵の手で絞めつけられた爪の痕が、痛ましく血に滲んで残っている。どうやら命だけは助かったが、無論、放っておいたら絞め殺されてしまったことでしょう。引き分けられた時に男爵は、

「うーむ、コラ、邪魔をするな。そいつこそ胎生昆虫だぞ。我輩が新発見をした昆虫だぞ。つかまえてくれ。採集箱へ入れておいてくれ……頼む……お願いだ……逃

がさないでくれ……」

なおまだ野獣のようにいきり立って叫び続けている始末でした。

いうまでもなく男爵は、異常な精神発作を起したのです。多分昆虫学の研究に没頭し切った揚句、その頭脳の中へ不思議な妄想が湧いたのでしょう。胎生昆虫があるという妄想、そしてその胎生昆虫が人間の形をしているという妄想、この妄想が昂じて発狂状態になった。ついに銀座街頭で、飛んでもない騒ぎを引起してしまったわけです。一緒に行った大学教授は、

「イヤ、驚いたよ。最初から少し変だとは思ったんだ。が、まさか発狂だとは気がつかなかったのでね」

あとで頭を掻き掻き、会う人ごとに愚痴をこぼしていたとのことでした。

男爵は、気の毒な芸妓がその場から病院へ担ぎこまれて行ってからも、なお益々暴行を働らき、何か訳の判らぬことをいって哮《いき》り立ち、痛ましくも浅間《あさま》しい狂態の限りを尽した。大学教授をはじめ通り合せた人々が、寄ってたかって手足を押さえ、やっとこれを男爵の本邸まで連れて行ってやった。

男爵本邸は市内麴町にあるのでしたが、男爵発狂ということになると奥さんの雪江夫人がどんなにか驚いたことだったでしょう。

雪江夫人は、見るから才色兼備といった型の名流婦人。実際の年齢《とし》よりはいつも十以上も若く見えるほどの美しい婦人でしたが、彼女は良人《おっと》が突然に発狂したと聞いて、

「えッ！」

フラフラ、失神しかけたほどでした。

こんなことが有ろうとは、夢にも思ったことはない。他人《ひと》に語ったところによると、それまで良人に、かかる精神異状の徴候前兆というようなものがあったかどうか、それにも全然気がつかずにいたとのこと。彼女は、この悲しむべく驚くべき突発事故に直面して、自分自身、また手ひどく痛ましい精神的打撃を蒙ったかに見えたものです。

夫婦の間には子供がなく、これは反って倖せだったかも知れない。

それに都合のよかったことには、男爵の青年時代からの親友で、**根村幸雄**《ゆきお》という医学博士がいた。根村博士は常日頃男爵邸へ、足繁く出入りしていたものですが、実は有名な精神病理学の大家であって、こんな発狂者など出た場合には、ほかの誰よりも役に立つといわねばなら

ない。博士は、男爵発狂のことを聞くと、すぐさま男爵邸へ駈けつけて来て、何やかや心配をしてくれたし、なおまた男爵には、実の弟が一人あって、この弟は名前を**高見澤義信**といい、若くして他家《たけ》へ養子に行ったので、専ら海外貿易などの実業家として活躍していたものですが、この人物も雪江夫人のところへ来て、いろいろと面倒な相談相手になってくれた。

結局、尾形男爵が発狂してからは、根村博士と高見澤義信氏。この二人が主になって、何かと善後策を講ずるようなことになったのです。

根村博士は、事件後三四日に渡って男爵の精神状態を観察し、

「イヤ、思ったより、心配はありませんよ。男爵の精神異状は、実に発作的なものでして、必らず癒る時が参るでしょう。誓って私が癒してあげる。当分、東京を離れた田舎へ行って、静養していることですな。二年と経たぬうち、完全にもとの精神状態へ戻りますよ」

雪江夫人と高見澤氏のいるところへ来ていっている。

結果として男爵は、雪江夫人共々××県の高原にある某氏の別荘を買い受けて、そこへ移ることになったのですが、この別荘の方へも根村博士や高見澤氏は、しょっちゅう見舞いに来ていてくれて、その間に男爵の病状は、一進一退の有様ながら、さすがに精神病理学の大家が誓っただけあり、いつしか非常に気持が落着いてきたらしい。

二年の後、突如この別荘を中心として起った怪事件は、次のような順序によるものです——。

寄席の昆虫

「ええ、次は蟬に移ります。蟬と申しましても種類は仲々沢山にございまして、アブラゼミ、ヒグラシ、ミンミンなど、このうち皆様御存じでございますのを二つ三つ……」

若い綺麗な女ではあるが、本名稲岡由子、芸名を**玉虫蛍子**《たまむしほたるこ》といって、近頃評判の寄席芸人。

この晩彼女は、下谷の方のある寄席へ出て、頻りと虫の鳴声を真似しておりました。

「ヂ、ヂ、エ、エ、エートコ、エートコ、エートコエートコ、エートコエートコ、ヂ、ヂ、ヂヂヂイイイイイ……」

眼をつぶって、歯をちょっと喰い縛るようにして、盛んに鳴き出したのは油蟬の鳴声です。笛や道具を使うのではなく、ただ唇や舌の位置を工夫して、咽喉の発声法を変えるだけですが、その鳴声の巧みなこと、聞いているとこれは、どうしても人間の声と思えない。生きている油蟬が、庭の木へ来て鳴き出したのとそっくりです。油蟬が終ると、カナカナカナ……そしてオホシイツクツク、オホシイツクツク……ミミミミ、ミインミインミインミンミンミンミイイ……ミインミイインミンミンミイイイ……

張り切っ凛々と蟬の鳴声が続きましたが、これまたいずれも本物そっくり、場内の聴衆はすっかりと聴き惚れてしまったほどでした。

どういうものか玉虫蛍子は、子供の時分から虫の鳴声を真似ることが上手だったそうで、これが長じては彼女の職業みたいなものになってしまった。実は家庭的にいろいろな事情がないではない。山窩《さんか》の子供で捨てられたのが、人に拾われて育ったのだともいわれている。とにかく若くて美しい女でいて、しかも彼女の鳴く虫声を聞くと、譬えば蟬が鳴くならば、鬱蒼たる森林や夏の日光、そういうものがすぐと眼の先きへ浮かんでくるし、鈴虫松虫を鳴いたとなれば、そぞろに秋の哀れさ淋しさが感じられるといった工合。その芸の巧みさは正に天下一品と称せられたもの、堂々寄席の芸人として、非常な人気を獲ていたわけです。

彼女は蟬のあとで、滅多には人の気付かない蚯蚓《みみず》の鳴声というのをやった。それから蟋蟀《きりぎりす》を二三回鳴いてから、蟋蟀と河鹿《かじか》の声は似ているからというので、その鳴き分けをやって見せて、さて、

「どうも、御退屈様。おあとと交替を致しまして……」

型の如く下座の三味線で楽屋の方へ引き下った。

と、この時楽屋のうちへ通されて、じっと彼女を待っていたのが、根村医学博士と高見澤義信氏との二人です。

「おお、あなたが評判の玉虫さんですか。私達はこういう者でして……」

差し出された二枚の名刺を見ると、全然知らない人だったから蛍子の方では、

「は、あたし、蛍子ですけど……」

どういう用向きなのかと怪訝そうな顔附をしている。この時根村博士と高見澤氏とが代る代る言いました。

「実はですね、あなたの評判は聞いていますよ。それでお願いに来たのです」

「ま、どんなことでしょう」

「二三日の間でいいのですが、あなたの身体をお借りしたいのです。というのは、ある精神病者の病気が癒ったかどうか、その実験をしてみたいためでして、あなたの巧妙な虫の鳴声を、精神病者の前でやってみて戴ければよいのです」

「あら、何だか精神病者なんて……」

「気味が悪いと思うでしょうが、我々がついている限り、気味の悪いことはないのですよ。それに、お礼も出来るだけ沢山にするつもりです。病人は田舎の別荘にいるのだから、そこまで出向いてもらう必要があるのですが、どうでしょう。承諾してもらうわけには行きませんかなア」

いいながら高見澤氏はその時に、ポケットから相当に分厚な紙幣の束を納めた紙包みを取り出し、

「失敬ですが、承諾してもらえるなら、謝礼は今お渡ししてもいいんですよ。これで不足ならば、あとで追加もしますから」

事務的に言い添えた。

いうまでもなく、蛍子を連れて行ってやる実験というのは、尾形男爵に例の妄想がある。この妄想が消えたか消えぬかを試すものであって、胎生昆虫が人間の形をしているという考えがあるものならば、さしずめ蛍子の虫の鳴声を聞かせたら、男爵が何かの反応を現わすことに違いない。人間が、虫とそっくり同じ鳴声を鳴いて見せて、それでも男爵が何らの錯覚をも生じないようなら、まず以て精神状態は殆んど平常に戻ったということが判るのだし、でなければ、なお静養を要するということになる。この実験の思いつきは、かなり名案だったといってもよいでしょう。

高見澤氏と根村博士は、事情をだんだんに説明して、蛍子が男爵の別荘まで出向いてくれるようにと頼んだ。

蛍子も芸人冥利。

やがて、快くこの依頼を引受けて、近いうち別荘へ行くという約束をした。

「いや、有難う。お蔭で私達も助かりますよ」

根村博士達が、漸くそこの楽屋を去ったあと、蛍子も、別の寄席へ行かねばならぬので急いで楽屋を出かけると、

「おい、お由!」

寄席の外の暗がりで、ふいに彼女の芸名ではない、本当の名を呼んだ男がありました。見たところそれは、三十二三歳の破落戸《ごろつき》ふうの男。右の眼尻に刀傷と覚しい傷

痕があって、この傷痕が一段と顔に凄味を増している。

これは蛍子の兄で、稲岡清助という男でした。

「あら、吃驚《びっくり》しちゃった。兄さんじゃないの……」

「ウム、驚かせて済まねえ。が、さっきから待っていたのだ。少し金を貸してもらいたいのでね」

「まア厭な兄さん。お銭《あし》なんかあたし無くってよ。つい昨日もあげたばかりだし……」

「昨日は昨日、今日は今日さ。兄と妹との仲だからな、あんまり無愛想なことをいうもんじゃねえぜ。お前は寄席で羽振りがいいが、こっちは年中ピーピーだ」

「だって、そりゃ兄さんの御勝手じゃない。あたし、いつもいつも、そんなに兄さんに強請《ねだ》られちゃ、今にやり切れなくなっちゃうわよ。今夜はあたし、お断りしますわ」

「ナニ、断る？」

「ええ、駄目ですの。お銭はありません。兄さんにはあげられません」

強くはねつけておいて、サッサと行き過ぎてしまおうとすると、それを清助は、

「おい、待ちな」

ぐいと片腕で引止めていました。

「お由、お前は今、大層立派な口を利いたもんだな」

「ええ、利いてよ。利いたがどうして？」

「この俺に対して、そんな偉らそうなことをいえるはずがないってことを教えてやるんだ。お前は、昔の身分を忘れちゃいけねえ」

「ホホホホ、何かと思ったら、また兄さんのお説教が始まったのね。いいわよ、判ってるわよ。あたしが本当は親の判らない孤児《みなしご》で、それを拾って育ててくれたのが今のお父さんやお母さんだからというんでしょう。そして兄さんも、どこの馬の骨か判らぬ私を、長いうち真実《ほんとう》の妹のようにして可愛がったじゃないかというんでしょう。あたし、お父さんやお母さんの恩は着るけれど、兄さんのことだけは恩に着られないんです」

「ナ、ナニ？」

「考えても頂戴な。口でこそどんな風にいっていても、兄さんは、一度でもあたしを可愛がってくれたことなんかないじゃないの。今だって兄さんは、ただ私にタカることばかし考えている。いいえ、本当はもっと恐ろしいことまで考えているわね」

「な、なんだ。何を俺が恐ろしいことを？」

「あたしの身には、二万円の保険金がかけてあるの。

寄席へ出るようになってから、今までの恩返しになるようにと思って、あたしが自分でかけたんだけれど、その保険金の受取人は、お兄さんの名義になっているわ。お兄さんは、あたしが死ぬと二万円の金が受取れるんです。お兄さんは、あたしが死んでくれればいいと思って、その時ばかりを待っているんじゃないの」

「バ、バカ！　何をいう。俺はそんな……」

「いいわよ、弁解はいいわよ。そこまで考えていないのなら結構よ。あたし、急ぐんだからこれで失礼」

女ながら、一廉《ひとかど》名前を売るだけあって、この無頼漢の兄に対して、なかなか敗けていないところがある。今、根村博士から貰ったばかりの紙幣束《さつたば》がありながら、蛍子は、くるりと兄に背を向けて、スタスタそこを立去ってしまい、

「うーむ、畜生。口の達者な女だ。今にどうしてくれるか見ていやがれ！」

清助は、忌々《いまいま》しげに唇を噛んで、じっと妹のうしろ姿を見送っていました。

湖畔の晩餐

季節は、もう四月の末でした。

花が遅いといわれる高原にも、今や暖かく日が照って、桜桃李《すもも》一時の春が来ています。

××県の高原にある尾形男爵の別荘では、庭の桜が咲き始めた下で、書生や下男や女中を相手に、雪江夫人が何か頻りと指図をしていました。

「あら、その風呂敷包みは気をつけなくっちゃ駄目よ。壊れものが入っているのだから」

「ハイ、じゃ、手へぶら下げて参りますわ。あちらにコップの入った容物《いれもの》がございますけれど、あれはよろしゅうございましょうかしら」

「大丈夫。あれは壊れやしないわ。ああ爺や、そっちの旦那様のお椅子は、傷をつけないように気をつけてね」

「ハイハイ、大丈夫でござります。下へクッションをかってございますから」

「そう、それでね、爺や向うへ行ったら、旦那様のお

椅子を、湖水の方へ向けて据えておくのですよ。判ってるわね」

「ハイハイ、判っております。根村先生からも、そういう御申附でございましたから」

荷車へ、テーブルだの椅子だの炊事の道具だのを積み込んで、これを下男と書生とが、ギリギリ縄で縛りつけている。

男爵別荘から二粁《キロ》ほど南——。

ここには、風光の美しい湖水があって、今日男爵と男爵夫人とは、この風光を眺めながら、晩餐をとりに行こうということになったのです。根村博士からも指図があったというくらいだから、無論その晩餐には意味がある。もう前の日から男爵邸へは、昆虫声帯模写の玉虫蛍子がやって来ていて、これは男爵と顔を合させぬよう、別室に泊らせてありましたが、何しろ精神病者を相手のことだから、やることが総て芝居がかりになったり、道化染みて来るのは已《や》むを得ない。虫の鳴声を聞かせて、錯覚を起すかどうか試すのには、これを出来るだけ効果的に、野外でやる方がよいということになり、ここで男爵には万事秘密、湖畔の晩餐会を催すという体裁が作られたわけです。

荷車は、間もなく出て行った。

頃合を見計らって邸前には、男爵常用の自動車が廻され、これに男爵と雪江夫人、そして根村博士と高見澤氏とが乗り込んだ。

見ると男爵は、顔色も陽に灼《や》けて健康そうで、少しも病人らしいところがない。

自動車は、森を潜り抜け丘を越えて、じきにもう目差す湖水の岸へ着きましたが、着いて見ると岸辺には、青々と草の生えた土手を脊中にして、テーブルや椅子がちゃんと据えてある。

その時、年の若い愛くるしい顔附をした女中が一人、そっと雪江夫人のところへ来ていいました。

「奥様。ちょっとお耳に入れておいた方がいいと思いますけど、私達ここへ来る途中で、変なことがございましたわ」

「そう、なアに?」

「私達が荷車と一緒に歩いて参りますと、何だか大層眼附が悪くて、それに右の眼尻のところに厭な刀傷のある男が、ヒョッコリ横から出て来ました。その男が、私達にいろいろのことを訊くものですから……」

「どんなことを訊いたの?」

「私達に、そんな荷車を引っ張り出して、どこへ行くのかといいました。それから、君達は尾形男爵の別荘にいる人達だねといい、別荘へは、玉虫蛍子という女芸人が来ているだろう、その女芸人は、別荘のどこの部屋に泊っているかなんて訊くんですの」

「厭ね。お前達、どんな風に答えたの?」

「私、気味が悪うございましたから、何も知らないと申しておきました。そうしたら、フーンと鼻で笑ったきり、スタスタとどこかへ行ってしまいましたけれど」

眼尻に刀傷のある男というのは、無論蛍子の兄の清助のことで、しかも女中も雪江夫人も、清助のことなど知らないから、変にこう薄っ気味悪く感じたものでしょう。

雪江夫人が、やがて女中のそばを離れて、食卓の方へ戻って来ると、そこでは男爵が、根村博士や高見澤氏を相手に、今や頻りと昆虫学の蘊蓄《うんちく》を傾けているところでした。

「うむ、ここの湖水はね、僕がまだ若かった頃、とんぼの採集に来たことがあるので旧いお馴染だよ。ここには、みやまかわとんぼというのが沢山にいる。なかなか大きなとんぼで、東京でいうこしぼそやんま位の大きさがあるんだ。やんまといえばおにやんまという一番大きな獰猛なとんぼが、今いったかわとんぼの一種、俗にいうとおすみとんぼをつかまえてね、こいつをムシャムシャ噛っているのを見たことがあるが、何しろとんぼというやつは、綺麗で可愛らしい割合に、性質は至って剽悍《ひょうかん》だよ。こいつは、水中へ産卵して水の中で孵化する、この水中にいる幼虫時代からして、成虫になって空を舞うようになるまで、ずっともう肉食なんだ。他生物を自分の食物とする弱肉強食の主張者だよ。水中の魚がしばしばとんぼの幼虫に喰い殺されるし、蚊やぶよが、やはりとんぼの餌食になる。まアそのお蔭で、こいつは害虫を喰い殺すことがあり、益虫のうちへ数えてもいいわけだが……」

「とんぼの幼虫というのは、どんな形をしていますか」

「俗に、水蠆《やご》といっている虫だよ。扁平で尻尾の先が尖んがっている。面白いのはこの水蠆の水中運動をする方式だ。こいつは、肛門から腸内へ水を吸入し、その腸内に魚と同じ鰓《えら》があるため、この鰓で水中の酸素を吸うわけだが、次に水を腸外に排泄すると、この反動で前進するようになっている。話は違うが、この幼虫は煮て食べても焼いて食べても、なかなか美味しいものなんだぜ」

「食べたことがあるんですか」

「あるとも。昆虫なら、大抵僕はどんなものでも食べられると思っている。汚い虫では困るけれど、蜂の幼虫とか川にいる虫とか、こういうものは総ていい風味をもっている。草や木の青いものを常食にしている虫だけは、どうも臭味があっていけないがね」

男爵は、なかなかいかもの喰いの通らしいのです。

話題は、昆虫を食べる話に移ってから、それからそれへと変って行き、主客共、大いに愉快そうに見えました。

やがて日は暮れかけて来て、その頃食事の用意が整ったので、一同楽しく食卓へ向うと、その時男爵は、ハッとして耳を傾けて、

「オヤ、何だあれは?」

急に椅子を立上りました。

すぐうしろの立木の蔭には、玉虫蛍子が隠れていた。

根村博士からの合図をうけて、
チンチロリン、チンチロリン……

松虫の鳴声をやり始めたのです。

季節が春で、まだ松虫の鳴く時ではない。考えると吹き出したくなるほどのものですが、男爵の精神反応を試すのだというので、殊更季節外れに、そんな虫の鳴声を選んだのです。

男爵は、立って行った。

それからすぐに蛍子の姿を見付けた。

蛍子は、吹き出したいのを怺《こら》え怺えて、なおも松虫の鳴声を続け、一方高見澤氏も根村博士も雪江夫人も、息を殺すようにして男爵の挙動を眺めていると、男爵は、しばらくじっと蛍子の顔を見詰めていた様子。

やがてふいに両手をあげて顔を蔽うと、男爵は、フラフラよろけながら、食卓の椅子へ戻って来てしまいました。

「おい、雪江。駄目だ駄目だ」

「あら、あなた、どうなすったのですか」

「うむ、何かまた、変な妄想が起ってきたようだ。あそこの木の蔭に、女がいる。女が、何か喋っている。そいつが、虫の鳴声に聞えて仕方がない。妄想だ。またあの妄想だ。早く別荘へ私を帰らしてくれ」

気の毒にも、男爵の顔は真蒼でした。

男爵は、かつて自分が胎生昆虫の妄想を起し、そのためいかなる狂態を演じたかということを、誰かから話してもらったことがあるらしい。我と我心に、そういう過去の記憶があったため、反って我が精神状態に自信がな

かった。確かに耳では松虫の鳴くのを聞いていながら、これを我が悲しむべき錯覚であると考えてしまったのです。

ドキリとした色が、一瞬誰の顔にも浮かびました。

雪江夫人は、チラリと視線を走らせて、すぐ横の席にいた根村博士と顔を見合せ、博士は、なぜかちょっと狼狽したように、片手を上げて雪江夫人の方を制するようにし、かと思うと高見澤氏は、変に疑わしそうな眼附で男爵の顔を覗いて、

「ほう……」

というような眼附をしました。

実に僅かなうちのことですが、そこには不思議に息詰まるような沈黙があった。

そうしてその沈黙は、思いがけず立木のうしろで、

「あああッ！」

ふいに叫んだ玉虫蛍子の声によって破られた。

何事かと思った途端に、食卓の方の給仕に立っていた女中の一人は、そこが湖水の水面に近く、ために、何気なく鏡のように静まり反っていた水面を覗いて、これも、

「あれえッ！」

両手にささげていた給仕の盆を、ガラガラピシャーリ、そこへ取落してしまった。

水面には、岸の木の梢が影を落している。

そうして、その影のうちに、人の顔が見えている。

誰か木に昇っていて、さっきから下を見下ろしていたのが、この時やっと気づかれたのです。

蛍子や女中の叫び声で、人々は一斉に頭上を見上げたが、するとそこの梢には、ニヤリニヤリ笑いながら、眼尻に刀傷のある男、稲岡清助がゆっくり腰をかけているのでした。

「やア、誰だ君と。怪《け》しからん！」

と、下で呶鳴りつけたのは高見澤氏。

「ヘッヘッへへへへ、どうも済みません」

清助は、賤しっぽく笑って、

「なアに、あっしゃ、怪しいもんじゃありませんよ。旦那方には、何も別に用はねえんでして……」

「用が無けりゃ降りて来給え。こんな所から、黙って我々を眺めているのは失敬だぞ」

「エへへへへ、済みません。黙っているつもりじゃなかったんだが、さっき荷車のあとをついて来て、さてここで何があるのかと思ったから、そっと木登りをしていただけですよ。どうかまア、勘弁をしておくんなさい。

あっしは、由子……じゃない、蛍子に用があるんでさ」

「ふーん、蛍子に？」

「ごめんなさいよ。ここから、飛び降りますからね」

ズシーリ、地響きをさせて樹上から降りると、この時そばの青草の上へ、キラリと光って落ちたのが、見るからに斬れ味のよさそうな鋭い匕首《あいくち》。

破落漢《ごろつき》だけに、懐中《ふところ》へ呑んでいた匕首が、つい鞘走って抜け落ちたのです。

「オット、いけねえ。果物ナイフを落しやした」

清助は、照れ臭そうに頭を掻いて、匕首を懐中の鞘へ収めると、ペコリと男爵達の方へ頭を下げて、ノソノソ土手を這い上って行きました。

蛍子は、執念深くも、こんなところまであとを踉《つ》けて来た兄の姿を見て、驚くやら情ないやら、泣きたいほどの気持だったでしょう。その時はもう、体裁の悪いのを恐れたらしく、わざと男爵達のところを遠く離れて、そこで清助を待っていたようです。

こちらで見ていると兄と妹は、しばらく何か口論をした。

ついに蛍子が、帯の間から何か取出し、これを清助に渡したが、無論これは、金を強請られたものだったでしょう。

蛍子は、やがて一人きりで帰って来て、

「どうも、お騒がせして済みませんでした。私の身内の者ですけど、すっかりとやくざになっていまして」

恥ずかしそうに顔を伏せている。

男爵は、怪訝そうに蛍子を眺めていました。ふり向いて雪江夫人に、

「おい、あの女は何者だ。え？」

小声に訊くと雪江夫人は、ちょっと困ったようにして根村博士の方を見やり、

「ええ、あれは、何でもないんですの。あとでお話し致しますわ。ちょっと訳があって、東京から呼び寄せた女ですけど」

曖昧に語尾を濁らせたものです。

地獄絵巻

予定以外、樹上から怪人が飛び降りたなどという、変なことが起ったものだから、その日男爵の一行は、出来るだけ早目に湖水のそばを引揚げることになりました。

帰る途中の自動車の中で、男爵は何か頻りに考え込み、蒼ざめた顔色をしていましたが、その精神状態がどんなものであったか、これは大いに問題とするに足りるでしょう。

別荘へ帰って来てから高見澤氏が、そっと根村博士に話しかけた。

「どうです根村さん、今日の実験の結果だと、兄貴の精神状態については、どういう判断が下せるでしょうか」

「さア、私の判断はともかくとして、高見澤さんのお考えは?」

「イヤ、僕は、実は安心しましたよ。あの調子ならばもう兄貴は、大丈夫という風に思えるんですが」

「というと、なぜですか」

「どうやら兄貴は、前に自分が、飛んでもない妄想を抱いたことがあるという、自覚を持っているようじゃありませんか。その自覚を持っている以上、妄想は妄想として排撃するだけの精神力があると思うんですが」

「なるほど、そうですな。御説は一応正しいが、私はまた専門医として、そう簡単には断定出来ぬという気がしているのでしてね」

「へえ。じゃ、まだ精神的に狂いがあるとでも……」

「まア、そうですよ。大分良くなっているのも確かだが、同時にまだ多少とも、異常精神が残っています。女を見、松虫の鳴声を聞いたあとで、これを妄想だと思い込んでしまった、あそこのところが困るのです。譬えば一度は妄想じゃないかと疑ったにしても、十分に精神の健全なものだったら、すぐとまた、イヤ妄想じゃない……ということが、ハッキリ判断出来るはずです。あそこで尾形君が『やア何だこの女は。馬鹿に君は虫の鳴声が上手だねえ』とか何とかいって、活潑に笑い声でも立てるようだったら、それこそもう、病気でなくなっている証拠ですがね」

「ふーん、なアるほどなアるほど。そりゃ、そういわれると、そうのようにも思えますねえ。実は私は、兄貴が一日でも早く、普通の精神状態に戻ってくれぬと困ることがあるものですから……」

「ははは、それは誰もお互い様ですよ。私も一番親しくしている友達ですから」

「イヤ、根村さん。あんたはまア親友というだけだからいいけれど、私は、兄貴が発狂しているといないとで、大分事情の違うことがあるのですよ」

「へえ……」

「まア、ここだけの話だが、私は最近事業の方が、甚だ面白くないんです。失敗に失敗が重なって、借金の山を作っちゃいました。兄貴に融通を頼みたいと思うが、発狂していては話にならんし、癒るのか癒らぬのか、病気がいつまでも長引かれると、非常に困ることになるんです。兄貴には悪いが、いっそもう癒らぬものときまってしまえば、その方が却っていいかも知れぬと思うくらいのものでしてね」

「オヤオヤ、弟さんのあなたが、大変なことを考えているんですなア」

「はっははは、なアに、勿論、冗談ですよ。冗談だが、早いところをいってみれば、そうも考えたくなるほどに、私の現在は苦境です。兄貴の病気が癒らぬときまれば、この時は私がたった一人の弟だから、自然この尾形家の後見人になります。後見人になれば、多少は財産を動かせるというようなわけでしてね……イヤ、はっははは……こんな話、他人には黙っていて下さいよ。冗談でなし、本気でいっていると思われちゃたまらんです。まア、せいぜい早く、兄貴の病気を癒してやって下さい」

「承知しました。出来るだけやります」

二人の立話はそこでひとまず途切れてしまい、そのあとで根村博士は、一旦奥の部屋へ行き、男爵の容態を見てきたが、帰りにまたヒョコリと高見澤氏の部屋へ顔を出して、

「や、高見澤さん。今行って様子を覗いて来たんですがね、いい按配に当人は至極平静ですよ。湖水であんなことがあったから、何か悪い影響が残っていやしないかと思ったが、それもどうやらなさそうで、もう眠りたいなんていってました。明日の朝にでも、もう一度あの女を使って実験をして見て、その上で更に確実な診断を下したいと思いますが、今夜はまア我々も、安心して眠っていいようですよ」

そんなことをいって行った。

尾形男爵は、果してそんなにも平静な、落着いた気持でいたことでしょうか。

別荘内は、その夜時刻が経つにつれて、ひどく森閑たる気配に鎖《とざ》されて行きましたが、それは人々が、皆それぞれに自分達の部屋へ引取ったからです。

根村博士と高見澤氏とは、一つずつ貰っていた寝室のうちへ、別れ別れに姿を消した。

　そうして玉虫蛍子は、まだ明日の実験があるというので、同じく別荘へ泊ることになり、これには離れの方の日本間が、雪江夫人の指図で与えられることになった。女中や書生や下男達は、いつも通り台所や玄関近くの部屋に寝て、男爵夫妻は、別荘のうちでも一番眺望のいい二階の二部屋へ入ったきり、ここではその夜のうちにどんなことがあったのか、誰も知るものはありません。

　春の香ぐわしい空気に充たされた高原の夜は、かくして表面的には何事もなく、静かに静かに更けて行ったわけです。

　午前零時少し過ぎに、台所で寝ていた女中が一人、廁《かわや》へ起きたということを、あとで申立てておりますが、その時はまだ、何事もあったようには思えなかったといっている。

　森の奥にあるこの別荘では、その夜のうち、いかなる悪魔が活躍したことだったでしょうか。

　ついに翌朝の午前六時――。

　別荘では、下男が一番先きに眼を覚ましたということです。下男が起きると、女中も書生も運転手も起きた。そうして午前の八時近くになると、リリリリリ、リリリリリ……二階にある主人夫妻の部屋から、女中部屋へ通じているベルが鳴り出したので、女中が、主人のお眼覚めと心得て二階へ行った。

　そこは、一方が雪江夫人の化粧部屋みたいなもので、一方が夫妻の寝室となり、ベッドが二つ並べてあったそうです。

　女中が、化粧部屋の方の唐紙を明けて、

「お早うございます。お呼びでございましたか」

　敷居際から声をかけると、この時夫人は、まだ洋風寝室の方から出て来ないで、間仕切りにしてある豪奢な緞帳《どんちょう》の蔭からいいました。

「あ、呼んだのよ。今ね、あたし眼が覚めて見たら、旦那様の姿が見えないの。一人きりで散歩にいらっしったのかとも思うけれど、お前達、階下《した》で旦那様をお探しして、お召物を差上げて頂戴！　何だかパヂャマのままでお出かけのようだし、風邪をお引きになると悪いから」

「ハイ、では、オーバーでも……」

「ええ、そう。そっちのお部屋の簞笥《たんす》に入っているのを持って行って――」

　夫人は、衣ずれの音をさせて、着物を着更えている様子。

女中は、吩咐《いいつ》けられた通り、男爵の毛織りのオーバーを抱くようにして、急ぎ足に階段を降りて来たが、さア実は、これからあとが大変でした。

女中が、邸内の者一人ずつに訊いて廻ってみると、その朝、階下で男爵の姿を見かけたというものは誰もない。

「じゃ、誰も起きないうちに、森の方へいらっしゃったんだわ」

女中は考え考えして庭へ出て行き、すると間もなく、

「た、大変だア……大変だア……」

消魂《けたた》ましい、下男の叫び声が、響いて来ました。

この叫び声は、女中のみでなく、邸内の者誰でもが聞いたことでしょう。

女中が、真っ先きに、ドキリとして声のした方へ駈けて行き、続いてほかの者達が、バタバタ同じ方角へ走って来ましたが、その時一同の見たものは、何ともいえず凄惨な、血みどろ地獄の絵巻物でした。

そこは、玉虫蛍子の寝室にあてられた離れのうちの一室です。

最初下男は、庭を掃くためにこっちへやって来て、すると、庭へ向いた雨戸が二枚も明いていたので、何気なくそこを覗き込むと、吃驚仰天、腰が抜けたかと思ったそうです。

部屋の中では、玉虫蛍子が見るも無残に殺されていました。

死体は、仰向けに、殆んど部屋の中央に寝ていて、しかも胸から腹へかけ縦一文字に引裂かれている。

鋭利な刃物を、ブッツリ鳩尾《みぞおち》のあたりへ突き立てて、これを、ギリギリと腹の方へ引き下ろしたものらしい。傷口はパックリ口を開けている。しかも恐ろしいことには、その傷口の内部を、更に刃物で、滅多やたらに引っ掻き廻してある。

いや実に、眼を背けずにはいられぬほどの酷ごたらしさ。

死体は、すっかりともう、冷え切っていたのでした――。

老耄《もうろく》親爺と蝶々

別荘内は、蜂の巣を叩き壊したような騒ぎとなりました。

女中は、二階へ行って雪江夫人に、この恐ろしい事件

を告げようとし、しかし、恐怖のために膝がガクガクしたので、昇りかけた梯子段の中途から足踏み外し、ゴロゴロドシーン、階下まで転がり落ちてしまったといいます。また玄関番の書生君は、ひどく気の弱い男であったと見えて、凄惨な血の海に漂う玉虫蛍子の死体を見詰めているうち、ウーンと叫ぶと脳貧血を起し、バッタリ倒れてしまったほどでした。

主人側の者では、最初に高見澤氏が惨劇の部屋へ駈けつけて来て、そのあと根村博士が、自室で新聞を読んでいたとのことで、その新聞を片手に摑んだまま、狼狽《あわ》ててそこへ走って来ましたが、さすがは医者だけのことがあり、死体を見てしまってからは、この根村博士が、一番落着いた態度に見えたということです。雪江夫人は、ついに現場へ顔を見せず、ただ真っ蒼な顔をして、母家の方に踏み留まっておりましたが、これは根村博士が心配をして、酷ごたらしい蛍子の死体など、夫人には、見に来ないでいるようにといってやったからです。

その夫人は、根村博士と高見澤氏とが、やがて離れから戻って来た時、

「奥さん。どうも困ったことが起ってしまいました。実に恐ろしい事件です。それに、書生や女中などがいっているんですが、尾形君の姿が見えないそうです。僕は、それを一番心配しているのですが」

根村博士に話しかけられて、

「ああ、あたし……」

恐怖に怯えた如く叫んだまま、そこにあった椅子の中へ、ガックリ崩れ込んでしまいました。

「ね、奥さん。尾形君を早く探し出さなくちゃいけませんよ。一体、どこへ尾形君行ったんですか」

「……あたし、知りません……知らないのです……」

「え、どうして？」

「さっき、起きて見ると、いなかったのです……いついなくなったか、それも気がついてはおりません……昨夜《ゆうべ》あたしが眠っているうちに、どこかへ出て行ってしまったんです」

「そ、そんな、どうも迂闊なことを……」

「迂闊と仰有られても、あたし、仕方がございません。何も、あたし、知らないのです」

根村博士は、ふり向いて高見澤氏と、深く眼を見合せていました。

ここで断わっておくならば、二階の男爵夫妻の寝室の外には、このあたりの風光を見渡すに都合のいいように、

張出しになったバルコニーがついていて、更にこのバルコニーには、白ペンキを塗った鉄製の梯子がついていたものです。男爵は、夜中に寝室を抜け出し、このバルコニーから庭へ降りたのだということが、すぐに誰にも考えられるのでした。

根村博士は、高見澤氏に眼配せをして、夫人のそばを離れました。

「高見澤さん。どうもこりゃ、益々容易ならぬ形勢ですよ」

「まったくですな。僕は、兄貴のことが気にかかって……」

「一番いけないのは、被害者の死体が、腹を斬り裂かれていることです。まるで解剖のあとみたいです。姙婦の腹を断ち割って産出困難な胎児を取出す時の手術が、何だか聯想されてなりません」

「イヤ、それは、僕も同じようなことを考えていたのですが」

「尾形君の妄想は、胎生昆虫というのでした。実にひどい妄想です。胎生であるかどうかを確かめるため、腹を断ち割って見るという考えは湧くでしょう。私にはそれが恐ろしい。あなたは気がついたかどうか知らないが、あの女の殺された部屋には、ピンセットが一つ落ちていますよ。それに、硝子《ガラス》製の瓶が一つ床の間に置いてあって、この瓶は、昆虫採集用の毒瓶《どくつぼ》でした。ピンセットも毒瓶も、尾形君の使用品です。しかも、毒瓶には、採集した昆虫を殺すための青酸加里《せいさんカリ》が入っているんですからね」

「判りました、判りました。とにかく早く兄貴を探し出さなくちゃ……」

「そうですそうです、皆んなに手分けをして探すように吩咐けて下さい。私も、無論出かけますが」

話している言葉は、夫人の耳へも入ったでしょう。夫人は、両手で顔を蔽ったまま、一言ものを言いませんでした。

男爵がどこへ行ったか、邸内の者が総出で探しにかかったが、それから約一時間ほどのうち、どうも行方が判らない。

庭のうち、床下、森の中と探して、次第にその捜査範囲が拡大すると、やがて自動車の運転手が、息せき切って高見澤氏のところへ駈けつけて来ました。

「大変です。御前様《ごぜんさま》は、死んでおられます。昨日行った湖水のそばの立木で、首を縊《くく》っておられます」

一同、げえッ！　という驚きでした。

すぐ、自動車を出させて湖水まで行きましたが、その場所は正しく昨日の晩餐会を開いたと同じ場所です。

しかも、あの清助がよじ登っていたのと同じ立木の下枝に、ブラリと男爵の軀がぶら下がっていたのでした。

一同、ハッと立ちすくんで、息をすることも出来ぬような気持——。

その時にしかし、何ともいえず奇怪な気がしたのは、男爵が縊死を遂げている、そのすぐそばの土手の中途に、二人の異様な人物が、ノソリと突っ立っていたことです。

二人の人物というのは、一人が頭でっかちにガニ股で、脊のずんぐりとした青年で、他の一人が、古ぼけた山高帽にモオニングコート、顔は痩せこけていてかまきりの如く、しかもその顔にはだらりと山羊髯を生やしていて、太い鼈甲《べっこう》ぶちの眼鏡を鼻の頭へずり落ちそうにかけているという、甚だ風采の上らぬ老耄《おいぼれ》親爺。

二人は、肩にリュックサックを背負い、足に巻ゲートルをしていて、自動車の一行がそこへ来て降り立つと、ギロリ、こちらをふり向いたものです。

はじめに一行は、眼の前に男爵の死体を眺めながら、すぐとそこへ近づいて行く気がしなかった。

土手の上に立ったまま、半ば男爵の死体を見詰め、半ばこの異様な老耄親爺と視線をかち合させ、しばらく声を発するものがなかった。

「モシモシ、あなた方は一体、ここで何をしていたのですか」

上からやっとそう声をかけたのは、一行中の先頭に立っていた根村博士。

老耄親爺は、総義歯《いれば》の醜い歯齦《はぐき》を露わにして答えました。

「ハイ、私共のことですかい。私共は別に何もしてやしません。商売は東京の歯医者でしてな」

「歯医者？」

「へイ、歯医者ですわい。名前もついでに申してよろしいが、儂《わし》は**杉浦良平**と申す者だし、これなる書生は影山兵六《ひょうろく》と申します。実はな、たまには運動もせにゃならんと思うて、東京からハイキングに来たまでですテ。この湖水を見つけたから、水でも飲もうと思うてやって来ると、偶然、この首っ吊りを見つけましてな」

杉浦良平という名前なら、あるいは知っている人もあるでしょう。これは歯医者というのは昔の職業。実は相当に有名な私立探偵です。これまでいろいろの事件に関係して、花骨牌《はながるた》殺人だの湯タンポ殺人だの、そういう怪殺人事件の真相を、ものの見事に摘発したことがあります。

私立探偵杉浦良平は、恐らく嘘をいったのではありますまい。偶然にここの高原へハイキングに来て、はじめに自動車の運転手が男爵の死体を発見し、驚いて別荘へ走り戻ったあと、この現場へ来合せていたものに違いないのです。

ハイキングに来た歯医者だと聞いて根村博士の方では、ちょっと高見澤氏の方をふり向いて見て、そのまま土手を降りて来ました。

老探偵は、助手の影山青年の腕を引っ張り、邪魔にならぬよう、死体のぶら下がっているそばを離れましたが、この時そっと助手の耳に囁いたことです。

「のう、影山。儂もつくづく運が悪いなア」

「へえ……」

「せっかくの骨のばし、こんな所までハイキングに来ても、やはり事件にぶつかってしまった。お主、この首っ吊りのことをどう思うな?」

「どう思うかって、私には判りませんよ」

「ウッフ、判らんのは無理もない。儂にも何のことだか判りはせんテ。ただな、儂の第六感によると、この首っ吊りは、決して尋常の首っ吊りじゃないぞ。首っ吊りといえば自殺だが、何かしら自殺でないというものが感じられる。事情があるに違いない。他殺だと思われる節がある。——まアまア、しばらく黙って見ている方が賢明だが、儂はさっき、こういうものを拾ったのでな」

老探偵が、こっそり手の平を開いて助手に見せたものは、翅《はね》に綺麗な斑点がある、大きな一匹の蝶でした。

「こりゃな、あげはのちょうというやつだろう。こいつが草の中に落ちていたんだが、こんな下らない昆虫でも、案外のお役に立つものだぞ。こいつのお蔭で、儂は、この首っ吊りが自殺じゃなくて他殺だという、大体の目星をつけたんだからな」

そうして探偵は、この蝶を大切そうに紙へ包んでリュクサックへ仕舞い込み、次に写真機を取出しながら、これで樹上からぶら下がっている男爵の死体を、パチリとカメラのうちへ納めてしまいました。

「ウッフ、背中へ光線が当っているので、恰度工合がよかったわい。ウフフフフフ」

不敵に彼は笑ったことです。

〔作者申す。老探偵杉浦良平のいった言葉は、後になって総て的中します。男爵は自殺でなくて他殺です。先きには玉虫蛍子が惨殺され、今また男爵も殺されている。そうしてこの犯人は同一人です。犯人は果して誰でしょうか?〕

読者諸君《みなさん》! 一体殺人犯人は誰でしょうか? 本篇に犯人が出ています。作者もいっているように、犯人は、尾形男爵と玉虫蛍子の二人を殺しているのです。「犯人らしい」と思われる人物をたどってよく考えて御覧なさい。根村幸雄、高見澤義信、稲岡清助、雪江夫人その他登場人物の一人々々の動作をよく考えて下さい。犯人を当てた方に賞金一千円を頒《わか》ちます。犯人は実に意外な人物です。キング五月号にその解決篇が出ます。本誌二三六頁《ページ》の応募規定を御覧の上、奮って御投書下さい。

根村博士の説明

春は繚乱《りょうらん》――。

だが、その繚乱の花の色も、今や、尾形男爵の別荘に住む人々にとっては、長閑《のどか》にもうららかにも、微塵これを観賞しているの遑《いとま》などなかったでしょう。

別荘の離れでは、昆虫の声帯模写をやる女芸人、玉虫蛍子が残殺されていたし、この邸内に、朝まだきから尾形男爵の姿が見えなくなっていたため、家人総出になって行方を探していると、別荘を去る二粁の地点、小さく静かな湖水のほとりで、男爵は、哀れな縊死体となって発見されたわけです。

湖水に望む林の中からは、時折り、鶯の鳴声が聞えてきました。

そうして人々は、ただ悄然と溜息をついて、無残に変り果てた男爵の姿を、痛ましく見守っているばかりでした。

男爵の縊死体がある現場へは、やがてこの近くの村から、駐在所の巡査がやって来た。

それからその巡査と一緒で、田舎びた朴訥《ぼくとつ》らしい医者もやって来た。

巡査は、男爵の死体を、青草の生えた土手の斜面に横たえさせて、医者と共々検視にかかったが、この検視の時は、何も格別な発見がありません。

こちらでは老探偵杉浦良平が、さっき探偵助手の影山青年に向って、どうやら男爵の死因には、怪しむべき節があるというようなことを洩らしたが、さて表立っては別に何もいわない。

「まア、暫らくは見ていてやれ。まだ何か面白いことが起るかも知れんぞ」

といった面構え。

人々の邪魔にならぬよう、そっとわきへ寄って黙っていたから、そのうちに検視は無事に済んだ様子。

検視が終ると男爵の死体は、高見澤氏や根村博士に附添われて、ひとまず別荘の方へ運んで行かれることになりましたが、何しろまだ別荘には、玉虫蛍子の死体があって、これは明らかに他殺だと判っていたから、駐在所の巡査一人ではどうにもならない。こちらへは、それから数時間した時に、県刑事課の課長やら警部やら、数名の係官が自動車に乗って、物々しく出張して来るという有様でした。

係官達は、彼等がそこへやって来た時には、もう、別荘の奥の広間へ担ぎこまれて、静かにここで寝かされていた男爵の縊死体を第一に見て、次はいよいよ離れの部屋へ行き、腹部をスッパリ断ち割られている玉虫蛍子の死体を見たが、さすが物慣れている連中でも、この時ばかりは顔色を変えて、

「やア、これとひどい！　実に酷ごたらしい殺され方だ！　まるでこれは狂気の沙汰だ」

口々に囁き合っていたことです。

やがてその玉虫蛍子の死体も、一通り検視が済んでしまうと、次は玄関脇の応接室で、事件関係者の訊問という段取りになりましたが、この訊問に際しては、男爵の主治医であった根村博士の申立てが、まず最も重大な意味を持っているものとして、係官達の注意を惹いたことでしょう。

博士はいった。

「ええ、私は、何にしても今度の事件では、尾形君の主治医としての私が、実に迂闊であったということを思い、その点、慚愧に耐えぬような気持です。事件は、私さえ、もう少し注意深くしていたら、あるいは未然に防ぐことが出来たかも知れないのですからね」

横にいてこの言葉を聞いていた県刑事課の井上という警部補が、

「ふーむ」

一つ頷いてから博士に向い、

「いや、根村さん。実は我々も今度の事件については、ほかの誰よりもあなたこそ、一番に詳しい説明をして下さると思っていたところです。今あなたは、事件を未然に防ぐことが出来たといわれた、それはどういう意味のことですか」

叮嚀な口調で尋ねると、

「ああ、それはですね、要するに私が、尾形君の病勢に対する診断を、全く誤まっていたということになるのですよ。無論もう、お聞及びのことと思うが、昨日は私がちょっとした実験をやりました。尾形君を湖水のそばの晩餐へ引っ張り出し、あの玉虫蛍子という女芸人に虫の鳴声をやらせてみて、尾形君の病根たる胎生昆虫の妄想があるかどうか、これを試してみたというわけです。結果として私は、尾形君の病勢が、必らずしも全快の域に達しているとも思わなかったが、同時に、もう大して悪いこともないと思ってしまった。この私の油断――病勢が大して悪くはないと思った、この点が甚だいけなかったのでして」

「なるほど、そうするとその油断さえ無かったとしたら――」

「多分、事件は起らなかったろうということが思えるのです。昨夜私は、尾形君が割合に平静なのに安心して、尾形君に催眠剤を与えて眠らせるとか、あるいはまた夜っぴて誰かがついていて、その行動を見張るようにするとか、そういう方面の処置を全然怠ってしまったわけです。今思うと尾形君は、表面平静に見えていて、内実は決して平静な心理状態じゃなかったのでしょう」

「妄想が、まだ残っていたわけですか」

「その通りです。湖水の晩餐からは、一旦、思ったよりも平静な気持になって戻って来たが、さて夜になって時間が経つと、胎生昆虫の妄想が、急にムクムクと頭を擡《もた》げて来たのに違いありません。二年前妄想が起って発狂した時は、銀座で芸妓を殺そうとした尾形君です。昨夜も、多分それと同じ精神状態になったことでしょう。どうして知ったのか判らないが、邸内の離れに、例の女芸人が泊っていることを知っていたから、さア、妄想が起ったとなると、じっとしてはいられなくなった。あの女こそ胎生昆虫に違いないという考えから、腹部を断ち割って調べようと思い、そっと寝室を抜け出したものです」

「その時に、誰かそばにいて、男爵を抱き止めてでもやればよかったんですね」

「そうですそうです。そこがつまり、私のさっき申した手落ちなので、赤面のほかありません。尾形君は、止めるものがないのを幸い、ついに目的通りのことをやってのけました。多分最初は、何も知らず眠り込んで、ポッカリ口を開いていた玉虫蛍子の唇へ、昆虫採集用の毒素を投げ込んだものでしょう。猛毒だから、蛍子は、ひとたまりもなく死んでしまい、そのあと尾形君は、文字通り鬼畜の姿となって、蛍子の腹を斬り裂いて見たのだろうと思いますが、さてここで私が想像して、何とも痛ましく思うのは、それからあとの尾形君の心理です。腹部を斬り裂いてはみたが、胎生昆虫の証跡はなかった。兇器で滅多やたらに蛍子の内臓を引っ掻き廻しているうちに、ふっと尾形君の心理には、正常な意識が戻って来たものと私は想像します。急に、悪夢から眼覚めたように、妄想から蘇った時の彼に同情してやって下さい。どんなにそれは、苦しかったことか知れないでしょう。胎生昆虫の証跡が無かったことからして、妄想がパッと破れると同時に、今度は改めて自覚されたのが、自分は飛んでもない人殺しをしてしまったという、責任観念やら悔悟の念やらです。尾形君は、フラフラと別荘をさ迷い出した。そうして、昨夜晩餐会のあった湖水の岸まで歩いて行った。ついにここで、縊死を遂げてしまったという順序です」

説明が終った時、博士の顔には、深い愁いの色が現れて来ている――。

係官の側でも、しーんと一時黙り込んでしまいました。事件の表面的な性質は、これでもう誰の眼にも明らかです。

繰返していうと玉虫蛍子は、胎生昆虫の妄想が再起した尾形男爵のために殺された……そうしてその男爵は、蛍子殺害の後に正常な自覚状態に立戻り、ここで自殺を遂げてしまった……とこういうことになるのです。

一方でしかし、男爵の縊死を自殺ではないらしいといっていた杉浦老探偵は、この時何をしていたことでしょう。

係官の一人がふと気付くと、応接室の窓の外では、ゴソゴソと人の跫音《あしおと》がして、誰か怪しい者のいる気配があった。

「オヤ、誰だ、そこにいるのは?」

窓は明けっ放しになっていたから、係官が、すぐに庭を覗いて見ると、

「オッホッホホ、こりゃ失礼。つい外で、皆さんのお

話を立聴きしてしまいましてな」

ノッソリ、山吹の藪の向うから、あの山羊髯を突き出したのが老探偵です。

「ふーん、立聴きをしていたって?」

係官は、胡散臭そうに老探偵を眺めたが、悪びれもせず老探偵は、

「イヤ、勘弁をして下さいよ。儂は実は皆さんに、話があって来たのですわい。ここじゃ話が出来ませんから、中へ入らしてもらいますかな」

そうしてゆっくりと玄関口へ廻り、取次ぎもろくに待たないで、ヅカヅカ係官達のいるところへ入って来てしまいました。

根は好人物な老人だが、どこか風変りなところがあり、時によると、ひどく下品で不作法で皮肉屋になる。ここがこの杉浦良平の特徴だったのです。

自殺説と他殺説

相手の素性を知らないから、県刑事課の連中は、一時ちょっと度胆をぬかれて、ただまじまじと老探偵の顔を見詰めている。

老探偵は、例のモオニングに縞のズボン、靴を脱いだ足にはまだ巻ゲートルをしているから、実にどうも滑稽な恰好。

「はい、ごめんなさいよ。儂ゃ、第一に皆さんに、お目にかけにゃならんものがありますからな。ウッフッフッフ……」

老探偵が、係官達の凭《よ》りかかっているテーブルへ近づいて、さてモオニングの内ポケットから、大切そうに取出したのは、押し潰れた一羽の揚羽の蝶の死骸と、それから一枚の写真とです。

係官の一人が、とにかくその蝶と写真とを手にとって見たが、

「ふーむ。妙なものを持って来たね。これが一体、どうしたというんかね」

「ヘイ、それが実は、今ここで根村さんが説明しておられたことを、根本から覆えしてしまう証拠ですわい。——イヤ、根村さんには甚だ失礼。今朝ほどは湖水の岸で、ちょっくらお目にかかりましたなア」

まだそこに居合せた根村博士の方を向いて、老探偵、ペコリと頭を下げています。

自説を覆えす証拠を持って来たといわれて、さすがの根村博士も厭な顔色。

杉浦老人は、構わずにあとを言い続けました。

「が、まア、根村さんもよう聴いておって下さいよ。この蝶と写真とが、なぜあんたの説を覆えすかというと、つまりこれは尾形男爵が、自殺を遂げたものではなくて、他人の手で殺されたということを示すものでしてな。――儂は、今朝ほどもあなたには申したが、あそこの湖水の岸でもって、偶然に男爵の死体を見つけました。そうしてその時に、男爵の死体がぶら下がっているすぐ足もとに、この蝶がやはり死んで落ちているのを見つけたんですわい。御覧の通り、蝶は、ピシャッと叩き潰されたような恰好になっているでしょう。どこで誰に叩き潰されたかというと、これが即ちその説明……写真の方を見て下さい。写真は、縊死を遂げた男爵の背中を、儂がこっそりと写しといたものです。儂ゃ、あれから村の方へ降りて行って、フィルムを現像して来るのに骨を折った。やっと現像液を手に入れて、写真が出来上ったものだから、急いでここへ駈けつけて来たという順序です。写真を見ればお判りだろう。男爵は、パジャマを着たまま死んでいて、その脊中の真ん中に、一ケ所、色の変ったところがある。蝶は、ここで叩き潰されたのですよ」

何かしら、深い意味を持っていそうな言葉だから、一同交る交る写真を覗いて見ると、なるほどそれは男爵の死体。

「判りますかな、その脊中の色の変ったところ。その部分は、形まで蝶の形になっておるでしょう。恐らくは、男爵の着ていたパジャマの方を調べたら、そっちにはもっとハッキリと形も残り、また、蝶の翅についていた鱗粉なども発見出来ることでしょう。それがお判りになったらば、次に結論を言いましょうかいな」

ギロリと、ふいに一同の顔を見廻している不敵な面魂。老探偵は、ゆっくりとまた言い出しました。

「ええと、では結論は、どこから説明したらよろしいか。要するところ儂の着眼点は、その蝶が、男爵の脊中で叩き潰されたというところにあったんですわい。そこは脊中の真ん中だから、男爵が、自分で叩き潰そうにも、絶対自分の手では、叩き潰せないような位置ですテ。で、そうとすれば、儂の眼には、次のような光景が映って来る。あそこは湖水の岸でして、縊死を遂げた立木の幹は、土手の斜面に半ば沿うようにして生えていて、さてこの立木の枝には、最初からまず、縊死を遂げるに都合のいいように、縄の輪がぶら下げてあったものでしょう。人気のない深夜の湖水、縄だけが時々風に揺られて動いていると、ここへ二人の人物が現れたが、そのうちの一人は尾形男爵、他の一人はX氏ということにでもしておきましょうか。

X氏と男爵とは、何か話し話し立木のそばへ近づいて来た。

それから突如X氏は、ドンと男爵の脊中を突いた。男爵が、呀《あ》ッと驚いて蹣跚《よろ》めくと、眼の前にあった首っ吊りの縄が、キュッと男爵の首にかかり、これでもう男爵は七転八倒、ぐっと首を絞められたわけです。

男爵が息の絶えたのを見済まして、何喰わぬ顔のX氏は、こそこそどこかへ立去ったが、さてそのあとに蝶の死骸が残ったのには、さすがのX氏も気がつかなかった。揚羽の蝶は昼間でなければ出ないものだが、こいつ何を感違いしたのか、夜の真暗なところへ舞い出して来て、男爵が脊中を突かれた瞬間に、恰度男爵の脊中へとまったというのが、一つには蝶の不運でもあるし、一つには昆虫男爵とまでいわれた人との、浅からぬ因縁であったかも知れない。蝶は、男爵殺害犯人X氏の手で、ピシャリと叩き潰された代り、後になって男爵の死が、自殺ではないことを示す役廻りとなったようなわけですテ。

お判りですかな？

男爵は、他人の手にかかって殺されたのですよ。自殺ということにしてしもうたら、この事件は大間違いですぞ。こちらの別荘の方には、玉虫蛍子という女が殺されていたそうですな。蛍子が殺されたと同様に、男爵も殺されたと見るのが至当ですぞ。——根村さんのお説は、蝶の死骸に気がつかなかったのだから、自殺説になって来るのは御尤もなことで、しかし事実は飽くまで追究せにゃならん。言葉を換えて申せば、玉虫蛍子の殺害犯人と、尾形男爵の殺害犯人と、この二人を探し出さなくちゃなりますまい。儂ゃ、失礼とは思ったが、黙っていられずに飛び出したようなわけでしてな」

聞いていて係官達は、ウームとばかり唸り出してしまいました。

風采容貌、いかにも変てこな老耄親爺。

しかしその言うことには、一筋も二筋もの理窟に叶ったところがある。

居合せた一同は、互いに眼と眼を見合せて、この老人、どういう人物なのかという疑いの眼附き。

そこで老探偵が、

「イヤ、申し遅れたが、儂はこういう者でして……」

名刺をやっと差し出すと、その時、さきにいっておいた井上という警部補が、ハッと眼を輝かしました。

「おお、これは！　あなたが杉浦さんですか」

「へ、へイ、そうですわい。あんた、儂の名前をよう知っておられるな」

「知っていますよ。よく知っておりますよ。蛇寺殺人だの湯タンポ事件だの、皆あなたが解決されたのだということを、新聞で見た記憶があります」

「オッホッホ、いや、これは気まりが悪い。儂ゃ、ただ偶然にここの高原へハイキングに来て、ついこんな事件にぶつかってしまったまでのことですわい」

老探偵は、真実気まりが悪そうに、ボリボリと頭を掻いていた。

係官一同の方では、名探偵杉浦良平の登場と判って、急に大いに緊張の体でした。

今や、根村博士唱うるところの自殺説よりは、杉浦探偵の持出した他殺説の方が、どうやら信用してもいいような気がする。

ここに、事件についての捜査陣は、俄然色めき立って来たわけでした。

二人の嫌疑者

県刑事課の連中は、その夜一旦は男爵の別荘を引揚げて、村の駐在所へ行くことになりました。

男爵が自殺したのか他殺だったのか。

事件は片附いていないのだから、とりあえず駐在所を捜査本部として、徹底的に真相を摘発してしまおうという考えです。

駐在所では、一同鳩首《きゅうしゅ》協議会を開いたが、この席上には、無論杉浦老探偵も加わっていた。

「どうでしょうな、杉浦さん。尾形男爵が他殺だったということになると、あなたの所謂X氏と、一方では玉虫蛍子の殺害犯人、この犯人は、何と名前をつけたものでしょう」

「さア、そいつは、とりあえずY氏とでもしておきますか。しかし儂は、妙なことを考えているんでしてな」

「へえ、妙なこととは？」

「つまり、X氏といいY氏という、これがもしかすると同一人じゃないかと、そんなことを考えている次第です。男爵の場合と玉虫蛍子との場合では、犯行の手口に非常に大きな違いがある。手口からだけで見ると、別々の犯人がいるようでもあるし、また同一犯人の仕業とも思える。同一犯人だとしたら、実にこれは、恐るべく奸智に長《た》けた奴ですぞ」

「なるほど、大いに同感です。そこで犯人が一人だとすると、捜査上第一の着眼点は、どんなところにあるとお考えですか」

「左様。儂はまず、同一犯人が男爵と蛍子とを殺したとして、なぜこの二人を一緒に殺さねばならなかったか、そこに疑念を持っとりますテ。一方は身分のある男爵だし、一方はたかが女芸人、この二人に対して、同じような殺人動機というものは、滅多に存在しないはずでしょう。儂は次のように考える。つまり犯人にとっては、被害者二人のうち、一人だけを殺すのが主な目的であったので、他の一人は、附随的に殺されたんじゃなかろうかとな。換言すれば犯人が、蛍子と男爵と、そのどちらを殺すのが、そもそもの目的であったのか、ここを見極める必要があるんじゃないでしょうか。いずれにもせよ犯人は容易ならぬ奴、こっちも大いにそのつもりで、ヘマをやらんようにせにゃなりませんけどな」

協議の間に老探偵は、少しずつ意見を述べていましたが、この時は何しろ、大してハッキリした見込みも立っていなかった様子。

いくら名探偵にしてみても、調べがまだ十分に進んではいないのだから、ここですぐと、犯人を指摘してしまうというような工合に行かなかったのは、むしろ当然のことでしょう。

翌日になるとしかし係官側では、一つの甚だ有力な手懸りを摑むことが出来ました。

朝早く駐在所へは、玉虫蛍子の母親だという、人の好さそうな女が出頭して来たからです。

「はい、私はお由の、いえ、蛍子の母でございますが、蛍子が昨日こちらで殺されたそうで、吃驚致しました。電報でお知らせをうけましたので、夜汽車で参ったのでございますが……」

母親は、声もオロオロ泣き出しそうな顔。

これも昨日のうちに別荘から、ともかく変事の起ったことを、東京の蛍子の家へも知らせてやった結果です。係官は、母親に向って、いろいろと蛍子のことを尋ねてみた。

すると母親は、蛍子がもと捨児であって、これを拾っ

て育てたのだということを話し、

「ですが、拾い児ではございましても、あれは本当に孝行者でございまして……」

涙片手に次のように語った。

「いえ、あれのことを、詳しくお話し致しますと、私も、恥をいろいろと申さねばなりません。私共は、もう長いうち貧乏をしておりまして、それがしかしやっとこの頃楽になって参ったのは、一にも二にもあれのお蔭でございました。あれは女芸人に下って寄席へ出て、一生懸命稼いでくれたものですから、私達はやっと息がつけるようになり、でも困ったのは蛍子の兄に、清助というろくでなしがあることでございました。兄の清助は、私にとっては実の子で、でも、実の子とは思えない、憎らしい奴でございます。家を外にしていつも遊び歩いていて、たまに帰って参りますと、家中にある品物を、金でも着物でも全部って行ってしまうような奴で、もしかして一方に蛍子がいなかったら、親の私など清助のために、裸にされてしまったことでしょう。実はここで私は、心配しているのでございますが、蛍子は二万円という生命保険に入っていまして、その保険金の受取人は、清助ということになっております。清助は、金のためなら、どんな悪いことでもやり兼ねないような奴で、その二万円という保険金を欲しがっていたのかも知れませんし、蛍子が殺されたと知りました時に、私は全くドキリとしてしまいました。清助は、こちらへ来ているのじゃございませんでしょうか。あれが蛍子のあとを追って、どうやらこちらへ来たらしいということを、あれの友達で申しているものもありました。あれが、もしかして来ているとすると、蛍子は、あれに殺されたのに違いありません。実の子ながら愛想のつきた奴、清助をどうか探し出して下さいまし。あれは、左の眼尻に刀傷があり、すぐと誰にでも判る顔附をしておりますから……」

係官達はハッと思った。

断ってはおかなかったが、それ以前に係官達の耳へも、清助の噂が全然入っていなかったわけではない。

少なくとも、湖畔で催された男爵家の晩餐の折、樹上から怪しい男が飛び下りて、これが蛍子と、何か立話をしていたというくらいのことは聞いていて、しかし、それが蛍子の兄であり、しかも二万円の生命保険金の受取人であろうとは、まさか思いもよらなかった。

親孝行だった蛍子への可愛さ不憫さ。

実の子の首へ、縄をかけることになるのだとは覚悟の

上で、母親が洗いざらい打明けての申立てで、

「フーム、こいつは耳寄りな話だぞ。そうだ、何よりもまず、清助の行方を捜し出せ！」

当局は、俄然いきり立って清助の足どり調査にかかりましたが、この時実に変てこだったのは、清助の行方というものが、一時全く判らなくなってしまったことです。

都会と違って田舎では、よその土地の人間など、一目でそれと判るものです。

田舎へは、繭買いが来る、行商人が来る、工女募集の人々がやって来る。

ところが、この人達は、前の日にどこそこの部落で何の何某の家へ寄り、次にどこそこの橋を渡るところで、何村の何兵衛さんに、何をいくらで売ったかというようなことまでが、じきに村中へ知れ渡るもので、しかし不思議なことには清助の場合に限って、これがてんで判らなくなってしまった。

人相には特徴があるのだし、風采も破落戸風でよく目立つ。

だのに、これが近くの停車場へ行ってみても、事件発生の前日に、それらしい男が確かに汽車を降りたとまで判ったが、さて事件発生後は、どうも切符を買ったような形跡がないし、ほかでも、誰一人清助を見かけたというものが出て来ない。

なぜ、そんなにも判らなかったのか。

係官達は、一日中四方八方へ奔走してみて、夕方、ガッカリとして駐在所へ引揚げて来たような始末ですが、

「イヤ、どうも驚いたね」

「全くだ、どの方面へ廻ってみても、杳《よう》として消息無しだ」

「停車場は、一番近くの停車場だけでなく、一つ手前の駅へも向うの駅へも、ちゃんと行って調べたんだ。だが、やはり、そんな人相の男は見かけないというのでね」

「ただ、事件の起る前日に、清助の姿を見かけたという者は、確かに数人いるのだよ。事件後となると、これが全く無いのだから」

「面妖《おか》しい、実に面妖しい。要するに清助という奴、益々怪しくなって来たわけだね」

「ともかく、長く愚図々々としちゃおれん。今夜中で駄目となれば、少なくとも明日の昼頃までには、何とでもして奴をしょぴいて来ないと、我々の名折れになってしまう」

口々に、口惜しがって話している。

このままでいたら、実はいつになって清助の行方が判るものやら、ちょっと見当もつき兼ねる有様となって来たのですが、折しも同じ晩のこと、駐在所へは奇怪な一通の投書が舞い込んで来ました。

その投書というのは、村の悪たれ小僧が、

「おいらはね、男爵様の別荘に、人殺しがあったたっちゅうで、そいつを見に行って来ただよ。日が暮れたから、村の方へ帰って来ると、あとからおいらを追いかけて来た人があった。洋服を着ている人だが、顔中を黒い風呂敷みていなもので包んでいて、誰だかよく判んねえ。その人が、駐在所へ行って、この手紙を渡せっていって、おいらに五十銭玉を一つくれただよ」

こういって手柄顔に持って来たものです。

手紙は、開いてみると、かなり立派な筆蹟で次のように書かれている。

冠省
取急ぎ申します。

仄聞《そくぶん》する所に依りますれば、貴警察当局においては、玉虫蛍子殺害の犯人として蛍子の兄清助なる者を嫌疑者と睨み、鋭意行方を御捜索中の由ですが、小生の観察するところによると、清助などという人物は、全く取るに足らぬ人物にて、それよりは更に重要なる人物が、ほかに存在するかと考えられます。

ほかの人物とは、高見澤義信氏のことですが、同氏は、故尾形男爵の実弟にこれ有、しかし最近財政的に非常なる苦境にあったため、尾形男爵の財産を何とかして自由にしたいと申していた事実もあり、この人物を至急お取調べあった方が、あるいは賢明ならずやと思われるのであります。

小生は、小生が何人なるやを明らさまに申しても差支えはなく、しかし、高見澤氏と平生昵懇《じっこん》の間柄であるため、万一の場合を恐れてわざと匿名にして申すのでありますが、今回の事件にて、その真相が一日も早く摘発せらるることは、小生の衷心よりして希望するところ、相成るべくは、今夜中にでも高見澤氏の身辺を御調査有りたいと願う次第です。以上。


一同、投書を前にして、新らしく別の昂奮に投げ込まれました。

「うむ。こりゃまた、ちょっと面白い投書だね」

「弟が、兄の財産を狙っていたとすりゃ、この弟を疑ってみるだけの値打ちはあるよ」

「してみると、蛍子は兄の清助に殺され、男爵は弟の高見澤に殺されたということになるのかな」

「イヤイヤ、そりゃ判らん。男爵も蛍子も、同一犯人の手で殺されたのかも知れんという説があるのだから」

「同一犯人だとすれば、そうか、ここに二つの場合が考えられるようだな」

「ふーん、どういう風に?」

「つまりだ。第一の場合は、清助を犯人と考える。そうすると清助は、はじめから蛍子を殺すのが目的であって、しかし蛍子を殺したのち、これを尾形男爵の犯行だと見せかけるため、男爵を自殺の体にして殺してしまったということになる」

「なるほど。では第二は?」

「第二は、これを逆に行けばよい。高見澤は男爵を殺すのが目的で、しかし、ただ殺しては疑われる。そこでまず男爵に自殺の体を装わせようと考えて、それには自殺の動機というものを、見せかけだけでも作ってやらねばならないから、この動機として蛍子を殺してしまった」

「フム、いずれにしても、実に奸智の固まりみたいな犯人だぞ。よし! ともかくも、高見澤を連れて来て泥を吐かせろ」

あとで思うと係官達は、あともう一歩というところまで、事件の真相には近づいていたのです。

高見澤氏は、その晩即刻、駐在所へ連行されて来ました。

ただ一人この時に、高見澤氏の召喚を、不安らしい眼附で眺めていたのは、ほかならぬ老探偵の杉浦良平です。

彼は、助手の影山青年に、そっと耳打ちをしていったものです。

「なア、影山。少し形勢が変なことになって来よったぞ」

「へイ、どうしてですか」

「どうしてもこうしても有りはせんわ。儂ゃ漠然と何だか不安な気がする。高見澤という人物は、なるほど疑うだけの値打ちはあるようだが、かといってそれよりは、やはり清助の行方を探す方が、もっと大切だという気がしてならん。田舎のことで、行方が当然判明すべきだのに、それが判明せないというところに、確かに何か謎がある。だのにあの連中ときたら、急にまた風向きを変えてしもうて、高見澤のことで夢中だからな」
「注意してやってはどうでしょうか」
「うむ、それも考えんじゃないけれど、まアまア、なるべくは我慢をしよう。儂ゃ、自殺を他殺と看破しただけで、あとは任せるつもりじゃった。手柄を、儂が一人占めにしても面白うない。あの連中にしてからが、遅いと早いとの違いだけで、結局は行き着くところへ行き着くわい」

断末魔の訴え

高見澤氏は、はじめ駐在所まで連れて来られた時、ひどく係官達の心証を害したといいます。

来てみて、自分が、男爵殺しの犯人として嫌疑をかけられているのが判ったらしい。

判ると高見澤氏は、威丈高になって罵りました。

「怪しからん、実に怪しからん。僕が兄貴を殺したなんて、一体、誰が言出したのだ。——疑う奴も疑う奴だ。どこに僕が、そんなことをしたという証拠があるんだ。フム、そもそもがこんな田舎のボンクラ警察官に、事件の真相なんて判りゃせんだろう。自殺だといってみたり他殺だといってみたり、てんで捜査方針というものが立っていないじゃないか！」

田舎のボンクラ警察官と罵られては、一同もムッと腹が立って来る。

彼等はそこで、仮借なく高見澤氏を調べ始めた。

いくら調べられたところで、高見澤氏は頑として無実を言張っていて、一時、どうにも埒が明きそうになかったが、この時ひどく高見澤氏のために不利だったのは、この人物を駐在所へ連行した時、係官は気を利かして、別荘にあった高見澤氏の所持品などまで、一通り調べることを怠らなかった。

するとその所持品のうちで、まるで誂らえておいたように発見されたのは、高見澤氏のゴルフ用の革手袋で、この手袋には、何か黄色い粉末のようなものが、しかもベッタリとついていた。

粉末は、キラキラ光っていて美しい。

係官は、ふっと気がついたものだから、この手袋を現場で押収してて、翌早朝村の小学校へ人を走らせ、理科教室用の顕微鏡を借りて来させた。

調べて見ると、意外や手袋の粉末は、紛れもなく蝶の翅の鱗粉です。

最初蝶の死骸は、男爵の死が自殺に非ざることを説明したが、今、この手袋の鱗粉は、果して何を説明するか。殆んど夜っぴて、無罪を主張して頑張り通した高見澤氏が、も早、絶体絶命の窮地に陥入ったのは理の当然でした。

「うーむ、これで大丈夫解決だぞ。男爵の脊中をを突いた時に高見澤の奴、この革手袋を嵌《は》めていたのだ。偶然に背中へとまった蝶が、鱗粉と翅の形を男爵のパジャマへ残し、同時にこの手袋へも鱗粉を残したのだ！」

係官達は、遮二無二《しゃにむに》、高見澤氏の自白を迫った。

高見澤氏も、

「イヤ、何も僕は知らん。その手袋も、最近は殆んど嵌めたことがない」

頑強に、無実を主張した。

峻烈に、また執拗に、高見澤氏に対する取調べは、約一昼夜ぶっ通しで続けられたことでしたが、しまいに高見澤氏は、綿の如く疲れたようです。心身共に朦朧《もうろう》として、ただ、

「知らん。断然知らん。うむ、畜生共、貴様等は俺を、責め殺そうというつもりだな」

唇を血の出るほどに噛みしめながら叫んでいる有様。

この時にしかし、高見澤氏にとっては、実に思いがけぬ救いだったのが、突如駐在所の門前へは、それまで行方不明だった清助が、漸く姿を現したことです。

それはもう、事件が発生してからでは、丸々二日間を過ぎていた夜の九時。

なぜか清助は、よろぼいよろぼい村の街道を、足許も定まらず歩いて来たかと思うと、途中で二度も三度も地べたへ倒れ、しかし、ウームと歯を喰い縛っては起き上ると、しまいには両手でバリバリ地べたを引っ掻くようにして、辛くも駐在所まで辿りついたのでした。

「……頼む……頼む……戸を開けてくれ……お願いだ、早く、早く……」

呻き声を聞きつけて、例の井上警部補が、パッと表へ飛び出すと、駐在所の門燈の光で、すぐにハッキリ見えたのが、右の眼尻にあった刀傷。

だが、清助は、苦しげに喰い縛った歯の間から、タラタラ血潮を垂らしています。

「あッ！」

驚いて警部補は、矢庭に清助の肩を抱きました。

「やア、貴様は、清助だな」

「……そうです、清助です……助けて下さい……」

「うむ、しっかりしろ。どうしたのだ！」

「やられました、根村博士にやられました！」

「なに、何だって？」

「毒を嚥《の》まされそうになって、こいつは……こいつは……気がついたが、脇っ腹をグサとやられました……やった奴は根村博士です……助けて下さい、根村の野郎、悪党です……あいつが、あっしの妹を殺したし、男爵も殺してしまったんです……」

皆まで聞かず警部補は、

「オーイ、出て来てくれ！　大変だ、清助がここへやって来た！」

大声に叫び立てておりました。

まだ、何が何だか判らない。

一同、無闇に驚いたり狼狽てたり。

ともかくも清助は、皆んなで助けて駐在所へ担ぎ込んだ。

それから応急の手当てをした。

清助は、横っ腹を二ケ所ほど刳《えぐ》られていて、傷口からは内臓が露出していたが、これでよくも絶命せずに、駐在所まで辿りつくことが出来たもの。多分、与太ものだけに、人一倍、向っ気は強かったのでしょう。彼は手当てをうけている時、もう幾度か緈《こと》切れそうになりました。そうして強心剤の注射をされ、譫言《うわごと》のように叫びました。

「あ、有難え……済まねえ、御恩はあっしゃ忘れませんよ」

そしてまた、

「悪い奴は、根村でさ……根村を、早く、早く、つかまえとくんなさい……あっしは、奴が男爵を殺すところを見たんでさ……あっしは、湖水のふちにいて、何もかも見たんでさ。あいつ、黙っていてくれといやがった。あっしも、金になればいいと思って、あッ、痛え痛えッ、痛えよオ……奴に、黙っていてやると約束した。奴、あっしを、二日間、押入れん中へ入れて隠しといたんでさ……今日、今夜になって、あっしに東京へ逃げろといやがって、そん時、毒を入れたんでさ……う、う、うーむ……苦しい苦しい、苦しいよオ……阿母《おっか》ア、阿母アはいねえか、阿母アにすまねネ……お袋、俺を勘弁してくれ……俺は、俺は、根村の入れた毒に気が付いた。そいから、毒なんか呑まねえといってやった。ところが、奴はあやまりやがって、俺を、そっと別荘から出しやがって、森ん中までやって来ると、いきなりドスで突いて来やがった……あ、ああ、いけねえ。死ぬ、死ぬ、おいら死んでしまう。阿母ア、お袋、お袋はいねえか……」

実に、何ともいえず悲痛な訴え——。

母親は、そこにはいなかった。

村から三里ほど離れた小さな町の、たった一軒しかない宿屋へ行って泊っていて、清助がどうなるかと心配していたところ。

駐在所では、すぐこの母親を迎えに行ってやると共に、一方では無論自動車を飛ばして、四粁離れている別荘の根村博士を逮捕に赴いた。

別荘へついた時に判ったのは、根村博士が早くも自殺を遂げていたことです。

清助に逃げられて、いよいよ万事休すという覚悟がきまったのでしょう。死の際に、博士は鉛筆の走り書きで遺書を残していた。

遺書は、次の通りの内容です。

悪魔の恋

取急ぎ真相を一切告白して行きます。

親友尾形男爵を殺し、女芸人玉虫蛍子を殺した犯人は、今や、我自身を殺す立場に追いつめられました。

尾形君の縊死は、杉浦老人の申した如く、正に他殺でした。殺害の手順は、これも杉浦老人の指摘したのと、寸分違いがありません。縊死は、予め小生が、あの立木の枝に縄の輪を用意しておき、あとから尾形君を連れて行って、恰度に都合よく輪の位置と尾形君の肩のあたりが向き合った時、尾形君を背後《うしろ》から突き飛ばしたわけです。

尾形君を、別荘の二階から連れ出す前に、玉虫蛍子の方は、既に小生の手にかかって殺されていたもので、この犯行の手順なども、恐らく容易に推察されるところでしょう。犯行を極めて残忍なものとしたのは、狂人の所為と見せかけるためです。尾形君に、総ての責任を転嫁するのが、小生の目的だったのです。尾形君を自殺と見せかけて殺害し、その自殺の動機を、玉虫蛍子の殺害にあると信ぜしめたいのが、そもそも小生の考えでした。

なぜ、こんなことをしたか、それを簡単に申しておきます。

許すべからざることではあるが、小生は、数年間尾形君と親交を結び、しかし尾形君よりは、雪江夫人の方が好きでした。雪江さんを、どんなに小生が恋していたか、これは誰一人知らなかったことでしょう。

断っておきますが、雪江さんですら、それは知らなかったろうということが申せます。雪江さんは絶対に潔白です。ただ小生が、邪《よこし》まな恋心を抱いていただけのことです。小生は、雪江さんが、どんなに気高く立派な心の持主だかを知っていますし、それを知っているだけに、いかに雪江さんを恋しようとも、何も打明けては申せませんでした。尾形君の親友でありながら、その親友の妻に恋をしているなどと申したら、一度で雪江さんは小生を軽蔑したでしょう。この軽蔑が小生には辛かったのです。苦しんで苦しんで苦しみ抜いて、結局小生の思ったのは、いかに尾形君が狂人であっても、尾形君が存在している限り、雪江さんは小生の恋を受入れてはくれないだろうし、かつまた、小生も恋を打明け兼ねるだろうということでした。

悪魔が、いつか小生の耳へ、尾形を死ぬようにしろといって囁き始めました。尾形君が死んでからなれば、正面から恋も打明けられる。そうして多分その恋は叶えられるぞという声が、絶えず耳のはたで囁かれました。

でも小生は、はじめのうち悪魔と闘い、雪江さんのためにこそ、雪江さんの愛する尾形君を、もとの人間にしてあげようと思って努力しました。

たまたま、女芸人玉虫蛍子のことを聞き込んだのが、ついに小生の破滅のもとです。

蛍子を利用すると、尾形君を前のように発狂させることも出来るし、いや、あるいは尾形君を死なせることも出来るのだと考えると、小生は、再び悪魔の捕虜になってしまいました。今になって何も弁解しようとは思いませんが、それでも幾度かこの考えを追い払おうとして、小生が地獄の苦しみを味わったことだけは信じて下さい。

今、ハッキリ申しますが、尾形君は、妄想に対する自覚があり、もう精神状態は九分九厘快癒していたのです。快癒していただけに、これを殺しにかかった小生の罪は、益々大きいものがあると思います。当夜小生は、巧みに雪江さんには、催眠剤を嚥ませました。雪江さんが眠ってしまうと、第一に、離れで玉虫蛍子を殺して来て、さて尾形君の寝室へ行き、ここで尾形君には、恐るべき暗示を与えたのです。尾形君は湖水から戻って来て、玉虫蛍子のことを、妄想であったか無かったか思い惑っていたところで、この惑いを小生は利用しました。精神病理学専攻の小生としては、異常精神を益々異常ならしめることぐらい、極めて容易なことなのです。

尾形君は、忽ち小生の暗示に乗りました。湖畔で見たのは、確かに胎生昆虫であったと、再び思い始めました。

その昆虫を採集に行こうという口実で、小生は、尾形君を二階の寝室から連れ出したのです。雪江さんは催眠剤で眠っていて何も知らない。この間に小生の最も憎むべき犯行は、遂に敢行されてしまったわけです。

雪江さんに対しては、実に実に申訳のない小生です。唾を吐きかけられようと、足蹴にされようと、いかなる刑罰も甘んじて受けねばならないでしょう。

小生の計画は綿密であり、しかしその計画にも違算はありました。一つは、蝶の死骸を残したこと、他の一つは、意外にも湖水のほとりで、蛍子の兄の清助に会ってしまったことです。

当然の応報《むくい》ではありましょうが、計画の齟齬は、犇々《ひしひし》として小生を窮地に追い詰めて参りました。

一方では、清助を買収しようとして焦り、一方では高見澤氏を怪しく見せかけて、高見澤氏の手袋へは、恰度に尾形君の採集した標本帳に、杉浦老人に見せられたのと同じ蝶があったのを幸い、この蝶の鱗粉を移し取っておくようなことまで致しました。

最後に、ふとまた思いついたのは、清助に嫌疑がかかっているのを幸い、清助を毒薬で殺しておいて、あとで自殺と見せかけたらということでしたが、これも結局は、失敗だったのです。毒を服《の》ませ損なった以上、清助が小生のことを、いつかは世間へ発表するということが知れています。ついに小生は、清助を森の中へ誘き出して殺そうとしてこれも失敗し、今や、あらゆる方策が尽きてしまいました。

雪江さん！

どうか卑怯な僕の、刑罰も受けずに死ぬのを許して下さい。

では、左様なら！

× × ×

遺書が読み終えられた時、ワアッと声を立てて泣き崩れたのは雪江夫人でした。

「あたくしは、ああ、どうしたらよいのでしょう……何もあたくし気がつかずにいました……根村さんを、ただ親切なよい人だとばかり思っていて……」

殺された玉虫蛍子は無論こと、雪江夫人の立場にも、あるいは最も大きな同情が寄せられてよいでしょう。彼女は良人を喪った一方に、本来は善良なるべき性質の、よき友をまで喪ってしまったのでした。

最後にしかし、ただ一つこの事件でよかったのは、無頼漢の清助のことです。

清助は、あれだけの負傷にも拘らず、そののち奇蹟的に命を取止めました。

悪運が強いとはこのことですが、命を取止めるとこの男は、生れ更ったように真面目な男になったのです。玉虫蛍子は、清助と無関係に、根村博士の手で殺されたのだと判ったから、例の二万円の保険金は、無事に受取人たる清助の手へ渡され、しかし清助は、このうち、親を養うに足るだけの金を一部分取って、あとを全部市の公営事業に寄附してしまい、さて真黒になって働き出したということです。

蛍子は死んだが、兄を更生さしたということが申せるでしょう。

杉浦老探偵は、やがて東京にある自分の事務所へ、一つの小さな額を掲げましたが、この額には、真ん中に、一羽の揚羽の蝶がピンでピタリととめてありました。

随筆篇

「蛭川博士」について

探偵小説のねらい所は、大体二つあるように思います。一つは、我々に推理的興味を起させること。一つは、戦慄、圧迫、昂奮、とそういったようなもろもろの刺戟を与えること。

数多い海外探偵小説においても、また新興日本探偵文壇においても、殆ど凡ての作品はこの二種類のうちに含まれていて、それがやがては、いわゆる本格派と称せらるる探偵小説と、それに対するかの変態心理などを取扱った怪奇小説との二大別を生じるのであります。

私がこれから書こうとしている「蛭川博士」は、そのどちらに属すべきものでありましょうか。私としては、そのどちらをも満足させる、換言すれば、探偵小説が有し得る最大の面白さを覘《ねら》った心算《つもり》であります。

作者は、読者諸君と共に或る奇怪な犯罪の真相を探り、即ち真相を推理しつつ事件を進展させ、同時にその進展の途中においては、読者諸君を出来るだけ刺戟の強い場面へ御案内したい、とこう考えているのであります。

果して作者の企図するように行くかどうか、これは一面に是非とも読者諸君の御声援をお願いせねばならぬのですが、尠《すくな》くとも作者としては執筆に当り、そうした念願を起すと同時に、また相当なる自信も抱いているのであります。

いうまでもなく、事件は蛭川博士一家を囲繞《いにょう》する犯罪の渦巻。——ある活動写真館地下室における不良少年の巣窟に筆を起し、続く海水浴場の美人惨殺事件を発端として、これを解決しようとする探偵の苦心、博士夫人の身に迫る危難、蛭川博士謎の失踪、渦中に活躍する混血児の青年、混血児を慕う美しい少女、そしてそれらの人々と事件とに絡まって輾々する疑問の宝石。大体そうした材料やら場面やらを経とし緯として組み立てて行くのであります。

最後に意外とも意外な犯人が現れ、遂に戦慄すべき真相の暴露するまで、願わくば御熱誠なる御愛読を賜わらんことを。

商売打明け話

探偵小説に、犯人探しの懸賞をつけることがよく行われる。

私は、今までに三度やった。キングの『宙に浮く首』報知新聞の『毒環』キングの『風船殺人』と三つである。

このうち、キングのもの二つは、殆んど書上げてしまってから、犯人探しにしたら面白いだろうと思いついたものだったが、『毒環』は書上げぬうち、犯人探しにすることになって、すると、随分、苦しかった。

小説の、ある枚数までに、犯人を必らず出さねばならぬ、という制約があるし、出来るなら、その同じ枚数（応募締切の期日から、枚数がきまるのだが）までに、推理の手がかりも書いておきたい。一方では、読者に、犯人の目あてが、全然つかないというのでも困る。それやこれやで、なかなか骨が折れるのである。

※

面白いのは、『風船殺人』で、犯人の名前に、作者は、苗字をつけることを忘れてしまった。二字名前の人物で、編輯部がまた、懸賞応募規定の中へ、『犯人は〇〇と書いて下さい』とウッカリやった。〇〇〇〇とやってくれると、読者も大いに迷ったろうと思うが、二字名前だから、〇〇〇〇とは書けなかったのだろう。読者の方では、〇〇なら二字だから、その二字名前の人物だろうという推定で、投書がうんと集まった。

作者としては、小説の筋の方から犯人を中ててもらいたかったのが、編輯部で書いた応募規定で中てられた、などいうのは、少々不面目な次第でもあるし、しかし、面白いことではあった。

※

最近に某誌からまた、犯人探し懸賞付きの探偵小説を、四十五枚で書いて欲しいといわれ、四十五枚ではどうにもならん。書けないでいるうち、新年号の予告は出るし、その雑誌の編輯部でも、一回四十五枚、二回で完結してくれるようなものと、言直して来た。そこで、どうやら四十枚、第一回分を書くには書いたが、編輯部からもう少し疑わしい人物を多くしてはもらえまいか、といって来て、作者としては、それも困った。あと十枚書き足して、もう二人ほど怪しい人物を出して欲しいという要求で、しかし、そんなことをしたら、解決篇で、そういう傍系的人物の処置に困ってくること必定である。出来ぬわけを話すと、編輯部でも、やっと解ってくれたようだが。

懸賞がついたお蔭で、イヤハヤ、散々に小突き廻されねばならぬ原稿こそ、可哀想なものではある。読者からの応募がし易い方が、つまり、犯人に対して的確な見当をつけ易い方が、自然応募者は多くなるから景気がよく、探偵小説としては、どうも見当がつき憎い、という方が、本当はいいものになる。一番いいのは、万人が認めて犯人に違いないという人物がいて、ほかに、全く予想外な犯人があるという型であると、誰しも一応は考えるだろうけれど、万人が認めて犯人に違いないという人物を書くと、読者側では、作家の最も怪しげに書く人物は、必らず犯人でないという定石に感付いて、結局、これは犯人でないだろうと迷い出す。そうして応募者は少くなる。

懸賞付きの犯人探しは、結局のところ、書上げたあとで、犯人探しにするかしないか決めるのが、一番楽である。営利雑誌の立前からいっても、その方が、成功することであろう。

※

商売打明け話など、ひどく下らないことのように思ってきたから、この辺で切上げるが、商売を離れて、探偵文壇は、昭和十一年度こそ、ひどく旺んになりそうな気がしている。新青年が、森下さんに書かせたところなど、一方ではまた新進作家に、思うさまの筆を振わせようとしているなど、この気組が、例年より際立って白熱的である。今年こそ、劃期的な大作品が出はしまいか。それは、考えただけでも胸が躍る気がする。乱歩氏の『日本探偵小説傑作集』が、どうやら今までの日本探偵文壇に、一つの記念碑を打ち建てた感じを与えないでもないし、とすれば、ここでまた、探偵文壇が一新生面を開拓するか、でなくとも、質の向上とか、展開とかで、一大飛躍をしそうな兆しが見えるのである。

探偵文壇賞とでもいうものを、出してみたらどうであろう。どこかに、そういう特志家はいないか。

解題

横井司

1

今日流通している大下宇陀児《うだる》の作家イメージは、トリッキーな本格探偵小説よりも、動機や人間心理の追究を主とする犯罪小説の書き手、というものではないだろうか。たとえば、中島河太郎は『探偵小説辞典』（『宝石』一九五二・一一〜五九・二。以下、引用は講談社文庫・江戸川乱歩賞全集1、八八から）の大下宇陀児の項目において、次のように書いている。

氏は「蛭川博士」等を除いては所謂本格物に触手を伸ばさず、人間性の中から生ずる悪の相を巧みに抉り出していたが戦後は更に社会機能を営む人間の心理行動を丹念に追求解剖して、リアリズム探偵小説を確立し、その傾向は「岩塊」（昭二六、宝石）及び「誰にも言えない」（昭二七、週刊朝日）にも引続いて現われ、探偵小説の人間傀儡化に対し最も有力な反証を挙げているものといえる。

また権田萬治は「残酷な青春の鎮魂歌＝大下宇陀児論」（『幻影城』七五・四。後に『日本探偵作家論』幻影城、七五に収録。以下、引用は同書から）では「氏は二、三の例外を除いてパズル的興味を中心とするいわゆる本格探偵小説を書かなかった」といい、様々な検討を加えた上で、次のようにまとめている。

氏は明らかに転換期の探偵作家であり、その功罪の功のほうからいえば、探偵小説の文学性に注目し、単なるナゾ解きにとどまらない多彩な試みを行ったこと、超人的な名探偵を否定し、犯罪動機を重視して、探偵小説の現実性を高めた点が評価されよう。その反面、氏は探偵小説の特殊性をも無視する傾向を示し、また、明確な文明批評が欠けていたために探偵小説の風俗小説化の道を開いたことも否定しがたい。

こうした作家イメージが定着したことは、大下の望むところでもあったろうが、そのために現代の探偵小説読者、特に本格探偵小説の愛読者からは、敬して遠ざけられてしまう結果を招来したような気がしてならない。

大下もいわゆる本格探偵小説を書いている。トリック趣味や犯人探しの興味がないわけでもない。しかしそれらは、大下宇陀児は犯罪小説の作家であるという観点からは、どうしても失敗作として位置づけられてしまいがちである。今日いうところの本格ミステリとは明らかに性格が異なるのはいうまでもないが、それを時代的な制約と見なした上で、新たに位置づけてみることが必要だろう。大下流の本格探偵小説を、現代的な本格ミステリ観の尺度で切ってみても、あまり意味があることとは思えないのである。それよりも大下流の本格探偵小説を通して、当時の書き手によって、いわゆる本格探偵小説がどのようなものとして受けとられていたのかを考えた方が、より発展的な考察といえるのではないだろうか。

2

大下宇陀児は本名を木下龍夫といい、一八九六（明治二九）年一一月一五日、長野県に生まれた。一九二一（大正一〇）年、九州帝国大学工学部応用化学科卒業。その後、農商務省臨時窒素研究所に勤務。同僚に、後の探偵作家・甲賀三郎がおり、「始《ママ》めて甲賀氏と知己になつた頃は、どちらも略同程度の探偵小説愛読家といふに過ぎなかつた。ルパンやルレタビーユの面白さを話し合ふに過ぎなかつた」という（「処女作の思出」『探偵趣味』二六・三）。甲賀三郎が作家としてデビューしたことを知っても「私には書けないものと定めて居たので一向に書かなかつた。そして新趣味や新青年の創作に対しても、極めて淡々たる愛読家としての態度を持し、決して批判的な見方をしなかつた」という（同）。『新趣味』も『新青年』も、博文館が出していた雑誌で、どちらも探偵小説専門誌というわけではなかったが、翻訳探偵小説を掲載し、創作探偵小説の投稿を募集していた。甲賀三郎が探偵作家としてデビューしたのは『新趣味』の懸賞に入選した「真珠塔の秘密」（二三）によってである。

　大下が創作に手を染めたのは、当時の本人の弁によれば「ほんの気紛れ」だという。

　忘れもしない、と言ふと因縁話めくが、大正十三年の夏だつた。勤務先から暑中休暇を貰つたが金を貰はなかつた。避暑などゝ、飛んでもない思付きが浮べば、大急ぎでそれを頭の片隅に押し込んで置いて、ごろりと寝転んで新青年を読んで居た。それから書き始めたのが「金口の巻煙草」で、言はゞほんの気紛れだつた。確か二日ばかりで書き上げたと思ふが、如何なる動機で、如何なる理想の下になどゝ聞かれると困る。今考へると恥づかしい位にぼんやりした気持ちだつた。
（「処女作の思出」）

ただし晩年のインタビューでは次のように答えている。

　その頃、僕は保篠竜緒《ママ》君の訳したルパンなんかを読んでいたんだが、たまたまその研究所に甲賀三郎がいて「新青年」に少し書いていたんだよ。それを読んで、これなら彼より書けるんじゃないかという気がして、甲賀三郎には内緒だったが、書いて投稿したんだ。
（曾根忠穂「〈人間派〉を説く長老」『宝石』六二・五）

この原稿を、当時『新青年』の編集長だった森下雨村の友人でもあった同僚に持ち込んでもらい、掲載が決まった。ペンネームの宇陀児は夫人の名前「歌子」をもじったものだから（前掲「〈人間派〉を説く長老」）、当時すでに結婚していたのだろう。避暑などは「飛んでもない思付き」という書きっぷりから考えるなら、生活費の足しにでもなればという想いもあったのではないかと想像されるが、大下自身は後年、「小説で生活の資を獲ようなどゝは、てんで考へたわけでなく、金は非常に欲しい時だつたが、その小説で原稿料を獲ようなどゝすら思はなかつたものである」と書いている（「処女作の思ひ出」『探偵文学』三六・一〇）。

　ともあれ「金口の巻煙草」でデビューして以降、勤めの傍ら『新青年』を中心に請われるまま創作を発表していたが、二八（昭和三）年ごろ、窒素研究所の解散が決まる。ちょうど同じ頃に『新青年』以外から原稿依頼が来たこともあり、創作で立つことを決意する。三〇年の一一月に刊行された『現代大衆文学全集』続四巻（平凡社）の巻末に掲載されている自筆の「略歴」には「今年でまる〳〵二年間、文筆を以て業としてゐる」とあるから、二八年の半ばごろであろうか。

僕は小説ばっかり書いてるなまけ者だったんで就職もあっせんしてくれなかったが、それでも、「昭電《ママ》とか理研なんかから話があったがね。迷ったんだが勤めよりも金が取れるんでそのまま作家になってしまったんだ。（前掲「〈人間派〉を説く長老」）

『週刊朝日』に連載した長編「蛭川博士」が好評をもって迎えられ（著作の中で「一番売れた」と大下自身の発言が残っている。「論なき理論」『宝石』五六・六参照）、『新青年』などのプロパー雑誌のみならず、『講談倶楽部』や『文芸倶楽部』などの大衆雑誌、『婦人画報』などの婦人雑誌、『改造』『文芸春秋』などの総合雑誌に、長短編が掲載されるようになり、たちまち人気作家となって旺盛な執筆量をこなすようになった。

3

「蛭川博士」（二九）は、作家的地位を確立した記念すべき長編であると同時に、戦前期の日本探偵小説界においては画期的な長編だったといえる。江戸川乱歩は、『日本探偵小説傑作集』（春秋社、三五・九）の序文として書き下ろした「日本の探偵小説」の中で、「蛭川博士」を長編の「代表作」と呼び、「構想やトリックが優れているばかりでなく、様々の感情を取り入れている意味で、ロマンティシズムの探偵小説と称し得べく、長篇に乏しい日本探偵小説界の最も誇るべき代表的作品であると思う」（引用は『江戸川乱歩全集　第25巻／鬼の言葉』光文社文庫、二〇〇五から）と最大級の評価を与えている。だが戦後になると、必ずしもはかばかしい評価が与えられてはこなかった。

たとえば、大内茂男はその「大下宇陀児論」（『宝石』六二・五）の第一章をまるまる「蛭川博士」論に当てているが、そこでは「蛭川博士」の時代的意義は評価しつつも、「今日の目から見れば」「大したものではなく、探偵小説の面白さを『新青年』などのごく限られたサークルから、広く一般大衆雑誌の読者層にまで広げ得たというだけの歴史的意義しか持っていない」と述べて、次のように論じている。

「蛭川博士」は、当時のわが国の長編探偵小説のレベルからみれば、確かに群を抜いた佳作であった。いや、発表当時のみならず、戦前の乏しい長編の中では、異彩を放っていた、と言ってよい。（略）

私も、戦前にはこの作を数度読み返してみて、その度ごとに面白がったものであるが、今度久方ぶりに読み直してみて、ずいぶん大時代な、しかも甘ったるい作品であることが分かった。構成は、一応、謎とトリックの本格探偵小説の形態をとっているが、直観はあっても推理はなく、犯罪動機の説明は完全にボカしてあり、とても本格推理小説として現代に通用するものではない。しかし、その代り、登場人物はいずれもメロドラマ的ながらかなり生き生きと描かれている。主人公である不良青年が、恋人を救おうとして謎の解明に乗り出していく過程も、多分にセンチメンタリズムながら、一種ロマンチックな雰囲気がないでもない。結末まで読むと、前述の意味でがっかりさせられるのだが、少なくとも読んでいる間は、サスペンスに満ちた風俗小説的《ママ》としてある程度面白い。というわけで、「蛭川博士」の面白さは、結局のところ、風俗スリラーの面白さであったことが、はじめて分かった。ただし、現在の目からみると、謎解き小説的要素と風俗メロドラマ的要素がうまくミックスしておらず、どちらも徹底を欠いているので、一通りは読めるにしても、説得力ははなはだ弱い。そのため、読み終って何か空しい感じがする。

簡にして要を得た評価といわざるをえない。

最も新しい評価としては、権田萬治の「残酷な青春の鎮魂歌＝大下宇陀児論」（七五。前掲）があるが、「その内容は今日では古ぼけたものになっている」、「今日読むに耐えない悪作」であるというふうに、芳しいものではない。

もっとも、大下の自己評価にしても、当時はともかく晩年においては、必ずしも良いものではなかった。探偵作家クラブの席上で話された「論なき理論」（五六。前掲）では、質問者の木々高太郎の「『蛭川博士』などという作品は愚作ですよ、これは。（笑）」という言葉に応えて「実は私もそう思うのです。（笑）」と応じ、「いま『蛭川博士』をいくら売れるからといっても僕は書けません、もう。馬鹿々々しくて。（笑）」と答えているし、インタビュー「〈人間派〉を説く長老」（六二。前掲）においては「書いた当時は割合受けたね。しかし文章なんか今では書き直さなくては出せないと思ってるんだ」と述べている。

　こうした自己評価は、戦後になって小説に対する考え方が変わったことからくるものなのだろうし、日本の創作探偵小説のレベルが、一九二九年から四半世紀ほど経って向上したことを、よく示しているともいえよう。「論なき理論」が話されたのと同じ年に松本清張の作品集『顔』が上梓され、翌年には第一〇回探偵作家クラブ賞を受賞していること、その五七年には『点と線』『眼の壁』という、日本の推理小説史を画す二つの長編が連載されたことを思えば、右の自己評価は時代の趨勢を正確に反映していたことを示すものでもある。

4

　大下が「蛭川博士」を発表するにあたっては、当時それなりの狙いがあった。その狙いは、連載に先立って「作者の言葉」として掲げられた「『蛭川博士』について」（二九・八／四）に詳しい。

　「『蛭川博士』について」で大下はまず、探偵小説の「ねらひ所」を、「我々に推理的興味を起させること」と「戦慄、圧迫、昂奮、とさういつたやうなもろもろの刺戟を与へること」の二点に分け、前者を「いはゆる本格派と称せらるゝ探偵小説」、後者を「変態心理などを取扱つた怪奇小説」と呼んだ上で、「蛭川博士」という作品は「そのどちらをも満足させる」、「探偵小説が有し得る最大の面白さを覗《ねら》つた心算《つもり》」であると述べている。

　作者は、読者諸君と共に或る奇怪な犯罪の真相を探り、即ち真相を推理しつゝ、事件を進展させ、同時にその進展の途中においては、読者諸君を出来るだけ刺戟の強い場面へ御案内したい、とかう考へてゐるのであります。

「蛭川博士」は後に『現代大衆文学全集　続第四巻／大下宇陀児集』（三〇。前掲）の巻頭に収められることになる。同じ全集の第三十五巻『新進作家集』（二八）では十作家中の一人という扱いだったが、続巻では単独名義で一冊にまとめられたわけで、専業作家となってたちまちの内に文壇的地位が確立されたことをうかがわせよう。その「はしがき」では「蛭川博士」について次のように記している。

私がこれまで書いたもの、うちで、恐らくは蛭川博士が、一番力を入れたものである。読者諸賢が、作中の探偵と一緒になつて、犯人を探すつもりで読んで行つて下されば、面白さも一層増すであらうし、作者としても本望である。

これら当時の発言に接すると、大下がいわゆる本格探偵小説を書こうとしていたことや、そうしたジャンル意識と密接に絡み合う形で、作品の受け手である読者のことを意識していたことが、よく分かる。当時の大下にとって、本格探偵小説とは、読者が作者と「共に」真相を推理するものであり、何よりも読者に楽しみを供することが第一義なのであった。

特に「作中の探偵と一緒になつて、犯人を探すつもりで読」むという読みの方向づけは、後に何度も試みるようになる犯人当て懸賞企画の試みとも深く関わってくるものとして、注目に値するだろう。

大下が、犯人探し懸賞という企画に初めて取り組んだのが、「蛭川博士」発表の一年後、三〇年の「宙に浮く首」であった。その後、確認できた限りでは、以下の作品において犯人探し懸賞がかけられていた。

「宙に浮く首」『キング』三〇年一～三月号
「毒環《どくかん》」『報知新聞夕刊』三三年九月二九日～三四年五月一二日
「風船殺人」『キング』三五年八月増刊～九月号
「帆送船殺人」『キング』三六年三～四月号
「赤い蝙蝠」『キング』同年一〇～一一月号
「斑の覆面」『キング』三七年二～四月号
「蛇寺殺人」『講談倶楽部』同年五月増刊～六月号
「花骨牌鬼語」『講談倶楽部』同年九月増刊～一〇月号
「火星美人」『講談倶楽部』三八年一～二月号

「昆虫男爵」『キング』同年四月増刊〜五月号
「刺青天文解」『婦人公論』同年五〜六月号

大下は後年「もしかしたら、懸賞つき犯人探し探偵小説というものは、私が一番最初に書いたのではないか」と回想しているが（「犯人探しということ」『宝石』五三・三増刊）、中島河太郎の考証によれば（「犯人当ての小説」『宝石』五三・三増刊）、犯人探しの草分けは江戸川乱歩ほかの作家による連作「五階の窓」（二六）で、翌年、小酒井不木の「疑問の黒枠」が『新青年』に連載された際にも、犯人探し懸賞が行われている。続いて中島が挙げているのが、三〇年五〜八月号の『新青年』に掲載された横溝正史「芙蓉屋敷の秘密」である。同じ三〇年には、江戸川乱歩が犯人探し懸賞小説「地獄風景」を、平凡社版乱歩全集の付録冊子『探偵趣味』に連載（五月から翌年三月）、これに大下の「宙に浮く首」を加えれば、三〇年は創作探偵小説における犯人探し懸賞ブーム期だったといえるかもしれない。

エッセイ「商売打明け話」（三六・一）によれば、「宙に浮く首」と「風船殺人」は「殆んど書上げてしまつてから、犯人探しにしたら面白いだらうと思ひついたもの」であるのに対し、「毒環」は「書上げぬうち、犯人探しにすることになつて」「随分、苦しかつた」という。そういう事情もあってか、「毒環」のストーリーは犯人探し向きにできていないのは当然としても、「宙に浮く首」のプロットにしたところで必ずしも犯人探し向きといえるものではない。大内茂男が「蛭川博士」について評した際の「直観はあっても推理はなく」（前掲「大下宇陀児論」）という言葉がここでも当てはまるというだけではない。基本プロットがいわゆる操りで、実行犯と教唆した犯人が異なっており、雑誌の懸賞では実行犯を当てるよう指示されていた。また「赤い蝙蝠」のように、犯人探し懸賞にしたために容易に真犯人の見当がついてしまう作品もある。

エラリー・クイーンの長編が初めて日本に紹介されたのは、一九三二年のことだが、論理的な推理の面白さを楽しむという受容スタイルが、愛読者はともかく、一般的には浸透していなかった。したがって大下の試みは結局のところ、クイーンばりの論理的推理を楽しませるというよりも、懸賞クイズのように雑誌購買層の関心を引くという程度の試みでしかなかったように思えてならない。それでも、戦前の本格派といわれる甲賀三郎などに、犯人探し懸賞小説がほとんど皆無であることを思えば、中には「毒環」のように最初からそれを意図しない作品もあるとはいえ、大下が長短合わせて十編を超す作品を発表していることは注目に値しよう。このような作品が多く書かれた理由は、読者を楽しませようとする意図を強くもった書き手だったからだろう。

大下は戦後になっても「誰にも言えない」（『週刊朝日』五二・一二／二一〜五八・五／一七）や「洋裁師殺し」（『講談倶楽部』五三・七）などで犯人探し小説を書いている。この二作品についての楽屋裏を書いたエッセイ「挑戦探偵小説について」（『宝石』五三・八）には、次のように述べている箇所がある。

そも〳〵は、挑戦探偵小説で、作者が読者に勝とうとする。このことが間違っていると言えぬでもない。

正解が当然である。

その当然の事実に対抗しようとするから、作者は、無理をすることになつてくる。

この無理が、実をいうと、さきに述べた不合理なるデイタになるのである。そういうデイタを採り入れなければならぬ作者の気持は楽屋側としては同情すべきであり、しかし、それがあるために、作品が愚劣になることは事実だから、やはり、不合理なデイタは避けなくてはならず、してみると、挑戦探偵小説は、読者の五〇％を、完全に敗かしたら、それで作者の勝ちとする、そのくらいの目安で行くのが、最も賢命だということになるのではないか。

ここでいわれている「不合理なデイタ」とは、「十八歳の少年が、七十歳の老婆を恋していたとか、現代の常識円満なる文化人が、古風にも親の仇討を企らんでいたとか、犯跡を晦ますためには、ほかにもつと簡単な犯行の手段があつたのに、ことさらに七面倒な密室の殺人を計画したとか——など〳〵である」と述べられているが、いずれも心理的な不合理である点に、大下の抱懐する探偵小説観がうかがえて興味深い。

5

大内茂男の「蛭川博士」評は、先にも紹介した通りだが、そこで引用した箇所に続いて次のように述べている。

「蛭川博士」は多少の手を加えたにしても、今さら出版し直して読者に歓迎されるといった種類の作品ではないであろう。しかし、それと時代的意義とは別問題である。「蛭川博士」が生み出された時代には、この長編は確かに大きな意義と役割を担っていた。そして、その後の大下氏の作家としての経歴は、「蛭川博士」によって確立された人気の基盤の上に立ちながら、いかにすれば「蛭川博士」的なものを否定できるかという、模索と実験の連続であったとみなすことができる。

『大下宇陀児探偵小説選』では、大下の作家的地位を確立した「蛭川博士」を第一巻に収め、その上で大内のいう「いかにすれば『蛭川博士』的なものを否定できるかという、模索と実験の連続」だった作品群を第二巻に回しているが、犯人探し懸賞小説は、「蛭川博士」的なものの延長線上にあると考えられるので、第一巻に収めた。それは時代が要求した探偵小説的なものの現れであり、時代が要求していると大下によって捉えられた探偵小説的なものの現れでもある。癩病患者や精薄者などは時代が要求した（と考えられた）探偵小説的装飾である。そうした装飾を取り去った後に残るものは何なのか。今、「蛭川博士」を読むということは、改めてそれについて考えてみることだといっても過言ではあるまい。

　以下、本書に収録した各編について解題を付しておく。作品によっては内容に踏み込んでいる場合もあるので、未読の方はご注意されたい。

「蛭川博士」は、『週刊朝日』一九二九（昭和四）年八月一一日号（一六巻六号）から一二月二二日号（一六巻二六号）まで連載された後、翌年二月、朝日新聞社から刊行された。その後、『現代大衆文学全集』続四巻（平凡社、三〇）に再録され、さらに日本小説文庫（三二）の一冊として春陽堂から、また戦後になって美和書房（四七）、南人社（四八）、東方社（五五）から、それぞれ再刊された。

　本叢書の編集方針に従ってここでは初出のテキストを収めたが、連載後に単行本化する際、全編にわたって字句の訂正などが施されている。また戦後最初の版である美和書房版でもさらに字句の修正が加えられている。ほとんどが、漢字を開いたり、言い回しを変えたりといった細かいものだが、初出誌の第六章にあった次の箇所が削除されているのは注目に値しよう。

警視庁の一室で沖島刑事と猪俣刑事とが事件の検討をしている場面で、沖島刑事が猪俣刑事の疑惑を否定して「君の第六感だけはここのところ捨てにやあなるまい。」と言った後、単行本ではすぐに「猪俣刑事は対手《あいて》の率直な言葉に怒ることも出来ず、苦笑しいしい頭を掻いた。」（美和書房版では「対手」が「相手」と改められている他、いくつか漢字を開いている）と続いているが、初出時には「捨てにやあなるまい。」と言った後、次のように続いていた。

沖島刑事の言葉が当つてゐたか、それとも猪俣刑事の第六感が当つてゐたか、読者諸君のために、こゝではほんの少しだけをいふとすれば、それは、どちらも当つてゐなかつたといふのが本当であらう。といふことは、同時に、蛭川博士が徹頭徹尾、怪しいやうな怪しくないやうな、極めて不可解な人物であつたといふことにもなる。然も事件は、その後博士を中心として、ますく〳〵紛糾して行つたのだつた。

それはしかし後のこと。猪俣刑事は対手《あいて》の率直な言葉に怒ることも出来ず、苦笑しいしい頭を掻いた。

第一章でも、「読者諸君のために、こゝの場面は甚だ重要なところなのだから、もう一度詳しく説明して置くと」というふうにして、語り手が介入してくる場面が書かれていた。この場合は読者に謎を明確に示すために状況を記す箇所であるから、そのまま残しておいたものであろう。第六章の場合は、必要以上に読者の推理を誤導させる、あるいは容易にさせると考えて、程よい難解さを付与するために残したものであろうか。

探偵役にあたる混血児・桐山ジュアンについて大下は「ルパンを意識したんだ」と述べている（前掲「〈人間派〉を説く長老」）。ルパンとはいうまでもなく、モーリス・ルブラン Maurice Leblanc（一八六四〜一九四一、仏）が創造した紳士盗賊である。それはたとえば、葉村美奈子を救うために敢然と探偵役を志願する、恋愛と義侠心とがない交ぜとなった心理のありように、感じ取ることができるだろう。第十三章において、太陽ホテルで起きた殺人事件の記事に眼を通している場面では、自分の行動を警察に話して疑いを解きたいと思いつつも、自分の力でやり通すことを決心する内心の葛藤が、次のように書かれている。

「誰だ、誰がいつたい己の名前を知つてゐたのだ!、ホテルの掃除婦かあの老人か?、いや、いや、決してそんなことのあるはずはない。そして、だが、その他にはいつたい誰がある!、あゝ、それこそはひよつとして、あの恐るべき怪物自身ではないか。すぐにもホテルへ駆け付けて、怪物との一騎打ちにかゝらうか!、いや、いや、いけない、まだいけない。ホテルへ立廻れば、すぐにも己は捕まへられる身体だ。捕まつてもいゝ。指環のことを話してやらう、自分の行動を説明してやらう。だが、だが、それを当局では果して信用してくれるであらうか。いや、それよりも、それだけの己の説明で、果して怪物を捕まへることが出来るであらうか。やりたい、己は飽くまでも自分でやりたい。熱だ、自信だ、腕だ!、この怪物は己がゐなくては捕まらぬのだ!、やれ、やれ、やれ、最後までおれは頑張つてやれ!、このおれの手で怪物の頸根つこを押へ付けて、盲目の哀れな老人を、いや、いや、嘘をいへ美奈子さんだ、美奈子さんを最《まつ》先に安心させてやるのだ!」
(「!」「?」後の読点は原文ママ—横井註)

「熱だ、自信だ、腕だ!、この怪物は己がゐなくては捕まらぬのだ!」というような自尊心の現れや、美奈子を安心させてやろうという決意の表れなどに、アルセーヌ・ルパン調とでもいうべきテイストが強く感じられる。ルパン調ということであれば、本書のプロットを立てるにあたってインスパイアされた作品として、『８１３』(一九一〇)の存在を考えに入れてもいいかもしれない。

「蛭川博士」は大胆な一人二役トリックでも知られる。海岸での殺人における水着のトリックは、現代の読者が解決編を読んだ時に納得できない感じを与えるかもしれないので、初出時の岩田専太郎による挿絵を左に掲げておく。ただし、一人二役のトリックという観点から本作品を評価する場合、水着を利用した仕掛けよりも、もともと蛭川博士が存在していなかったというシチュエーションそのものの方に注目すべきであろう。動機にレズビアニズムという材料を持ってきたあたりは、時代的な限界で曖昧に書かざるを得なかった嫌いがあるし、通俗的な興味にとどまるとはいえ、当時にあって極めて現代的な処理だったように思える。「蛭川博士」ではレズビアニズムが「変態心理を取扱つた怪奇小説」(前掲「『蛭川博士』について」)的要素のひとつにあたるわけだが、単に怪奇趣味の題材としてだけでなく、そうした「変態心

途端に了吉は、「アヽ。」と、大きく息を内へ引いた。（第一章）

理」がどんでん返しと密接に関わっていると同時に犯行動機にもなっているという点に、書き手の工夫を見出すべきだろう。乱歩をして「構想やトリックが優れている」（前掲「日本の探偵小説」）といわしめたのも、その点に注目したからではないだろうか。ちょうど乱歩自身の「D坂の殺人事件」（二五）が、「変態心理」によって密室殺人が成立してしまったことと軌を一にしているといえようか。

ちなみに、「蛭川博士」のプロットや背景設定には、先にあげたアルセーヌ・ルパン・シリーズの『813』の他に、乱歩の「陰獣」（二八）や「孤島の鬼」（二九・一〜三〇・二）からの影響などを感じさせなくもない。

以下に収録した三編は、いずれも犯人探し懸賞の企画作品として書かれた。底本として用いた初出誌掲載時の、おそらくは編集部の手になると思われる煽り文句も共に翻刻している。

「風船殺人」は、『キング』一九三五（昭和一〇）年八月増刊号（一一巻九号）から九月号（一一巻一〇号）にかけて連載された後、『蛾紋』（春秋社、三六）に収録された。その後、『大下宇陀児傑作選集4／昆虫男爵』（春秋社、三八)、『風船殺人』(一聯社、四七)、『岩谷選書3／烙印』(岩谷書店、四九)、『昆虫男爵』(東方社、五五)に再録された。

右の『烙印』に再録された際の「作者後記」において、「戦災で、自分の著書も記憶も、すべて焼いた。正確ではないが、おぼえている範囲で、各作品のことを書きつけておく」といい、本作品については次のように書かれている。

発表はキング、昭和八年頃だつたろう。前作品(同時収録の「火星美人」――横井註)と同じように、犯人探し懸賞つきだつたが、火星美人よりは、面白いかも知れない。書くのも、そう大して骨は折れなかつたと記憶している。キングや講談倶楽部で、ほかにもいくつか犯人探しの作品を発表したが、これはそのうちで、最初にやつた犯人探しである。これをやつてから、成績がよかつたのだろう、続いていくつかの犯人探しを依頼されたというわけである。

本書に収録したエッセイ「商売打明け話」を参照すれば分かる通り、初出年度や初の犯人探し懸賞趣向であるという点で、記憶に齟齬がある。

「蛇寺殺人」は、『講談倶楽部』一九三七(昭和一二)年五月増刊号(二七巻七号)から六月号(二七巻八号)にかけて連載された後、『昆虫男爵』(蒼土社、四七)に収録された。その後、『蛇寺殺人』(同人社、五六)、『自殺博士』(同光社出版、五九)に再録された。

本作品と次の「昆虫男爵」は、大下宇陀児には珍しくシリーズ・キャラクターである私立探偵の杉浦良平が登場する。大下が想像したシリーズ・キャラクターとしては、「星史朗懺悔録」(二八)や「爪」(二九)、「狂楽師」(三五)などに登場する俵《たわら》巌《いわお》弁護士がおり、戦後になっても「災厄の樹」(五六~五七)などに登場している。書き下ろし長編『見たのは誰だ』(五五)に登場した際は俵岩男という表記になっているが、これも同一キャラクターとみるべきだろう。

杉浦良平が初めて登場した作品は、いまだ調査を要するが、おそらくは新聞連載長編の「毒環」(三三~三四)であろう。そこでは、事件の被害者・島崎重助の夫人ルリ子がかかっている歯科医として登場し、素人探偵の弁護士夫人から怪しい人物として疑われ、「和製カリガリー博士」という綽名を付けられている。夫の弁護士が杉浦歯科へ内偵に向かった際、その容貌は次のように紹介された。

　鼈甲縁の大きな眼鏡に八の字鬚。ダブ〳〵のモーニングの胸に金鎖をダラリと絡ませて、相当の年配だが頭の毛だけいやに黒く、それをベツタリと油で撫でつけてゐる。首や肩や胴や、身体《からだ》の各部分が、どことなしに不恰好で不釣合で、これでは、なるほど和製カリガリー博士に違ひなかつた。（「深まる謎」。引用は春秋社、三五から）

「カリガリー博士」とは、ドイツのローベルト・ヴィーネ Robert Wiene（一八七三〜一九三八）監督による表現主義のサイレント映画『カリガリ博士』Das Kabinett des Doktor Caligari（一九二〇）に登場する精神医で、日本では二一年に公開されている。

　外出時の風体については「眼鏡をかけ、古風な二重廻しの下へモオニングコオトを着、頭へは色の褪せた山高帽子をチヨコナンと載せて、一度見たら誰でも忘れることの出来ない姿」（「マドロスの友情」）というふうに描かれており、書生の影山兵六を引き連れていることも書かれている。

　この杉浦良平が登場する短編「三つの傷痕」（三六）は、後に『宝石』五三年八月増刊号に再録された際、同号の特集に合わせて犯人当て用に改稿されている。その際に寄せたエッセイ「犯人探しということ」において大下は、私立探偵というキャラクターについて次のように述べている。

　私立探偵が、私の作品では、めつたに活躍することがなく、というのは、私立探偵が活躍するということだけで、すでにその小説は、リアリズムを踏み外している。と私は思うからであるが、この作品では、私立探偵杉浦良平が出てきている。杉浦良平を、もつと使いたいと私は思いつつ、それに相応しい着想があつても杉浦良平を使わない小説を書きたい意慾が強く働らくのは、私の身に住む一つの文学魂のせいであろうか。

　そのうちには、もつと達観して、杉浦良平が書けるようになるのかも知れない。

　そういう境地に達したら、私も倖せであろうと思つているのである。

この書きっぷりからすれば、少なくとも戦後においては杉浦良平シリーズは書かれていないといえるかもしれない。

「昆虫男爵」は、『キング』一九三八(昭和一三)年四月臨時増刊号(一四巻五号)から五月号(一四巻六号)にかけて連載された後、『大下宇陀児傑作選集4/昆虫男爵』(春秋社、三八)に収録された。その後、『緑の奇蹟』(大都書房、四二)、『昆虫男爵』(蒼土社、四七)、『昆虫男爵』(東方社、五五)、『自殺博士』(同光社出版、五九)に再録された。

本作品では杉浦良平が「花骨牌殺人だの湯タンポ殺人だの、さういふ怪殺人事件の真相を、もの、見事に摘発したことがあります」と紹介されている。この二つの事件のうち、前者は「花骨牌鬼語」(三七)ではないかと思われるが(「花骨牌殺人」というタイトルの作品もあるが、おそらく「花骨牌鬼語」の改題であろう)、初出誌で確認した限りでは杉浦は登場しない。「毒環」事件で知り合い、「蛇寺殺人」にも登場する警視庁の宇治原警部が単独で登場するから、勘違いしたものであろうか。後者は題名も同じ「湯タンポ殺人」(三八)という作品があり、こちらは杉浦探偵譚である。

「『蛭川博士』について」は、『週刊朝日』一九二九(昭和四)年八月四日号(一六巻五号)に掲載された。単行本に収められるのは今回が初めてである。

「蛭川博士」創作上の狙いがよく分かると同時に、当時の探偵文壇における二大潮流を述べる際に「本格探偵小説」と「怪奇小説」という言葉があてられており、本格に対する「変格」という表現が使われていない点が目を引く。

「商売打明け話」は、『ぷろふいる』一九三六(昭和一一)年一月号(四巻一号)に掲載された。単行本に収められるのは今回が初めてである。

「最近に某誌からまた、犯人探し懸賞付きの探偵小説を、四十五枚で書いて欲しい」といわれた作品については不詳だが、あるいは『キング』三六年三月号から四月号にかけて掲載された「帆走船殺人」だろうか。

［解題］**横井 司**（よこい つかさ）
1962年、石川県金沢市に生まれる。大東文化大学文学部日本文学科卒業。専修大学大学院文学研究科博士後期課程修了。95年、戦前の探偵小説に関する論考で、博士（文学）学位取得。共著に『本格ミステリ・ベスト100』（東京創元社、1997年）、『日本ミステリー事典』（新潮社、2000年）など。現在、専修大学人文科学研究所特別研究員。日本推理作家協会会員。

大下《おおした》宇《う》陀《だ》児《る》探偵《たんてい》小説《しょうせつ》選《せん》Ⅰ　〔論創ミステリ叢書52〕

2012年6月5日　初版第1刷印刷
2012年6月10日　初版第1刷発行

著者　大下宇陀児
叢書監修　横井 司
装訂　栗原裕孝
発行人　森下紀夫
発行所　論 創 社
〒101-0051 東京都千代田区神田神保町2-23 北井ビル
電話 03-3264-5254　振替口座 00160-1-155266
http://www.ronso.co.jp/

印刷・製本　中央精版印刷

Printed in Japan　ISBN978-4-8460-1148-2

論創ミステリ叢書

①平林初之輔Ⅰ
②平林初之輔Ⅱ
③甲賀三郎
④松本泰Ⅰ
⑤松本泰Ⅱ
⑥浜尾四郎
⑦松本恵子
⑧小酒井不木
⑨久山秀子Ⅰ
⑩久山秀子Ⅱ
⑪橋本五郎Ⅰ
⑫橋本五郎Ⅱ
⑬徳冨蘆花
⑭山本禾太郎Ⅰ
⑮山本禾太郎Ⅱ
⑯久山秀子Ⅲ
⑰久山秀子Ⅳ
⑱黒岩涙香Ⅰ
⑲黒岩涙香Ⅱ
⑳中村美与子
㉑大庭武年Ⅰ
㉒大庭武年Ⅱ
㉓西尾正Ⅰ
㉔西尾正Ⅱ
㉕戸田巽Ⅰ
㉖戸田巽Ⅱ
㉗山下利三郎Ⅰ
㉘山下利三郎Ⅱ
㉙林不忘
㉚牧逸馬
㉛風間光枝探偵日記
㉜延原謙
㉝森下雨村
㉞酒井嘉七
㉟横溝正史Ⅰ
㊱横溝正史Ⅱ
㊲横溝正史Ⅲ
㊳宮野村子Ⅰ
㊴宮野村子Ⅱ
㊵三遊亭円朝
㊶角田喜久雄
㊷瀬下耽
㊸高木彬光
㊹狩久
㊺大阪圭吉
㊻木々高太郎
㊼水谷準
㊽宮原龍雄
㊾大倉燁子
㊿戦前探偵小説四人集
(51)守友恒
(52)大下宇陀児Ⅰ
(別)怪盗対名探偵初期翻案集

論創社